REPLAY 重播

三版

肯恩·格林伍德——著
陳雅馨——譯

Replay by Ken Grimwood

好評推薦

好得超過我的期待。雖然這是本二十多年前的老書，而且又是時空旅行這段老梗的祖師爺，但是，如果以為從這書裡只能看到一再於其他類似小說中所重現的情節，那就大錯特錯了。

經典作品之所以經典，在於他有前無古人的原創性，又有後無來者的唯一性。《REPLAY重播》這本書即是時空旅行的經典作品。在長久的閱讀經驗中，我們可以看到太多類似的橋段安排，但很難看到比《REPLAY重播》一書更蕩氣迴腸的情感爭執與糾葛。

讀過本書後才會了解，永恆的生命及預知未來的能力不見得是上天的賜予，正因為我們不知道明天的自己會如何，所以我們才會活得很努力，讓自己的每一天都過得像是生命中的最後一天。因為對未來的無知及不確定，所以我們才能時時刻刻活得像在冒險，所以生命才會處處充滿變化與驚喜，珍惜所愛，活在當下。生命的品質比生命的長短更重要，這是我從書中得到的最大體悟。

——資深媒體人范立達

一開始讀這個故事，就被主角傑夫奇特又引人入勝的遭遇深深吸引，徹底欲罷不能了。縱使他每一次都是在類似的情境下重生，不過抽絲剝繭的過程中懸疑氣氛卻越來越濃厚，歷經的愛情也越來越扣人心弦。人們難免曾經喟嘆過去的生命無法以另一種面貌重來，傑夫則用不同的方式重新活了許多次，從一開始紅燭昏羅帳的荒唐生涯，到江闊雲低、斷雁叫西風的蒼涼追尋，終於在嚐盡悲歡離合之後，對生命有新的體認。

這本書比後來問世的同一類型的故事更精采，更好讀，也更引人深思。

——醫生作家林正焜

站在奇幻小說的觀點而言，《REPLAY 重播》談論的是「憑藉著洞見未來的能力，人是否能讓世界變得更美好？」，描繪出現實可信的逼真預想圖；而，就一部表述人生的文學作品之角度來看，《REPLAY 重播》則提出了「若能重新再來一次人生的黃金時期，你會做什麼選擇？」的假定，呈現了人在抉擇時的徬徨及無助。

儘管距離發表當時已經超過二十年，本作至今讀來仍然充滿新鮮的衝擊感。而它所首創「時空旅行」概念，也啟發出無數的新作品，不斷探討「改變未來」與「重新選擇」的議題，刺激我們在面對尚未發生的未來無限可能性時，有機會做好準備。

——作家既晴

罕見的閱讀經驗，我曾在夢中見過，也一直在構思的小說情節，作者居然早在二十年前就已經寫就。字裡行間，都是熟悉的情節，奇妙瑰麗的文字和情感，如電腦迴圈般精緻又完美，不愧是時空旅人、重來一次等橋段的源頭傑作。

——作家蘇逸平

如果重新來過，你想要擁有什麼樣的人生？如果你的人生可以不停地轉世，你會不會想要修正上一世的錯誤，讓下一世過得更美好？《REPLAY 重播》將人類的夢想在書裡演練成真，在每一次「回到過去」的情境裡，他都讓讀者在時光的接縫中思索：這一次，我該怎麼走這一遭？一本令人驚艷直到最後一秒的科幻小說。

——小小書房店主虹風

一九七八年大雄十四歲，小學四年級，哆啦A夢從二十二世紀搭時光機來幫助他，根據統計大雄在故事中一共被胖虎揍一百七十三次，被老師罵六十次，被媽媽罵三百二十七次，被狗咬二十三次，十四次掉進水溝。劇情沒有因為哆啦A夢掏出了口袋裡的未來道具，幫助大雄逃過這五百九十七劫。哆啦A夢這個故事架構是穿越時空的兒童版。

那讓我們看看砍掉重練版，哆啦A夢下注贏得一九七八年在日本開出的全部彩金，然後精準投資股市，操作基金，讓剛升國小高年級的大雄富可敵國，高中畢業開始掌控多家上市企業，而跟靜香完婚這件事早已不是大雄C/P值最高的優擇。還有還有！靠著哆啦A夢大雄還有更多發展的可能性，包含改變已知歷史，阻止發生過的災難，體驗各種想像之外的生活……，掉進水溝這種事應該只是誤會！

不過這種架構的故事還有別種版本嗎？回到過去光靠想像就歡欣鼓舞（撒花），重複回到過去好幾次再加以調整細節更是迷死人！可是不斷、不斷地還原生命，過程變成家常便飯，卻會變成另一種無間地獄。這本書仔細塞下很多很多時間的組合，一次又一次挑戰你的想像力，不會又是穿越時空老是那樣的梗，就算有人真的哪天Replay重生，你能馬上平復緊張，挾著讀過這本小說的優勢渡過難關！這是超越同類型時間錯亂作品的經典，等著開心農場作物成熟的空檔必讀之作。

——圖文書作者大苺羊

如果人生可以選擇重來，可能大多數的人，都會選擇可以重來，包括我在內。

看到主角在四十三歲死亡，然後再生，每次都可以有不同的人生經驗，像是記住彩券號碼，然後給他來個頭獎，之後就可以享受環遊世界……

也許，人生就是一直在重播，但我更認為必須把握這幾次重生的機會，學不同的事情、看不同的事物、認識不同的人，因為你比別人還有更多的時間，我也很想重生，但我會更把握我的人生。

——圖文創作者波蘿麵包

《REPLAY重播》是對於人們最渴望追求的主題所做的全面探索。（這本書）向我們提出挑戰，讓我們用全新的觀點來看待那股無情的力量——時間。

——《洛杉磯時報》

引人入勝的幻想冒險之旅……格林伍德以他那觀察力細膩、文學性十足並富有原創性的故事超越了科幻小說的格局。

——《出版人週刊》

時光倒轉生命重來的可能性，向來是讓科幻小說作者著迷的題材。這個引人入勝的愉快故事能吸引各種不同的讀者。

——《圖書館學刊》

《REPLAY重播》是我們這時代的《天路歷程》，是對我們生命自制卻深情的描繪。讀完時，我感覺自己被隱藏的生命節奏推動著，使我能夠在短暫的流逝歲月中看得更清楚、愛得更深刻。

——歐森·史考特·卡德寫給《奇幻與科幻小說園地》（一九八七年五月號）

這本書是許久以來我所讀過最新穎、最引人入勝的小說。

——美國科幻、驚悚大師丁昆士

故事和文筆都棒極了，對於「如果……又怎樣？」的大哉問，這本書的結局給了一個令人完全滿意的答案。

——巴利·伍德（Bari Wood），著有《雙子星》（*Twins*）

以引人入勝的方式審視了時間的意義與本質……卓越的文筆、出人意料的轉折、對細節的細膩留意皆是這本書的特色。

——《亞特蘭大新聞憲政報》

嚴肅而發人深省……卓越的文筆與構思……當代商業小說中難得一見的作品：你會因它的結束而感到遺憾。

——《新聞日報》

《REPLAY重播》是本獨一無二的小說，同時帶有幻想、羅曼史及惡夢的成分……格林伍德的假設……獨創性引發的思考深具意義。

——美國圖書館協會《書單》雜誌

這個不可思議的故事傳達了一個極為深刻的訊息，它對於時光流逝及忠誠性所受的微妙侵蝕提供了獨特的觀點。它也有娛樂性，有時會讓人捧腹大笑，卻又潛藏著道德的提問。

——《聖路易快遞報》

當肯恩．格林伍德用他迷人的寫作功力使你上鉤時，你只能檢視自己的生活並開始思考：「如果我可以再活一遍，我的做法會有什麼不同？」而不再像從前一樣糊里糊塗地過生活。真的，你會去想：我的做法會有什麼不同？

所以你問我，我有多愛這本書？我二十二歲的時候在《遊戲》雜誌工作、玩猜謎遊戲。沒錢，住在廉價公寓裡，還欠了一屁股助學貸款。當我擁有一大筆錢時，我第一件做的事是什麼呢？我想盡辦法找到肯恩．格林伍德，想跟他買下這本書的電影版權。我不只是喜愛這本書，我信仰它，做夢都夢到。我要得到這本書——這本只有我發現的書。

這就是當他的經紀人告訴我，電影版權早在多年前就被搶走時我的心情。幹得好，我說。

多年後，當網路真正發展成互聯網時，我發現自己又不由自主地在搜尋肯恩．格林伍德的消息，然後發現他已於二〇〇三年過世。我也發現我不是這本書唯一的信徒。在當時已有獻給它的書迷網站。就如那些我們對他們的存在一無所知的重生者般，有好幾百個人和我做著同一個夢。我不是第一個趕上這股潮流的人，而是後到者。不過就像任何真正的信徒（或者說重生者）都知道的，明白你在這世界上並非孤獨一人，總會感受到一股陌生而奇異的力量。

——美國暢銷作家布萊德．梅爾樂（Brad Meltzer）

格林伍德的《REPLAY 重播》要我不管推薦幾次都不夠。這是我讀過最棒的小說，讓人手不釋卷。如果我只能寫出一本小說，而它跟《REPLAY 重播》一樣精采的話，那我就心滿意足了。

——D．D．謝德，「失落之書」網站

讀者迴響

這確實是一本不會受到時間及時空限制的書，不僅是現在的二十年，我想再經過百年依然一樣，會因人類基因中後悔的天性而繼續暢銷下去吧？……但至少這本書還是為我們帶來一段短暫而美好的時光，讓我們在想像的思緒裡，也能重播自己的人生片段。只能說太精采了，即使你已經看過電影《蝴蝶效應》，即使你早就熟悉故事的大綱模式，但《REPLAY 重播》還是有讓人忍不住想一頁一頁翻下去的魔力。

——坐看雲起時

在閱讀《REPLAY 重播》之前我曾預設立場，告訴自己必須除去所有現代科普的常識，才能徹底享受這部作品的新穎和獨到之處。然而，在閱讀完的現在，我可以告訴所有讀者，根本毋須多此一舉。《REPLAY 重播》雖然是一九八七年的作品，卻對生活在二〇〇九年的我們同樣有著難以言喻的吸引力和震撼，這正是經典之所以稱為經典之處。

——開到荼蘼花事了

這本小說深深觸動了我。我的生活、信念、恐懼、希望及不解疑惑，似乎被某個人的話語刻畫出來，如此清晰，以致我不停思考是否這整本書都出自於我的想像。發覺它也對其他人深具意義是件很棒的事，我會將這本書分享給所有願意聆聽的人，並希望他們也能從中得到同樣的感動。

——雷克斯

這本書將撩動你各式各樣的情感，一會兒使你笑，一會兒又讓你哭，當你翻到最後一頁時，你會希望它沒有結束。肯恩·格林伍德讓讀者評價自己的生活、衡量自己的存在。儘管我們不是每個人都有機會可以一再重新活過，但在此時此地，我們的確還有時間堅持實現自身的改變。《REPLAY重播》是我會一再重讀的小說，也是我會分享給朋友和家人的小說。不要錯過了這本令人難忘的傑出作品。

——怪咖T

這是我讀過最好的小說之一。讀過這本書後，你必定會相信世界上有重生者的存在。這本書無疑是《蝴蝶效應》及《異度人生》（*Life on Mars*）的先驅。傑夫和潘蜜拉都是真實的，在閱讀整本書的過程中，你對他們的痛苦與喜悅感同身受。我們無法改變過去，或是我們可以……當本書結束時，我禁不住感到傷痛。

——D・萊斯金

人們說，最偉大的科幻小說家知道科幻小說不是關於科學，而是關於人的小說。這句話對《REPLAY重播》而言再適當不過了。書裡的人物角色如此打動人心，以致你根本聯想不到「科學」兩個字，我幾乎痛恨要把它歸類在科幻小說裡了。試著想像你的人生一再重來，你的世界觀會有多大的不同。關於這本書，除了它會感動你之外不需要多表示什麼了，當你讀完後，你對這世界會有不同的看法，哪怕只是一時片刻。

——史賓賽・德瑞格

每個人都可以從這本書中得到啟發。少有書籍能捕捉住人性的想像、心智及精神，《REPLAY重播》是其中之一。

——J・史通納

讓人驚奇不已的一本書。如果你可以一次又一次地重新活過，你會怎麼做？這本書真的讓我想要在人生中做出更有力的選擇，而不是浪費時間。

我正處在一個重要的人生十字路口，而這本書帶給我更多的信心與熱情，這些正是想改變生活每個面向的我所需要的。它真的會讓人覺得自己有必要好好地活過每一天，不是坐著等待事情變得完美，而是要明白自己的目的與方向，更有勇氣地活著。這一切都是來自於一本書的啟發！這不是你以為的所謂科幻小說，任何人都能夠享受它。

——巴納比．狄帕馬

這本書真的撥動了我的心弦。我當然希望人生中的某些段落能夠重新來過，以避免掉某些錯誤。經過多年分離後，當我重新回到我的靈魂伴侶身旁並與她分享這本書時，它所帶來的感覺甚至更甜美了。我非常、非常地推薦閱讀。

——葛林斯基

在眾多的科幻小說中，我偏愛時空旅行或相關類型的故事。你可能會在許多故事中找到相似的情節，但肯恩．格林伍德的《REPLAY 重播》因其猜想不到的結局而與眾不同。《REPLAY 重播》的情節構想獨特且令人著迷。儘管這本小說十分迷人，並曾在一九八八年獲獎，但它其實為讀者們上了一堂倫理課——如果你已經知道自己的未來，你會用不同的方式來安排自己的生活嗎？

——嘉帝斯．斯凱

雖然這本書不是我一直以來的最愛，但我總是跟別人推薦它。這是本適合絕大多數人的書，因為最重要的是，它真的能讓人思考……而且是往好的方向，我保證。這本書好讀又有趣。而且讀完很久後，你仍然會想起它。

我現在正在讀《時空旅人之妻》，我認為如果你喜歡其中一本，你就會愛上另一本。但你一定要讀讀這本書！

——MCG

獻給我的父母

1

傑夫．溫斯頓死前，正在和妻子通電話。

妻子正說到「我們需要——」，但傑夫再也聽不見他們需要什麼，似乎有某個重物擊中他的胸口，讓他嚥下了最後一口氣。電話筒從他手中滑落，敲碎了書桌上的玻璃紙鎮。

一週前，她才說過類似的話，她說，「傑夫，你知道我們需要的是什麼嗎？」接著是一陣停頓，明顯的暫停，但不像這次要命的停頓無止盡、無可更改。當時他正坐在餐桌前，琳達總愛叫這裡「早餐角」，儘管一點也稱不上是個獨立空間，不過是張小小的耐熱樹脂桌配上兩把椅子，笨拙地擺在冰箱左邊和乾衣機前的角落裡。說這話時，琳達正在流理檯上切洋蔥，也許是眼角的淚水讓她的問題比原先預期多了些分量，因此他覺得有必要好好想想。

「傑夫，你知道我們需要的是什麼嗎？」

原本他該一邊讀著休．塞迪在《時代》雜誌上討論總統大選的專欄，一邊用漫不經心、毫不關切的語氣回她，「我們需要什麼，親愛的？」但傑夫這天並沒有心不在焉，也沒對塞迪的閒扯蛋罵句該死。事實上，他很久很久以來都沒如此專心、集中注意力過。因此他有好些片刻沒說半句話，只是盯著琳達眼角的假淚，努力想著他們——他與她到底需要些什麼？

他們需要出去透透氣，調劑生活，需要搭飛機到氣候暖和、碧綠蒼翠的小島，說不定是牙買加，或是巴貝多。自從五年前那趟計畫許久結果卻有點失望的歐洲之旅後，他們就沒再好好渡過假了。傑夫沒算上每年的佛羅里達之旅，到奧蘭多探望父母、到博卡拉頓探望琳達的家人——不過是拜訪一段不斷模糊遠去的過去，沒別的了。不，他們需要的是一禮拜或一個月的時間，到頹廢墮落的異國小島上盡情逍遙：在綿延無盡的無人沙灘上做愛，晚上聽著如火紅花朵香氣飄盪在空中的雷鬼音樂。

一幢好房子也是個不錯的主意，也許是在蒙克萊登山路上的豪宅，他們多少次在禮拜天開車駛過時對此渴望不已。或是位於白原市的房子，里奇威大道上一棟十二個房間的都鐸式建築，靠近高爾夫球場。不是他想打球，不過相較於位在通往布魯克林—皇后快速道路邊坡或是拉瓜地機場降落航線上的房子，那一片片叫楓野、威卻斯特丘的慵懶綠地才是較宜人的居住環境。

他們也需要一個孩子，琳達或許比他還急。在傑夫想像中，他們從未出世的孩子總是八歲大，跳過了需索無度的嬰兒期，但又還不到惱人的青春期。一個乖小孩，不過分漂亮或老成。是男孩女孩都不重要，只要是他們兩人的孩子，他會問逗趣的問題，會坐得靠電視機太近，舉止中會時而閃現成形中的獨特個性。

但他們不會有孩子。從一九七五年琳達子宮外孕開始，他們知道這件事不可能已經好幾年了。他們也買不起蒙克萊或白原市的房子。傑夫的職位是紐約 **WFYI** 全新聞廣播頻道的新聞總監，實際上的名聲與收入不如聽起來響亮豐厚。也許他該跳槽到電視台去，不過以四十三歲的年紀來說是不太可能了。

我們需要，需要……談談，他想。他們需要直視對方的眼睛，簡單地說句：「我們走不下去了。」浪漫、激情、美好的計畫，沒有一樣行得通。全都變得平淡無味，而且也怪不了誰。事情就是這樣發生了。

他們當然沒有談談。這正是他們最大的失敗，他們很少談及內心深處的需求，從不曾觸及始終存在兩人之間撕扯般的殘缺感。

琳達用手背拭去洋蔥引起的無意義淚水。「你聽到我說的話嗎，傑夫？」

「是，我聽到了。」

「我們需要的是，」她說，一邊看著他的方向，但視線不是落在他身上，「一個新浴簾。」

她在他步向死亡前的那通電話裡，十有八九要表達的也僅是這種層次的需求。「……一打蛋，」或許話就這樣結束，也可能是「……一盒咖啡濾紙。」

但他為什麼想這些？他納悶。他正在死去，看在老天分上，難道他最後不該想點更深入、更有哲理的事嗎？或是將他的畢生高潮來個快速重播，四十三年的精華剪輯。人溺死時，不都曾走過這一遭？

感覺就像溺水，他在思考時，彷彿被拉長的時間一秒秒過去：那駭人的壓力、想吸口氣的絕望掙扎，使他渾身濕透的濕熱水氣，就像從他前額淌下、刺痛雙眼的鹹味汗水。

他正在溺水，正在死去。不，吃屎去，不，這不是個真實的字眼，只有花、寵物或其他人才用得上這字眼。只有老人、病人、不幸的人才會死。

他的臉落到書桌上，右頰平抵著琳達打電話來時他正要開始研讀的檔案夾。在他睜開的一隻眼睛前，紙鎮上裂開的缺口像個巨大的洞穴，世界自身的裂痕，反映他內在極度痛楚的一口破鏡。透過破碎的玻璃，他看到書架上方數位時鐘上鮮明的紅色數字：

1:06 PM OCT 18 88

接下來再沒有什麼需要避免去想了，思考過程已然終止。

傑夫無法呼吸。

他當然沒辦法，他已經死了。

但是如果他已經死了，為什麼他能意識到自己無法呼吸？或意識到任何事？就死了這件事來說，這不該發生。

他從捲成一團的毯子上轉開頭，開始呼吸。悶濕的空氣中充滿了從他身上散發出的汗味。

所以他沒死。不知何故，意識到這件事並沒有讓他太興奮，就像之前的死亡假設也沒能嚇著他一樣。

也許他曾竊喜來到生命的終點。現在一切只能照舊下去：滿懷不平地承受著野心與希望落空帶來的折磨，而他再也記不得那段失敗的婚姻究竟是原因，還是結果。

他把臉上的毯子推到一旁，踢了踢起皺的床單。黑暗房間裡正播放著音樂，樂聲細不可聞。一首老歌，曲名是〈嘟啦啦〉，來自菲爾．史貝克特捧出來的女子樂團。

傑夫摸索著想找到電燈開關，在黑暗中完全了迷失方向。他要不是正躺在醫院的床上等著從剛才辦公室裡發生的事件中復原，要不就是在家裡，剛從比平常還恐怖的惡夢裡醒來。他的手摸到了床頭燈，開了燈。他發現自己正在一個狹小髒亂的房間裡，衣物和書散落一地，或胡亂堆在兩個相鄰的書桌上、椅子上。不是醫院也不是他和琳達的臥房，不知為何，卻有股熟悉感。

面帶微笑的裸體女郎正從貼在牆上的大照片上回望他，是《花花公子》的摺頁海報，屬於早期風格。膚色淺黑的大胸脯女郎故做正經地以腹部撐地，躺在一艘船後甲板的氣墊上，欄杆上綁著她的紅白圓點比基尼。她頭上戴了頂漂亮時髦的圓形水手帽，黑頭髮仔細做過整理和造型，使得她與年輕時的賈姬出奇相像。

他看到其他牆面也都裝飾著過時的青少年時代風格：鬥牛海報、大幅積架XK-E黑色跑車照片、戴夫．布魯貝克的舊唱片封面。一張書桌上方有個紅白藍三色條幅，上面用星條圖案的字體寫著「操！共產主義」。傑夫看見那標語時笑了，他記得自己也曾從保羅．克雷斯納轟動一時的小眾雜誌《現實主義者》上訂購了一條，就跟這個一樣，那時他還在讀大學，那時——

他突然直挺挺地坐起身，耳中響起突突的脈搏聲。

他還記得近門那張書桌上的老舊鵝頸燈，每當移動它時總是會從底部鬆脫。也還記得馬汀床邊地毯上有塊很大的血紅污漬——沒錯，就在那裡——傑夫有次偷渡茱蒂．高登上樓，茱蒂跟著「漂流者」的音樂繞著房間起舞，打翻了一瓶義大利紅酒留下的。

剛醒來的朦朧困惑已經消失，他現在徹底糊塗了。他匆匆掀開身上的被子下床，搖搖晃晃地走到一張書桌前，他的書桌。掃視了堆在桌上的書：《文化模式》、《薩摩亞人的長成》、《統計母體》，都是些社會學入門讀物。是丹福德還是山朋博士的課？在校園遙遠一端充滿霉味的大講堂裡，早上八點的課，他總是上完課才吃早餐。他拿起班乃迪克的書翻閱，有幾個地方已經密密麻麻地畫過了重點，書頁邊還有他手寫的筆記。

「WQXI的本週熱門音樂來自水晶樂團！接下來是卡羅和寶拉點給瑪利葉塔的鮑比的歌。這些漂亮女孩們想告訴鮑比，她們的看法就跟『雪紡紗』樂團的女孩一樣，覺得『他真是棒——極了』……」

傑夫關掉收音機，抹去前額冒出的一層汗水。他有點不自在地注意到自己已完全勃起了。還沒想到性方面的事就這麼硬，上次這樣子是多久以前了？

好了，該好好理出個頭緒來。肯定有人精心設計要捉弄他，但他不知道有誰玩整人遊戲。就算真的有，又有誰願意如此大費周章？他在上頭做過筆記的書好多年前就丟了，沒人有辦法複製得如此維妙維肖。

書桌上放著一本影印的《新聞週刊》，封面故事是西德總理康拉德．艾德諾的下臺，期號是一九六三年五月六號。傑夫一直盯著那數字，希望能為一切想出個合理解釋。

全都說不通。

房間門猛地彈開，臥室內的門把砰地撞上了書櫃。就像往常一樣。

「嘿！你還在搞什麼鬼？還有十五分鐘就十一點了。我以為你十點要考美國文學。」

馬汀站在門口，一手拿了可樂一手拿了堆教科書。馬汀．貝利，傑夫大一時的室友，整個大學時代直到畢業後幾年一直是他的密友。

馬汀一九八一年自殺了，在離婚及接連的破產之後。

「所以你打算怎樣？」馬汀問，「拿個不及格？」

傑夫看著他過世已久的老友，驚訝得說不出話來：馬汀那髮線還沒後退的濃密黑髮、光滑的臉龐，尤其是那對洋溢著青春光彩、不曾見識過苦痛的眼睛。

「嘿！怎麼回事？傑夫，你沒事吧？」

「我覺得……不太舒服。」

馬汀笑著把書本扔到床上。「跟我說怎麼回事。我現在知道我爹為什麼警告我別碰蘇格蘭威士忌混波本酒了。喂，你昨夜在曼紐爾酒館碰上哪個甜妞兒吧？茱蒂如果在，肯定會殺了你。那女孩叫什麼？」

「呃……」

「少來了，你沒醉成那樣。你會打電話給那女孩吧？」

傑夫在極度驚慌中轉過身。他有太多事想告訴馬汀，但比起現在的瘋狂狀況，沒有一件事能讓人容易理解。

「出了什麼事啦，老兄？你看起來他媽的糟透了。」

「我，呃，我得出去一下。呼吸點新鮮空氣。」

馬汀一臉困惑地對他皺了皺眉頭。「對，我想你需要。」

傑夫抓起隨便扔在書桌前椅子上的一條卡其褲，然後打開床旁邊的衣櫃，找到一件薄棉T恤和燈芯絨夾克。

「到醫務室去。」馬汀說。「跟他們說你感冒了，說不定蓋瑞會讓你補考。」

「我會。」傑夫匆匆穿好衣服，套了雙馬皮便鞋，他的換氣過度症快發作了，他強迫自己得慢點呼吸。

「別忘了今晚要去看希區考克的《鳥》，茱蒂跟寶拉會在杜利餐館跟我們碰面。我們要先吃點東西。」

「沒問題，晚點見。」傑夫踏進走廊，關上身後的房門。他往下衝過三道樓梯，當經過的某個年輕人叫住他時，他敷衍地喊了聲「又！」回去。

宿舍大廳跟他記憶中一樣：右邊是視聽室，現在空空盪盪的，但每逢運動賽事或太空梭發射時就擠滿了人。幾個女孩聚成一團吱吱喳喳，正等著男朋友從樓上的禁地下來。布告欄上貼著學生的告示，賣車、賣書、分租公寓或徵求到馬康、沙凡納或佛羅里達的便車，對面有台可樂販賣機。

外頭的山茱萸木正值盛開季節，將校園妝點成爛漫旖旎的粉白世界，顯映著宏偉希臘羅馬式建築的白色大理石。這裡無疑是埃墨里大學，美國南方為創造出古典長春藤風格大學所精心打造的校園，好讓地方上的人也能以擁有自己的長春藤大學自豪。這類建築的永恆特質使人失去判斷力，當他緩緩穿過四方形建築，路經圖書館、法律大樓，傑夫忽然領悟，在這裡很容易把一九八八年當成一九六三年。校園廣闊綠地上，學生們正漫步閒晃，就算是從他們的衣著和髮型也找不出蛛絲馬跡。除了活像浩劫餘生的龐克造型外，八〇年代年輕人流行的穿著根本和他大學早年時期沒多大差別。

老天。他想起曾經在這校園裡度過的時光，從這裡誕生卻從未實現的夢想……。那裡有座小橋通往神學院。他和茱蒂．高登曾有多少次在這裡消磨時光？再過去是心理學館，大三那年他幾乎每天都和蓋兒．班森約在那邊見面一起去吃午餐，那是他第一次也是最後一次和女人擁有真正親密的柏拉圖式友誼。為什麼他沒從和蓋兒的友情中學到更多呢？他透過許多不同途徑，最後漂流到一個遙遠之境，遠離誕生在這寬心平靜的綠草地上、高貴建築物裡的計畫與抱負，這一切是如何發生的？

在到達主校園的入口前，傑夫已經跑了約一哩的路，他原本預期會氣喘吁吁，卻沒有。他站在格蘭紀念教堂下方的矮丘上，下望得卡圖北路和埃墨里村，那供應校園所需的小小商業區。成排的服飾店與書店看來似曾相識，其中一家哈頓藥局更是勾起他一波波的回憶：他可以在腦海中看見畫面，雜誌架、長排的白色蘇打噴泉、附有個人點唱機的紅色皮革雅座。他還能從某個雅座的桌子對面看見茱蒂．高登青春洋溢的臉龐，聞到她乾淨金髮散發的味道。

他搖搖頭，重新專注於眼前的風景。一樣，還是無法分辨現在是西元幾年。自從一九八三年美聯社舉辦「恐怖主義與媒體」研討會後，他就再也沒到過亞特蘭大了，而自從……多久了老天，也許從他畢業一、兩年後，他就沒再回去過埃墨里大學了。他完全不知道那裡的店家是否還是老樣子，或許已經被新蓋的大樓，說不定是個購物中心取代了。

車子倒可以提供線索。他一注意到這點，就發現下面的街上看不到一輛日產或豐田。全都是老車，大多是大又耗油、在底特律生產的美國車。他看見的「老車」可不只是六〇年代早期的車款，呼嘯而過的龐然巨獸有一堆都是五〇年代的車，不過當然了，不管是一九六三年還是一九八八年，路上車齡六年、八年的車子都一樣多。

他還是沒法下定論，甚至懷疑在寢室和馬汀的短暫相遇是否只是個不尋常的逼真夢境，一個他醒來前做的夢。他現在十分清醒，而且身在亞特蘭大，這是事實，毫無疑問。也許他想藉酒澆愁，想忘卻他沉悶混亂的生活，他喝醉了，然後在一時衝動下，出於鄉愁便搭上了午夜班機來到這裡。滿街的過時車款只是個巧合。任何時候都可能會有人開著他已司空見慣的小巧日本車從眼前經過。

有個簡單方法可以一勞永逸地解決問題。他大步走下山，朝得卡圖路上的計程車招呼站走去，三輛藍白相間的計程車在排隊，他搭上最前面那輛。駕駛是個年輕人，也許是個研究生。

「上哪去，老兄？」

「桃樹廣場飯店。」傑夫對他說。

「再說一次？」

「桃樹廣場，在市區。」

「我想我不知道那地方，有地址嗎？」

老天爺，現在的計程車司機怎麼了？他們不該先通過考試，至少背一背城市地圖和地標嗎？

「你知道麗晶酒店吧？凱悅飯店呢？」

「喔，對了，我知道。那是你要去的地方？」

「附近。」

「沒問題，老兄。」

計程車司機往南開了幾個街區，然後在龐塞德萊昂大道右轉。傑夫伸手往屁股的口袋裡掏，忽然想到這件陌生褲子裡可能沒放錢，但他找到一個舊咖啡色皮夾，不是他的。

至少裡面有錢，兩張二十元、一張五元以及一些一元美鈔，他不必擔心付不出計程車資了。

當他把皮夾還有隨手抓來穿上的舊衣服物歸原主時，得記得把錢還給人家……但是這些東西到底哪來的？主人是誰？

他打開皮夾裡的一個小格子想找答案，發現了一張埃墨里大學的學生證，上面的名字是傑佛瑞．L．溫斯頓。還找到埃墨里的圖書館借書證，一樣是他的名字。得卡圖路上一家乾洗店的收據；一小張紙巾上面寫著一個女孩名字，辛蒂，和她的電話號碼；一張父母站在奧蘭多老房子外的相片，在他父親病重前，他們一直住在那裡；一張彩色快照，照片裡的茱蒂．高登邊笑邊丟著雪球，青春歡樂的臉龐裹著一圈禦寒的外翻白毛領子。還有一張傑佛瑞．拉馬．溫斯頓的佛羅里達州駕照，有效日期是一九六五年二月二十七日。

在凱悅麗晶酒店頂樓形狀像個幽浮的北極星酒吧裡，傑夫獨自坐在一張兩人座桌前，望著亞特蘭大市一望無際的天際線每四十五分鐘在身邊旋轉一圈。那位計程車司機不是沒見過世面，因為七十層樓高圓柱形的桃樹廣場飯店根本還沒蓋起來。全面國際企業的高樓、由灰石塊打造的喬治亞太平洋大廈，還有巨大黑盒子模樣的公正大樓也都消失了。整個亞特蘭大城的最高建築就在他現在所在處，寬敞的天井式大廳有抄襲其他建築的味道。在和女服務生閒聊了幾句後，事實就很明顯了，這棟飯店才剛落成，在當時仍屬於十分獨到的建築風格。

最難過的時刻莫過於傑夫看見酒吧後方鏡中的自己。他完全是有意這麼做，他當時已經很清楚自己會是什麼模樣，雖說如此，當他和鏡中那蒼白瘦長的十八歲男孩照面時，還是震驚不已。

客觀來說，鏡裡的男孩比實際年齡要蒼老些。他在那年紀時買酒很少碰上麻煩，就像現在跟這女服務生買酒一樣容易，但傑夫知道，那是因為他的身高和深陷的眼眶造成的錯覺。從他自己眼中看來，鏡中人不過是個未經世事歷練摧折的小子。

而那個年輕人正是他自己。不是記憶中的自己，而是活在此時此地的他，是鏡中那雙正握著酒杯的平滑雙手，那對正專注看著自己的銳利眼眸。

「親愛的，要再來一杯嗎？」

女服務生對他露出漂亮的笑容，復古的蜂窩頭及刷上厚重睫毛膏的眼睛底下，是鮮艷的紅唇。她的衣著走「未來主義」路線，霓虹藍的短襬洋裝看起來就像是接下來兩、三年內會在年輕女性身上見到的時尚款。

從現在起的兩、三年。那就是六〇年代初了。

老天哪。

他不得不承認發生了什麼事，不可能有別的理由了。他曾經差點死於心臟病，但被救活了。一九八八年某天，他正在自己的辦公室裡，現在卻是一九六三年，而他在亞特蘭大。

傑夫怎樣也想不出一個合理解釋，連最牽強的理由都無法說明這一切。他年輕時也讀過不少科幻小說，但他曾讀過的時空旅行故事情節，沒有一個跟他現在的處境相像。他的故事裡面沒有時光機，也沒有瘋狂或其他毛病的科學家，而且也不像他狂熱閱讀的故事人物，因為他連身體都回到了年輕狀態。好像只有他的心靈穿越這些年做了時空跳躍，為了在腦海中挪出空間給十八歲的自己，他的早期意識被抹消了。

他到底是死裡逃生，還是只輕輕繞過死神身邊？在另一個未來的時間之流中，他的遺體是否正躺在紐約某個太平間裡，被病理學家的解剖刀細細切剖開來？

也許他正處於昏迷：在飽受摧殘、邁向死亡的大腦命令下，絕望地編織出一個想像的新生命。然而，但是——

「親愛的？」女服務生詢問，「要我再幫你倒一杯嗎？」

「呃，我，我想來杯咖啡，可以嗎？」

「沒問題。來杯愛爾蘭咖啡？」

「一般咖啡就好。加點奶精，不要糖。」

來自過去的女孩端上了咖啡。傑夫凝視窗外，在逐漸黯淡的天空下，半在興建中的城市正亮起疏疏落落的燈火。

太陽消失在綿延到阿拉巴馬州的紅土山丘背後，彷彿也通向那動盪與巨變的年代、悲劇與夢想的年代。

冒蒸氣的咖啡燙傷了他的唇，他趕緊吸一小口冰水冷卻。窗外的世界不是一場夢，跟它的天真單純一樣堅實，也跟它盲目的樂觀一樣真實。

一九六三年春。

有那麼多選擇等著去做。

2

那天傍晚剩下的時間，傑夫都在亞特蘭大城裡的街上散步，他的眼睛與耳朵能敏銳辨識出這重現的過去裡每樣細微差別。公共廁所前的「白人」和「有色人種」標誌、戴著帽子和手套的婦女、旅行社櫥窗上貼著瑪莉皇后號郵輪歐洲之旅的廣告、與他擦身而過的男士們幾乎人手一根香菸。直到過了十一點，傑夫才覺得餓了，他在五星區附近的小酒館隨便吞了漢堡和啤酒。他原以為自己依稀記得二十五年前那家平庸的燒肉酒吧，他和茱蒂看完電影後偶爾會去那裡吃點小東西。但在新舊景象和場所不斷輪流轟炸下，他現在又累又迷惑，不再確定自己找得到了。每家店門口的外貌、每位路過陌生人的長相，都令他困惑地像是似曾相識，雖然他也知道自己不可能記得每樣看過的東西。他已喪失從絕對真實記憶中篩選出錯誤記憶的能力。

他亟需睡眠，需要把全部事情暫時拋諸腦後，說不定醒來後就會意外回到他離開的世界了。他最想要的是一間飯店房間，一家毫無特色、不留時間痕跡的飯店，房間裡看不見一九六三年的天空，也沒有收音機或電視提醒他發生了什麼事。但是他身上的錢不夠，當然也沒有信用卡。傑夫在皮德蒙公園小睡了一下，沒別的選擇只得回埃墨里，回到宿舍房間去。也許馬汀已經睡了。

馬汀還沒睡。傑夫的室友正很清醒地坐在書桌前翻著一本影印的《高傳真》。傑夫疲倦地走進房間時，他冷冷看了他一眼，放下了手中的雜誌。

「所以呢，」馬汀說，「搞什麼鬼，你跑哪去了？」

「城裡逛逛而已。」

「那你就找不到時間可以到杜利餐館，甚至是福克斯戲院晃一下？我們差點就錯過了那部該死電影的開場，都是為了等你。」

「對不起，我……沒心情看電影，至少今晚不想。」

「那你他媽的至少可以留個紙條給我吧。老天，你甚至沒打電話給茱蒂。她整晚胡思亂想，擔心你出了什麼事。」

「你看我，我真的累慘了。我現在不太想說話，行嗎？」

馬汀的笑聲中不帶笑意。「你明天最好準備好去解釋了，如果你還想再見到茱蒂。等她發現你還沒死，一定會不爽到極點。」

傑夫夢到自己正在死掉，醒來時發現自己還是躺在大學宿舍裡。一切都沒變。馬汀已經出門了，可能是去上課，但傑夫想起來今天是禮拜六早上。週末早上會有課嗎？不確定。

不管怎樣，他現在單獨在房間裡，他把握機會在書桌和衣櫃裡胡亂翻了一陣子。都是他熟悉的書：《核戰爆發令》、《一九六〇——甘迺迪的白宮之路》、《查理與我》。裝在全新、沒有摺痕、未拆開封套裡的唱片讓他想起這些唱片伴他度過的日日夜夜，忽然之間，所有印象全都以各種感覺的形式回來了。史坦．蓋茲和喬安．吉巴托、納京高三重奏、吉米．威塞史朋，還有好幾打的唱片，大多是他早就弄丟或磨壞的。

傑夫轉向父母送他當聖誕禮物的哈曼卡頓音響，放進了〈Desafinado〉[1]，然後繼續翻弄他年輕時的東西：掛鉤上吊著褲腳翻邊繡有 h.i.s. 字樣的便褲和波特尼五百運動夾克；他在里奇蒙外的一家寄宿學校贏得網球比賽的紀念品，進埃墨里前他曾在那裡就讀；一組用棉紙包起來的高腳杯，是在紐奧良的派特．歐布來恩酒吧買的；一疊疊得整整齊齊的《花花公子》和《街頭混混》雜誌。

他找到一個裝信件和照片的盒子，把盒子拖出來後就坐在床上整理裡面找到的東西。有他孩提時的照片，一些不記得名字的女孩相片，幾條在自動照相棚拍的表情做作的大頭照……一夾子的家族照，有他父母和妹妹野餐時拍的，也有去海灘、圍在聖誕樹周圍的相片。

他在衝動之下從口袋裡掏出一把銅板，然後在大廳裡找到公用電話，從奧蘭多的查號台取得被他遺忘許久的父母家舊電話號碼。

「哈囉？」他母親接起電話，語氣中有股心煩，隨著這些年過去，她語氣中的心煩程度只有加深而已。

「媽？」他試探性地說。

「傑夫！」她的頭從話筒邊轉開，聲音暫時變模糊。「親愛的，快接起廚房的電話，傑夫打來的！」接著聲音又恢復清楚：「現在告訴我，這次又有什麼事要跟你媽求救啦？你以為你翅膀長硬了，不叫我『媽咪』了，是不是呀？」

自從他二十出頭起，他就沒再叫過他母親「媽咪」了。

「你們、你們最近怎麼樣？」他問。

「你走後家裡就不太一樣啦，你知道的；不過我們盡量找事情忙。上禮拜我們去太特斯威爾釣魚，你爸抓到了一條三十磅重的鯵魚。真希望可以寄一點過去給你，那肉可是最嫩的。我們在冰箱裡還冰了很多要留給你，但味道就跟新鮮時不一樣啦。」

1 知名作曲家安東尼．卡洛．喬賓（Antonio Carlos Jobim, 1927-1994）譜寫的巴莎諾瓦經典名曲。

母親的話讓許多回憶湧上心頭，這些回憶間多少有點關聯，他記得在大西洋鎮他叔叔船上渡過的夏日週末，記得陽光照在打過蠟的甲板上，地平線上成排黯黑的暴風雨雲逗留不去……記得在偉大的太空總署入侵前的可可海灘，以及太特斯威爾，那些殘破荒涼的小鎮……記得他們家車庫裡裝滿了牛排和魚的白色大冰箱，冰箱上疊了好幾層盒子，裡面裝滿了他的舊漫畫書和海萊恩的科幻小說……。

「傑夫，你還在聽嗎？」

「喔，對我還在，抱歉……媽咪，我只是忽然忘了我為什麼打電話了。」

「嗯，寶貝，你知道的，家裡隨時歡迎你打電話回來，不需要——」

電話線上傳來卡嗒一聲，接著他聽見父親的聲音。

「哎，可真是說曹操曹操就到。我們才聊到你呢，對不對，親愛的？」

「可不是，」傑夫的母親說，「五分鐘前吧，我才在說你多久沒打電話回家啦。」

傑夫不知道母親口中的多久是一星期還是一個月，也不想問。「嗨，爹地，」他很快地說，「我聽說你捕到一條了不起的大魚。」

「嘿，你應該一起去的。」他父親笑著說。「巴德的魚鉤一整天都沒魚靠近，珍奈唯一的收穫是曬傷。她還在脫皮呢，看起來簡直像隻熟過頭的蝦子。」

傑夫很快想起這些名字是父母親朋友群裡的一對夫婦，但是想不起他們的臉。父母兩人的聲音聽來如此活躍且精力充沛，讓他十分訝異。一九八二年時父親肺氣腫發作，從此就幾乎足不出戶了。傑夫得費點工夫才能想像他父親在海上制伏一條強壯有力的深海魚，嘴邊還叼了根被浪花打濕的香菸。傑夫的腦筋轉得實在不夠快，父母這時候差不多正是他的年紀而已，或者說昨天他這時候的年紀。

「喔，」他母親說，「我有天遇到了芭芭拉。她在羅林斯適應得不錯，她還說蓋皮已經搞清楚那個問題了。」

傑夫還依稀記得芭芭拉是他高中時約會過的女孩子，但蓋皮這名字，現在他已經完全沒印象了。

「謝謝，」傑夫說，「下回妳見到她，幫我跟她說，我很高興聽到這消息。」

「你還在跟茱蒂交往嗎？」母親問。「你寄來照片裡面的她可真漂亮，我們等不及要見她了。她最近好嗎？」

「很好。」他矇混過去，開始暗自希望自己沒打過這通電話了。

「你那輛雪佛蘭開得怎樣？」他父親插話進來。「還是一樣耗油嗎？」

老天，傑夫有多少年沒想起那輛老車了。

「車況還不錯，爹地。」傑夫猜的，他甚至不知道那輛車停在哪裡。這輛冒煙的老傢伙是他父母親送他的高中畢業禮物，一直開到在他手中壽終正寢為止，那是他在埃墨里的大四那年。

「功課還好嗎？你抱怨過的那篇報告，就是那篇……你知道，就是你上禮拜跟我們說你寫得不順利的那篇。那是什麼報告？」

「上禮拜？對，那篇……歷史報告。我寫完了，還沒拿到分數。」

「不是，不是，不是歷史。你說是關於什麼英語文學的，那是什麼報告？」

話筒裡突然傳來孩子興奮唧唧呱呱的聲音。傑夫忽然明白過來，那是他妹妹。他妹妹離過兩次婚，女兒才剛上高中。聽到她九歲時生氣勃勃的聲音，傑夫心底一陣感動。他彷彿從妹妹的聲音中聽見失落的純真，聽見沉痛訣別過的時光。

與家人談話益發使人鬱悶，讓人不自在地不安起來。他很快結束了對話，答應他們過幾天就會再打電話回家。當他掛上話筒時，前額冒著冷汗，喉嚨是乾澀的。他下樓到宿舍大廳去，用二十五分硬幣買了罐可樂，三大口就喝乾了。視聽室裡面有人正在看《天空王者》2。

傑夫把手伸進另一個口袋，掏出了一串鑰匙。六把鑰匙中有一把是寢室鑰匙，他昨天用它才進得了寢室，另外三把他不認得，剩下兩把很明顯是一組通用汽車的鑰匙，一把用來發動車子，一把是行李箱鑰匙。

他走到戶外，喬治亞州的豔陽讓他眨了眨眼。傑夫立刻感覺到瀰漫在校園裡的週末氣氛，格外地慵懶寧靜。他知道，在聯誼會聚會所裡，熱衷社團活動的成員們會把場地整理乾淨，掛上彩帶裝飾，準備在週末夜辦幾場派對。

哈里斯館和住在尚未命名的新女生宿舍裡的女孩們會穿著色彩鮮豔的短褲、涼鞋四處閒晃，等待午後約會的男孩開車來接，載她們到肥皂溪或石頭山去兜風。傑夫左方傳來一陣聲音，是空軍預備役軍官訓練營訓練時發出的單調韻律，正經八百，沒有作怪的餘地。草地上沒人在玩飛盤，空氣中也聞不到大麻葉的味道。這裡的學生還想像不到世界將會有什麼變化。

他用眼睛掃過長街大樓前的停車場，找尋他那輛一九五八年的藍白雪佛蘭。沒看到車子。他走下皮爾斯道，然後在亞客來特路繞了個大圈子，經過多布斯館，然後往上走到另一個男生宿舍區後面，車子也不在。

當他走向克利夫頓路時，傑夫又聽見空軍訓練營傳來嘶吼的指令及機械式回應。這聲音讓他忽然想起什麼，他左轉過了一座從郵局跨過來的小橋，然後辛苦地順著途經過匹奇醫學聯誼會的路往上爬。這裡是校園地界的盡頭，他在再過去的一個街區找到了車子。他還是大一學生，在明年秋天前拿不到停車證，所以他第一年得把車子停在校園外。儘管如此，擋風板上還是夾了張單子。根據告示牌上寫的時間來看，他應該在今天早上把車開走。

他坐在方向盤後，車子的味道和手感引起一陣混亂反應，令他目眩。他曾花上數百，也許是數千個鐘頭待在這個破爛位子上：和茱蒂上汽車電影院或汽車餐廳，和馬汀、朋友或自己一人開車兜風，足跡遍及芝加哥、佛羅里達，還有一次一直開到了墨西哥城。這輛車見證他從青少年到成年的成長歷程，遠勝於任何寢室、公寓或城市。他在裡頭做愛，喝得酩酊大醉，開著它參加英年早逝的心愛舅舅的喪禮，用它喜怒無常但威力十足的V8引擎來表達憤怒、歡喜、沮喪、厭倦和痛悔自責。他從沒幫車子取過名字，覺得這樣做像個長不大的毛頭小子，但現在，他了解這輛車對他的意義，他的自我認同曾經如何與這部性情陰晴不定的老雪佛蘭密不可分。

傑夫把鑰匙插進車裡，發動了車子。引擎先是一次逆火，接著轟隆隆地活了過來。他掉轉車頭，然後在克里夫頓路右轉，經過正蓋到一半的傳染病中心（Communicable Disease Center）的大型工地。人們在八〇年代還是管這裡叫CDC，只不過CDC這時代表的是疾病防治中心（Centers for Disease Control），這地方將以研究退伍軍人症及愛滋病兩種未來帶來大恐慌的禍害而舉世聞名。

即將在眼前展開的世界裡有：駭人聽聞的瘟疫，性革命及其失敗，人類太空活動的勝利與悲劇，眼神空洞、全身穿皮戴鏈、梳著粉紅色刺蝟頭的龐克族在市街出沒，受到污染而奄奄一息的地球被死光包圍……。天哪，傑夫不禁打了個冷顫，從這個觀點，他的世界活像是最恐怖的科幻小說成真。從許多角度來看，相較於樂觀天真的一九六三年初，他習以為常的世界甚至更貼近《銀翼殺手》之類的電影。

他打開收音機，只找到收訊不良、單聲道的調幅廣播，連個調頻波段都沒有。「璐比與浪漫者」樂團正對著他輕聲哼唱著〈希望在明天〉[3]，傑夫開懷大笑。

2《天空王者》（Sky King），一九四〇及五〇年代美國流行的廣播及電視冒險影集。

他在布瑞爾街左轉，漫無目的地穿過隱蔽的鄰近住宅區，來到校園西側。不久後，街道變成了莫爾蘭大道，他繼續往前開，經過了茵蔓公園和艾爾．卡朋的服刑地聯邦監獄。城市的路標消失了，他正在馬康公路上，往南。

收音機不間斷播放著披頭四流行前的熱門歌曲，音樂陪伴著他，〈衝浪美國〉、〈我將追隨他〉、〈噴煙的魔龍〉。傑夫跟著每首歌哼唱，假裝正在聽專門播放老歌的電台。他告訴自己，只要按一下鍵，就可以聽到史普林斯汀或王子的歌，或是用CD播放派特．麥席尼最新歌曲的爵士樂電台。但訊號燈滅了同時，也終結了他的幻想。除了更多類似的過時音樂外，他在頻道控制器上什麼也沒找到。即使是鄉村音樂電台也聽不到威利或威倫4的曲子，千篇一律地播放著恩內斯特．塔布斯和韓克．威廉斯5的歌，一首反叛鄉村樂曲風的曲子6都沒有。

在麥當諾夫市外，他路過一個賣桃子和西瓜的路邊攤。他和馬汀常開車到佛羅里達，有次就停在像這樣的路邊攤前，因為賣水果的是個穿白色短褲的長腿農家女。她身旁有隻高大的德國牧羊犬，在開了幾句都會男孩和鄉村女孩的無聊玩笑後，他和馬汀跟她買下一大堆桃子。他們根本不想吃那該死的東西，開了三十哩路後，桃子的味道開始讓人反胃，於是拿來對著路牌當靶子練射擊，每當聽見正中目標的劈啪轟隆聲，他們就大吼大叫，白癡得高興成一團。

那是什麼時候的事了？一九六四、六五年夏天？現在的一、兩年後。這些事在今天都還沒發生，他和馬汀沒做過那趟旅行，沒買過那些桃子，也沒用桃子把從這裡到佛多斯塔一半的速限標誌都弄髒弄凹過。現在這些代表什麼？如果那個六月再度來臨，而傑夫還陷在這神祕不可解的重現過去之中，他還會來一趟一樣的旅行、和馬汀開一樣的玩笑、對著一樣的路牌扔著一樣的熟桃子嗎？如果他不這樣做，如果那個禮拜他選擇留在亞特蘭大，或者他只是開車經過賣桃子的長腿妞而不停下……他對這段生命插曲留下的記憶又會如何？它從哪裡來，會發生什麼事？

在某層意義上，他似乎重新活過一次，就像錄影帶倒帶重播。但他又不像是受限於過去發生過的事，至少不是完全被綑綁。到目前為止可以確定的是，他又重回到生命中的這個時間點，而且一切情境都原封不動地保留下來，包括進入埃墨里大學，和馬汀成為室友，修讀二十五前修過的課，但自從他在寢室裡醒來這二十四小時，他已微妙地偏離了原先追隨的道路。

昨晚與茱蒂爽約正是最大且最明顯的改變，儘管以長期來說，這件事不必然會影響到任何事。他記得他和茱蒂只約會了半年或八個月，然後在下次聖誕節前後就結束了。她為了某個「更成熟的男人」而離開他——他想起時，臉上掛著微笑——一個大四生，畢業後要去杜蘭上醫學院。傑夫的心曾為此受創，消沉了幾個禮拜，然後開始一連串跟別的女孩約會。有陣子是和一個叫瑪格麗特的骨感棕髮女孩，然後是另一個名字以D或A開頭的黑髮女孩，再來是有辦法用舌頭把櫻桃梗打結的金髮女孩。那時他還沒遇到琳達，他娶的女人，他畢業後在西棕櫚灘的廣播電台工作時才認識她。她當時在佛羅里達大西洋大學唸書，他們邂逅在博卡拉頓的海灘上。

老天，琳達現在在哪裡？她比他年輕兩歲，所以還在讀高中，和父母住在一起。他忽然有股衝動想打電話給她，或是繼續往南開到博卡拉頓去看她，和她見個面……。他不該這樣，太唐突了。可能會產

3〈希望在明天〉（Our Day Will Come）於一九六三年登上熱門音樂排行榜冠軍的暢銷歌曲，也是「璐比與浪漫者」（Ruby & the Romantics）唯一一首排行榜冠軍歌曲。

4 應是指 Willie Nelson 和 Waylon Jennings，皆在美國一九七〇年代後才開始踏上音樂生涯。

5 Ernest Tubb 和 Hank William 均爲美國鄉村音樂傳奇人物，前者在一九六三年時已崛起並走紅多年，後者逝於一九五三年。

6 一九六〇年代晚期、一九七〇年代重要的鄉村音樂潮流，基本上是爲了反對過去主流鄉村音樂的音樂法則。

生危險的脫軌，使人陷入可怕的自相矛盾中。

是這樣嗎？他真的得擔心時間悖論、擔心殺死自己祖父的老掉牙想法？也許一點也不需要。他並不是四處漫遊的外來者，唯恐會遇上年輕時的自己，他就是那個年輕的自己，他屬於這世界，是構成世界的一部分。只有他的心來自未來，而且未來只存在他的心中。

傑夫得把車開到路旁休息幾分鐘，他用手抱住腦袋，努力理解這件事的意涵。他曾經想過是不是出現了幻覺，才會幻想出這個過去存在。但萬一不是幻覺，萬一他真的回到了過去，萬一接下來二十五年的複雜世局，從西貢淪陷開始到新浪潮搖滾樂流行、個人電腦發明，每件事都成為一部劇情成熟的虛構小說，一夜之間從他的腦際冒出，而他始終沒有離開過一九六三年的真實世界，這個虛構想像出現的地點，那該怎麼辦？比起時光旅行、來世、空間維度錯亂等解釋，這理由甚至還比較說得通。

傑夫再次發動雪佛蘭，重新回到兩線道的二十三號公路。洛克斯林、詹金伯格、傑克森……喬治亞州偏遠地區的荒涼沉寂小鎮，像大蕭條年代的電影場景在眼前飛逝而過。他想，也許驅使他這趟無目的地漫遊的原因正是這個：在亞特蘭大之外不受時光打擾的鄉間，現在是西元幾年或哪個年代的一切線索均付之闕如。飽受風吹日曬的穀倉上用龐大的字體漆上了「耶穌是救主」字樣，顛簸難行的公路上每隔一段時間就準時出現廢棄的柏馬刮鬍膏廣告牌，一個垂垂老矣的黑人正牽著一頭驢……相較起來，即便是一九六三年的亞特蘭大，都像是來自未來。

在教宗渡口，就在麥康以北，傑夫把車開進一家附設商店的小型加油站。沒有自助式加油槍，也沒有無鉛汽油。一加侖的海灣特級汽油三十三分錢，標準型二十七分錢。他告訴站在外面的小弟要加海灣特級，油位低的話加兩夸脫。

他在店裡買了幾包瘦子牌肉乾、一罐派布斯特啤酒，然後在啤酒罐上摳了好一陣子沒結果，才突然發覺上面沒有拉環。

「你一定渴壞了，親愛的。」櫃台後面的老婦人咯咯地笑說。「竟然想用手就打開！」

傑夫不好意思地笑了。老婦人指了指掛在收銀機旁繩子上的開罐器，他用那東西在啤酒罐上面打了兩個倒三角形的小洞。小弟這時從加油唧筒對著這家店破爛的紗門大喊：「看情形你需要三夸脫汽油，先生！」

「需要多少加多少。也幫我檢查一下風扇皮帶，行嗎？」他也喊回去。

傑夫灌了一大口啤酒，從架子上拿了本雜誌。裡面有篇關於新普普藝術風潮的文章，李奇登斯坦的大幅連載漫畫，歐登柏格用聚乙烯做的巨大鬆軟漢堡。有意思，他原本以為這股風潮會晚一點出現，大約是一九六五、六六年。他發現不一致了嗎？這世界已經和他自以為認識的世界有些許不同了？

他必須找個人談談。馬汀只會把這看成超級笑話，他的父母則會擔心他的精神狀況。也許這就是問題所在，也許他該去掛精神科門診。醫生至少會聽你說，而且對談話內容保密。不過那樣做等於心照不宣地預設自己有精神方面困擾，有想要被「治療」的欲望。

不，他找不到可以討論的對象，他沒辦法公開談。但是他不能因為擔心事情曝光就繼續逃避，這樣比他言談間可能不小心透露的時代錯誤更古怪。而且該死的是，他開始覺得寂寞了。即使他不說出真相，或是他所知道的真相，在經歷這一切之後，他還是需要同伴的安慰。

「我可以換點零錢打電話嗎？」傑夫問收銀機旁的婦人，然後遞給她一張五塊錢鈔票。

「一塊的行嗎？」

「我想打到亞特蘭大。」

她點點頭，按下找換零錢的按鍵，然後從抽屜中掏出一些硬幣。「一塊錢就很夠了，親愛的。」

3

坐在哈里斯館前方桌子前的女孩，對自己被拖來充當週末夜的接待工作十分惱火，但她還是盡量找樂子渡過週末，也就是觀察同儕們的求偶儀式。傑夫走進來時，她冷冷打量了傑夫一眼，當她打電話到樓上通知茱蒂·高登說她的約會對象已經到了時，語氣中帶了一絲諷刺興味。她或許知道他昨天讓茱蒂空等了一晚，甚至偷聽到傑夫下午在麥康附近加油站打給茱蒂時的談話。

女孩要笑不笑的神祕表情讓傑夫有些緊張。他在隔壁會客室裡不太舒適的沙發中挑了一張坐下，房間裡的壁爐旁有個綁馬尾的棕髮女孩和她的男伴正在一架老舊的史坦威鋼琴上彈著〈心與靈〉。他走進房間時，女孩向他微笑招手。他對她是誰完全沒印象，也許是茱蒂的朋友，他老早忘了，但他還是點點頭向她回個微笑。寬敞的會客室裡散坐著八、九個年輕人。其中兩個帶了鮮花，還有一個手上拿著裝在心型盒裡的惠特曼糖。所有人臉上都帶著克制的表情，卻遮掩不住熱切但忐忑不安的期待：他們是在愛芙羅黛蒂神廟前的求愛者，渴求住在這座堡壘中的山林女神垂青而尚未通過考驗的有情人。一九六三年的約會之夜。

傑夫完完全全記起來了。事實上，他有點不是滋味地注意到，即便是現在，自己的手心仍因為緊張而冒汗。

尖銳高亢的笑聲從樓梯上傳來，飄進了大廳。會客室裡的年輕人紛紛撫直領帶，看錶，將不安分的髮絡歸位。兩個女孩找到了各自的護衛，帶著他們穿越大門，走進神祕的夜色中。

二十分鐘後茱蒂終於出現，臉上刻意裝出冰冷的堅絕表情。然而傑夫只注意到她難以置信的年輕，她流露出一股青春的溫柔氣息，不僅是因為她還是個青少年。他知道，像她這年紀的八〇年代女孩（女人）看起來可不是這樣，她們不會這麼年輕、天真無邪。從珍妮絲．卓普林的時代開始，女孩們的模樣就變了，瑪丹娜以後的世代當然更不可能回到過去。

「好吧，」茱蒂說，「我很高興你今晚能準時出現。」

傑夫笨拙地站起身子，給茱蒂一個帶著歉意的微笑。「昨晚我真的很抱歉，」他說，「我——身體不大舒服，心情也不大對勁。妳不會想跟我出門的。」

「你可以先打個電話呀。」她使性子地說。她的雙臂在胸部下方交叉，凸顯出圓領襯衫下羞怯隆起的線條。她的手臂上掛著一件米色喀什米爾羊毛衫，下身是薄棉裙配上繫踝的低跟鞋。傑夫聞到她身上浪凡香水混合花香洗髮精的好聞味道，發現自己正看著在她藍色大眼上方調皮舞蹈的金色瀏海出了神。

「我知道，」他說，「我真希望打過了電話。」

她的表情柔和下來，對峙在開始前便已結束。她從來沒辦法生氣太久的，傑夫想起來。

「你昨晚錯過一部真正的好電影，」她的語氣沒有一絲不高興，「電影從女孩正在寵物店裡買鳥開始，然後羅德．泰勒假裝是那裡的員工……」

在走出去到上了傑夫的雪佛蘭的路上，她繼續敘述了大部分劇情。他假裝不熟悉這曲折起伏的故事，即使他最近才在HBO週期放映的希區考克電影回顧展看過，而且，他當然看過這部電影，第一次上映時和茱蒂一起看的，就在二十五年前的昨天晚上，他的另一個前半生中。

「然後那個人就去加油站點了一根菸，但是——嗯，我不想告訴你接下來發生什麼事，這樣會破壞你看電影的樂趣。這電影真的會讓人毛骨悚然。如果你想看的話，我不介意再看一次。或者我們可以看

《歡樂今宵》。你想看那部？」

「我比較想坐著說說話，」他說，「要不找個地方喝杯啤酒，吃點東西？」

「當然好。」她笑著說。「去莫伊與喬伊？」

「好呀。那是在——龐塞德萊昂大道上，對吧？」

茱蒂皺了皺眉頭。「才不，那是曼紐爾酒館。別說你忘記了——左轉，現在！」她從座位上轉身向他扮了個古怪表情。「哎，你真的怪怪的，有什麼不對勁嗎？」

「沒什麼大不了。就像跟妳說過的，只是一時狀況不佳嘛。」他認出大學時期常光顧的老地方入口，便將車停在街角。

酒館裡面的陳設不太像傑夫記憶中的模樣。他以為吧檯會在進門後的左手邊，不是右邊；座位似乎也有些不一樣，比較高、光線比較暗。他領著茱蒂向酒館後方的座位走去，途中有個跟他差不多年紀的男人——不，他更正，那是個四十歲出頭的男人，比他老多了——拍了拍傑夫的肩膀，態度十分友好。

「傑夫，最近過得如何？這位可愛的年輕女孩是你的朋友，介紹一下？」

傑夫看著男人的臉，眼神顯得茫然。男人臉上戴著眼鏡，蓄著黑白參差的山羊鬍，正對他露齒微笑。樣子看起來有點眼熟，但他想不起別的了。

「這位是茱蒂・高登。茱蒂，呃，我跟妳介紹，這位是……」

「山謬教授，」茱蒂搶著說，「我室友選修你的中世紀文學。」

「她的名字是——？」

「寶拉・霍金斯。」

男人臉上的微笑更熱烈了些，他點了兩次頭。「非常傑出的學生，寶拉，聰明的年輕女士。我想我的課評價還不錯吧？」

「喔，是的，教授。」茱蒂說。「寶拉跟我聊過所有關於你的事。」

「那，也許到秋天有幸可以看見妳出現在課堂上？」

「我現在還不敢打包票，山謬教授。我還沒決定明年的課該怎麼安排。」

「有空到我的辦公室坐坐，我們可以談談。你呢，傑夫，那篇喬叟的報告寫得不錯，但引用文獻寫的不夠完整，我得給你個B。下次好好注意，傑夫？」

「我會記得的，教授。」

「很好，很好。課堂上見了。」他向他們揮揮手，回座位上繼續享受啤酒。

他們走到座位前，茱蒂跟著傑夫後面滑進椅子裡，開始咯咯笑。

「什麼事那麼好笑？」

「你不認識他？山謬博士？」

傑夫甚至記不起那位教授的名字。

「不認識，他怎麼了？」

「他是個好色老頭，那是他出名的原因。他追求每個上他課的女孩子，只要長得漂亮。寶拉說有次他下課後把手放在她的大腿上，他專做這種事。」

她將女孩子氣的手指放在傑夫腿上搓揉、擠捏著。

「你可以想像嗎？」她問，語氣帶著一股正私下進行陰謀的興奮。「他甚至比我爸的年紀還大耶。『有空到我辦公室坐坐』，哈！我知道他想討論什麼。他這年紀的男人竟然做這種事，你聽過比這更噁心的嗎？」

她的手始終放在傑夫的大腿上，距離他正勃起之處不過一吋左右。他看著她天真無邪的圓眼睛，甜蜜的紅唇，忽然幻想茱蒂就在座位這裡趴下來含他。你這好色的老頭，想到這，他笑了。

「什麼事好笑？」她問。

「沒事。」

「山謬博士的事，你不相信我說的？」

「我相信。不是，只是——妳和我，每件事都……。我忍不住覺得好笑，就這樣。妳想喝什麼？」

「跟平常一樣。」

「三倍辣殭屍7嗎？」

憂慮的表情從茱蒂臉上消失了，她和他一起大笑起來。

「笨蛋。我想來杯紅酒，跟平常一樣。你今天晚上真的什麼事都不記得了嗎？」

兩人的嘴唇纏綿著，茱蒂的唇就跟他想像中還有記憶中一樣柔軟。她髮梢的新鮮氣息、肌膚的青春觸感再再挑逗著他，這份激情打從結婚前剛跟琳達在一起之後就沒再體驗過了。車窗搖下了，傑夫親吻她時，茱蒂把後腦勺放在門框的橡皮墊上。安迪．威廉斯正在電台廣播裡唱著〈紅酒與玫瑰的時光〉，山茱萸花蕾混合了茱蒂柔軟、乾淨肌膚的氣味，散發出迷人芳香。車子停在離校園約一哩遠的一條林木茂盛的街道上；離開酒吧後，茱蒂指引他把車開到這裡。

今晚的談話異常美好，出乎傑夫的期待。基本上他讓對話順著茱蒂的話進行，讓她來提起人名、地點和事件，他則根據記憶或是她的表情、語氣流露出的線索來回應。只有一次他不小心說溜了嘴，透露出時空錯亂的訊息。那時他們正聊到一些認識的學生打算明年搬出學校，而傑夫說他也許會去分租一層獨立公寓。茱蒂從來沒聽過獨立公寓這個詞，但他說他從哪裡看到，是加州流行過來的新詞，他想他們可能要在亞特蘭大蓋這種房子，用此搪塞了過去。

夜色漸濃，他感到心情輕鬆快活了起來。啤酒也有點幫助，但主要是因為待在茱蒂身邊的緣故，讓他第一次從整件事開始以來的緊張狀態中紓解。有時候，他甚至發現自己不再一直想到自己的未來／過去。最重要的是他活著，而且活得非常好。

他將茱蒂臉頰旁的金色長髮往後梳，一一再次親吻她的雙頰、鼻子和嘴唇。她低聲發出歡愉的呻吟，他的手指從她的胸部往下滑到襯衫最上面的鈕扣上。她把他的手撥開，讓它再次滑到衣裳覆住的胸部。他們又親吻了好幾回合，接著她的手貼住他的大腿，就像在酒館雅座時那樣，但這回她決心朝著些微上方緩緩前進，直到纖纖玉指輕輕撫弄著他堅硬的陽物。他沿著她被絲襪包覆的小腿愛撫，手來到了她裙下，體會長襪末端上方的柔軟肌膚觸感。

茱蒂掙脫了他的懷抱，突然坐起身子。

「把你的手帕給我。」她低語道。

「什麼？我沒——」

她從他的夾克口袋裡扯出一條白色手帕，今晚稍早他穿上那套過時衣物時，自動將手帕塞進了口袋裡。傑夫再次向她伸手，想將她攬進懷裡，但她拒絕了。

「去，」她耳語道，綻放出甜甜的笑容，「乖乖往後坐好，閉上眼睛。」

他皺眉，但還是照辦了。她突然拉下他的褲子拉鍊，以毫不遲疑的老練動作釋放出他的堅挺。傑夫

---

7 以 Marie Brizard 牌橙皮酒 Triple Sec 等調製成的調酒。

訝異地睜開雙眼，看見她盯著窗外，手指正以固定的節奏在他身上移動。他制止了她的手，握住靜止不動。

「茱蒂——不要。」

她回望他，眼神中帶著關切。「你今天晚上不想要？」

「不是這樣。」他溫柔地挪開她的手，調整好坐姿，然後關上了褲子拉鍊。「我想要妳，我想跟妳在一起，但不是這種方式。我們可以去別的地方，找個旅館或是——」

她撤回身靠在車門上，對他怒目而視。「你是什麼意思？你知道我不是那種女人！」

「我只是想說，我希望我們能夠在一起，用比較能夠表達愛意的方式。我想給妳——」

「你什麼也不必給我！」她的臉因憤怒而皺在一起，傑夫擔心她可能會哭。「我想幫你紓解，就像我們以前那樣，但你突然覺得這辦法不好，想把我拖去廉價旅館，就像是在對待一個……一個妓女！」

「茱蒂，看在老天分上，我一點也不是那個意思。妳不明白嗎，我只是想讓妳快樂，跟我一樣。」

她從手提包裡拿出一隻口紅，氣沖沖地將後照鏡調整到她能看著自己搽上口紅的位置。「以前那樣就讓我非常快樂，真是感激你。或者說至少我曾經很快樂，直到今晚。」

「聽著，如果我說錯了話，我很抱歉，好嗎？我只是想……」

「你的想法就留給自己吧，你的手也是。」

「我不是故意要讓妳不開心。我們可以明天談談這件事嗎？」

「我不想談，我只想回宿舍，馬上。就這樣，如果你還記得怎麼回去。」

讓茱蒂在宿舍下車後，他在北卓伊丘路、新雷諾克斯廣場購物中心附近發現了一家酒吧。不像是他會遇見埃墨里人的場所，而是家做酒客生意的酒吧，讓年紀稍長、較安靜的人們透透氣，稍微把貸款和死氣沉沉的婚姻生活拋到腦後。傑夫覺得這裡讓他很自在，儘管他知道自己看起來不像是這種地方的客人。酒保甚至檢查了他的證件，傑夫成功找出他放在皮夾背面為了這種場合而準備的變造身分證。酒保半信半疑地咕噥了一聲，給了傑夫一杯雙份的傑克丹尼爾威士忌便走開了，開始無意義地擺弄起吧檯上黑白電視機的水平手把。

傑夫緩緩地啜了一口威士忌，無神地盯著電視新聞。伯明罕又出了事；吉米．霍法在納什維爾被控非法干預陪審團；福特即將推出天王星二代。傑夫想到馬丁．路德．金恩死於曼菲斯；霍法神祕地從世人眼前消失；滿天的通訊衛星讓 MTV 以及重播的《邁阿密風雲》在全世界無孔不入。好個美麗新世界。

今晚和茱蒂在一起一開始十分愉快，但是在車裡的收場讓他沮喪不已。他已經忘記該如何做不自然的性了。不，不是忘了，而是他根本從未完全了解過，從第一次發生在他身上時就從沒搞懂過。新發現的情感及天真無法招架對性的饑渴，閃耀而刺眼地遮蔽住種種不坦承。曾經奇異而美妙的情慾歷險，如今被赤裸裸地掀開，暴露出廉價的本質，透過時間的距離一覽無遺：在一輛雪佛蘭車前座用手迅速達成的性高潮，背景則是不入流的音樂。

那麼，他現在該怎麼辦，他媽的敷衍了事嗎？

他該放縱自己，和一個生活在另一個時代、從沒聽過避孕藥的純潔金髮妞一起探索激烈的性愛遊戲？還是他該將重心重新放到課業、青少年的瞎扯閒聊、春季舞會上，假裝一切都是第一次？他該背誦早已忘光且從沒派上過用場的統計表，好讓自己的社會學入門可以過關？

也許他沒什麼天殺的好選擇，如果這詭異的時間轉換永遠持續下去，他沒有選擇。也許他真的得經歷這些，把一切重新來過一遍——年復一年地活在這痛苦且預料之中的人生。就在這一刻，他面臨的現實竟變得更具體，甚至更不可撼動。他的另一個自我則成了一種虛妄。他必須接受事實：他是個十八歲的大學新鮮人，完全依賴父母，而且他現在可以成功完成數十門學術課程，讓他對這一切充滿了鄙視與厭倦。

電視新聞播完了，體育播報員正喃喃播報著棒球甲組聯賽的分數表。傑夫又叫了一杯酒，酒保把冰涼的杯子端來時，傑夫的注意力忽然如雷射光束般集中在那台萬年電視機吐出的一字一句。

「……來看今年尚未被馬蹄踐踏過的邱吉爾草地，兩匹來自東部的小馬也許會給加州栗色馬一點顏色瞧瞧，最後抱走大獎。練馬師伍迪．史提芬斯帶著剛從墊腳石預賽中漂亮贏得冠軍的永不屈服以及完美的紀錄，來到德貝參加一九六三年的大賽。史提芬斯不敢誇口預言冠軍，但是……」

肯德基賽馬大賽。該死，為什麼不？如果他真的曾經活著經歷過接下來的二十五年，而不是想像或作夢，有件事就很清楚了：他有一大堆資訊可以好好利用。他沒有技術，設計不出電腦或類似東西，但是他當然可以運用他的知識，他的知識是新聞知識，他知道從現在到八〇年代中期將對社會造成影響的潮流及事件。他可以靠著對體育事件和總統大選選情的知識下注，賺進大把鈔票。當然，那要假設他對未來四分之一世紀裡即將發生的事的確有確實、正確的把握。正如他之前意識到的，這假設不必然可以打包票。

「……緊追在後。可能領先的馬是葛林崔．史特伯的劫匪剋星，牠保持的紀錄是一分三十四秒，是這匹來自紐約的三歲賽馬跑出的最佳速度。……牠贏得了伍德紀念盃冠軍，這是繼牠奪下……」

狗屎，是誰贏得那一年德貝的賽馬大賽？傑夫努力回想。永不屈服這名字他模模糊糊有點印象，不像是劫匪剋星，但聽起來好像還是不太對。

「兩匹馬跟威利・休馬克的團隊，以及來自西部的奇蹟——糖果斑點有場硬仗。這可是個必勝組合，各位。儘管比賽看起來像是刺激的三強爭奪戰，但大家一致認為，而且共識相當強烈，糖果斑點即將在本週六戴上冠軍花環。」

這名字聽起來也不像。到底是哪匹馬？北方舞者？還是科艾之王？傑夫確定這兩匹馬都贏過德貝的賽馬大賽，但是是哪一年呢？

「我說，酒保！」

「一樣的？」

「不，不是現在。你有紙嗎？」

「紙？」

「我是說報紙，今天或明天的都好。」

「日報還是憲政報？」

「隨便。你有體育版嗎？」

「上面做了些記號。勇士隊明年要來，我一直有在注意他們的平均成績。」

「可以借我看一下嗎？」

「沒問題。」酒保伸手從放裝飾物的地方下面拿出一疊嚴密對折好的運動新聞。

傑夫迅速翻閱過棒球新聞那幾頁，然後找到路易西維爾舉辦的最近一場比賽的預報，他瀏覽過參賽者名單，找到了播報員曾提到的幾匹熱門賽馬，包括糖果斑點、永不屈服、劫匪剋星，然後是皇家塔、檸檬螺旋……不是，不是……灰色寶貝、窮凶惡極……這兩匹馬都沒聽過……瘋狂紙牌、努爾大公……嗯嗯……日安、以我榮譽起誓……

夏多克。

夏多克，賠率十一比一。

他把雪佛蘭用六百美元賣給一家在布雅克利夫路的二手車行。書、音響和唱片收藏在城裡一家舊貨商那裡賣了兩百六十美元。在寢室書桌裡，他找到一本支票簿以及校園附近一家銀行的存款簿，立刻從兩個帳戶裡把錢領出來，只留下二十美元，於是他湊到了八百三十塊。

在整個計畫中，打電話向父母借錢最困難。他父母因為他突然「緊急」商借一筆錢而憂心十足，父親因為傑夫拒絕交代錢的用途而生了氣。但他還是借到了幾百美金，母親則從私房錢裡另外寄給他四百塊錢。

現在他只需要下注，下個大注。但是要怎麼做？他一時想去趟路易西維爾，直接在現場下注；但打電話給旅行社後證實他原先的猜想：早在幾個禮拜前，德貝賽馬大賽的門票就賣光了。

他的年齡也是個問題。他的樣子也許老到可以在酒吧裡點杯酒，但下這麼大的賭注一定會引來嚴密的監視。得找個人代表他出面才行。

「賭博業者？他媽的你想知道賭博業者是想幹什麼，小子？」

在傑夫眼中，二十二歲的法蘭克．梅道克也不過是個「小子」，但是在這現況中，一個大四的法律預科生已經是比較老成、有社會經驗的人了，而且他陶醉於把角色扮演得淋漓盡致。

「我想下個賭注。」傑夫說。

梅道克縱聲大笑，他點了根小雪茄，然後招手叫來另一瓶啤酒。

「賭什麼？」

「肯德基賽馬大賽。」

「你幹嘛不自己在寢室裡開賭盤？搞不好會有不少人來下注呢。不過口風要緊。」

這位高年級生用親切的屈就姿態對待傑夫。傑夫心中竊笑這年輕人身上的老練，也許不是這年紀該有的世故。

「我想下的注相當大。」

「咦？多少叫大？」

星期四午後，曼紐爾酒館裡一半的位置是空的，沒有人坐在聽得見他們說話的距離內。「兩千三百美元。」傑夫說。

梅道克皺了皺眉。「你說的可是他媽的一筆大數目。我知道糖果斑點贏的機會相當不錯，不過……」

「不是糖果斑點，是別匹馬。」

服務生在破舊的橡木桌上擺妥一瓶啤酒時，年紀大一點的男孩大笑了起來。

「作夢吧，孩子。劫匪剋星不值得你冒險，永不屈服也沒這個贏面。至少不是在這場比賽。」

「法蘭克，我的錢我作主。贏的錢我們七三分帳。如果我是對的，你可以輕鬆大撈一筆，一毛錢都不必冒險。」

梅道克為他們各自斟了一大杯冰涼啤酒，他一點一點地慢慢倒，以免啤酒泡沫高起來。「我可能會因此惹上一堆麻煩，你知道的。我不想搞砸法學院的學業。像你這麼大的孩子，拿著這麼大一筆錢。我怎麼知道萬一你輸光了會不會去找訓導長哭訴？」

傑夫聳聳肩。「所以你是這場賭局裡的關鍵。但我不是這種人，輸錢也不在我的計畫之中。」

「沒人有辦法保證。」

一枚銅板投進了音樂點唱機裡，發出嘩啦啦的聲響，吉米・索爾開始唱出〈如果你想要快樂〉。傑夫抬高語調好壓過音樂聲。「所以，你有認識賭博業者嗎？」

梅道克用意味深長的眼神盯著他。「七三分帳，嗯？」

「沒錯。」

高年級生搖搖頭，認命地嘆了口氣。

「錢帶在身上了？」

那個星期六下午，北卓伊丘路上的酒館擠滿了人。傑夫走進來時，電視機裡商業味道濃厚的賽前節目正發出刺耳聲響：舒適牌刮鬍刀正大力宣傳最新產品，不鏽鋼刮鬍刀片。

傑夫比他預期中還緊張。計畫看起來很完美，但假如當中出了差錯呢？就他的判斷，上星期的世界大事完美複製了他記憶中的過去。但他的記憶力就跟所有人一樣不可靠，而且過了二十五年，他已經無法確定一九六三年中曾經發生的千百萬件事，是否跟第一次發生時有什麼不同。他注意到有些小地方似乎稍微走了針，他自己的行動當然也大大改變了。

這場比賽要出現新的結果，也不是什麼難事。

如果比賽結果改變了，傑夫將失去一切，而且他這禮拜已經翹掉了期中考，學業正處於嚴重危機中。他甚至可能沒辦法埋頭重拾大學課業。他會被踢出校園，一文不名。

同時，越戰即將開打。

「嘿，查理，」某個人喊道，「請在場的人再喝一輪，雙份的，門裡的統統有份！」

酒館裡不約而同響起了一陣歡呼和笑聲。那男人的一個夥伴說，「這錢花得早了點，可不是？」

「兄弟，囊中物啦，」慷慨的男人說道，「跑不掉的！」

電視螢幕上，馬匹即將闖入馬閘，馬兒們焦躁不安，極度渴望甩開禁錮、向前奔跑，那正是牠們被飼養的目的。

「什麼事都有可能，金寶。那正是賽馬刺激的地方。」

酒保把陌生人請的雙份酒分派給每個人。傑夫還來不及拿起酒杯，馬兒們就衝出了閘門，永不屈服像插上電一般一馬當先，劫匪剋星幾乎和牠並肩。騎師威利．休馬克冷靜地跨坐在糖果斑點的背上，在第一個轉彎時，只落後了三個馬身。

夏多克位居第六。還有一哩要跑，落後十個馬身。

傑夫迅速嚥下一口酒，差點被幾乎沒摻水的威士忌噎住。

領先的馬群疾衝過標示半哩柱，夏多克沒有推進半吋。

傑夫想著，小一點的學校也許有機會。就算被埃墨里退學，社區大學也可能會收他。他可以在地區廣播電台打工。雖然這些年的人生經驗沒留下書面證明，但是在工作上會大有幫助。

酒館裡的人群對著螢幕吼叫，彷彿馬兒和騎師聽得到他們的聲音，只剩四百碼。傑夫已經絕望了。夏多克跑到終點相對跑道的盡頭時稍微往前突破，但差不多也就這樣了。正如賭盤賠率預測的，這是場三強奪冠賽。

比賽進入終點的最後衝刺，休馬克騎著糖果斑點挺進圍欄，身體向後預備好奪標姿勢。夏多克跑在第四位，距離第一名三個馬身，面對著這樣的競爭對手，牠絕不——

就在比賽進入最後四分一哩時，劫匪剋星似乎忽然累了下來，再也無心參與終點前的競爭。牠開始落後，只剩下永不屈服和糖果斑點向終點狂奔，但休馬克卻沒能讓這匹來自加州的栗色馬發揮出最後衝刺的力量。

夏多克超越最有機會奪冠的糖果斑點，打敗了永不屈服，穩定且毫不鬆懈地贏得勝利。

酒館裡人聲沸騰，簡直快要暴動起來。傑夫不發一語，文風不動地坐著，手因為緊握住冰冷的酒杯而幾乎凍僵了，但他絲毫不察。

夏多克以超前永不屈服一又四分之一馬身的距離贏得勝利，糖果斑點則被拋在將近三個馬身後。劫匪剋星精疲力竭地回到了終點，排名第五或第六吧。

傑夫成功了。他贏了。

酒館裡的人開始怒氣沖天地大聲分析起剛才收看的比賽，大多數人都忿忿不平地將矛頭指向威利．休馬克在最後半哩時的戰略失誤。傑夫一個字也沒聽進去。他正在等著賭金計算看板上的數字出現。

賭夏多克贏的人每注可贏得二十美金八毛的彩金。傑夫反射性地將手伸向附有計算機功能的卡西歐錶，當他意識到此時距離這東西存在的時代還有多久時不禁失笑起來。他從吧檯抓起一張餐巾紙，用原子筆在上面潦草地寫了幾個數字。

兩千三百倍的二十點八的一半，減掉法蘭克．梅道克幫忙下注所分得的三成……傑夫贏得將近一萬七千塊。

更重要的是，比賽結果和他記憶中一樣。

他才十八歲，而且知道接下來二十年內世界上將發生的每一件大事。

4

傑夫把手上的牌一口氣全摔在假日飯店深綠色床罩上，牌面朝上。手指接著用最快速度將牌從舊撲克牌中彈出，這時法蘭克以傑夫已經熟悉的催眠語調喃喃地唸出：「加四、加四、加五、加四、加三、加三、加三、加四、加三、加四、加五——停！暗牌是王牌A。」

傑夫慢慢將方塊A翻過來，兩人都笑了。

「哈！」法蘭克狂笑起來，他大力一拍床罩，把撲克牌全彈上了空中。「我們是最佳拍檔，老兄，我們會所向無敵！」

「來瓶啤酒嗎？」

「媽的還用問！」

傑夫打開腿站直身，穿過房間朝桌上的冷藏櫃走去。這個一樓房間的窗簾開著，傑夫邊橇開兩瓶酷爾斯啤酒的瓶蓋，邊用極度讚賞的眼神，盯著他那輛停在位於圖庫卡利旅館停車場上熠熠生輝的簇新灰色史都鐸貝克亞凡提8。

這輛車從亞特蘭大一路開來，沿途引來不少好奇的目光和評論，而在前往拉斯維加斯的旅途上，可能還會吸引同樣的注意力。傑夫在這輛車裡感覺到徹底的自在，那「未來主義」的設計和儀表設備甚至

---

8 一九六二至六三年間由美國史都鐸貝克（Studebaker）公司設計、製造的跑車型房車亞凡提（Avanti），以造型拉風時尚著稱。

讓他得到一些安慰。這輛車頭極長、後車廂截短的機器，在一九八八年時會是引人注目的最新型跑車，他似乎記得在一九八〇年代還有一家獨立製車廠仍在生產限量版的亞凡提。對一九六三年的他來說，這輛車像是時光旅行的旅伴，是由屬於他的年代形象包覆的豪華保護殼。如果說老雪佛蘭喚起了懷舊記憶，亞凡提喚起的是對未來時光的強烈鄉愁。

「喂，啤酒還沒好嗎？」

「來了。」

他遞給法蘭克一瓶冰啤酒，然後喝了一大口自己那瓶。五月底梅道克一畢業，他們就立刻上路了。傑夫很久沒去上課，已經被退了學，但他一點也不在意。梅道克想去南方，在紐奧良停留幾天慶祝，但傑夫堅持走更直接的路，繞經過伯明罕、曼菲斯和小岩城。在城市外圍，每幾百哩就有段新開通的州際公路，速限七十或七十五，這些平緩寬闊的偏僻路段讓傑夫可以將最高時速一百六十哩的亞凡提發揮到極致。

和茱蒂．高登的約會提早結束那夜，傑夫曾經沮喪與困惑，情緒卻被德貝勝利的喜悅驅散。那晚以後，除了在校園內擦身而過之外，他再也沒見過她。他也不再憂心該如何解釋自己的精準預測，除了有時候清晨醒來，腦袋會思考著無法找到的解答。無論真相如何，至少他現在有證據可以證明，他意識到的未來不只是個幻想。

截至目前，傑夫一直都能成功轉移法蘭克提出的問題：是什麼讓他能夠精準預測，贏得驚人的勝利？梅道克現在以為傑夫是個有先天殘缺的預言者，懂得某種神祕的預測方法。傑夫拒絕繼續下注德貝賽後兩個禮拜舉行的普里克尼斯馬賽，則強化了這印象。他確定夏多克會贏得該年度賽馬三冠王系列賽事的其中兩項，卻記不得哪匹馬輸了德貝大賽接下來的哪項比賽，因此，儘管法蘭克抗議，傑夫還是堅持當旁觀者。結果，糖果斑點以三個半馬身的距離贏得了比賽。現在傑夫不只確定貝爾蒙特馬賽的贏家是誰，更有把握糖果斑點的再起，必定會讓夏多克的賠率再次飆高。

賭博賦予傑夫新的使命感，讓自己暫時抽離形上學和哲學的泥淖，不再試圖去挖掘目前處境的解答。如果他不是已經精神錯亂，繼續埋頭苦思無法解釋的事物最後也會把他逼瘋。賭博是一翻兩瞪眼的事，直截了當得讓人欣慰：贏或輸、對或錯，簡單明瞭，沒有模糊地帶，不必煞費疑猜；尤其當你事先已經知道結果時更是如此。

法蘭克撿回四散的牌，正在切牌、洗牌。「喂，」他說，「我們用兩副牌來玩！」

「好啊，為何不？」傑夫雙腿跨坐在床邊的一張椅子上。他把牌拿過來重洗一遍，然後開始發牌。

「加一、加一、零、加一、零、減一、減二、減二、減三、減二……」

傑夫滿足地聽著熟悉的聲音持續計算發出的一點和十點張數。法蘭克當時正狂熱地背誦一本叫《戰勝莊家》的新書中的圖表，內容是關於電腦研究出來的二十一點贏牌策略。傑夫自己閱讀過後深知，這類算牌術的威力有多大。到了一九七〇年代，美國賭場已禁止使用這類技術的玩家進場。但是在這時代，不論何種算牌術的玩家仍被當成肥羊，受莊家和賭場監檯員歡迎。法蘭克應該能玩得不錯，最不濟也能保本；如果二十一點賭桌上贏錢的激動情緒讓他聚精會神在賭局上，或許能稍微轉移他的注意力，不過於專注傑夫期待在貝爾蒙特馬賽上贏得的驚人勝利。

「減一、零、加一——停！暗牌是十點。」

傑夫把梅花J秀給法蘭克看，兩個人擊掌歡呼。法蘭克乾了啤酒，把罐子放上床頭桌上的半打空罐旁。「喂，」他說，「我們路上經過的一家汽車電影院在放映《第七號情報員》，想不想去看？」

「拜託，法蘭克，那部電影你已經看過幾次了？」

「三、四次吧，每次看都覺得更好。」

「真是夠了。我受不鳥詹姆斯・龐德了。」

法蘭克疑惑地看著他。「你說啥？」

「沒事。我只是不想去而已，車給你開，鑰匙放在電視機上。」

「哪裡不對勁啦，你在幫教宗服喪嗎？我可不知道你是天主教徒。」

傑夫大笑，伸手拿他的鞋子。「你在說啥鬼話，好吧我去。至少不是羅傑・摩爾演的。」

「羅傑・摩爾又是什麼鬼？」

「他有一天會上天堂啦。」

法蘭克搖搖頭，然後皺起眉頭。「我們的話題是教宗死了，還是詹姆斯・龐德，還是什麼？你知道，老弟，有時候我真的不知道你他媽的在講啥耶。」

「我也不知道好嗎，法蘭克，我也不知道。走吧，看電影去。我們正需要逃離一下現實。」

隔天他們輪流開著亞凡提，一路前往賭城。傑夫從沒去過內華達州，比起他記憶中電影和電視裡呈現的八〇年代歌舞秀，霓虹燈飾裝點下的脫衣舞場顯得較冷清，少了點張牙舞爪的奢華與俗麗。這是霍華・休斯[9]之前的賭城，他會意過來，這是希爾頓和米高梅大手筆創建大型、「體面」賭場飯店前的賭城。現在占據位於內華達州六〇四號公路上一小片超現實世界的，是戰後賭風盛行年代留下來的低矮卻充滿活力的建築，像是「沙丘」、「熱帶雨林」與「沙灘」等著名賭場。「鼠黨」[10]在拉斯維加斯夜夜笙歌的年代，彷彿直接走出老派黑幫電影，以彈指為伴奏節拍的搖擺舞曲配樂隱約在背後悠揚，炙熱、乾燥的空氣中仍依稀嗅得出一絲刺激的罪惡氣息。他們在紅鶴飯店辦妥住宿手續，在飯店賭場裡寄存了一萬六千美元的現金。飯店副理像哈巴狗般殷勤，免費讓他們住進三個房間的套房，並招待他們住宿期間的飲食。

法蘭克花了一個晚上時間觀察二十一點的賭桌：使用幾副牌、分牌和加倍下注的規則，遊戲進行的速度以及不同莊家的個性。傑夫和他一起看了一會兒，覺得無聊了，便開始在賭場裡閒晃，體會一下這地方的奇特氛圍。一切都如夢似幻：象徵鉅額金錢的鮮豔籌碼、衣履光鮮的男男女女……虛張聲勢的性感外表下透露著絕望，炫耀著一擲千金的無窮財富。

傑夫早早回到房間，看著《傑克．派爾秀》[11]睡著了。隔天早上起床，他發現法蘭克正在套房內的客廳裡一邊踱步、一邊喃喃自語，手裡還不時翻著一疊臨時記憶卡。

「一起去吃早餐？」

法蘭克搖搖頭。「我想最後再背一次這些東西，中午前上賭桌去。我要在早班結束前、莊家開始警覺到要溜掉前抓住大魚。」

「有道理，祝你好運。我可能會待在游泳池附近。記得讓我知道事情進行得怎樣了。」

傑夫獨自坐在旅館餐廳一張六人座桌前吃早餐，一邊讀著《賽馬消息報》。他很高興注意到，夏多克在貝爾蒙特馬賽上的賠率仍然持續攀升，但報紙上提到的一堆其他大大小小比賽他就沒一個有印象。

---

9 霍華．休斯（Howard Hughes），美國傳奇大亨，以航空業起家，六〇年代開始介入拉斯維加斯賭場經營。

10 鼠黨（Rat Pack），一九六〇年代時，由當紅藝人法蘭克．辛納屈帶頭，開始拉幫結夥將狄恩馬汀（Dean Martin）及小山米．戴維斯（Sammy Davis Jr.）等帶到拉斯維加斯長期作秀，這群被稱爲鼠黨的藝人一起將拉斯維加斯打造成娛樂的天堂，也是拉斯維加斯黃金年代的象徵。

11 傑克．派爾（Jack Paar）爲美國著名廣播及電視節目主持人，一九五六年起，於美國廣播公司廣播網主持以自己爲名的脫口秀節目。

他狼吞虎嚥吞下一盤雙份炒蛋及配菜的厚片火腿，然後又吃了一大塊鬆餅及三分之一杯的牛奶。最近這幾年他已經習慣不吃早餐，或是在上班途中匆忙吃塊丹麥酥、喝下第一杯咖啡，他一天總要喝許多杯咖啡。但現在這嶄新的年輕身體擁有自己的食慾，他不得不從。

傑夫回房間換泳衣時，法蘭克已經下去賭場了。他抓了一條大毛巾和一本視覺生活雜誌，經過飯店禮品部時停下來買了瓶夏波胴防曬乳（注意到上面沒有防曬係數標示），然後在游泳池邊找了張躺椅躺下。

他立刻看見了她：濕漉漉的黑髮、雕刻線條般的顴骨。

她有著豐滿堅挺的胸部、纖細的腰枝，以及優雅而曲線美好的長腿。她從泳池中上岸，帶著笑意，在沙漠豔陽下閃閃發光，並且朝著傑夫走過來。

「嗨，」她打了招呼，「這張椅子有人用嗎？」

傑夫搖了搖頭，做個手勢請她在身旁坐下。她把背伸直躺下，輕輕將在滴水的濕髮披散到帆布躺椅背後晾乾。

「我可以請妳喝點東西嗎？」傑夫一邊問，一邊暗自希望自己的眼神不會在她遍布水珠的胴體上停留太久、太明顯。

「不，謝了。」她說，仍微笑地直視著傑夫，緩和了拒絕時的尷尬。「我才剛喝了杯血腥瑪麗，而且天氣太熱，讓我有點昏昏欲睡。」

「還沒習慣前總是這樣，」他同意，「妳從哪裡來的？」

「我住伊利諾州，就在芝加哥外。但我來這裡已經幾個月了，我想我可能會待一陣子。你呢？」

「我現在住亞特蘭大，」他告訴她，「但我在佛羅里達長大。」

「喔，那我猜你一定很習慣這裡的豔陽囉？」

「挺習慣的。」他聳聳肩。

「我去過邁阿密幾次。那裡很不錯，希望那裡也有這種地方可以讓你們玩玩。」

「我是在奧蘭多長大的。」

「那是哪裡？」她問。

「靠近——」傑夫差點就要說「迪士尼樂園」，還好及時改口成「甘迺迪角」，雖然他知道那地方真正的名字不叫甘迺迪角，即使是一九八八年，名字也早改回來了。「……靠近卡納維爾角。」最後他說。他的猶豫似乎讓她有點不解，但尷尬的時刻很快就過去。

「那你看過火箭發射嗎？」她問。

「當然啦。」他說，心裡想的是一九六九年他和琳達開車去看阿波羅十一號升空那次。

「你覺得他們真的可以像他們說的那樣，登陸月球？」

「說不定哩。」他微笑。「對了，我叫傑夫，傑夫．溫斯頓。」

她伸出沒帶戒指的纖纖玉手，他握住她的手指一會兒。

「我是夏拉．貝克。」她將手收回，撫過她仍潮濕的直髮後順著頸背下滑。「你在亞特蘭大做什麼工作？」

「嗯……其實我還在上大學。但我打算從事記者工作。」

她露齒微笑，笑容中帶著一股親切感。「還是大學生？你的媽咪和爹地肯定花了大把鈔票送你上大學，還讓你來拉斯維加斯。」

「不是。」他回道，另一方面覺得挺有意思。女孩的年紀不會超過二十二、三歲，他卻自動從另一個年齡點來考慮年紀差距。「我來這裡花自己的錢，在肯德基賽馬大賽贏來的。」

她抬了抬秀氣的眉毛，顯然對這話留下深刻印象。「真的嗎？那你是開車來的？」

「是呀，怎麼？」

她將曬成褐色的纖長臂膀慵懶地放在頭頂上，胸部在樣式保守過時的泳裝下原形畢露。對傑夫來說，這催情效果好比她正穿著八〇年代暴露的法式剪裁設計泳裝，或是一絲不掛。

「我只是想到，也許我們可以躲開太陽一會兒，」她說，「也許是去米德湖兜個風。有興趣嗎？」

夏拉住在天堂和熱帶雨林賭場附近一間整潔的雙層小公寓裡，與一個叫貝姬的女孩合租，貝姬下午四點到凌晨在機場服務臺上班。除了晚上在賭場或是下午在飯店泳池邊閒晃外，夏拉似乎無所事事。

她不是妓女，只是像賭城女孩一樣喜歡盡情享樂，不介意偶爾收個小禮物或一把籌碼。接下來四天裡，傑夫大部分時間都和她待在一起，他買了幾件小禮物送她，一個銀腳環、一只皮包，顏色正好搭配她喜愛的洋裝，但她從不開口提到錢。他們去湖上划船，開車到頑石水壩，到沙漠酒店看法蘭克・辛納區的歌舞表演。

大部分時間他們都在做愛。在她的公寓、在傑夫在紅鶴飯店的套房裡，他們頻繁地做愛，享受著難忘的性愛。夏拉是整件事開始以來他第一個上床的對象，也是他在結婚後除了琳達以外的第一個性伴侶。夏拉對性的饑渴，可說是與他天造地設的一對。夏拉之淫蕩就如茱蒂之羞怯，傑夫深深沉迷在她放縱無度的情慾之中無法自拔。

法蘭克則偶爾從付錢辦事的女孩身上找樂子，每個飯店娛樂廳或賭場中都找得到這些女孩的蹤影，但他把大多時間花在二十一點賭桌上，忙著贏錢。在貝爾蒙特馬賽開始前，他已經讓賭本翻出了九千美元，他慷慨地分了三分之一給傑夫，答謝他一開始先提供了賭資。他們兩個人現在一共在飯店寄存了將近兩萬五千美元。法蘭克儘管有些保留，但還是願意參與傑夫堅持執行的計畫，把這筆錢一次全賭在賽馬上。

賽馬時間即將開始的週六，傑夫和夏拉正在紅鶴飯店的泳池邊。

「你連電視都不去看？」眼看傑夫絲毫沒有從藤編坐墊起身的意願，夏拉問道。

「不必去，我已經知道結果了。」

「你呀你！」她笑開了，拍了一下他的屁股。「你這有錢的大學生，自以為無所不知。」

「如果我是錯的，就不會有錢了。」

「慢慢等吧，時候總會到。」她邊說，邊把手伸向夏波胴防曬油。

「什麼意思？是說我錯的時候，還是窮的時候？」

「哎，傻瓜，我哪知道。這裡，幫我擦腿背。」

傑夫在陽光下幾乎打起盹來，當法蘭克帶著不可置信的臉色從飯店裡走出來時，他的手正停留在夏拉裸露的大腿上。傑夫看見他朋友的表情，於是連忙爬起身。天哪，也許他們不該全賭上的。

「怎麼了，法蘭克？」傑夫緊張兮兮地問。

「所有的錢，」法蘭克粗聲說，「他媽的全部的錢。」

傑夫一把抓住他的肩膀。「發生什麼事了？快告訴我發生什麼事了！」

法蘭克的嘴唇向後牽動，臉上出現一抹古怪的似笑非笑。「我們贏了。」他低聲說。

「贏多少？」

「十三萬七。」

傑夫鬆了一口氣，手鬆開法蘭克的臂膀。

「你是怎麼辦到的？」法蘭克用力盯住傑夫的眼睛問。「見鬼了，你是怎麼辦到的？你已經連續三次都說對了。」

「運氣而已。」

「運氣，屁啦。德貝馬賽時，你把所有弄到手的錢全押在夏多克身上，只差沒把傳家珠寶拿去典當。你一定知道什麼只是不說而已，要不然還有什麼原因？」

夏拉一邊咬著下唇，一邊若有所思地望著傑夫。「你說過你知道結果會是如何。」

傑夫不喜歡談話轉移到這話題上。「嘿，」他笑著說，「下次我們就可能把錢全部輸光好嗎？」

法蘭克再次露出微笑，好奇心顯然消失了。「你創下了驚人紀錄，小子，我會追隨你到天涯海角。什麼時候還要大幹一場？你已經有什麼好預感了嗎？」

「沒錯，」傑夫說，「我有預感今晚夏拉的室友會打電話去請病假，然後我們四個人會好好搞個見鬼的慶祝大會。我現在就賭這個。」

法蘭克哈哈大笑地往泳池邊的吧檯走去，點來一瓶香檳，夏拉則衝去打電話給她的室友。傑夫又坐回到墊子上，一邊氣自己話說得太多，一邊想著該如何告訴法蘭克，他們的賭友關係已經告一段落，至少在今年夏天是結束了。

該死的他當然不會承認，他們不再下注任何比賽，因為他已經記不得誰是贏家了。

傑夫在熱可頌上面塗上薄薄一層柑橘果醬，接著啃掉薄脆的一角。從佛煦大道上的陽台上，可以看到凱旋門以及布洛涅森林的廣大綠地，兩者都在他的公寓輕鬆步行可及的範圍內。

夏拉坐在鋪上亞麻桌巾的早餐桌對面向他微笑。她從盤裡拿了一大粒草莓，先將草莓浸入一碗鮮奶油中，再裹上一層糖粉，然後開始慢慢舔起熟透的莓果，當她的唇包覆住果子時，眼睛仍定定地看著傑夫。

傑夫把正在閱讀的《國際前鋒論壇報》放在一邊，專心欣賞她拿草莓做道具的即興演出。反正報上都是些熟悉得讓人沮喪的新聞。甘迺迪在巴黎東方的分裂城市發表了著名演說〈我是個柏林人〉。在越南，佛教僧侶們開始上街頭，以自身為人肉祭品向吳廷琰政府12抗議。

夏拉將草莓再次浸入濃稠的鮮奶油中，張開的嘴唇銜住果子，然後用舌尖舔去滴下的白色液體。她的絲質長袍在晨光中變得半透明，傑夫可以看見她的乳尖在單薄的纖維下挺立起來。

他在巴黎納利區租下這間兩個臥室的公寓整個夏季，除了偶爾到凡爾賽宮或楓丹白露森林短暫出遊外，他們都待在巴黎。這是夏拉第一次到歐洲旅行，傑夫則曾經和琳達參加過走馬看花的旅行團來過巴黎，這次他希望能用另一種方式來體驗這城市。他顯然是如願了：夏拉濃郁的肉慾氣息和花都的浪漫氛圍可說是完美的結合。天氣晴朗的時候，他們在城市的大街小巷漫步，在隨便一家看對眼的小飯館或咖啡廳吃午餐；夏季多雨，雨天就窩在舒適的公寓裡，耽溺在彼此的肉體中，懶洋洋地渡過漫長的一天，窗外的巴黎籠罩在這季節不該有的清冷薄霧中，倒成了襯托他們激情愛火的完美背景。

在夏拉柔滑的黑髮裡，傑夫揉碎了自己的恐懼，將他未曾削減的迷惑埋藏在她散發甜甜香氣的柔軟起伏之中。

---

12 一九五四年越南分裂爲南北越，吳廷琰（Ngo Dinh Diem）得到美國支持於一九五五年起擔任南越首任總統。一九六三年，南越佛教僧侶對政府的不滿日益高漲，吳政權的強勢鎮壓使其與美國關係惡化，並於該年底在美國發動的武裝政變中被刺身亡。

她隔著餐桌望著傑夫，眼神中閃現調皮的光芒，一口吞沒豐滿草莓的方式充滿了肉欲。一小滴鮮紅汁液染紅了她的下唇，她伸出蓄著修長指甲的纖細手指，緩緩拭去汁液。

「我今天晚上想去跳舞，」她宣布，「我要穿那件新的黑色洋裝和你跳舞，底下什麼也不穿。」

傑夫任由目光順著白色絲袍下曲線畢露的身軀往下滑。「底下什麼也不穿？」

「我可能會穿雙絲襪，」她壓低聲音說道，「要跳你教我跳的舞。」

傑夫露出笑容，指尖輕拂過露出在敞開袍子下的光滑大腿。三個禮拜前某個晚上，他們曾在一家最近開始流行起來的「迪斯可舞廳」裡跳過舞，傑夫自然而然地帶著夏拉跳一種姿態迂迴、無固定舞步的舞，那是下個十年才會發展出的舞蹈。她馬上就習慣了這種舞蹈風格，並加進幾個自創的挑逗動作。其他跳著搖擺舞或瓦圖西舞的伴侶們，一對對地全讓到一邊去欣賞傑夫和夏拉的舞蹈。一開始眾人還有些猶豫，但隨著熱情加溫，所有人都開始跳起了紊亂鬆散的性感舞步。

現在，他和夏拉幾乎每隔一天就會到新潮吉米或是慢舞俱樂部去玩，她開始以最能讓她在舞池中展露出誘人軀體為原則，來挑選當天的穿著。傑夫喜歡看著她，其他來跳舞的人則模仿她的動作，甚至越來越多人模仿她的衣著，這也為他帶來不少樂趣。傑夫覺得有趣的是，他不過是某天晚上和夏拉去跳舞，卻可能在無意間改變了流行舞蹈的歷史，加速了原本是六〇年代中後期才會出現的女性時尚的情慾革命。

她抓住他的手，帶著在絲袍下的大腿間游移。他的可頌和法式咖啡逐漸在餐桌上失去溫度，隨著在春天極度困擾他的時間之謎，一起拋到腦後。

「我們回到家時，」她低語，「我會把絲襪留給你。」

＊

「那麼，」法蘭克問，「在巴黎過得怎樣？」

「好極了。」傑夫一邊告訴他，一邊挑了把廣場飯店橡木廳的寬敞扶手椅坐下。「我正需要渡這樣的假。哥倫比亞大學如何？」

他的老搭檔聳了聳肩，示意侍者前來。「看來就跟我預期的一樣，並不輕鬆。還是喝傑克丹尼爾？」

「只要點得到。法國人沒聽過麥芽發酵的威士忌。」

法蘭克點了杯波本酒，幫傑夫點了杯格蘭利威。隱約可聞的小提琴樂音穿過敞開的酒吧大門從棕櫚閣飄來，消散在優雅古老的紐約飯店大廳中。在祥和樂聲背景下，偶爾聽得見幾聲杯觥交錯的清脆聲響，以及周圍談話形成的柔和蜂鳴，廳中厚重簾幔及豪華皮革的吸音效果，將人們的話語變得模糊不清。

「法學院第一年的日子，不像我常去鬼混的小酒館啊。」法蘭克笑著說。

「至少你從莫伊與喬伊升級了。」傑夫同意。

「夏拉和你一起來嗎？」

「她今天去看《邊緣之外》13，我跟她說我們有生意要談。」

「你們兩個挺合得來，沒錯吧？」

「她很好相處，而且有趣。」

13《邊緣之外》（Beyond the Fringe），由彼得・庫克（Peter Cook）編劇的英國時事諷刺劇，一九六〇年代在紐約百老匯上演。

法蘭克點點頭，搖了搖服務生放在他面前的冰涼飲料。「那麼，我想你沒再跟你跟我提過的埃墨里女孩見面了？」

「你是說茱蒂？沒了，我們兩個在你我去拉斯維加斯前就結束了。她是個好女孩，挺討人喜歡的，但是……太天真。年紀太輕了。」

「她跟你同年紀，不是嗎？」

傑夫警覺地看著他。「你又想扮演老大哥了，法蘭克？你覺得以我的年紀沒辦法搞定夏拉或其他事？」

「不，不是，只是——你總是讓我很驚訝，就這樣。第一次跟你碰面時，我以為你只個乳臭未乾的小子，除了別的事情外，關於賽馬你還有太多得學呢，但是你向我證明了你的確有兩下子。我的意思是，天哪，你贏了那麼多錢，悠閒地開著亞凡提四處晃，還帶著夏拉這樣的女人去歐洲……有時候你似乎比實際年齡還要老成許多。」

「我想現在也許是轉移話題的好時機。」傑夫唐突地說。

「喂，聽著，我無意冒犯。夏拉是個難得的女孩，我很忌妒你。我只是覺得你好像……我不知道，我覺得你好像比我認識的人都成熟得更快。我說這話並不是對你做價值判斷。該死，我想你可以把這當成讚美吧。我只是覺得哪裡不對勁，沒別的。」

傑夫刻意放鬆因緊張而姿勢僵硬的肩膀，手拿著酒杯往後靠在椅背上。「我猜那是因為我對生活有很大的熱情吧，」他說，「我想做很多事，而且想要迅速完成。」

「我想你已經跑在一堆容易受騙的蠢蛋前面了。你現在更強了。希望你一切順利，就跟目前為止一樣。」

「謝謝，為這來乾一杯吧。」他們各自舉起酒杯，不做聲地同意將剛才兩人之間的緊張當作沒發生。

「你剛提到，你跟夏拉說我們要談生意是嗎？」法蘭克說。

「沒錯。」

法蘭克啜了一小口蘇格蘭威士忌。「這樣啊，真的嗎？」

「那要看情形。」傑夫聳了聳肩，不置可否。

「什麼情形？」

「要看你是不是對我的提議感興趣。」

「在你夏天成功搞定這些事情後？你想我會不聽你其他的瘋狂主意？」

「這點子比你能想像的還瘋狂。」

「說來我聽聽。」

「世界大賽，兩個禮拜後開打。」

法蘭克抬起一邊的眉毛，「我懂了，你想賭在道奇隊上吧？」

傑夫停頓了一下。「沒錯。」

「喂，我們認真點。我是說，你在德貝和貝爾蒙特馬賽上的確猜得挺準，但是別鬧了好嗎！洋基有曼托，馬利斯也回來了，還是頭兩場在紐約的比賽，你想下注道奇？不可能，老兄。他媽的想都別想。」

傑夫身子前傾，輕聲且堅定地說：「事情的結果就是那樣。一場完封，而且道奇會演出四連勝。」

法蘭克一臉古怪地向他皺了皺眉頭。「你真的瘋了。」

「不，我說的是對的。一、二、三、四，道奇連勝。我們中的肯定是超級頭彩。」

「意思是，我們可能只能回莫伊與喬伊喝酒了。」

傑夫把最後一口酒飲乾，向後靠向椅背，然後搖了搖頭。法蘭克繼續盯著他，像是想找出到底是什麼原因讓傑夫瘋了。

「也許小賭一點，」法蘭克答應了，「我是說賭個幾千塊，也許五千，如果你真有預感的話。」

「全部賭上。」傑夫把話說明。

法蘭克點了根泰瑞登香菸，眼神一直沒離開傑夫的臉。

「你到底是怎麼啦？你打定主意想輸還是怎樣？你知道，好運終歸是有限的。」

「這件事我絕不會錯，法蘭克。我會賭上我剩下全部的錢，我開給你的條件跟上次那筆生意一樣：賭本我出，你下注，七三分帳。如果你不想下場，你一點風險也沒有。」

「你知道你的賠率是多少嗎？」

「不確定。你呢？」

「一時想不起來。不過嘛，肯定是耍人的賠率，只有容易被耍的笨蛋才會下注。」

「你何不打個電話，問問看我們現在的情況？」

「我會的，只是出於好奇。」

「那就去吧，我在這等你，幫我再叫杯酒。別忘了，我們不只要贏一場。道奇會大獲全勝。」

法蘭克才離開不到十分鐘就回來了。

「我的賭注登記人嘲笑我，」他邊坐下伸手拿冰涼蘇格蘭威士忌邊說道，「他竟然在電話裡大聲嘲笑我。」

「賠率是多少？」傑夫安靜地問。

法蘭克一口氣喝掉半杯酒，「一百比一。」

「你會幫我下注嗎？」

「你真的打算要這樣做是不是？不只是開開玩笑而已？」

「我百分之百認真。」傑夫說。

「什麼讓你這麼肯定你對這件事的看法？你知道這世界上其他人不知道的事嗎？」

傑夫眨眨眼，竭力維持語氣的平靜。「我沒辦法回答這問題。只能告訴你，這不只是個預感。這是已經確定的事。」

「聽起來很可疑，像是——」

「絕對沒有牽涉不法，我發誓。你知道他們現在無法操縱世界大賽了，就算可以，我又怎能知道些什麼，除非見鬼了？」

「但你說話的方式像是知道很多事。」

「我知道的只有：我們不會輸掉這賭局，絕絕對對不可能。」

法蘭克專注地看著傑夫，一口氣喝乾剩下的威士忌，接著又叫了一杯。「好吧，該死，」他喃喃地說，「去年四月遇到你之前，我以為我今年得靠獎學金維生了。」

「什麼意思？」

「意思是我想我會加入你這蠢計畫。別問我為什麼，等到第一場比賽結束我可能會想切開自己腦袋找答案。不過我有件事想說。」

「說吧。」

「別再說七三分帳這種屁話了，你會把全部的錢都拿去賭不是？我們兩個人都碰碰運氣吧，把從拉斯維加斯贏來的錢剩下的全部拿來下注，連我從賭桌上贏的也加上去，不管贏多贏少，多少我們對分。」

行嗎？」

「成交，老搭檔。」

那年十月，屬於考費克斯和崔斯戴爾[14]兩人。

傑夫帶夏拉到洋基球場去看了頭兩場比賽，而法蘭克甚至沒辦法坐在電視機前看球。

道奇隊以五比二拿下首勝，該場由考費克斯主投。隔天站上投手丘的是波德瑞斯[15]，在王牌救援投手隆．佩安諾斯基的協助下，他讓洋基跑回一分，但終場道奇隊仍以十支安打及跑回四分的成績奪得勝利。

第三場比賽在道奇隊主場洛杉磯球場舉行，是一場由崔斯戴爾演出的經典賽：他以一比〇完封了洋基隊，這位被球迷暱稱為「大人物」的右投手讓洋基打者一一無功而返。九局中的六局，只有三位打者在崔斯戴爾的投球下得到上壘機會。

第四場比賽勢均力敵，即使是在紐約皮爾酒店觀看彩色電視的傑夫也緊張到流汗。在這場比賽中，洋基隊主投的惠特尼．福特再次對上了考費克斯，兩人均使出了渾身解數，務必要拚出個你死我活。洋基隊傳奇打者米奇．曼托和洛杉磯道奇的法蘭克．霍華德都轟出了全壘打，使得比賽到七局結束時比數呈現一比一的緊張局面。接著喬伊．佩皮通在洋基隊三壘手克力特．博爾傳球時犯下失誤，使得道奇隊的吉姆．基連有機會站上三壘。緊接著站上打擊區的打者是威利．戴維斯，在戴維斯一記深長的中間安打下，終於讓基連跑回本壘得分。

於是道奇隊在世界大賽中以四連勝擊敗了洋基隊，自從紐約巨人隊在一九二二年擊敗洋基隊後，這支來自紐約的隊伍就沒有過這麼慘烈的戰績了。這也是棒球史上一次最偉大的逆轉勝賽事，而傑夫絕不可能忘掉這件事，就像他不可能記不得自己的名字一樣。

在傑夫堅持下，法蘭克將他們的十二萬兩千美元賭金交給六個城市二十三個不同的賭博業者，並且在拉斯維加斯、利諾和聖胡安的十一個賭場分開下注。

他們贏得了共計超過一千兩百萬美元的彩金。

14 六〇年代洛杉磯道奇隊傳奇左右投手組合，一九六二至六六年間，兩人共獲得了五座賽揚獎中的四座。

15 波德瑞斯（Ron Perranoski），道奇隊傳奇左投，曾在布魯克林道奇時代爲道奇隊贏得在紐約的唯一一場世界冠軍，也是大聯盟史上第一位世界大賽的最佳價值球員。

5

他們兩個人心底都清楚，賭博遊戲結束了。他和法蘭克的名字已經傳開，沒有一位美國的賭博業者或賭場會接受他們任何一人的大額投注。

當然了，還是有別的方式可以賭，也許他們該用形象好一點的名字來下注。

「……會計部門在那間辦公室，法律人員的位置在大廳對面，這裡下來……」

法蘭克正帶傑夫參觀他在希格蘭大廈16第十五層租下的辦公室，辦公室正裝潢到一半，他顯然從介紹過程中得到不少樂趣。在傑夫許可下，法蘭克選擇這棟大樓做為辦公室所在，同時也負責調停一切大小細節，從編組成立這間「未來企業」開始，一直到聘請祕書和簿記員等工作。

法蘭克已經從法學院輟學。他們倆有個默契：由法蘭克監督公司的日常營運，傑夫則負責投資及公司整體方向的大決策。法蘭克不再質疑傑夫的建議，但自從世界大賽的計畫成功後，兩個搭檔之間出現了一層古怪的隔閡。他們很少閒話家常，但傑夫知道法蘭克喝酒喝得比以前更凶了。從前的好奇心已被劇增的恐懼取代，他恐懼的是傑夫到底知道多少事，以及他到底是怎麼知道的。他們之間再也沒提起過這話題。

「……穿過接待區這裡，從現在起不出幾個禮拜，你就會看到一個了不起的大人物坐在這張桌子前面，而現在……我們……就站在這裡！」

這是間昂貴的辦公室，給人舒適的印象，不帶有壓迫感。在大型橢圓橡木辦公桌後方，一張黑色的巴塞隆納椅正等待著主人。桌子對面是個擺滿酒瓶的吧檯，以及一個可容納影音設備的氣派落地櫃。鑲嵌在兩邊牆上的落地窗一邊可眺望哈德遜河景，另一邊則可看見曼哈頓中城櫛比鱗次的高樓景觀。幾盆茂盛的盆栽為辦公室每個角落帶來綠意，畫框中的波拉克畫作為人類的創意價值做了最佳見證。法蘭克在某面牆上掛了幅放大的攝影作品，主角是匹飾鮮花的馬，在肯德基德貝馬賽後戴上冠軍花環的夏多克。

「多虧你了，兄弟。」法蘭克笑著說。

傑夫被法蘭克的心血感動了。「法蘭克，這真是太棒了！」

「當然，只要你不喜歡都可以馬上改掉。設計師知道這只是開始，要得到你的認可才行，畢竟你才是要在這裡工作的人。」

「一切都很好了。我真的吃了一驚，你可別告訴我有哪個設計師想得出掛上夏多克照片的主意。」

「不，」法蘭克承認，「是我提議的，我想你應該會很高興。」

「這會帶給我許多靈感。」

「我就是這麼想。」法蘭克笑著說。「老天，每次一想到這些事在多短的時間內發生——哎呀，我想你知道我的意思。」孩子氣的歡樂時刻來得快去得也快。經歷了這些事，讓法蘭克老了許多：那些難以啟口、得不到回答的疑問，以及無法解釋的一夜致富……法蘭克都無法應付得遊刃有餘。

「總而言之，」法蘭克的眼神飄開，望著接待區說，「我今天有一大堆的事得忙呢。我向門羅訂了幾台最新的辦公室計算器，原本兩天前就該到了。如果你只是想在這裡坐一下，感覺一下這地方的……」

16 位於紐約曼哈頓花園區的豪華辦公大樓，由密斯．凡．德羅（Mies van der Rohe）設計，建材爲當時剛發明的玻璃帷幕，是現代主義建築的原型。

「沒關係，法蘭克，你儘管去忙。我很樂意在這裡坐一會兒，想點事情。再說一次謝謝，你做的真是太好了，夥伴。」

他們握了握手，用稍微扭捏的姿勢拍拍對方肩膀，表達了彼此的同志情誼。法蘭克向幾乎空無一物的辦公室隔間大步走去，傑夫則在巨大書桌後方的巴塞隆納椅上坐下，在椅子舒適的包覆中鬆弛下來。

一切易如反掌，甚至比他想像中還輕鬆。德貝、貝爾蒙特馬賽、一局局重演的世界大賽……有了從這些穩賺不賠的賭局中贏來的鉅額資金，傑夫現在可以不受限地為所欲為，跟以前一樣輕鬆，甚至更容易。

他已經開始研究股價，回顧已知世界的未來情勢，用這些知識來推斷目前的市場局勢。雖然他記不得這些年中每一次的經濟起伏，但他確信自己的洞察力足夠顧慮到小規模的經濟衰退與不相關的景氣倒退。

有些投資可以肯定去做，如IBM、富士全錄、拍立得。其他的則需要多點考慮，他必須將正在發生或即將來臨的社會變遷，和可能從中獲利的公司連結起來。傑夫知道，剩下的六〇年代將是個普遍繁榮的時代，美國人將因商務和休閒周遊四方，未來企業應該投資旅館業和航空業。波音公司的股價即將開始大幅成長，雖然那唬人成分居多的高音速計畫很快就會中止，而當時還沒公布的波音七二七與七四七將成為未來二十五年內主要的商業客機。航空太空企業也將面對成敗，但傑夫很確定會有份詳細的研究報告可以幫助他記起，是哪家公司拿到最賺錢的阿波羅計畫合約，而且最後建造了太空梭機隊。

傑夫向下凝視著商業活動興盛的哈德遜河兩岸。日本車還要很長一段時間才會入侵美國，而美國人對大車子的喜愛已經快逼近高峰，這點他第一天就注意到了；投資一百萬到克萊斯勒、通用和福特汽車公司不會有害處。RCA（美國無線電公司）也是短期投資的好選擇，因為彩色電視即將成為家家戶戶的基本配備，而距離日本新力進軍美國市場造成毀滅性衝擊的時期，可能還要好些年。

傑夫閉上眼睛，這一切可能讓他暈眩。每個月都得承受的財務危機、責任太重薪資卻過於微薄的工作帶來的一輩子挫折，這些憂慮都過去了，不僅過去了，而且未來也不需要再擔憂。誰在乎這些事是怎麼發生的？他年輕、富有，而且很快會有數不盡的財富。他一點也不想改變甚至質問，更不用說想回到他曾生活過、或者也許是他想像出來的另一個現實裡。現在他可以擁有曾經渴望過的一切，而且還有時間和精力充分享受。

「……無論共和黨提名人是高華德還是洛克菲勒。貝克醜聞[17]不可能對總統再度當選產生嚴重影響，但是若調查行動進一步升高，白宮權力核心內的『甩開詹森』行動的確可能影響選情。甘迺迪幕僚人員更立即關切的將會是——」

「我們可以看點別的節目嗎？」夏拉噘著嘴說道。「我搞不懂你幹嘛這麼關心這些政治。距離下次總統選舉還有一整年呀。」

傑夫給她一點安撫的微笑，但是沒回答問題。

「……減稅以及民權法案。除非在十二月二十號國會休會前能頒布，否則在白宮和參議院的春季會期，這些議案將遭遇更艱難的挑戰，甘迺迪的競選活動將被迫處在國會持續角力的陰影下，而不是如他所期望，以雙重勝利的氣氛展開。」

夏拉靜靜地做了個深呼吸，然後從沙發上直起身子，走向通往這幢位於東七十三街宅邸二樓的階

17 一九六〇年代民主黨內權力人士，曾任參議院多數黨書記，一九六三年因涉及貪污及利益衝突而被迫辭去該職。

梯。「我在床上等你喲，」她的聲音越過肩膀傳來，在桃紅色薄透睡袍下的身體一絲不掛，「我是說，如果你還想要的話。」

「……儘管豬玀灣事件持續受到指責，儘管與勞工聯盟及產業工會聯合會及鋼鐵工業這類異質實體間針鋒相對，對大多數人而言，他的人和形象仍然不可分。他無與匹敵的年輕魅力、迷人的妻子、摯愛的兒女，他的家庭遭遇過的悲劇與勝利凱旋，他舉止間從容的風采及絕佳幽默感，這一切——」

傑夫倒帶機器中的影帶，這台花了他超過一萬一千塊錢的新力錄放影機的原型機注定要失敗，它超前了它的時代整整十年。螢幕中再次亮起約翰・甘迺迪的黑白影像，畫面如此熟悉，卻仍叫人心碎：甘迺迪坐在他知名的搖椅上露出招牌笑容、甘迺迪在機場跑道上伸手將小約翰和卡洛琳攬進懷裡、甘迺迪和兄弟們在海恩尼斯港的沙灘上奔跑。傑夫不知道看過幾次甘迺迪公開的生活片段，而二十五年來，緊接著短片放映的總是甘迺迪在達拉斯遇刺時乘坐的敞篷轎車、歇斯底里的恐懼情緒、賈姬衣服上的鮮血，和她臂彎中的玫瑰。但是這些影像現在還不存在。今晚，在這場兩個小時前播放的新聞節目中，看不見詹森繼承甘迺迪權力衣缽的照片，也看不見穿行華盛頓特區的送葬行列，以及鏡頭淡出時的長明火焰。今天晚上，新聞中提到的人還活著，還充滿了活力，還對自己和國家的未來有許許多多計畫。

「……風采及絕佳幽默感，這一切讓他承諾的『新境界』至少具有表面上的權威……某些人認為，他是將為現代美國帶來昌明盛世的天降救主。新任甘迺迪連任團隊要善加利用的，正是這極正面的形象，並非他實實在在的首任政績。索倫森、歐當諾、薩林傑、歐布萊恩以及巴比・甘迺迪，充分意識到其候選人的優缺點，以及這速食神話具有的威力。你幾乎可以確定，他們在即將到來的競選活動中會將焦點集中於何處。」

新聞開始播放在鋪張典禮與排場中，法國總統戴高樂訪問伊朗國王的鏡頭，傑夫關掉電視。他想著甘迺迪還活著，過去這幾個禮拜他時時想到。誰知道，如果甘迺迪沒死，他會帶著美國走向哪個方向？他會帶給美國持續的繁榮富強、種族和諧共處，他會讓美國及早從越戰泥淖中抽身？

從現在起的三個禮拜內，甘迺迪都還會活著。

除非、除非……除非什麼？傑夫幻想的事雖然有點詭異甚至老掉牙，但仍然難以抗拒。然而，這不是電視上演的戲，也不是科幻小說情節。傑夫就在這裡，在尚未從災難中驚醒的一九六三年，這時代最巨大的悲劇即將要在他知道太多祕密的眼前上演。他是不是有可能介入？這樣做適當嗎？儘管只是成立未來企業，他的所作所為已經開始對這時代的經濟情勢影響重大，但在這時空連續體中，還沒有出現無法承受張力的跡象。

當然了，傑夫認為，除了在十一月二十二號那天出現在德克薩斯書籍倉庫六樓親自和殺手面對面外，他一定可以為這即將發生的暗殺事件做些什麼。也許是打通電話給聯邦調查局，寫封信給祕密特勤單位？但一定沒有一個負責人會聽進他的話，就算他們真的認真看待，他或許也會被當成可疑的共犯而被逮捕。

他走到天井入口旁的小酒吧去倒了杯酒，然後好好思考這問題。在總統車隊開過迪利廣場、進入暗殺地點，並在離開時發生悲劇前，他跟任何人提到這件事都會被當成瘋子。他們將付出該死的代價，到時候即使想為這世界做一丁點事也為時已晚了。

他該怎麼辦呢？袖手旁觀？只因為他害怕出洋相，所以任憑歷史殘酷地重演？傑夫環顧這幢裝潢品味十足的宅邸，比他和琳達曾夢想擁有的房子都還要高級。他只花了六個月就得到這一切，幾乎可說是不費吹灰之力。現在他可以擁有一生享用不盡的榮華富貴，只因為他知道未來將會發生的事。但他知道一些**其他**的事，如果不採取行動，他將永遠沒心情好好享受這些成就。

他必須做點什麼，不管採取何種方式。

十五號那天，他飛到了達拉斯，下機後進了他在機場遇到的第一個電話亭。他匆匆翻查電話號碼簿上「奧」開頭的名字，找到他想找的人，儘管跟其他沒什麼兩樣，但對傑夫而言，那些字就像是用火銘刻上去般鮮明地躍入眼簾。

奧斯華，李．H……貝克利北路一〇二六號……五五五四八二一。

傑夫抄下了地址，然後向艾維斯租車公司租了輛藍色普利茅斯。租車櫃台的女孩告訴他要去的那一區怎麼走。

他開著車，來來回回經過那幢位於橡木崖的白色梁框房子六次。他想像自己走到門前，搖了門鈴，應門的會是位語音輕柔的俄國年輕女子，名叫瑪利娜，然後和她說話。他會和她說些什麼？「妳丈夫將要暗殺美國總統，妳得阻止他才行？」如果應門的是奧斯華呢？他該怎麼做？

傑夫又再次緩緩駛過那幢平凡無奇的小房子，心裡想著窩居在此的男子，在暗處蟄伏等待、祕密策劃要撼動這安逸自滿的世界。

他直接離開了那區域。在沃斯堡的一家 K-Mart 買了一台便宜的打字機、一些打字紙、幾副手套。接著回到位於東機場快速道路外那家平凡的假日飯店，他戴上手套、打開紙札，在緊張得想吐的心情下寫了一封信：

致約翰．甘迺迪總統
白宮，華盛頓特區，賓夕法尼亞大道一千六百號
甘迺迪總統：

你孤立了古巴總理卡斯楚以及被解放的古巴人民。你是壓迫者，全拉丁美洲、全世界自由人民的公敵。

你來達拉斯的話，我會要你的命。我會用一把火力強大的來福槍從頭上將你一槍斃命，用你濺出的鮮血為西半球的自由鬥士討回公道。

這可不是空口威脅而已。子彈已經上膛，只要有必要，我會犧牲小我在所不惜。

我會要你的命。

古巴必勝！

李．哈維．奧斯華

傑夫填上了奧斯華家的住址，又開車回到小鎮，然後將那封信投進距離那幢梁框怪里怪氣的房子兩街區外的郵筒中。一小時後，達拉斯東南方四十哩處，手套已被汗水浸透。當傑夫將打字機從橋上扔進一個地點偏僻的大湖中時，繃緊的皮革使得他的雙手遲鈍。他終於在地名偏巧叫做「槍桿」的荒涼小鎮附近，將那副該死的手套丟出車窗，感覺舒服多了。現在，他覺得自己的手輕鬆自在、乾乾淨淨。

接下來四天他都待在假日飯店的房間裡，除了叫客房服務外，都沒有和人交談，只有去買當地報紙時才會現身。十九號禮拜四那天，達拉斯傳令報的第五頁出現了一則他等待的消息：李．哈維．奧斯華因為威脅暗殺總統而被祕密特勤單位逮捕，在甘迺迪結束這週末於德州的單天訪問行程之前，都無法獲

得保釋。

在當天晚上返回紐約的飛機上，傑夫喝得酩酊大醉，但酒精絲毫不影響他嚐到的勝利滋味，以及充斥在他腦海中的狂喜。在他想像的世界中，越戰將被談判協商取代，飢餓者將得到溫飽，達到種族平等將不需要以鮮血為代價……甘迺迪與對人性希望均不曾死去的世界，兩者皆能開花結果、繁榮昌盛的世界。

班機著陸時，曼哈頓的燈火像個光輝的預兆，預示了傑夫剛創造出的璀璨未來。

星期五下午一點十分，他的祕書沒有敲門就打開了辦公室門，她站在那裡無法開口，眼淚撲簌簌地從臉龐滑落。傑夫不需要問發生了什麼事，他覺得自己彷彿被無形的沉重物體直接擊中了五臟六腑。

法蘭克跟著她身後進來，他輕聲告訴這位年輕女士今天已經沒有工作要做，她和其他人可以回家了。他拖著傑夫，兩人一起離開大樓。人們在公園大道上木然地轉來轉去，有些人在大庭廣眾下啜泣起來，一些人則聚集在車子或電晶體收音機旁。大多數人只是茫然地看著前方，以完全不像紐約客該有的緩慢、呆愣的步伐，失神地前後移動著雙腿。好像一場大地震剛震塌了曼哈頓堅固的水泥叢林，沒有人能在其中找到穩固的立足之地。沒人知道街道是否會再次震垮，甚至裂成兩半，吞噬整個世界。在搖撼的一瞬間，未來已經來到了面前。

法蘭克和傑夫在麥迪遜大道旁的一家安靜酒吧裡找了張桌子坐下。電視螢幕上，空軍一號已經飛離了達拉斯，機上載運著總統遺體。在他的腦中彷彿有雙眼睛，看見了詹森宣示繼任總統、身旁是六神無主的賈桂琳．甘迺迪。看見染血的衣裳、看見玫瑰。

「發生什麼事了現在？」法蘭克問道。

傑夫硬將自己從恐怖的思緒中拉回現實。「你的意思是什麼？」
「世界接下來會變成如何？美國今後的命運會是如何？」
傑夫聳了聳肩。「我想很大部分要看詹森怎麼做，看他會成為怎樣的總統。你有什麼想法？」
法蘭克搖了搖頭。「你不是用猜的，傑夫。我從來沒見過你猜一件事。你是知道的。」
傑夫張望四周想叫個服務生，酒吧裡的服務生全都在看電視，專注地聽著年輕的丹．雷德第二十次摘要播報下午發生的大事。「我不知道你在說什麼。」
「我也不知道，不是百分之百確定。但是你身上……是有些事情不太對勁。古怪的事，我不喜歡。」
傑夫看見夥伴的雙手正在發抖。他一定很需要來杯酒。
「法蘭克，這件事太可怕，今天是個詭異的日子。我們全都深受打擊。」
「你不是。你受的打擊和我、和所有其他人都不一樣。辦公室裡甚至沒人告訴你發生了什麼事。好像他們不需要說，好像你已經知道發生了什麼事一樣。」
「別說傻話了。」一個身材魁梧的警員正在電視上接受訪問，說明目前在德州進行的全州追緝行動。
「你上個星期去達拉斯做什麼？」
傑夫用厭倦的眼神看著法蘭克。「你想做什麼？和旅行社核對？」
「沒錯。你在那做什麼？」
「幫我們研究一下那裡的房地產。達拉斯是個迅速成長的市場，撇開今天發生在那兒的事不談。」
「也許情況會改變。」
「我不這麼認為。」
「你不這麼認為嗎？為什麼？」

「我只是有這個感覺。」

「我們已經跟著你的『感覺』走了很久了。」

「我們還是可以繼續下去。」

法蘭克嘆了口氣，用手梳了梳他提早稀薄的頭髮。「不，不包括我。我已經受夠了。我想走人。」

「老天，我們甚至還算不上開始呢！」

「我確定你一定會幹得很好。但是，傑夫，對我來說事情已經變得太詭異了。我再也沒辦法和你一起工作，這讓我很不自在。」

「幫幫忙吧，老天，你不會認為我和……那件事有什麼關係吧？」

法蘭克舉起手打斷了傑夫的話。「我沒那樣說，我不想知道。我只想……走人而已。你可以繼續用我大部分的股份當營運資金，過幾年，或者看你需要多久沒關係，再從利潤裡面付給我就好。我推薦吉姆·史賓塞，你可以將我的業務轉交他負責，他是個好人，知道自己在做什麼。而且他會老老實實照你吩咐的去做。」

「該死，這一切是我們一起建立的！從埃墨里、德貝，我們一路走來——」

「那是過去式了，那時真他媽的一帆風順。不過老夥伴，我現在要去把籌碼換成現金，收手出場。」

「你要做什麼？」

「讀完法學院，我想。自己做點好的、穩健的投資。我已經厭倦這種高風險生活。」

「別這樣，法蘭克。你會錯過畢生難逢的機會。」

「這點我倒是不懷疑。也許有一天我會後悔也說不定，不過現在我必須離開。為了讓我的心可以獲得平靜。」他站起身伸出手來。「祝你好運，謝謝你，一切的一切。這些事曾經還挺有意思。」

他們握了握手，傑夫想著他原本可以做些什麼來避免。也許做什麼也沒用，也許事情就是會發生。

「禮拜一我會和史賓塞談一談，」法蘭克說，「假如世界平靜如昔，美國到那時還沒崩潰。」

傑夫意味深長地看了他一眼。「會的。」

「很高興知道這件事。保重，夥伴。」

法蘭克離開後，傑夫把座位換到吧檯前，終於喝了杯酒。

哥倫比亞廣播公司快報插播新聞時，傑夫已經喝到第三杯。「……逮捕了涉及甘迺迪總統暗殺事件的一名嫌犯。我再重複一次，達拉斯警方已經逮捕了涉及甘迺迪總統暗殺事件的一名嫌犯。消息指出這位名叫尼爾森・班奈特的男性是遊民，有時參與左翼運動。權威人士透露在班奈特口袋中搜出一個電話號碼，追查號碼來源，是墨西哥市的蘇聯大使館。我們將會有關於這個最新驚爆故事的進一步消息，一旦……」

紐約東城這幢房子的天井在十一月寒風中陰冷蕭瑟；這樣的設計適合夏天，而夏天已逐出這世界。玻璃桌面的桌子、拋光鉻鐵支架的躺椅，更讓這沒有陽光的日子多添幾分淒涼。

傑夫拉緊了厚開襟羊毛衫，想著在達拉斯那無法阻止的日子裡究竟發生了什麼事，兩天來，他第一百次思索這問題。那該死的尼爾森・班奈特到底是誰？是奧斯華被捕後，等在一旁遞補的雇傭殺手？或者只是倒楣鬼，湊巧遇到瘋子，一切是由遠超出任何人類陰謀的力量所操縱，目的是不讓現實走向被打斷？

他明白，答案是不存在的。在這重新構築起來的生活裡，有太多事情他無法理解。這個特殊的事件又有什麼道理會比其他問題更容易解答？但它嘲弄、折磨著他。他嘗試運用自己的預知，以正面的方式來重塑命運，然而它的力量遠超出他那微不足道的賭局和投資詭計，而他的一切努力，不過是歷史洪流中的小小漣漪。殺手的名字被改變了，如此而已。

他思考著，這件事為他的未來預告了什麼？他原本希望能夠利用他預先得到的知識的好處來重新建立生活……但是否一切注定只是表面上、量的改變，而非真正質變？他想要得到真正幸福的想望是否就和他介入甘迺迪事件般，將遭遇到難以解釋的挫敗？一樣地，所有問題全都超出他的理解範圍。六個禮拜前，他還感覺自己像上帝般無所不知，他的成就似乎無可限量。但現在，一切的一切又再次打上了問號。他感覺到絕望的麻木，自從住宿中學時代以來，他就再也沒有如此絕望過，在那可怕的日子，在那小橋畔——

「傑夫！喔，我的天哪，快來！他們殺了班奈特，就在電視上，就在我眼前！」

他緩緩點頭，跟著夏拉進入屋內。謀殺影像一次又一次重播，就像他早就知道的情況。那人長得像傑克．路比，戴著他在B級片中飾演的匪徒常戴的帽子，突然出現在達拉斯郡立監獄地下室走廊上。螢幕上出現了手槍，說時遲哪時快，尼爾森．班奈特死了，他長滿鬍子的臉上出現扭曲的痛楚，就像是李．哈維．奧斯華完整記錄下來的死亡過程的扭曲倒影。

傑夫知道，詹森總統很快會下令對這血腥週末發生的事件做完整調查，由首席大法官厄爾．沃倫指揮的特別委員會將會成立。他們將努力尋找答案，但結果將是徒勞無功。生命會繼續下去。

6

在那之後，傑夫不再涉入其他事情，除了賺錢以外。這一點他很在行。投資電影業的股票隨隨便便就能賺到錢。六〇年代中，電影經常吸引大量觀眾，《桂河大橋》和《埃及艷后》賣給電視聯播網時，首次創下數百萬美元的高價。儘管知道小型電子公司的價值經常是巨幅倍增，傑夫還是避開了這類產業，只因為他記不得贏家的名字。他將大筆錢花在他知道將在這十年間因投資電子業而興盛的企業集團：利頓工業、系泰機電、凌・特姆科・沃特公司。他選擇的股票幾乎一律從買進那天起就開始獲利，而他將大部分股票收入又回頭蒐購更多的股份。

很值得的買賣。

儘管傑夫告訴夏拉應該押卡修斯・克雷[18]，她倔強地硬要下注在李斯頓身上，夏拉還是很享受這場比賽。但這個晚上，傑夫的反應混雜了不同的情緒：不是針對拳擊賽，而是針對四周環境，以及人群。幾位出席的賭棍和賭博業者認出了傑夫，他在世界大賽賭局締造的空前紀錄早已讓他的名聲傳遍賭界。其中甚至有幾位曾付出數百萬美元彩金中的大筆金額，但也給了傑夫一個友善的笑容和豎起大拇指的讚許。他或許已經被逐出了圈子，卻成為他們之間的傳奇，並被賦予傳奇故事主角應得的敬意。

18 即著名的拳王阿里。

他認為，在某種意義上，正是這件事讓他困擾——賭徒們毫不掩飾的敬意是個再明顯不過的提醒，提醒他，他是從巨大深不可測的騙局中展開新人生，他欺騙了美國下層社會民眾。無論他日後在社會上多有成就，或許仍會以這樣的傳奇方式永遠存在他們的記憶中。他想要洗個長長的熱水澡，甩掉身上隱約的雪茄菸味，甩開那些髒錢。

還有更具體的事困擾他，當豪華轎車疾馳過科林斯大道上一排邁阿密海灘旅館的粗俗立面時，他正想著這件事。就是夏拉，尤其是她。

她十分能夠融入拳擊比賽的人群，夾在其他身材凹凸有致、濃妝豔抹、打扮性感俗麗的年輕女人裡，她看來十分自在。瞥一眼坐在身旁的女人，他告訴自己，面對事實吧：她看起來很廉價。昂貴卻廉價的女人，就像拉斯維加斯，就像邁阿密海灘。如果要粗略給個評價，任何人都會一眼看出夏拉——直接了當地說——是台性愛機器。除此之外沒別的了。她是那種「帶不回家的女人」，傑夫想到自己正是那樣做時，不禁扮了個鬼臉。他們為了冠軍賽開車南下邁阿密時曾在奧蘭多停留。傑夫的暴起致富讓家人不知所措，甚至嚇壞了，即使是這樣，也無法掩飾他們對夏拉的輕蔑，當他們得知傑夫和她同居時，焦慮沮喪的心情在臉上一覽無遺。

她身子往前傾，手指在包包裡尋找菸盒的下落，她做這動作時，黑色滑緞的緊身上衣鬆開來，傑夫可以瞥見白膩的大片豪乳。即使是現在他也想要她，他感覺到一股熟悉的急切感，想要將臉埋入她的雙乳，掀開她的衣服，露出那完美無暇的雙腿。

傑夫和這女人在一起將近一年了，除了他的思想和情感外，他和她分享了一切。突然間，這想法讓他倒胃，她的美麗成為對他多愁善感的譴責。為什麼他會讓這關係維持這麼久？她一開始的吸引力很容易理解；夏拉是男人幻想中的女神，是伴隨他失而復得青春而來的一道難以抗拒的佳肴。但是在本質上是種空洞的吸引力，缺乏內在或複雜性，就像貼在大學寢室牆上的鬥牛海報，充滿了年輕的稚氣。

他看著她點了菸，她那欺人的高貴臉龐沐浴在昏暗的紅色燈光中。她發現他正盯著她，便抬了抬纖細的眉毛，表情暗示了性的挑戰與承諾。傑夫看向別處，目光投向靜止澄清河水對岸的邁阿密燈火。

隔天一整個早上，夏拉都在林肯路上血拚，當她回來時，傑夫正在朵拉市的飯店套房裡等她。她將大包小包東西放在門廳，火速衝向最近的鏡子補妝。她的白色短背心裙將她美麗的棕色肌膚襯托得更耀眼，高跟涼鞋使得她裸露的棕色雙腿看起來比實際上更修長、纖細。傑夫的手指撫弄著手中棕色厚信封袋的銳利邊緣，他險些要改變主意了。

「你在家裡做什麼？」夏拉問，一邊把手伸向背後，想解開透氣棉洋裝的拉鍊。「我們穿上泳衣去曬點太陽吧。」

傑夫搖了搖頭，示意她在對面的椅子上坐下。她皺皺眉，將棕褐色背上的拉鍊拉上，然後坐在他指示的地方。

「你怎麼啦？」她問道。「怎麼這麼奇怪？」

他想要說話，但是幾小時前他就已經決定用說的並不恰當。反正他們從來沒有真正談過話，不管是什麼事；言語溝通與他們之間的交流並沒有太大關連。他遞給她一個信封。

接過信封時夏拉噘起了唇，她將信封撕開，然後盯著六疊整整齊齊的百元大鈔呆了一會兒。

「多少錢？」她以鎮定、控制著不流露情緒的語氣終於問道。

「二十萬。」

她又向信封裡面瞧了瞧，抽出一張到里約帕那瓜航空單程頭等艙的機票。「這是明天一早的機票，」

她邊說邊檢查著，「我在紐約的東西怎麼辦？」

「我會幫妳送去妳想送去的地方。」

她點點頭。「我離開前得再買點東西。」

「妳想怎樣都行，記在這房間的帳上。」

夏拉再次點了點頭，把錢和機票放回信封後放在她身旁的桌上。她站起來解開洋裝拉鍊，然後讓衣服滑落到地板，在她腳邊堆成一圈。

「見鬼了，」她邊說邊鬆開胸罩的鉤扣，「為了這二十萬，這最後一炮是你應得的。」

傑夫獨自回到紐約，回到他的投資生涯。

他知道，女人的裙子在接下來幾年會越來越短，花紋長襪和褲襪的需求會很龐大。傑夫買了漢斯企業三萬股股份。這些裸露的大腿肯定會造成一些後果，所以他大手筆買進生產避孕藥丸的製藥公司。

搬進希格蘭大廈一年半後，未來企業持股的帳面價值已經高達三千七百萬美元。傑夫將錢一次還給法蘭克，除了最後的那張支票外，還附上一封長長的私人書信。但他從未收到隻字片語的回應。

當然了，並不是每件事都完全照著傑夫的計畫進行。當通訊衛星公司上市時，他曾想購買大部分股份，但因為這檔股票實在太熱門，因此每人限購五十股。令人驚訝的是，IBM 的股價直到一九六五年都始終停滯不前，儘管隔年它再度起飛上漲。一九六七年速食連鎖店（傑夫選擇了丹尼快餐、肯德基和麥當勞）的股價嚴重下挫，一年後卻如火箭升空般出現平均百分之五百的漲幅。

到了一九六八年，他的公司資產已經破億，而他已批准建築一棟由貝聿銘設計的六十層樓高企業總部，地點就在公園大道與第五十三街口附近。傑夫也下令購買位於休斯頓、丹佛、亞特蘭大和洛杉磯商業及住宅預定地的大片土地。他的公司更以每平方呎五美元的價錢，買進洛杉磯新的世紀城計畫中將近一半的未開發房地產。傑夫也買下了位在紐約達奇斯郡一塊三百英畝的地業為個人用途，從曼哈頓哈德遜河岸開車往北約兩小時車程。

他和各式各樣的女人約會，也和其中一些人上床，卻恨透了這毫無意義的過程。喝酒、晚餐、戲劇演出、音樂會和藝廊開幕酒會……他越來越鄙視約會過程的僵硬形式，而懷念起單純和人在一起時的輕鬆親暱，懷念共享的友善沉默，以及毫不勉強的開懷大笑。除此之外，他遇到的大多數女人要不是對他的財富好奇得過於坦白，要不就是太不自然地表現出厭膩。有些人甚至因為他的財富而憎恨他，拒絕和他約會。對六〇年代後半的許多年輕人而言，巨大的個人財富令人厭惡。而傑夫不只一次在場合中被迫覺得自己必須為全世界的不幸——從貧民窟飢荒到凝固汽油彈的製造——負起直接責任。

傑夫等待著，他將全副精力寄託在工作中。六月就要到了，他時時提醒自己。一九六八年六月，每件事情都將會改變。

更精確地說，是六月二十四號。

羅伯．甘迺迪去世未滿三週，如今退去頭銜、以穆罕默德．阿里名號重生的卡修斯．克雷正為他的逃兵罪上訴。在越南，來自北方的火箭砲從早春開始就不斷射向西貢。

傑夫回憶，那是星期一下午兩、三點。他晚上和週末都在西棕櫚海灘一家商業音樂電台工作，播放披頭四、滾石和艾瑞莎．弗蘭克林的音樂，並自修學習廣播新聞的製作要訣，他將自己的訪談及所寫的故事賣給電台，偶爾也以論件計酬方式和 UPI 音響網合作。他記得那天是因為禮拜一、二是他的「週末」，而那天是「週末」的第一天，當他禮拜三回到工作崗位時，他終於設法安排到他職業生涯的第一個大訪問，和退休的美國最高法院首席大法官厄爾・沃倫進行一次冗長且開誠布公的對談。他始終不明白，為何沃倫會答應和他——一個來自佛羅里達小電台、毫無聲望的菜鳥播報員談話。但不管怎樣，他總算設法順利完成了訪問，而這位大人物簡潔扼要地對他的爭議性任期所做的反思，被美國國家廣播公司下了個健康的總結。不到一個月後，傑夫就在邁阿密的 WIOD 新聞電台擔任全職新聞製作，事業從此開始起跑。他曾經歷過的成年生活，都可回溯自那年夏天的那禮拜。

傑夫沒理由選擇博卡拉頓，也沒理由不這麼做。他有時在禮拜一會開車往北到朱諾海灘，其他時候或許往南開到多瑞海灘或燈塔角，從馬里布到南邁阿密海灘的亞特蘭大沿岸，有上百個彼此連結的沙灘小鎮，任何一個都可能是他的目的地。但是一九六八年六月二十四號，他帶了條毯子、一條毛巾和一個裝滿啤酒的冷藏箱去了博卡拉頓鎮的海灘，而現在他又再次在同一個豔陽高照的日子，來到同一個地方。

她就在那裡，仰躺著，身穿針織比基尼，頭枕在充氣式海灘枕上，正讀著一本硬皮精裝的《機場》。傑夫停在十呎外，站在那裡看著她年輕的身軀，她濃密棕髮間夾雜的檸檬色澤髮絡。炙熱的沙燙著他的雙腳，海浪像在回應他砰然作響的心跳。有一會兒他幾乎要轉身離開，但他沒有。

「嗨，」他打了聲招呼，「是本好書嗎？」

她透過那副貓頭鷹般的透明框太陽眼鏡打量了他一眼，然後聳聳肩。「有點蹩腳，但挺有趣的。也許拍成電影會好一點。」

也許會拍成好幾部，傑夫想著。「妳看過《二〇〇一太空漫遊》嗎？」

「看過了，不過我不太懂它想說什麼，而且到後面好像有點拖戲。我比較喜歡《芳菲何處》，你知道的，那部戲裡面有茱莉・克莉絲蒂。」

他點點頭，努力想笑得更自然、更輕鬆。「我叫傑夫。介意我坐在妳旁邊嗎？」

「坐吧，我是琳達。」曾經當了他十八年妻子的女人說。

他攤開毯子，打開冷藏箱，然後遞給她一瓶啤酒。「暑假嗎？」他問道。

她支起一邊手肘轉過身子，接過冒著冰涼水珠的啤酒。「我在佛羅里達大西洋大學就讀，但我的家人住在這鎮上。你呢？」

「我在奧蘭多長大，讀過一陣子埃墨里大學。不過現在住在紐約。」

傑夫努力維持冷靜，但不太容易。他沒辦法將眼神從她的臉龐移開，他渴望她能拿下那該死的太陽眼鏡，讓他看看他曾經熟悉不過的雙眸。在他的腦海中回響著他對她聲音的最後記憶，微弱而遙遠，那是來自電話另一頭的聲音：「我們需要——我們需要——我們需要——」

「我剛才說，你在那裡是做什麼的？」

「啊，抱歉，我——」他喝了一大口冰涼的啤酒，試著讓腦袋清醒些。「做生意。」

「哪一類的生意？」

「投資。」

「你的意思是，類似股票經紀人？」

「不算是。我有自己的公司。我們和許多經紀人合作，股票、房地產、共同基金之類。」

她拉低那副又大又圓的太陽眼鏡，給他一個驚訝的眼神。他凝視著那熟悉的棕色眼眸，內心是如此渴望對她說，「這次結果會不同的」，或是「拜託，讓我們再試一次」，甚至只是告訴她，「我好想妳，我都忘記妳曾經是多麼可愛了」。但他什麼也沒說，只是沉默地抱著希望，看著她的雙眼。

「你擁有一整家公司？」她問，一副信不過的樣子。

「現在是，沒錯。直到幾年前還是跟別人合資，不過……現在是我一個人的了。」

她把啤酒放進沙裡，用罐子喀擦喀擦地來回碾出一個讓它站直的空間。

「你繼承了一大筆遺產嗎，還是什麼？我的意思是，我認識的大多數傢伙，他們甚至沒辦法在紐約那類公司找到工作呢……或者他們也不想。」

「不，我是靠自己建立起公司，從無到有。」他大笑著，開始覺得和她在一塊兒可以比較輕鬆了，這些年來，他第一次對自己的成就感到自信與驕傲。

「我靠著賽馬之類的賭局贏了許多錢，然後把錢全都用來建立公司。」

她懷疑地看著他。「不管怎樣，你幾歲了？」

「二十三歲。」他停了一拍才回答，一邊心想他說了太多關於自己的事，卻沒有對她表達出足夠的好奇。她絕不可能知道傑夫已經知道關於她的一切，而且，在她人生這個時刻，比她對自己的了解還更多。

「妳呢？妳是讀什麼的？」

「社會學。你在埃墨里時主修商學嗎？」

「歷史，不過我輟學了。妳幾年級？」

「秋天就要升大四了。那麼你這公司生意做得多大？我的意思是，有很多人為你工作嗎？你在曼哈頓有辦公室？」

「一棟辦公大樓，在公園大道和第五十三街口附近。妳對紐約熟嗎？」

「你有一棟自己的辦公大樓，在公園大道上。那很不錯。」

她再也不看他一眼，只是在啤酒罐四周的沙上畫著雛菊花瓣狀的旋曲圖案。

傑夫回想起他們婚前幾個月的一天，她帶著一束雛菊出其不意地出現在他門前，陽光在她的頭髮背後閃耀，她的笑容可以融化人心。

「嗯……我花了不少心血，」他說，「那麼，畢業後妳計畫要做什麼呢？」

「喔，我想也許我會買幾家百貨公司。一開始不要玩太大，你知道的。」她摺好毛巾，開始收拾毛毯上的東西，然後裝進一個大大的藍色海灘包。「也許你可以幫我向薩克斯第五大道百貨出個好價錢？」

「喂，等一下，請別走開。妳以為我在唬弄妳是不是？」

「當我沒說吧。」她一邊說，一邊把書塞進包包裡，將沙從毯子上抖落。

「不，聽著，我是認真的，不是開玩笑。我的公司叫做『未來企業』，也許妳甚至聽過——」

「謝謝你的啤酒。祝你好運。」

「喂，拜託，我們再聊一下好嗎？我感覺我好像認識妳，我們好像有很多事情可以分享。妳知道那種感覺嗎？就像妳曾經在前輩子認識某個人，或是——」

「我不相信這種無稽之談。」她把摺好的毛巾拋掛在手臂上，開始向公路以及一排排停妥的車輛走去。

「聽著，給我個機會吧，」傑夫邊說邊跟在她身旁，「有件事我知道，如果我們彼此多認識，就會發現許多共同點。我們會——」

她用赤裸的雙腳把身子一旋，然後透過太陽眼鏡瞪著傑夫。「如果你繼續跟蹤我，我就要叫救生員了。老兄，你現在立刻走開。找別人去，懂嗎？」

「喂？」

「是琳達嗎？」

「我是傑夫，傑夫．溫斯頓。我們下午在海灘碰過面，我——」

「見鬼了，你怎麼弄到我的電話號碼？我甚至沒告訴你我姓什麼！」

「那不重要。聽我說，我會寄給妳最近一期的商業週刊。裡面有篇關於我的文章，上面還有張照片，在第四十八頁。這樣妳就會知道我沒撒謊了。」

「所以你也有我家地址？你在玩什麼花樣？你到底想從我這裡得到什麼？」

「我只是想認識妳，也讓妳認識我而已。我們有許多事可以一起做，許多美好的可能，我們可以——」

「你瘋了！我說真的，你心理有病！」

「琳達，我知道這樣開始很糟，但我只要妳給我一個解釋機會。給我們一個接近彼此的管道，用開放、誠實的方式，我們會找到——」

「我不想認識你，管你是誰。我不在乎你有不有錢，不在乎你是不是該死的保羅．蓋帝19，懂嗎？我只要你……離我……遠一點。」

「我知道這讓妳很不舒服。我知道對妳來說似乎很詭異……」

「如果你再打電話來，或者如果你出現在我家，我會叫警察。夠清楚了嗎？」

傑夫耳裡響起她掛斷電話時大聲摔上話筒的聲音。

他有機會可以再活一次大半生，而現在他用掉了機會，就在一天之內。

密拉蘇葡萄園裡有許多採摘葡萄的工人正在聖荷西東南方的山坡上工作；他們頭頂著裝盛新鮮綠色

葡萄的巨大桶子，像工蟻般蜿蜒地朝坡下老酒窖外的碾碎機、擠壓機走去。山丘上如波浪布滿了一列列間隔的葡萄藤架，分布在石造房子之間的橡樹與榆樹披上了秋季的斑斕彩衣。

黛安一整天都生他的氣，周遭的田園景致以及奧妙複雜的釀酒知識，都無助於安撫她的情緒。傑夫早上根本不該帶她出門，他原以為她會迷上這兩個年輕的天才，或至少對他們感興趣，但是他錯了。

「嬉皮，道地的嬉皮。那個高個子男孩是打赤腳的野人，我的老天，另一個看起來像是……穴居原始人。」

「他們的想法很有潛力，外表如何並不重要。」

「好吧，應該要有人告訴他們，六〇年代已經結束了，如果他們想用那愚蠢的想法幹點正經事。我無法相信你竟然上當了，還給他們那麼多錢。」

「那是我的錢，黛安。而且我之前就告訴過妳，生意上的事由我來決定。」

他沒辦法認真責怪她有如此反應，畢竟這是筆預見不到好處的生意。兩個年輕人和一車庫的二手電子零件，看起來的確不像是《財星》雜誌評選前五百大企業的熱門人選。但是在五年內，這間位在加州庫比提諾的車庫將會聲名大噪，史提夫．賈伯斯和史提夫．沃茲尼克將被證明是一九七六年最穩賺不賠的投資。傑夫已經在他們身上花了五十萬美元，他堅持他們遵照一位從英特爾退休的年輕行銷經理的建議，他們最近才和他見過面。傑夫也告訴他們，只要繼續把那東西叫做「蘋果」，想幹什麼都行。他還讓他們保有這家新公司百分之四十九的股份。

「到底有哪個人會想在家裡擺台電腦？不管怎樣，你怎麼會認為那兩個穿著破破爛爛的小子真有辦

19 美國石油業鉅子。

法搞出一部來？」

「別在意了，好嗎？」

黛安又開始使性子不說話了，傑夫知道她沒真的沒放下，即使從今以後她絕口不提。

他一年前和黛安結婚，在他滿三十歲後不久，沒別的理由，只是基於方便。她二十三歲，是來自波士頓的社交名媛，美國歷史最悠久、最大保險公司之一的女繼承人。她有一股纖弱的魅力，而且處在參加者個人身價淨值超出七位數字的任何場合都能應對自如。兩個人除了對金錢的熟稔度以外沒什麼共同點，但她和傑夫可說是處得相當不錯。現在黛安已經有七個月身孕了，傑夫希望這孩子能激發出她最好的一面，為他們締造出更深刻的連結。

穿著合身海軍藍西服的年輕金髮女人帶著他們進入釀酒廠的主要建築物，來到位於前方角落中的品酒室。鑽石型的酒架沿著牆壁成排站立，中間由柔和照明的壁凹隔斷，裡頭陳設著葡萄園照片、鮮花，以及幾瓶密拉蘇出產的葡萄酒。

傑夫和黛安站在房間中央的花梨木吧檯旁，以品酒儀式啜飲著夏多內白酒。

自從七年前海灘上那場災難對話後，琳達顯然說話算話。他寄去的信全都原封不動地退回，送去的禮物也全數遭到拒絕。幾個月後，他終於不再和她連絡，但把她列入他訂閱的剪報服務所記錄追蹤的「個人／優先」對象名單中。他由此得知，琳達已在一九七〇年五月嫁給一位休士頓的建築師、有兩個小孩的鰥夫。傑夫雖然祝福她得到幸福，卻不能不覺得自己被拋棄了……而且是被一個——就她的角度來看——從未認識過他的人拋棄。

傑夫再一次從工作中找尋慰藉。他最近一次成功之舉，是以巨大獲利賣出他在委瑞內拉和阿布達比的油田，然後迅速在阿拉斯加和加州買進類似產業取而代之，並獲得了十二座近海鑽油井設備的合約。

當然，所有交易都在石油輸出國組織的大刀落下前完成。

他尋求女人的陪伴，就許多方面而言，她們都有些相似的特質。以黛安來說，她有魅力、陪伴周到、精通最講究的社交技巧、教養良好，而且，有時候在床上相當熱情。她們是大亨的女兒，提供進入美國上流社會的護照。懂得遊戲規則，一出生就了解身為龐大財富坐擁者伴隨而來的限制與義務。她們現在和他是同類了，他有充分理由從這群人中選擇一位伴侶。黛安的獲選幾乎是隨機選擇的結果，她符合適當的標準。如果他們的結合最終孕育出更偉大的成果，那樣很好……如果沒有，至少他在進入這段婚姻關係時，不曾抱持不切實際的過高期望。

也許終究，這孩子會讓一切不同。世事難料。

那隻橘色肥貓以可媲美O．J．辛普森衝鋒陷陣時的最佳技巧飛掠過硬木地板。獵物是條已遭受嚴重損壞的閃亮黃色緞帶，如果牠繼續狠下毒手，它很快就會變成一條破布。

「葛麗倩！」傑夫喚道。「妳知道球力撕碎了妳一條黃色緞帶？」

「沒關係，爹地。」他女兒從寬大起居室較遠的角落、靠近俯瞰哈德遜河窗子的地方出聲回答。「肯尼回家了，球力和我要幫忙慶祝。」

「他什麼時候回家了？他不是還在德國的醫院裡嗎？」

「喔不，爹地。他跟醫生說他沒有生病，他得馬上回家。所以芭比寄給他一張協和號的機票，他比所有人都還要快就到家了，然後他一到家，芭比就做了六個藍梅馬芬還有四個熱狗。」

傑夫哈哈大笑，葛麗倩設法用她那雙大眼睛以及五歲的稚嫩臉龐，向他發射出最令人畏縮的眼神。

「在伊朗沒有熱狗可以吃，」她解釋，「也沒有藍梅馬芬。」

「我想是沒有。」傑夫說，小心維持住鎮定的表情。「我想他現在一定很想念美國食物，對吧？」

「他當然想。芭比知道怎麼讓他開心。」

貓又從另一個方向閃電飛奔回來，兩隻腳掌不斷揮打著已經破破爛爛的緞帶，然後在他身邊一塊照射得到陽光的地方躺下，心滿意足地注視著牠的俘虜，偶爾出其不意地用後腳踢兩下。葛麗倩繼續她的遊戲，沉浸在精緻娃娃屋營造出的現實中，那是傑夫花了一年時間為她量身打造、擴充的心血。娃娃屋前院綠色毛氈上的迷你樹現在綵飾著亮黃色緞帶，在過去的一個禮拜，她興味盎然地關注人質危機結束的新聞報導，大部分孩子只會對禮拜六早上的卡通節目著迷到這種程度。起先傑夫擔心她對德黑蘭事件過於狂熱，想要保護她，不讓她因為收看電視上那些唱著「美國去死」的激進暴民而心理受創，但他已經知道這個歷史插曲將有個平和、樂觀的收場，於是他選擇尊重女兒對這世界過於早熟的理解，相信她的情感復原能力。

他深愛她到了難以置信的地步，他發現自己想要為她抵擋一切黑暗，和她分享所有光明。葛麗倩的誕生對凝聚他和黛安的婚姻毫無所益，對她而言，如果有什麼想法，也只是這孩子代表了受拘束的生命而感到忿忿不滿。無論如何，葛麗倩給予、承載了傑夫能擁抱或想像的一切深刻情感。

傑夫看著她從娃娃屋的樹上取下另一條緞帶，逗著又老又肥的球力玩耍。貓累了，不想繼續玩，懇求地把柔軟腳掌放在葛麗倩的臉頰上，葛麗倩則把頭埋進牠金黃色毛茸茸的肚子裡用鼻子摩挲，把那隻貓樂歪了。傑夫從房間另一頭都可以聽到牠呼嚕嚕的撒嬌聲，間或傳來女兒的輕聲笑語。

陽光從更高的地方透過高大的凸窗斜斜灑入，在葛麗倩依偎著貓咪的打蠟地板上，投下明亮的條紋狀光束。這幢房子，這所位於達奇斯郡的靜謐木造寓所，對她是很好的環境。這裡的寧靜能撫慰人的靈魂，無論年輕或蒼老、天真無邪或憂愁深鎖。

傑夫想到以前的室友馬汀．貝利。他在葛麗倩誕生後不久曾打電話給馬汀，重新建立起在這人生中曾經中斷多年的聯繫。馬汀的婚姻將注定是場可怕災難、導致他最後自殺的罪魁禍首。這些話，傑夫面對馬汀時說不出口，但他承諾馬汀在未來企業裡有份安穩的工作，並會不時提供他絕佳的股票消息。他的老友又離婚了，實在悲慘，但至少他還活著，還付得起帳單。

這些日子以來，傑夫很少想起琳達，也很少想起他過去的那場人生。第一次的人生現在就像是場夢，和黛安的感情僵局，和女兒葛麗倩在一起的幸福喜悅，以及財富、權勢蒸蒸日上帶來的利與弊，這些才是現實。現實就是知識，以及這些知識帶來的一切——有好，也有壞。

螢幕上播放的影像是純粹的有機體運動：液體正緩緩以漣漪運動穿過弧狀腔室，擴張與收縮以理想、緩慢的節奏交替著。

「正如您看到的，兩邊心室都沒有出現明顯堵塞。而且，當然了，心電圖上也沒有證據顯示在您受監測的二十四小時中有心跳過速的情形。」

「所以到底這些表示什麼？」傑夫問。

心臟科醫師關掉放映傑夫心臟超音波圖的卡式錄影帶機器，然後微笑。

「這表示您的心臟十分健康，接近任何四十三歲美國男性期望的理想狀態。根據X光和肺功能測試結果，您的肺也一樣健康。」

「那麼我的預期壽命——」

「只要您繼續保持這樣的體態，您可以長命百歲。您有持續在上健身房，我猜對了嗎？」

「一個禮拜三次。」傑夫早已預知七〇年代晚期的健身熱潮，而他從中獲得的好處不只一項。他不但擁有愛迪達、諾提拉斯、假日健康水療連鎖企業，而且十多年來充分利用了這些設備設施。

「那麼繼續下去，」醫師說，「但願我所有的病人都像你這麼會照顧自己的健康。」

傑夫和醫師又繼續談了幾分鐘，但他的心思已經轉移到別處。他想到的是自己，在這年紀、和現在同一年時的自己，但那是二十多年前的事了。那個習慣坐辦公桌、壓力過度、稍微過胖的電台經理，那個握住胸口、頭朝前倒臥在辦公桌上、眼看著世界漸漸化為空白的自己。

這次不會了，這次他有良好的健康。

傑夫比較喜歡拉葛努以餐廳後面舒適的房間，但即使只是吃頓午飯，黛安也當成是以看人與被看為主要目的的場合。所以他們總是在前面的房間吃飯，儘管那裡一直是擁擠又嘈雜。

傑夫品嚐著他的水煮鮭魚佐龍艾、羅勒及微酸醬汁，盡力忽略黛安的惱怒，以及緊鄰兩旁的餐桌傳來的交談聲。一對正在討論結婚，另一對談的是離婚；傑夫和黛安的午餐談話則介於兩者之間。

「你打算讓她去上莎拉．勞倫斯學院，對吧？」黛安嚼了幾口鮮干貝，突然氣沖沖地問。

「她才十三歲，」傑夫嘆道，「莎拉．勞倫斯的錄取單位根本不會關心這年紀的孩子在做什麼。」

「我十一歲時就上康科德學院了。」

「那是因為妳爸媽根本不關心那年紀的妳在做什麼。」

她放下叉子，瞪著傑夫。「我的家庭教養跟你無關。」

「但葛麗倩的教養就跟我有關了。」

「那你就該希望她接受最好的教育，從一開始。」

一位侍者收走他們的空盤，另一位侍者則推著甜點車走來。餐廳中裝設了許多鏡子，傑夫利用被打斷的空檔，讓自己沉浸在鏡中影像之中：樅綠牆面、緋紅色椅座，看似剛從塞尚風景畫上剪下的鮮妍花束。

他知道黛安關心的不是葛麗倩的教育，而是能擺脫日常責任重新得到自由。傑夫認為葛麗倩年紀還小，而且想到她住在離家兩百哩遠的學校，就讓他難受。

黛安生氣地嚥下柑橘醬覆盆梅。「我想你覺得繼續讓她和從公立學校帶回家的頑皮孩子交往，也沒什麼不對。」

「看在老天分上，她的學校是在萊茵貝克，可不是南布朗克斯。我認為那是個很不錯的成長環境。」

「康科德也一樣。我是從自己的經驗知道的。」

傑夫大口咬了一口水蜜桃派，說不出心裡真正的想法。他一點也不願意看見葛麗倩長大後成為她母親的翻版：拒人於千里之外的世故、憤世嫉俗的態度、把龐大財富當成與生俱來的權利，當成理所當然、大方仰賴的東西。傑夫靠著異常的好運及意志力一舉致富。現在他想保護女兒不受金錢潛在力量腐蝕的心意，就像他希望她能享受金錢的好處一樣。

「我們下次再談。」他對黛安說。

「下禮拜四前就要讓他們知道我們的決定。」

「那我們禮拜三再討論。」

這讓黛安陷入極度不高興的情緒中，他知道，她只有靠著到勃爾道夫、薩克斯百貨狂熱地大肆揮霍一番才能解決。

他輕拍著夾克口袋，掏出兩錠鋁箔片裝的健樂仙。他的心臟或許在最佳狀態，但是他為自己創造的人生，卻對消化系統相當有害。

葛麗倩纖瘦幼小的手指正優雅地撫過琴鍵，指尖流洩出的辛酸曲調是貝多芬的《給愛麗絲》。名叫球力的橘色肥貓正四腳朝天地躺在葛麗倩旁的琴凳上，牠已經老得無法再像從前那樣鹵莽放縱地嬉耍，待在她身旁享受輕柔音樂的撫慰，就能讓牠心滿意足了。

傑夫望著她女兒彈琴時的臉，被黑色捲曲髮絡圍住的蒼白皮膚。她的表情有些用力，但他知道，那並不是因為專心於音符或是樂曲的拍子。她與生俱來的音樂天賦讓她根本不需要認真去背誦或鑽研一首作品的基本原理，她只要彈過一次就會上手。不如說，她的眼神除了激情，還混合了這首迷人簡單鋼琴小品的憂傷旋律。

她以踩住踏板的重覆音以及巧妙的圓滑奏，奏出了和絃的尾聲，彈完曲子後，她靜靜地坐了一陣子，好讓自己從音樂世界中回到現實。接著她開心地笑了，從眼神中可看出，那個愛嬉鬧的女孩又回來了。

「這曲子是不是很美？」葛麗倩無邪地問，她指的美是音樂本身的美。

「是很美。」傑夫說。「就和彈鋼琴的女孩一樣美。」

「喔，爹地，別這樣說。」她紅著臉從凳子上活潑地轉過身。「我要去吃個三明治，你也來一個嗎？」

「謝了，親愛的。我想我要等到晚餐時才吃。妳媽隨時可能從城裡回來，她回來時，告訴她我去河邊散個步，好嗎？」

「好。」葛麗倩邊說邊蹦蹦跳跳地朝廚房走去。球力醒了，牠打個呵欠，慢條斯理地跟上去。

傑夫走出屋外，沿著林間小徑散步。現在是秋天，榆樹植成的林道彷彿被綿延半哩長的烈焰席捲。步出樹林，首先映入眼簾的是向下緩緩延伸至哈德遜河的寬闊牧草地，再過去是座懸崖，懸崖陡然直下一百碼後的左方，一連串由大小岩石構成的瀑布在秋寒中奔瀉。景色如此美麗，通往此地的震撼入口向來能讓傑夫深受震動，油然心生敬畏，並為自己擁有這片產業感到自豪。

現在，他站在綠色山坡的坡頂，凝視著眼前美景。遠方壯麗秋色下，兩艘小船正安靜地朝下游移動。三個年輕男孩沿著對岸河灣一邊漫步，一邊無所事事地朝著奔流的河水扔石子。他們上方的高地上座落著一棟宏偉的房子，比傑夫的小一點，但還是相當壯觀。

再過三個月，哈德遜河就會結冰，形成一條向南延伸至紐約、向北延伸至阿地隆戴斯山的巨大白色公路。樹葉將全部凋落，景色卻一點也不因此單調：雪將點綴樹木枝頭，在有些日子裡，甚至連最細小的樹枝也會結滿冰柱，在冬陽中閃爍出萬千光芒。

這塊土地、這個郡，被柯里爾和艾伍茲[20]神話為美國文化典型之地，他們甚至素描過這幅景色。站在這裡，讓人很容易相信自己所做的一切都是值得的。只要能夠站在這裡，或是將葛麗倩摟進懷中，擁著他和琳達曾經渴望卻無緣得到的孩子，就會讓人相信。

不會，他不會把女兒送到康科德。這裡是她的家。在她大到可以自己做出決定前，她都屬於這地方。那一天來臨時，他會支持她的選擇，但在那之前——

看不見的物體插入他的胸口，比他遇過的任何傷害還要疼痛、還要強勁……除了那次以外。

他撐不住跪下，掙扎著在腦中記住這一天的日期和時刻。他瞪大的雙眼接收著這片秋日景致，片刻前，河谷還象徵著重拾的希望及無邊的可能。他接著側著身子倒下，面朝看不見河的方向。

傑夫·溫斯頓無助地凝視著火紅的榆樹隧道，這條引導他走向承諾與實現的牧草地小徑，然後死去。

---

20 柯里爾和艾伍茲（Currier and Ives），美國著名石版畫家柯里爾和艾伍茲所成立的版畫複製公司，一九〇七年結束營業。以紐約州冬季雪景爲題材的作品最爲收藏家搜求珍藏。

7

他被黑暗與尖叫聲包圍。有雙手緊緊抓住他的右手臂，指甲戳進他袖子的布料。一幅地獄景象出現在傑夫眼前：啜泣的孩子一邊尖叫一邊踉蹌地奔跑，逃不過頭頂黑色有翅生物的攻勢，牠們不斷向下俯衝，對著孩子們的臉、嘴和眼睛猛啄……

接著有個冷冰冰的金髮美女將兩個小女孩拎進一輛車裡，讓她們逃過猛烈攻擊。他正在看電影，傑夫明白過來，正在播的是希區考克的片子，《鳥》。

傑夫手臂上的壓力隨著畫面的驚悚程度而漸漸變小，他轉頭看見茱莉·高登臉上露出少女的羞赧微笑。左手邊是夏拉的朋友寶拉，正緊緊偎依在年輕的馬汀·貝利臂彎的保護中。

一九六三年，一切又重頭開始。

「親愛的，你今天晚上怎麼特別安靜？」電影散場後開往莫伊與喬伊酒館途中，茱蒂坐在馬汀的考威爾21後座問。「你該不會認為，我嚇成這樣實在太蠢了吧？」

「不是，一點也不。」

她將兩人的手指交纏，頭靠在他肩上。「那就好。我擔心你把我當成傻瓜了。」她的髮絲充滿清新、乾淨的氣息，纖細、蒼白的脖子上也灑了幾滴浪凡香水。她身上的甜香和二十五年前在傑夫車裡度過的那個尷尬夜晚一模一樣……而在那之前，幾乎半世紀以前的同一個夜晚，她身上也飄散著同樣的味道。

他完成的每件事都一筆勾消：一手打造的財金帝國、達奇斯郡的豪宅……最慘痛的損失是，他失去了他的女兒。葛麗倩的一切都消失了，她的修長身材、舉手投足的小女人模樣，和聰明、深情的眼睛……死了，或者比死更慘。在這個現實中，她根本不曾存在過。

在他漫長破碎的人生中，他第一次完全明白李爾王對考狄利婭之死的哀悼：

汝芳蹤已絕，永遠、永遠、永遠、永遠、永遠不復返。

「你說什麼，親愛的？你剛剛有說話嗎？」

「沒什麼，」他低聲說，將女孩拉近胸前，「只是不自覺把想著的事說出來了。」

「嗯，告訴我你在想什麼。」

他想著眼前女孩寶貴的純真，對這瘋狂世界造成的傷害一無所知，也是一種恩寵。

「我在想這裡有妳，對我的意義有多重大，還有我多麼需要抱著妳。」

這是他就讀過的一家里奇蒙外的寄宿學校，這裡跟埃墨里一樣，校園景色一點也沒變。但有些地方跟他記憶中稍微有點出入：建築物看起來矮一點、公共食堂比他記憶中還要靠近湖邊。他原本就預期會有些小小的不一致，甚至早就決定當成記憶誤差，而不是以為事物本身有了具體改變。這一次，距離他最後一次來這裡已近五十五年，相隔著近五十五年的褪色記憶。時間被劈成了兩半，裡面還包括了他的整個成人時期，現在，一切又重新開始。

21 考威爾（Corvair），一九五九至六九年間由通用汽車的雪佛蘭車廠生產的車款。

「大學生活過得還不錯吧？」布蘭登夫人問道。

「還不錯。只是覺得離開學校一陣子了，想回來看看。」

這個豐滿嬌小的圖書館員慈愛地咯咯笑道，「你畢業還不到一年呢，傑夫。這麼快就開始念舊啦？」

「我想是念舊了。」他微笑道。「我覺得自己好像離開了很久。」

「再等個十年或是二十年，那時你會發現這一切多麼遙遠。我懷疑到時候你會想回到這裡看看我們呢。」

「我確定我會。」

「我真的希望囉。知道孩子們變得怎樣了，知道你們在外面的世界適應得如何，這些都是好事呢。我想你會過得很好。」

「謝謝你，夫人。我正在努力。」

她看了看錶，注意力被吸引到圖書館前門去了。「那麼，我三點得和一群明年度的新生見面，為他們做個簡單導覽。你離開前會去看看昂布魯特博士，對吧？」

「一定的。」

「下次經過我家進來坐坐，我們一起喝杯雪利酒，好好聊聊往事。」

傑夫和她道了再見，穿過書架從邊門出去了。他本不打算和任何教職員說話，但開車來這時，他早就料到總會碰巧遇到一、兩個。整體來說，他認為自己和布蘭登夫人應對得不錯，但談話為時不久就結束，還是讓他如釋重負。這類偶遇在埃墨里，他已經有自信能應付，但要在這裡處理這種情況就困難得多。他對這地方以及這些人的記憶已經太遙遠了。

他漫步在圖書館後的一條小徑上，走進靜謐的維吉尼亞松林，他在四周被松林包圍的校園裡渡過青少年到青年的歲月。某個東西吸引他來，某個比鄉愁更強烈、更無法抗拒的東西。天，他已承受太多強加在身上的舊日時光，再也沒有懷舊的興致了。

在對他有重要意義的生活情境中，這裡是最後一處不曾重演的地方，模樣也跟他記憶中一模一樣。他已經回到童年時期在奧蘭多的家，也曾經兩次回到埃墨里。但是，他剛離開大學後生活過的地方——那時他還是個年輕的大學畢業生，接著他娶了琳達——都不包含在現在以及最近才剛活過的人生中。但是在這裡，他是存在別人的回憶裡。他曾經在這所學校裡烙印下屬於個人的小小印記，就像在此生以及他生的存在裡，這所學校也曾對他產生很大的影響。也許他只需要跟這裡聯繫，確定他的存在，提醒自己曾經有過一段時光，這段時光裡的現實安穩且從不重複。

小徑上有棵枝頭低垂的榆樹，傑夫伸手將突出的枝椏向後撥，不期然中，他看見始終讓他心頭縈繞罪惡及羞恥的小橋。他站在那裡，凝視著五十年來始終在夢中困擾他的景象。那座橫跨小溪的木造人行步橋規模不大，結構簡單，不到十呎長，但傑夫抑制不住看見時胸口升起的驚慌。他不知道這條小徑通往這裡。

他鬆開榆樹枝椏，緩緩走向有手鋸木板條以及用愛心打造的三腳欄杆的小橋。橋當然重建過，傑夫始終這麼認為。不過自從那天起，他就沒再來過這地方了，儘管他仍在學校就讀。

他坐在橋旁的小溪邊，用手撫摩著風化的木橋。小溪對岸有隻松鼠啃著捧在腳掌間的一枚橡實，用沉著且警覺的眼神看著他。

在學校的頭一年，傑夫不算是個靦腆的男孩。他安靜、認真於課業，不過絕不是怕羞。他很快就交到幾個朋友，鬧翻天地在寢室玩樂，例如刮鬍膏大戰、在同學房間裡掛滿衛生紙之類的事也總是有他。至於女孩子，傑夫的經驗就如那純真年代的人對十五歲男孩的期待，不多也不少。傑夫念初中最後一年時曾有過一個固定女友，但直到這時，週末從里奇蒙過來參加校園舞會的高中女孩沒有一個特別吸引他，所以直到十六歲時，他才和一位名叫芭芭拉的女孩有過值得回憶的邂逅。

但是在這裡就讀的第一年，傑夫戀愛了。他全心全意愛上了他的法文老師，一名叫做戴爾德·朗黛的二十五歲女人。他並不是唯一一個迷上法文老師的人；在這所男校裡，幾乎百分之八十的男孩都愛上了這位苗條的褐髮女郎，她的丈夫是教美國史的。每次晚餐時間，公共食堂裡朗黛老師那一桌的六個位置都是所有人搶破頭的目標。每個禮拜總有兩、三個晚上，傑夫會設法幫自己搶到一個位置。

他相信朗黛老師對自己特別不一樣，不同於她對其他學生那種明朗的溫暖。她和他說話時，他確信自己看到她眼中有股特殊的神采。有一次在班上，她帶領全班學生朗誦波特萊爾，她站在他背後慢慢、隨意地按摩他的脖子。對他來說，那時刻有著強烈的情慾吸引力，同學們全對他投以忌妒眼神。有好一陣子他不再對著《花花公子》的中央摺頁海報手淫，當他私下想她時，他將性幻想的位置保留給戴爾德，只給她一個人。

那年十一月底，朗黛夫人懷孕之事已顯而易見。傑夫盡力忽視，因為這意味著她和丈夫的婚姻關係健康良好，即將成為母親的喜悅，為她的臉龐帶來了美麗的光彩，他把注意力集中在這上面。

她的產假在冬天，在她回來教書前，課由另一位老師暫代。二月中時，孩子出生了。四月時她回到公共食堂他們夫婦的餐桌上，她的胸部因為奶水的緣故高高隆起。她沒將嬰兒抱在手上時，就放在攜帶式的嬰兒搖籃中；她的丈夫不時從她旁邊位置上對她做出愛憐的舉動。這一大一小的兩人幾乎無時無刻占據了她的關愛與注意力；她難得才對他露出笑容，傑夫再也無法想像自己能接收到她笑容中的祕密愛意。

朗黛夫婦住在校園外的一棟房子裡，位於圖書館後方樹林的另一邊。出太陽的日子，朗黛夫人喜歡穿過榆樹和樺樹的寧靜樹林，步行往返學校與家中。有條踏舊的小徑銜接兩地，但中間被一座小溪隔斷。秋天時，她可以輕易涉水而過；但現在，用嬰兒車推著孩子，小溪成了很大的障礙。

她的丈夫辛苦花了六個禮拜蓋了小橋。他在學校商店裡用帶鋸機將木板鋸成適當大小，辛苦地把木頭刨成平滑不扎手，更將迷你橋拱的托梁和橫梁打造得比實際所需更堅固一倍。木橋落成那天晚上，朗黛夫人在公共食堂的餐桌上公開親吻了丈夫，是個深長而充滿愛意的吻。她從來沒有在男學生面前做出類似舉動。傑夫盯著他一口都沒動的食物，感覺胃冷得縮了起來。

隔天他獨自散步到樹林，想驅逐走籠罩住他的糟糕情緒，但當他經過那座橋時，某個念頭突然自心中升起。

當他從河床上撿起第一塊大石時，不尋常的憤怒席捲了腦海，他使盡全力將石頭扔向木造欄杆。他不斷、不斷、不斷地扔著他能找到及舉起的最重石塊。橋的拱壁最堅硬難以摧毀，它建造時就考慮到要能持久，但是橫梁終究不敵傑夫的憤怒攻擊，連同其他殘存碎片一起落入溪中。

結束後，傑夫站在那裡盯著橋溼透的殘骸，他因為用盡力氣以及極度苦悶而氣喘吁吁。然後他朝上一瞥，看見朗黛夫人站在小溪另一邊的小徑上。她看見他時，那張他迷戀數月的臉像戴上面具般面無表情。他們眼神交會了幾秒後，傑夫便飛奔離去。

他以為會被開除，卻沒有人提起過這件事。傑夫再也沒坐過朗黛夫婦那一桌。他盡可能避開和他們倆人碰面的機會。在課堂上，她對他始終維持禮貌甚至是親切的態度，那一學年結束時，他的法文課得了最佳等第的成績。

他朝緩緩流過的河水扔了塊石子，看著它從一塊岩石彈起再撲通落入溪水中。毀橋的行為卑鄙且不可原諒，儘管朗黛夫人原諒、迴護他，甚至明理地從未提起過對他的原諒，以避免進一步羞辱他。她必定了解導致他這極端行為的孤獨、愚蠢的憤怒，也必定從這孩子氣的舉動中看出，他將她對丈夫及孩子的愛視為最深刻的背叛。

從傑夫扭曲的迷戀觀點來看，那的確是背叛。他第一次嚐到到希望破滅的滋味。

現在他知道是什麼吸引他回到學校，回到他年輕時犯下錯誤的靜謐林間空地。他必須再次面對無盡失落帶來的空虛，只是這次的層次更複雜。這次他知道，他不會在難以承受痛苦的壓力下失控了。已經沒有橋可以摧毀，儘管他女兒的死讓他深受折磨，傑夫必須學習向前走，學習在知其為不可能的情況下去開創與建立。

禮拜五晚上十點四十五分，哈里斯學院外至少有二十對情侶在陰影中擁抱。他們臉貼臉地環抱彼此，在警覺的女舍監把年輕女孩們叫進宿舍的最後幾分鐘前享受火熱的親密接觸。傑夫和茱蒂坐在離這些依偎的情侶有段距離的石椅上。她的心情有點糟。

「都是因為法蘭克．梅道克，對吧？都是他出的主意吧？我知道是。」

傑夫搖搖頭。「我告訴過妳，是我跟他提議的。」

茱蒂根本沒在聽。「你不該跟他混在一起，我就知道會發生這種事。他以為自己很酷，以為他是世故的成人。他在裝腔作勢，你看不出來嗎？」

「親愛的，那不是他的錯。整件事都是我的主意，而且會有好結果。等到明天妳就會知道了。」

「喔，你怎麼知道的？」一陣寒冷夜風吹來，她將手從他手中抽出，拉緊她的兔毛外套。「你甚至還沒有大到可以自己去下注呢，還得叫他幫你。」

「我很清楚我在做什麼。」傑夫笑著說。

「當然，你清楚知道要把所有錢都投進去，清楚知道要賣掉你的車。我還是沒辦法相信，你竟然把車賣掉去賭馬。」

「我明天下午就會買一輛新的了。妳可以和我一起去，幫我挑挑。妳喜歡什麼車，積架還是考威特？」

「別說傻話，傑夫。你知道，我一直以為我很了解你，但是這次……」

夜風颳起一個凋落的山茱萸花苞，落在茱蒂的頭髮上。他伸手拿下花，動作成了愛撫。她因為他的觸碰而軟化，他將白色花瓣滑下她的臉頰，輕輕在她的唇上壓了一下，然後點一下自己的唇。

「喔，親愛的，」她輕聲低語，身體更靠近他，「我不是故意責備你。只是這件事讓我很擔心，我不能——」

「噓，」他邊說，邊用雙手握住她的臉龐，「沒什麼好擔心的，我保證。」

「但是你不知道——」

他用一個吻使她安靜下來，直到一個尖銳的女聲打斷，「門禁時間還有五分鐘！」

他陪她走向燈火明亮的宿舍前門，一路上有許多女孩從他們身邊匆匆經過。「那麼，」他說，「妳明天想跟我一起去買車嗎？」

「唉，傑夫，」她嘆道，「我明天下午得完成一個學期報告，如果你大約七點鐘過來，我會在杜利餐館先幫你買個漢堡。如果你輸了可別太沮喪，至少是個好教訓。」

「知道了，女士。」他露齒微笑。「我一定會好好記下來。」

＊

穿著紅色制服外套的泊車小弟替他們將積架停妥在皇家馬車餐廳。傑夫塞給侍酒師一張二十美元小費，當他點了大瓶的酩悅香檳時，沒人問起茱蒂的年齡。

「敬夏多克。」香檳倒進杯中後，傑夫舉杯慶賀。

茱蒂猶豫了一下，握住的酒杯停在半空中。「我寧可為今晚乾杯。」她說道。

他們互碰酒杯後啜飲美酒。茱蒂今晚看起來美極了，她穿了件為春季正式社交場合而買的深藍色低胸長禮服，模樣看起來介於玩妝扮遊戲的女孩以及極具性感魅力的女人之間。他之前太早放棄她了，那時他想找的是人生經驗可以匹配的女人。這當然是不可能的。現在他滿心歡喜地沉浸在這份溫暖率直中，而這正來自於她的天真無邪，這和夏拉廉價的情慾或黛安冰冷、世故的舉直截然不同。這純真值得好好珍愛，不是去拒絕。

這家餐廳提供的是典型高檔美式餐點，菜單上沒有特別新奇的菜色，但茱蒂似乎很感興趣，顯然正盡力表現得像個成熟的大人。傑夫幫她點了龍蝦，自己點了上等牛肋。她注意看他用哪隻叉子來吃沙拉和開胃菜，傑夫就愛她那毫不偽裝的笨拙。

晚餐後喝著甜香酒時，傑夫遞給她一個克勞德．S．班奈特珠寶店的盒子。茱蒂拆開，瞪著切割完美的兩克拉鑽石戒指好一陣子，然後哭了起來。

「我不能收。」她小聲說，然後小心翼翼地闔上盒子，放回傑夫前面的桌上。「我就是不能收。」

「我以為我聽到妳說妳喜歡。」

「我喜歡，」她說，「喔，該死，太喜歡了。」

「那麼哪裡不對勁？如果妳覺得我們還太年輕，我們可以等一、兩年，但是我想要現在就變成正式的計畫。」

她用餐巾擦乾眼淚，把她化的一點薄妝弄花了。傑夫想吻掉她臉上的淚痕，想讓她完全陶醉在他的吻裡，像舔著小貓的大貓。

「寶拉說你好幾個禮拜沒去上課了，」她告訴傑夫，「她說你甚至可能會被退學。」

傑夫開心地笑了，他握住她的手。「沒別的了嗎？親愛的，這不要緊。反正我不唸大學了。我才剛贏了一萬七千塊，到十月時還可以贏……聽著，沒什麼好擔心的。我們會有很多很多錢，我能打包票。」

「怎麼辦到的？」她挖苦地問。「賭博？我們要靠賭博維生嗎？」

「我會投資，」他告訴她，「完全合法的商業投資，像是IBM、全錄還有——」

「實際一點，傑夫。你這次賭馬的運氣真的很好，但現在你突然覺得自己可以在股市裡走運賺大錢了。好吧，如果股價下跌呢？如果經濟蕭條或發生其他事情呢？」

「不會的。」他靜靜地說。

「你料不到的，我爹地說——」

「我不在乎妳爹地說什麼。不會有事——」

她放下握住的餐巾，將椅子往後推開。「好吧，我在乎我父母怎麼說。我甚至不敢去想，如果我告訴他們我要嫁給一個輟學去當賭徒的十八歲男孩，他們會有什麼反應？」

傑夫無言以對。當然，她是對的。在她眼裡，他看起來一定像個不負責任的傻瓜。向她解釋他正在做的事是個可怕的錯誤，他已經嚐過教訓了。

他將戒指塞回外套口袋。「我不會放棄，」他說，「也許我也會再次考慮輟學。」

她的雙眼再次濕濡，藍色瞳孔透過淚水閃閃發光。「拜託你重新考慮，傑夫。我不想失去你，尤其不想因為這種瘋狂的理由。」

他捏捏她的手。「有一天妳會戴上那枚戒指，」他說，「妳會為它也為我驕傲。」

一九六八年六月，他們在田納西州洛克伍德的第一浸信會教堂結婚，那是傑夫拿到企管碩士學位的一個禮拜後，就在他和琳達相遇的四天前。他們曾在他的其他人生中相遇兩次，結局卻截然不同。洛克伍德是茱蒂的家鄉，婚禮結束後，她父母在位於華特拜湖附近的避暑屋舉行了大型的烤肉宴會。傑夫注意到他父親的咳嗽越來越嚴重，他抽寶馬牌香菸總是一根接一根，但那時他還不會聽從兒子的懇求戒掉這習慣。要到他診斷出得了肺氣腫時才戒除，但那也是距今多年後的事了。傑夫的母親看起來比在他和琳達及黛安的婚禮上還高興，雖然她對這兩個場合當然沒有記憶。他的妹妹，十五歲戴著牙套的害羞女孩，馬上就接受了茱蒂。

高登一家人也一樣全心全意地接納傑夫進入他們的圈子。他已經讓自己成功轉型成完美女婿的形象：二十三歲、受過良好教育、勤奮、有責任感的年輕人。他們為新婚夫婦留了一小筆儲蓄金，還有一個保守但獲利穩健的股票投資組合，登記在他和茱蒂的名下。

這並不是件容易的事。五年學校生活夠他受的了，他得強迫自己重溫早就丟掉的東西，讀書、交報告、考試等等，但最困難的是設法讓自己不要變得太有錢。上一次的他在這年紀時已經是個財金界的青年才俊，一家極有勢力的企業集團主要合夥人。但是，突然被龐大財富包圍會讓茱蒂不知所措，或在兩人中間造成重大問題。所以他徹底放棄貝爾蒙特馬賽以及世界大賽的賭局，煞費苦心地拒絕了許多高獲利的投資，他原本可以輕易透過這些投資賺進數百萬美元的財富。

這次，他和法蘭克很快就在肯德基德貝馬賽後分道揚鑣。毫不知情的法蘭克只和他合作了一次，就嚐夠了攀上成功高峰的滋味，他已經完成了哥倫比亞法學院的課業，現在是匹茲堡某家公司的年輕律師。

傑夫和茱蒂用抵押方式借錢，在亞特蘭大崔郡橋路買了棟舒適的仿殖民風格小房子，傑夫在他曾擁有的一棟靠近五星區的大樓裡，租了一個有四個房間的辦公室。一星期五天，他穿西裝打領帶茱蒂開車進城，和祕書、同事說過早安後就把自己鎖在辦公室裡，他在裡面讀書。他讀索福克里斯、莎士比亞、普魯斯特、福克納……所有他早該讀過，卻一直沒時間好好咀嚼的作品。

一天結束時，他會匆忙寫些備忘便條交給合夥人，建議或許他們不必冒險投資一些實力尚未被市場證明的公司，像是新力，但仍應秉持持續成長的原則投資在一些安全標的上，像是美國電話電報公司。傑夫小心翼翼地引導這家小公司繞開會讓財富暴增的投資，確保他和同事可以舒適地穩居於中上階層，而不招來過多注目。他的合夥人經常聽從他的建議；建議不被採納時，損失通常可以由獲利彌補，因此淨效應始終符合傑夫的期待。

晚上他會和茱蒂窩在他們的小窩裡一起觀賞《爆笑生活》或是《不敗法則》之類的電視連續劇，在上床前或許玩個拼字遊戲。天氣暖和的週末，他們會到萊尼爾湖上划船、打網球，或是去卡拉威花園的自然步道健行。

他們過著平靜有序、十分正常的生活。傑夫非常地滿足。沒有狂喜的時刻——他不曾體驗看著女兒葛麗倩在達奇斯郡莊園中成長的徹底陶醉感，卻感到幸福，而且平靜。他那冗長而混亂的人生，第一次可以用極簡及缺乏騷動來形容。

傑夫將腳趾戳進沙裡，用手肘支起身子，一手在額前擋住陽光。茱蒂在他旁邊的毯子上睡著了，彎曲的手指仍緊抓著一本《大白鯊》小說。他輕吻了她半開的嘴唇。

「來點菠蘿雞尾酒嗎？」當她舒展著四肢醒來時，傑夫問道。「我們還剩半瓶。」

「嗯，我只想這樣躺在這裡，躺個差不多二十年吧。」

「那妳最好大約每半年翻個身。」

她轉頭看看她的右肩，看見它已經被曬紅了。她翻身臉朝上靠近他，他又再吻了她，這次吻得更久更深。

幾碼外的另一對夫婦正聽著收音機，音樂忽然停了，一個牙買加口音的播報員開始播報約翰·狄恩在水門案聽證會上的證詞，這才打斷了傑夫的吻。

「愛你。」茱蒂說。

「愛妳。」他一邊回答，一邊碰碰她被太陽曬成粉紅色的鼻尖。他愛她，天知道他有多愛她。

傑夫每年放六個禮拜的假，是為了配合他假裝的規律工作日程。這被強加的限制，反而讓這段時間過得更甜美。去年他們騎腳踏車穿越了蘇格蘭，而今年夏天計畫乘熱氣球遊覽法國酒鄉。但是此時此刻，與這位為他分崩離析的生命帶來清醒與喜悅的女人待在一起，他想不到有哪個地方比牙買加北海岸的渡假勝地奧喬·里歐更吸引他。

「先生，為漂亮女士買條項鍊嗎？項鍊漂亮得不得了。」

兜售項鍊的牙買加男孩年紀不會超過八、九歲。他的手臂上掛著幾十條精緻的貝殼項鍊、手環，綁在他腰際的一個布袋上，插著由同樣色彩繽紛的貝殼製成的耳環。

「這條……多少錢呢？」

「八先令。」

「一鎊六先令我就買了。」

男孩揚起眉頭，一臉困惑。「喂，你瘋啦，先生？你該殺價而不是出更高的價錢。」

「那就兩鎊吧。」

「我不會跟你爭的，先生。這條項鍊是你的了。」男孩急忙從手臂上拿下項鍊遞給茱蒂。「還想買的話，我的貨很多。海灘上每個人都認識我，我叫雷納。」

「好的，雷納。很高興和你做生意。」傑夫交給他兩張一鎊小鈔，男孩的臉上露出了笑容，蹦蹦跳跳地走到別處去。

茱蒂戴上項鍊，搖搖頭裝出不高興的樣子。

「丟臉哪你，」她說，「竟然占一個小孩子的便宜。」

「我還可以做得更狠呢。」傑夫笑著說。「再過會兒，我可能會出價到四、五英鎊了。」

茱蒂低頭調整項鍊的位置，眼神與傑夫再次交會時卻充滿了憂傷。「你這麼有孩子緣，」她說，「我唯一的遺憾就是我們沒有——」

傑夫輕輕將手指放在她的唇上。

「妳就是我的寶貝，我需要的一切。」

他絕不會告訴她或甚至讓她有機會猜到，在一九六六年他們開始做愛後沒多久，他就去做了輸精管切除手術。他也絕不會再創造出新生命，就像他曾創造出葛麗倩，只為了平白看著她存在的一切被抹消。除了傑夫以外，葛麗倩甚至不存在任何人的記憶裡。在微乎其微的機會下，他的人生或許注定要再次重來過，他不願意將自己愛過、創造過的人留在被絕對遺忘的國度之中。

「傑夫，我一直在想。」

他回望茱蒂，並設法掩飾心中的傷痛與罪惡感。「哪方面的事？」

「我們或許可以——不要馬上回答，給自己一點時間考慮——我在想我們可以領養孩子。」

他看著她，好一會兒說不出話來。他看見她臉上浮現的愛意，看見她是多麼渴望能用任何方式來表達這份愛。

他想，領養的孩子或許不會像自己親生的那樣帶來深刻傷痛。即使他漸漸愛上那些孩子，也不需要為他們誕生到這世界上負責。不管他們是誰，他們本來就已經存在、出生了。最糟的情況可能發生，而他們仍將繼續活下去，儘管會有個不一樣的人生等著他們。

「好，」他告訴她，「好，我很樂意。」

登艇處位在叫恩斯福特的地方，大阿帕拉契森林的南緣，靠近南與北卡羅萊納州與喬治亞洲北尖交會處。總共有六艘橡皮艇：外觀黑色、笨重的東西在基地充完氣後，才被奮力拖到夏圖加河河邊。傑夫、茱蒂、他們領養的孩子和一個漂亮的灰髮女人以及導遊同船，導遊看起來約是大學生年紀，臉龐及兩臂都被太陽曬成棕色。

當橡皮艇滑進悠悠流動的清澈河水中時，傑夫伸手繫緊愛波單薄身子上穿的救生衣。杜恩看見這充滿父愛的舉動，也繫緊自己的救生衣，稚氣的眼裡浮現一抹男子氣概的堅定。

愛波是個迷人的金髮小女孩，以前曾受到親生父母嚴重虐待；她哥哥是個熱情、開朗的男孩，父母都在一場交通事故中身亡。孩子的名字不見得是傑夫或茱蒂想取的，不過他們被領養時一個六歲、一個四歲了，所以最好還是不改名，以免擾亂他們的自我認知。

「爹地，看！是鹿！」愛波的手指著較遠的河岸邊，臉上散發出興奮的光彩。那頭鹿滿足地回頭看著他們，一副有需要時就要跑走的模樣，但顯然並不想只因為看見這些奇怪的人就中斷了用餐時刻。

兩旁林木蓊鬱的河岸地勢很快地開始升高，漸漸成為布滿岩石的山峽。隨著峽谷逐漸加深，河流的流速也變快了，橡皮艇小隊不久就進入了第一段激流地帶。隨著小船在下衝的河水裡上下翻騰、搖擺，孩子們發出歡快的呼喊。

小艇通過湍急水域而再度平穩地順流漂浮後，傑夫看著茱蒂。他心滿意足地看見，她焦慮的臉已經變成和孩子們一般歡樂。她原本十分憂心帶孩子們來這裡，但傑夫不希望剝奪孩子享受這振奮娛樂的樂趣。

探險隊在一個小島上岸，茱蒂把裝在防水盒裡的午餐拿出來。傑夫邊嚼著雞腿、喝著冷啤酒，邊看著愛波和杜恩探索這座楔型小島。孩子的好奇心與想像力總是讓傑夫著迷；透過他們的眼睛，他開始重新評價這陳腐的世界。當他和茱蒂決定領養他們時，他在正確的時機進場買了些蘋果和雅達利22的股票，數量剛好夠讓他們的家庭收入提升幾個等級。他們在西派費瑞鹿買了一間大一點的房子。房子有很大的後院，院裡有池塘還有三棵大橡樹。對孩子們而言是最佳的環境。

橡皮艇隊伍再次出發，往下航行約一哩左右衝進了另一段更大的激流地段。即使是在航程的藍色區域，水流也比剛才湍急許多，但傑夫看見妻子已經拋下對河流的恐懼，沉浸在它的美與驚險刺激中。當小船飛速通過牛水門瀑布時，她緊緊握住傑夫的手，然後泛舟行程就接近尾聲了，河水再次恢復平靜，太陽漸漸隱沒在松樹後。

看到巴士停在那裡等著將他們載回亞特蘭大時，愛波和杜恩顯得很難過，但傑夫知道，他們

22 雅達利（Atari），是進入電腦遊戲、家庭遊戲機和家庭電腦產業的先驅。

的冒險行動才剛開始呢，就像夏天一樣。他不久就要帶著家人去渡假兩個月，要開車悠閒地穿越法國和義大利。明年他計畫了一趟日本之旅，還要帶他們到才剛開放的中國去，看看這廣闊的國度。傑夫希望他們能夠見到這一切，徹底體驗這世界能給予的壯麗與驚奇。然而他還是暗自害怕，這些記憶以及他給予的所有的愛，將很快被一股莫名的力量消滅。

三天後，他胸部貼住電極的地方癢極了，但他絕不讓心電圖檢查的電極鬆開，一分鐘也不行。護士們對他的態度充滿了輕蔑；傑夫知道他們的心情。他們以為自己不在他聽力範圍內，就會一起嘲笑他。他們對自己得照顧一個完全健康卻還占據寶貴病床的憂鬱症患者感到憤慨。

他的醫生多少也有類似的感覺，而且也講得夠明白了。但傑夫還是做了同樣的強烈要求。最後對醫院興建基金捐獻了可觀金額之後，他終於得到一個禮拜的住院許可。

一九八八年十月的第三個禮拜。事情如果會發生，就是在這時候了。

「嗨，親愛的，你覺得怎樣？」茱蒂穿了見赭紅的秋季外出服，頭髮鬆鬆地堆高在頭頂上。

「癢癢的，其他都很好。」

她笑中帶著一絲在她純真無邪的臉龐上不太尋常的狡猾。

「哪裡要我幫你抓抓嗎？」

傑夫大笑起來。「我也想。但我想我們得再等幾天，等到我被鬆綁了才行。」

「好吧。」她說，手上仍提著兩個購物袋，分別是牛津書局和甲魚唱片的袋子。「這些可以讓你在這段期間有點事情做。」

她帶來最新的查維斯．麥基系列小說，狄克．法蘭西斯的推理小說（這是他在這段人生培養出的閱讀嗜好），加上一本安德烈・馬侯的新傳記、一本冠達郵輪公司的歷史書[23]。另一個袋子裡裝了十幾張盒裝音樂光碟，從巴哈、韋瓦第到數位技術轉錄的《胡椒中士》專輯[24]。她將一片閃亮亮的音樂光碟放進隨身播放器中，放在他床邊，帕海貝爾D大調卡農的美妙旋律便在病房中迴盪。

「茱蒂——」他的聲音不能連續。他清了清喉嚨後再開口。「我只想要妳知道……我一直是多麼愛妳。」

她以慎重的聲調回答，卻藏不住眼神中的警覺。「我希望我們會一直相愛，到很久很久以後。」

「很久很久。」

茱蒂皺皺眉頭，想說話，但被傑夫的噓聲制止了。她俯過身親吻他，當她的手和傑夫的相遇時，它正顫抖著。

「趕快回家，」她在他耳邊低語，「我們甚至還沒開始呢。」

茱蒂離開病房到醫院的咖啡廳吃午餐後約一小時後，事情就發生了。傑夫很高興她沒有在場目睹。即便處於痛苦中，傑夫還是看得見心電圖狂跳時護士臉上的驚愕表情。但她隨即做出專業反應，絲

---

23 查維斯・麥基是美國偵探小說家約翰・D・麥當勞所創造的小說人物，職業是私家偵探；狄克・法蘭西斯（Dick Francis），英國退休騎師、賽馬犯罪小說家，出版過數十部以賽馬爲背景的小說；安德烈・馬侯（Andr Malraux），法國著名作家，也是具有相當影響力的政治人物、文化人。作品《人類境況》（*la Condition humaine*）曾獲法國龔固爾文學獎；冠達郵輪公司（Cunard shipping line）是世界上歷史最悠久的跨洋郵輪公司之一，二〇〇五年被併購，以Cunard爲名的船運公司目前已不存在。

24《胡椒中士的寂寞芳心俱樂部樂團》（Sergeant Pepper's Lonely Hearts Club Band）是英國樂團披頭四一九六七年發行的第八張錄音室專輯，錄製時使用的仍是磁帶式錄音機設備。

毫不耽誤地召集醫師做緊急救命處理。不出幾秒，傑夫就被整個醫療團隊包圍，他們邊在他身上急救，邊大聲下達著指令並回報狀況。

「一西西腎上腺素！」

「碳酸氫納兩安培？給我三百六焦耳電擊！」

「後退後退……」砰！

「心搏過速！血壓八十有脈搏反應。兩百瓦特電擊，靜脈注射利卡因七十五微克，開始！」

「注意——心室顫動。」

「重複注射腎上腺素、碳酸氫納，去顫器三百六焦耳。後退後退……」砰！

一次又一次，急救人員的聲音和光線漸漸微弱。傑夫想要怒吼，這一切並不公平，這次他還沒有完全準備好。但他叫不出來，甚至哭不出來，除了再死一次，他什麼也不能。

傑夫再次醒來，他坐在馬汀・貝利的考威爾後座，身旁是茱蒂。十八歲的茱蒂、一九六三年的茱蒂，那時他們甚至還沒相戀、結婚、建立家庭。

「停車！」

「等一下，老兄。我們快回到女生宿舍了。我會——」

「我說停車！現在就停車！」

馬汀困惑地搖頭，把車子停在歷史大樓後的奇果圓環。茱蒂將手放在傑夫手臂上想讓他冷靜下來，但他猛地甩開她，然後一把推開車門。

「老天，你在搞什麼鬼？」馬汀大吼，但傑夫已經衝出車子奔跑起來，他也不管什麼方向，只是狂奔，去哪裡不重要。

一切都不重要了。

他飛快跑過四邊形院落，經過化學和心理大樓，年輕強壯的心臟在他胸中用力敲打著，彷彿在幾分鐘前以及二十五年後的未來，心臟都不曾也不會背叛他。他不由自主地讓雙腳帶領自己經過了生物大樓、穿越皮爾斯道一角及亞客來特路。最後他踉踉蹌蹌地跪倒在足球場中央，抬頭用朦朧的雙眼看著天上的群星。

「肏你媽的！」他用盡全身力氣朝著無情的天空高喊，喊出他在臨終病床上無能為力表達的絕望。

「肏你媽的！你……為什麼……要這樣……**對我！**」

8

在那之後傑夫什麼都不在乎了。他已盡全力達成一個男人所能期望的一切，無論是物質成就、感情投入，或是扮演父親的角色，但最後仍是一場空，他再次被獨自留下，孤獨而無能為力，雙手及內心都被掏空了。他又回到初始之地，如果他所有的努力必然轉眼成灰，為什麼還要開始？

他不能承受再見到茱蒂一面。這位臉蛋甜美的少女並不是他該去深愛的女人，她不過是可能成為那女人的一張白紙。明知結果只會是情感、精神上的死亡，硬要再去重複形塑人生的過程根本毫無意義，甚至只是自虐。

他又回到他很久前在北卓伊丘路上發現的不起眼酒吧，開始每天喝酒。當時間到了，他又玩起了老把戲，再次說服法蘭克．梅道克幫他在肯德基德貝的馬賽下注，錢一到手就馬上飛到拉斯維加斯，一個人去。

在旅館和賭場四處閒逛了三天後，他終於找到她，她正坐在沙丘賭場裡一張最小賭資的二十一點賭桌上。一樣的黑髮，一樣的完美身材，甚至穿著同一件他曾在某個難耐的激情時刻，在她小小雙層公寓客廳的沙發椅上狠狠扯開的紅色洋裝。

「嗨，」他說，「我叫傑夫．溫斯頓。」

她露出他熟悉的勾人笑容。「我叫夏拉．貝克。」

「那好。妳想不想去巴黎？」

夏拉用困惑的眼神瞪著他。「介意我先下完這手？」

「三小時後有班飛往紐約的飛機，可以直接接上法國航空班機。所以妳還有時間可以打包。」

她押十六點，爆了。

「你是當真還是開玩笑？」她問。

「我是說真的。妳要去嗎？」

夏拉聳聳肩，撈起剩下的幾個籌碼放進皮包裡。

「當然，為何不？」

「沒錯，」傑夫說，「為何不？」

上百根高盧牌和吉普賽牌香菸悶燒著，一股辛辣刺鼻的氣息像惡臭的濃霧，懸浮在俱樂部裡。穿過霧靄，傑夫看到夏拉在角落裡獨自跳舞，眼睛半閉，她醉了。這次她似乎比他記憶中喝得還凶，也可能她只是配合他的腳步，因為現在的他喝得比過去還猛。至少酒讓他容易與人聚在一起，今晚他的桌上有六個人，大多數人表面上都擁有「學生」身分，對這城市永不打烊的夜生活感興趣的程度都大過於書本。

「在美國你們也有這樣的俱樂部嗎？」尚．克勞德問道。

傑夫搖搖頭。胡樹特地窖是巴黎一家古典風味的爵士樂酒吧，是間石牆地下室，裡面放的音樂和這裡每個人賴以為生的香菸一樣，朦朧縹緲卻刺激辛辣。不像更新型的迪斯可舞廳，這種風格的酒吧在美國流行不起來。

尚．克勞德的紅髮女友米海兒歪著嘴懶懶地笑了笑，「眞是遺憾[25]，」她說，「這些黑人在故鄉沒人喜歡，所以得到這裡來，為了去放自己的音樂。」

傑夫做了個不置可否的手勢，又替自己倒了杯紅酒。美國目前的種族問題在法國是個話題，但他沒興趣攪進這類討論。任何嚴肅、讓他思考或回憶過去的事，現在都引不起他的興趣。

「你得去非洲看看，」米海兒說，「那裡很美，很多東西值得去了解。」

她和尚・克勞德最近才從摩洛哥待了一個月回來。傑夫好心地沒去提到法國最近在阿爾及利亞的潰敗。

「注意、注意，麻煩注意！」酒吧老板站在窄小的階梯上，彎身朝向麥克風喊道。「各位女士、先生，各位好友們……胡榭特地窖很高興向各位介紹熱情藍調……以及藍調大師，無人能及的——席尼……貝雪！」

在如雷掌聲中，這位移居法國的老音樂家走上台，手裡拿著一支豎笛。他先以一首振奮人心的〈洞窟裡的藍調〉開場，接著感性迷人地詮釋了〈法藍基與強尼〉。夏拉繼續在角落裡獨舞，她的身體隨著穿透人心的音樂波浪般起伏。傑夫喝完紅酒，招手叫了下一瓶。

當第二首樂曲結束，台下年輕人嘶吼著表達對他異國藝術形式的喜愛時，老藍調樂手露齒微笑、點頭。「歇些、歇些、歇些。」貝雪高喊。「我的發文不是很好，」他說的法語帶著濃厚的美國黑人腔調，「所以我還是用自己的語言好了，我看得出你們都知道什麼是藍調。你們聽到我說的嗎？」

至少一半的聽眾差不多聽懂他說的英文並熱情回應。「是的！」他們歡呼，「當然！」傑夫一口喝乾剛倒的那杯酒，期待音樂將他再次帶離現實，將所有的記憶一掃而空。

「好吧！」貝雪的聲音從舞台上傳來，手裡一邊擦著豎笛的笛嘴。「我現在要演奏的下一首曲子最能夠表現藍調的精神。你們都知道，有首藍調樂曲是為一無所有的人而演奏，是首悲傷的藍調……但最最悲傷的藍調是為那些曾經擁有一切卻又失去，而且知道它永遠不會回來的人而做。在這世上沒有比這更痛苦的事。這首藍調樂曲，我們叫它〈而今我已失去所有〉。」

音樂開始飄揚，小調的低沉樂聲傳達出幻滅與悔恨的情感，叫人無法抗拒又難以忍受。傑夫頹然地倒在椅子上，想將樂聲從腦海中刪除。他伸手拿起酒杯，酒灑了。

「有事嗎？」米海兒邊問，邊碰碰他的肩膀。

傑夫想回答，卻開不了口。

「來吧，」她說，拉著他在煙霧繚繞的夜總會中起身，「我們去外面呼吸點新鮮空氣。」

他們踏出酒吧來到胡榭特路上時，外面正下著微微的毛毛雨。傑夫仰臉迎向冷雨，任由雨滴細細淌下前額。米海兒舉起纖細的小手輕輕放在他的臉頰上。

「音樂讓人感傷。」她輕聲說。

「嗯。」

「不好。最好……『忘掉』的英文怎麼說？」

「忘掉。」

「對，就是那樣說。最好忘掉。」

「沒錯。」

「暫時忘掉。」

「暫時忘掉。」他同意，於是他們朝米歇道方向走去招計程車。

---

25 楷體字代表原文為法文。

他們回到傑夫位在佛煦大道上的公寓，在客廳裡，米海兒裝了一小管搗碎的大麻以及等量的鴉片。她坐在一張東方風格的小毯子上，就在傑夫旁邊，米海兒點燃這強力的混和麻藥後，將煙管交給傑夫。他深深吸了一口，火熄滅時，他又再次點燃。

傑夫偶爾也會來根大麻，主要是在他第一次人生時用來解悶。但這次嘗試帶來從深處湧上的喜樂平靜，他從未感受過。像是被巨大靜止的翅膀帶到了遠方；但這麻藥讓他的腦袋不斷運轉，不讓他徹底陷入睡夢中。

米海兒躺回地毯上，綠色絲質洋裝捲到大腿上。雨滴像不間歇的節奏打在窗上，她跟著雨聲的韻律搖晃腦袋，富有光澤的紅褐色髮絲越過面頰，垂落到光裸的肩上。傑夫撫摸她的小腿，然後到大腿內側，她輕柔地發出像是默許和渴望的低語。他傾身向前，解開了洋裝正面的鈕扣，光滑的布料從她少女般的胸脯上滑開。

在地板上，他們兩人無聲且近乎狂暴地藉著彼此的身體滿足自己。完事後，米海兒又裝了一管摻鴉片的麻煙在臥室裡吸。這次他們在羽絨被覆蓋下，一起在倦怠中達到高潮。他們的腿和手臂以一種剛熟悉的放鬆感糾纏在一起，當聖黑諾教堂晨間彌撒的鐘聲響起，米海兒再次爬到他身上，在玩耍的歡樂情緒中，她纖細的臀騎著他。

在曙光初露的黎明時刻，夏拉才拖著疲憊的身體回到公寓。「早安，」她打開臥房的門時說道，看起來精疲力竭。「你們這些傢伙想喝杯咖啡嗎？」

米海兒在床上坐起身，搖著一頭亂髮。「加點白蘭地可以嗎？」

夏拉脫下她皺巴巴的洋裝，往衣櫥裡找件睡袍。「聽起來不錯，」她說，「傑夫，你也要嗎？」他眨眨眼，揉掉眼睛裡的麻煙。「好。」

米海兒起床，若無其事地走進浴室去沖澡。夏拉拿著餐盤再次出現時，嬌小的紅髮女子正坐在床沿，依然一絲不掛地擦著頭髮。他們在啜飲加了白蘭地的咖啡時，兩個女人愉快地聊著西佛利街新開的一家洗衣店。

九點過後不久，米海兒說她得回家換衣服，她和另一個朋友約了吃早午餐，但不想穿著前一晚的洋裝出現在咖啡館。她親吻傑夫道別，匆匆給了夏拉一個擁抱，然後就離開了。

米海兒一走，夏拉就把咖啡杯從床上收走，拉回床單，溫暖的小舌順著傑夫的腹部滑下。她將他含在嘴裡時他仍是軟的，但很快又硬了。傑夫沒問夏拉整晚去了哪裡：這不重要。

地中海輕柔拍打著多卵石的沙灘，沉靜的波浪像是永恆不變的呢喃。新鮮的馬賽魚湯香氣從鄰近的咖啡館飄來。

傑夫餓了，女孩們游完泳上岸後，他馬上提議去吃午餐。

六月初開始下了約一星期的雨，他們和尚・克勞德、米海兒及其他人於是在密斯脫拉風26的吹送下來到法國南部。火車開到土倫時，他們全喝醉了，一行八人鬧哄哄地擠進兩台計程車，從土倫搭車到四十三哩外的聖托貝。

自從華汀和芭杜27發現這裡，讓此地取代了舊富紳喜愛的昂提布、蒙通等沉悶的蔚藍海岸渡假勝地，成為廣受年輕人歡迎的去處後，過去六年來，這個小小漁村經歷了一場大變化，但它仍維持原來的

---

26 由北大西洋向地中海沿岸吹送的西北風，終年都可能出現。

27 法國導演華汀（Roger Vadim）一九五六年的電影《上帝創造女人》（Et Dieu...créa femme）讓飾演孤女的碧姬・芭杜一夕竄紅，成爲世界知名的性感巨星，該片的拍攝地點即聖托貝。

蓬勃生氣，也未讓成群令人窒息的觀光客將自己變得不宜人居，就像它在未來數十年後的命運一樣。

一道影子越過傑夫半閉的眼睛，他被一對光滑的女人大腿壓進沙裡，有個人正坐在他臀上。夏拉？米海兒？女人赤裸的乳房接著拂過他的背部愛撫他，乳頭在海風吹拂下堅硬起來。

「琪嘉？」他猜，同時舉手摸向女孩的秀髮，想要感覺它的長度和厚度。她別開頭咯咯地笑。

「你瘋了！」女孩繼續挑逗他，大腿把他夾得更緊些，胸脯直接壓住他的背：比夏拉小些，比琪嘉豐滿一點。

「不可能是米海兒，」他邊說邊伸手往後拍著她緊實的小屁股，「胖多了。」

米海兒用法文罵出一串髒話，同時掀開他的短褲褲腰，往裡面倒了杯冰檸檬水。他大叫一聲，轉身將她甩開後，將她背朝上地釘在沙上，她的手臂開玩笑地掙扎著要脫離掌握。

「虐待狂。」她露出微笑。傑夫連忙空出一隻手從短褲中搖出冰塊，她則趁機透過薄薄的布抓住他的陰莖。「瞧？」她說。「你愛這套。」

他想要立刻征服她，她鬆散狂野的髮絲、在陽光下閃閃發光的胸與腹、白色比基尼小褲隱約勾勒出微微隆起的褲襠處。她的手指從他的短褲正面滑下，擠壓他讓他變得更堅硬。他急抽了一口氣。

「旁邊有人。」他用緊張地說。

米海兒聳聳肩，手持續在他的陽具上動著。他瞄向擠滿人的海灘，看見夏拉正朝他們走來，赤裸的胸脯在空中搖晃，一隻手臂環在尚．克勞德的腰際。

「米海兒。」他急切地低喊。

她將布滿沙粒的臀部倚著他，更迅速用力地搓揉他的陰莖。他停不下來了。傑夫閉上眼睛發出呻吟，感覺他的唇被另一雙唇觸碰，有根舌頭伸進他嘴裡，一對乳頭靠著他的胸部，他的肩膀被壓住，然後他感覺到頭髮、一對對乳房、一張張嘴、一隻隻手……他射了，米海兒讓他達到高潮時，夏拉正親著他；還是有其他方式？無論如何，有什麼差別嗎？

「每個人都餓了，嗯？」尚・克勞德笑著說。

那天晚上傑夫把事情告訴了米海兒，在旅館花園裡，所有人都享用了幾管摻鴉片的麻煙以後，那時夏拉和尚・克勞德、琪嘉以及另一對情侶正飄飄然地走向房間。毒品讓他打開了話匣子，在他心中燃燒多年的祕密現在急於尋找出口，米海兒只是剛巧在那裡罷了。

「我以前就活過這輩子。」他穿過松林旅館的松樹，望著西沉的太陽說道。

米海兒將光溜溜的兩條腿交叉成盤腿坐姿，她的白棉布洋裝在四周草地上鼓起。「既視現象，」她笑一笑，「我也是，有時我也有這種感覺。」

傑夫搖頭，皺起了眉頭。「我想說的就是字面上的意思——我活過這輩子，包括這裡、妳、夏拉、一切的一切，但……」

然後他開始滔滔不絕地將他隱瞞許久的心事與記憶一股腦兒全倒出來：辦公室裡的心臟病發、回到埃墨里寢室裡的第一個早晨、贏得與失去的財富、他的兩個妻子、他的女兒，以及一再重複的死亡。

米海兒安靜地聆聽。下沉的夕陽從後方照亮她的紅髮，讓它變成一團火焰，她的臉頰逐漸被越來越深的陰影籠罩。他對她說的事如此難以置信，他的聲音終於因挫敗感而微弱。

天色已黑，他看不見米海兒臉上的表情。她是否以為他瘋了？或認為他只是在描繪吸食鴉片後進入的夢境？她的沉默開始腐蝕他說出祕密後一度感受到的如釋重負。

「米海兒，我不是故意要嚇妳。我——」

她用膝蓋跪著，纖細的臂膀環繞著傑夫的脖子。紅銅色的整齊髮捲輕柔地貼在他的臉頰上。

「好多輩子，」她低聲說，「好多痛苦。」

他緊抱著她年輕的身軀，深吸了口帶著松香的新鮮空氣。陣陣笑聲從樹林間傳來，然後他們聽見清澈、甜美、活潑的音樂聲，那是席薇・瓦堂的最新唱片。

「來吧，」米海兒邊說邊站起來握住傑夫的手，「來加入派對，大好生命正等著我們。」

八月，當雨再度開始落下，他們全都回到了巴黎。米海兒再也沒對傑夫提起那天晚上他在聖托貝花園裡告訴她的事；她一定把那些話全當成吸大麻後的胡言亂語，那也無妨。傑夫和夏拉間也不曾公開談過那次集體性交，以及現在已是他們生活中例行公事的毒品。事情就是發生了，他們讓它繼續。只要每個人都能開心，沒有理由要去討論。

在偶爾加入他們活動後來漸漸淡出的情侶檔中，有一對介紹他們去一家位在夏特里耶路上的狂歡會所，就在一九七〇年戴高樂過世前一直叫星形廣場的地方往北幾個街區。二〇年代起，這座城市出現了幾家十分興旺的狂歡會所，這是其中一家經營成功且陳設得富麗堂皇的會所：起居室玻璃櫃中的古董洋娃娃收藏，與掛著頹廢派畫作的牆壁顏色相得益彰的紫紅色厚地毯……這地方有兩層設備良好且寬敞的房間，當三、四十位裸體伴侶們在其中閒逛、遊樂時，三位穿著制服的女侍會為他們服務。

聖托貝那幫人開始在每個週末造訪此地。有個晚上，傑夫和夏拉和一個小明星玩三人行，那個活潑的美國人才剛到巴黎，她很快將會由於激進的女性主義立場而並非因為演出而更加出名；另一個晚上，米海兒、夏拉和琪嘉臨時決定要來一場比賽，看誰能最快在一場派對和二十名男性上床。夏拉贏了。

他們像無休無止的迴旋舞般，隨意公開地和美麗的陌生人性交，而傑夫驚訝地發現，自己很快就把一切當成無比正常；他也同樣驚訝他們毫無恐懼，完全毋須擔憂盛行於他的時代的瘟疫，如皰疹、愛滋病。免於恐懼的安全感反而讓這墮落行為有種反璞歸真的味道——就像是人類墮落前在伊甸園中遊玩的裸體孩童。他在想，如果在八〇年代，這些狂歡會所以及在美國、歐洲其他國家中的同類場所會有什麼下場？即使生存得下來，也必定被疾病帶來的偏執和罪惡感所籠罩吧。

八〇年代，充斥失落、破碎的希望以及死亡氣息的年代。而他明白，一切都會再次發生，而且快得讓人措手不及。

9

他才來倫敦不到一個月，就遇到一個給他迷幻藥的女孩，事實上，當他碰上她時，她正從卻爾西藥房[28]走出來。傑夫與這女孩搭訕，當他們聊到金巴利蘇打調酒時，兩個人都笑得十分開心。傑夫說他上藥房是為了拿藥，而他拿到的**正是**他想要的。她覺得很有趣，雖然她當然不曉得這句話是在影射滾石的歌，他們還要再過一年才會錄這首歌。

她告訴他，她叫席薇雅，但每個人都叫她席拉，「唸起來像歌手席拉・布萊克[29]，你聽過嗎？」她的爹娘都住在布萊登（她扮了個鬼臉），但現在和另外兩個年輕女孩在南肯辛頓合租一間公寓，她在一家叫「老奶奶的迷幻之旅」[30]的小店工作，她可以用半價買到所有行頭，像是藍色塑料材質的迷你裙，以及她現在身上穿的黃色花襪子。

「我們那裡的東西都是最新流行，你知道的，比『倒數計時』、『流行尖端』[31]的更新潮。凱西・麥高文常來買東西，珍・史雲普頓[32]昨天才來過。」

傑夫微笑點頭，忽略她沒營養的喋喋不休。他感興趣的不是這女孩，而是藥。他已經好奇一陣子了，而且討厭承認自己害怕去嘗試。女孩似乎視此為稀鬆平常，身上也看不出有明顯的不良作用（假設她天生就這麼缺乏活力）。一開始他搭訕這女孩是出於習慣，沒有其他原因。他只是對她手臂下夾著的動物樂團最新唱片丟了幾句評語，五分鐘內她就問他要不要來一點。好吧，為什麼要拒絕？

他回到斯洛恩街的排屋，夏拉與昨晚她在多利舞廳遇到的一個傢伙正在床上睡覺，傑夫關上房門，在客廳小聲地放起瑪莉安．菲斯佛[33]的唱片，他問席拉要不要再喝一杯。

「如果等一下要吃酸[34]的話就不要，」她說，「酸跟酒精合不來，你知道吧？」

傑夫聳聳肩，還是倒了杯威士忌。他需要酒精幫助放鬆，並紓解他對服用迷幻藥的焦慮。有什麼大不了的呢？

「另一個房間裡的人是你太太？」席拉問。

「不是，朋友而已。」

---

28 一九六八年七月於倫敦卻爾西區英皇路上開張的一家複合式俱樂部，原始概念來自於巴黎的「藥房」（Le Drugstore）。建築外觀十分新潮，裡面有晚上供餐的餐廳、舞廳、夜間營業的藥房和唱片行。自從滾石樂團在一九六九年的一首歌〈你無法總是得到想要的一切〉（You Can't Always Get What You Want）中唱道「我到卻爾西藥房，去幫你拿藥」，這家俱樂部便一炮而紅。

29 席拉．布萊克（Cilla Black），英國六〇年代的成功女歌手，擁有許多首排行榜暢銷歌曲。

30 六〇年代開在英皇路（King's Road）上的一家賣衣服、飾品的小店，在那以叛逆精神爲時尚圭臬的「搖擺六〇」（Swing Sixties）年代，是倫敦第一家標榜「迷幻風格」的潮流商店。

31 均爲一九六〇年代倫敦英皇路上的時尚名店，販賣前衛大膽、具設計感的衣服及配件，呼應當時英倫搖滾及流行音樂反叛性的次文化流行勢力，披頭四和滾石樂團的團員都曾是它們的顧客。

32 凱西．麥高文（Cathy McGowan），英國第一個搖滾音樂節目《預備站好向前走》（Ready Steady Go）主持人，可說是六〇年代的時尚女王；珍．史雲普頓（Jean Shrimpton），六〇年代英國時尚名模，以性感美豔的行性著稱，是席捲英國六〇年代青少年流行次文化「搖擺六〇」中的偶像。

33 瑪莉安．菲斯佛（Marianne Faithful），英國歌手、演員。演藝生涯長達近五十載，一九六〇年代在流行音樂和搖滾樂界成名，七〇年代因毒癮纏身而沉寂一時，直到七〇年代末才再次復出。

34 迷幻藥的俗稱。

「她會介意我待在這裡嗎？」

傑夫搖頭大笑。「一點也不。」

席拉邊笑邊將她的棕色直髮從眼睛前甩開。

「我從來沒有……你知道的，和別的女孩一起嗑過。當然啦，除了我室友以外，因為我們沒有那麼多房間。」

「嗯，她是我的室友，她不會有意見。樓下還有另一個房間，妳在那裡會覺得舒服點？」

她在材質搭配裙子、顏色和襪子一樣的黃色塑料包包裡翻找。「先吃酸，等藥效發作了再到樓下去。」

傑夫從她手上拿過吸墨紙包裝的小小紫色方塊，隨著最後一口威士忌服下。席拉想要點柳橙汁來配，他便從冰箱拿出一罐來。

「需要多久的時間才會感覺到藥效？」他問。

「看情形。你今天有吃午餐嗎？」

「沒。」

「那差不多半小時，」她說，「可能慢一點或快一點。」

結果是快一點。二十分鐘內，傑夫就感覺四周的牆變成橡膠，一下子後退，一下子靠近。他等待著期待以久的幻象出現，卻落空了。但他身邊每樣東西似乎都輕微而莫名地扭曲歪斜起來，而且有閃閃發亮的質感。

「有感覺了嗎，親愛的？」她問。

「……跟我想像中有點不一樣。」傳出來的字句清晰，說話時卻覺得舌頭十分笨重。席拉的臉像熱蠟般不斷變形、流動，臉上的口紅和胭脂有種淫穢的俗麗感，好像只是覆蓋在她肉體上的紅色顏料。

「但棒透了，不是嗎？」

傑夫閉上雙眼，是的，他可以看到許多圖案浮現在眼前，層層疊疊的圈圈連著一個複雜、閃爍微光的格紋花樣。他看見輪子、曼陀羅，永恆輪迴以及改變的幻覺象徵，一切改變最後都會回到開始之地，然後再次開始……

「摸我的襪子，感覺一下。」席拉將他的手放在她的大腿上，有圖案的黃色褲襪開始變成一幅紋路錯綜的風景畫，一個詭異的太陽照亮了景象。那太陽也屬於無盡輪迴的一環，那是——

席拉咯咯笑著將他的手夾在兩腿中間。「現在帶我下樓好嗎？等下你就會知道這時候做有多棒。」

傑夫照她的話做了，雖然他只想躺著，讓心靈迎向周而復始的浪潮，徜徉在無與倫比的靜謐與接納感中。在樓下的小房間裡，席拉剝光他的衣服，她塗上蔻丹的手指在他身上遊走，在她碰觸的地方留下一道冷冷的火光。她脫下迷你裙和襪子，從頭上脫掉薄上衣，將他的嘴壓向她右邊的乳頭。在好奇心多於慾望的驅使下，他開始吸吮，像是個嬰兒，突然意識到自己在存在鎖鏈中的位置，一個看著自己出生、死亡、重新出生的全知孩子。

席拉導引他進入她的身體，他的陰莖自動堅硬起來。她溼暖的身體內壁像某種古老、原始之物；她是陰，接納他充滿活力的陽，共同創造出無盡再生的循環，這些——

傑夫睜開雙眼，女孩的臉再次變形，變成了葛麗倩。他正在幹葛麗倩，幹自己的女兒，他曾給予生命卻不曾真正存在過的女兒。

他立刻嫌惡地從她身上撤回。

「啊！」女孩的叫聲中滿是挫折，她伸手握住他癱軟的陽具開始撫摸。「來嘛，親愛的，來嘛！」

他腦海中的波浪不再讓人平靜，不斷惡毒地拍擊著他的情感。圓圈、轉輪……在這宇宙之鏈中沒有他的位置，沒有一個圖案能代表他那時間之外的突變存在。

女孩張開她血紅的唇開始吸吮他的陰莖。他將她的臉推向跳動的牆，試著從腦海中驅逐出他在她身上看見的景象。

「介意我們加入派對嗎？」夏拉一絲不掛地站在打開的門邊問。站在她身後的是個身材瘦削的年輕人，有一頭凌亂長髮和麻臉。席拉不確定地皺眉看著新來者，接著放下戒心，鬆開她抓來蓋住胸部的床單。

「也許會不錯，」席拉說，「妳這朋友的體質好像不太適合吃酸。」

「酸？」年輕人語帶興奮。「妳身上有帶酸？」

席拉點點頭，伸手去拿她帶下樓的包包。「喂，給我們來點刺激的，可嗎？」他說。然後又轉頭跟夏拉說：「妳嗑過酸嗎？那東西棒透了！」

於是所有人都上了床，傑夫看見夏拉——還是琳達？——正撫摸著席拉、葛麗倩的頭髮，然後陌生人變成了馬汀．貝利，血從他射向自己頭部的槍傷處淌下，湧向被單，傑夫妻女赤裸的身體全浸泡在血中，死了，全部的人都死了，除了他以外，不管他死過幾次他就是死不了。他是轉輪，他是圓圈。

他們在舊金山國際機場的頭等艙候機室候機，夏拉不耐煩地輕敲著腳。她的臉龐被框在光滑筆直的黑髮間，如鬼魂般蒼白，這是最新時尚。她將眉毛漂成幾乎看不見的淡色，用的唇膏像截粉筆。她穿著張狂的斑馬圖紋歐普藝術印花洋裝，白色緊身褲讓她一身缺乏色彩的打扮達到了極致。

「還剩多久了現在？」她粗魯地問道。

傑夫看了一眼手錶。「應該隨時都會開放登機。」

「那要坐多久才會到？」

「要飛四個半小時，」他嘆道，「我們之前就討論過了。」

「不管怎樣，我不知道為什麼我們要做這趟旅行。我以為你已經受夠了該死的熱帶。我們離開巴西前你是這麼說的。為什麼突然間我們得去夏威夷？」

「我想要在陽光下享受點安靜的獨處，改變一下心境。我需要一點時間思考，可以嗎？這我們之前也講過了。」

她用嘲諷的眼神看了他一眼。「對，你就是認為每件事你以前都經歷過，不是嗎？」

他回瞪她，懷疑自己聽到的。「妳這話是什麼意思？」

「你那些鬼話，什麼你重新活過這輩子、轉世輪迴之類的屁話。」

傑夫從不甚舒適的座位上轉身，伸手緊抓住她的手腕。「這種話妳是從哪裡聽來的？我從來——」

「放開我。」她邊說邊用力搖晃她的手好掙脫他。

「老天，你軟得連一個小女生都上不了，你整個人嗑茫了，忽然就想要衝出去，你抓住我——」

「閉嘴，夏拉。只要告訴我妳聽到什麼、在哪聽來的就好。」

「米海兒去年就把所有事告訴我了。她說你想向她灌輸神祕經驗，你跟她說你曾經死過又活過來。簡直胡扯。」

真相揭穿讓傑夫像被重重打了一拳。在他活過的任何一輩子、他所認識的所有人當中，只有米海兒對他有些同情和理解，使得他願意和她分享祕密。他原本以為她不會對他告訴她的事情有價值判斷，以為她會當成必須保守的祕密……

「為什麼——」他的聲音都啞了，「為什麼她要告訴妳？」

「因為她覺得很有趣。全部的人都這樣覺得，我們在巴黎認識的每個人都在背後笑你，笑了好幾個月了。」

他用手抱住頭，試著想理解她剛才說的事。「我信任過米海兒。」他輕聲說。夏拉輕蔑地哼了一聲。

「沒錯，你那特別的小女朋友，了不起呢。我先跟她成為朋友的，你也知道。你大半時間沉迷在愚蠢、悶悶不樂的恐懼裡，你以為是誰叫她跳上你的床，把你從那情緒裡拖出來？我那時候對你已經越來越厭煩了。我只想開開心心過日子，打打炮。只要尚．克勞德和我叫她去，是隻該死的猴子她也會上，所以我們就這麼做了。你不是挺幸運的嗎？」

一個彷彿脫離現實的女聲開始呼叫，他們的班機到了。傑夫在難以置信的情緒中恍惚地走向登機門，夏拉走在他身旁，臉上高掛著滿足的微笑。他們在煥新的波音七〇七右側找到位置，就在機翼後方。他們放好隨身行李、繫緊座椅上的安全帶，兩個人都沒說話。女空服員走來，要給他們糖果和口香糖，傑夫不發一言地婉拒了。夏拉拿了一個橘子口味的硬糖，津津有味地吸吮著。

「早安，女士和先生們，歡迎搭乘舊金山前往火奴魯魯的泛美航空八四三號班機。今天的機長是查爾斯．奇姆斯，在駕駛艙中還有副機長弗瑞德．米勒、二副機長麥克斯．韋布，以及飛航工程師費區．蘿伯森。我們的飛行高度約在……」

傑夫凝視著窗外緩緩向後退去的灰褐色跑道。

事實上，除了自己他沒人可以責怪。當他抱著找到夏拉的明確目的前往拉斯維加斯時，就已經將這次重生定調為荒唐草率、奢侈淫佚的一生。

「……起飛後約半小時，我們將開始供應午餐。請注意當『請勿吸菸』以及『請繫好安全帶』的指示燈亮起時，為了您的旅途舒適……」

他思索著該有什麼感覺，憤怒、挫敗？兩種情緒對他都不會有好處，傷害已經造成。顯然，沒有人相信他，甚至連米海兒都不相信他在聖托貝對她說過的話。至少她和夏拉聯手欺騙，不曾對他造成威脅，只是讓他比從前更形孤立而已。

飛機在跑道上加速後優雅地升空了。他瞄了機艙前方一眼，當然了，沒有電視螢幕，環球航空還是擁有播放機內影片的專有權。糟透了，有點東西讓他分心會讓他高興點。

當飛機向上爬升，越過繁忙的海岸公路時，他看著窗外。他該帶本書的。湯姆．沃夫的《糖果色橘瓣流線型跑車》35才剛出版，他不會介意重讀一次。

這架大型客機震動得十分厲害，一次沉悶的爆炸使飛機搖晃。傑夫驚恐地看見右側機外的引擎從底座上鬆脫、朝下方的城市飛落時，在機翼上扯開一個鋸齒狀的洞。煤油從機翼尖端的油槽中噴射出來，然後衝出一道捲曲的白色火焰，裡面不斷飛出融化的金屬碎片。

「看，機翼著火了！」坐在他後方的人喊道。機艙頓時充滿尖叫及孩子的哭號。

位在著火機翼上的第三引擎掉落了，飛機瘋狂地向右傾斜。傑夫看見居住在山間隘口的人家、太平洋的藍色海水，就在下方不到一千呎。

夏拉緊緊抓住他的左手。他揉著她的背，在這駭人的一刻，他的臉上不再有憎惡與悔恨。

他在恐懼中想，他才開始這次糜爛的重生不過兩年，會這麼早在這暴力情況下就玩完重來嗎？儘管他曾全心全意地詛咒他重複的人生，現在卻仍不顧一切地希望生命可以繼續下去。

35《糖果色橘瓣流線型跑車》（*Kandy-Kolored Tangerine Flake Streamline Baby*），美國作家、記者湯姆．沃夫（Tom Wolfe）處女作雜文集的書名。

飛機再次震動，並且更往右傾斜。金門大橋已經在望，橋的塔柱近得嚇人。

「我們要撞上去了，」夏拉急切地低聲道，「我們要撞上大橋了。」

「不會的，」傑夫用粗嘎的嗓門說，「我們還在一定高度上。引擎掉落之後飛機並沒有往下掉太多。不管怎樣，我們不會撞橋的。」

「說話的是機長奇姆斯，」一個刻意維持鎮定的聲音傳來，「女士、先生們，我們現在遇上一個小麻煩……好吧，也許這麻煩沒那麼小。」

現在他們緩緩往回飛，越過平原，向舊金山的丘陵與山岡飛去。

「我們現在正試著、我們正要飛往崔維斯空軍基地，距離這裡約四十哩，因為那裡有條不錯的長跑道可以降落。在到達之前我會相當忙碌，所以請各位安坐在位置上，我會讓二副機長韋布負責提醒各位著陸時必須注意的事項。」

「他不覺得我們可以成功著陸，」夏拉哭著說，「我們要墜機了，我知道我們要墜機了！」

「安靜，」傑夫告訴她，「走道對面的孩子會聽見。」

「這是二副機長麥克斯・韋布，」小擴音器裡傳來陌生的聲音，「我們的飛機將在十分鐘內緊急降落在崔維斯，所以……」

夏拉開始抽噎，傑夫將她的手握得更緊些。「若有需要使用逃生梯，請保持冷靜。記住，您必須坐下然後從逃生梯中滑出。不要驚慌。飛機著陸時，如果過程十分顛簸，這是很可能發生的情況，請在您的座位上向前傾，抓住您的腳踝並將身子伏低，或是將您的手臂放在膝蓋下方。盡可能讓身子向前傾。在聽到機組人員的指示之前，請勿移動……」

飛機正在快速下降，接近面積廣闊的軍事基地時，傑夫看見在十字交叉的空曠跑道中最長的那條跑道上排列著消防設備和救護車。

他們在距離基地營房和機棚僅數百呎的空中開始繞大圈盤旋。傑夫聽見機輪在不順暢的動作中從飛機起落架降下的聲音。機組人員一定是用手動方式才把它們轉下來的，他想。爆炸可能已經破壞了飛機的液壓系統。

夏拉在他身邊低聲咕噥著，聽起來像是在祈禱。傑夫最後一次望向窗外，看見靠近他們要降落的跑道終點有陣旋風刮起了灰塵。這可能會造成麻煩；飛機的損壞已經不小，在最後一分鐘如果再來陣紊流——好吧，現在想這些也沒用了。他從夏拉的手中抽出手，幫她做出胎兒的姿勢，然後把自己的頭夾在膝蓋間，雙手緊抓住腳踝。

剩餘的引擎爆發出最後的力量，飛機向左拉起，然後又照樣傾斜回去。機長一定正在試著避開那股旋風，他一定在——

機輪觸地，和柏油碎石跑道摩擦發出尖銳的聲音，似乎頂住了。飛機沿著跑道飛快向前衝，雖然只有短短幾秒時間，卻讓人感到痛苦難耐。引擎再度發出嘶吼，飛機正在減速、停止……他們成功著陸了。

乘客們爆出一陣歡呼。空服員打開緊急逃生門後，所有人爭先恐後地從逃生梯滑下。嚴重損壞的飛機散發出濃烈的機油味，傑夫從外面看見破裂的右機翼裂口正湧出清澈易燃的液體。他把夏拉拉到身邊，然後飛奔逃離那架飛機。

跑了數百碼後，他們精疲力竭地倒在兩條跑道間的帶狀草地上。軍方的消防車正用白色泡沫撲滅波音七〇七的火勢，周遭都是受驚嚇的人們在轉來轉去。

「喔，傑夫，」夏拉用手臂繞住他的脖子，臉伏在他肩上哭道。「我的天，我真是嚇壞了。我以為——我以為——」

他費力掙脫她手臂的環抱，將她推到一邊，然後站起來。她臉上黑白分明的彩妝隨著一行行淚水滑落，身上的歐普藝術洋裝被逃生梯、濃煙及草地弄髒了。

傑夫環顧四周，看見左邊一棟建築物似乎是行動總部，穿著石棉材質制服的緊急救難人員和剛從醫院返回的救護車正在那忙成一團。他開始朝那方向走去，留夏拉獨自躺在草地上啜泣。

「傑夫！」她在他身後叫道。「你不能離開我，現在不能！你不能在經歷這件事後離開我！」

為什麼不能？他想著，他大聲說出這想法，接著頭也不回地向前走去。

10

傑夫在太陽升起時吃完蛋和培根，他用力擦洗盤子，把煎鍋泡在水裡。這棟斜屋頂的白色房子裡有個小小陽台，他通常會在這裡喝杯咖啡。但今天時間已晚了，他有太多事情得做。

他在法蘭絨襯衫外套上一件羽絨外套，然後步出室外。進入五月的第三個禮拜，空氣還是冷得叫人打哆嗦，前天夜裡才降下今年最後一次霜。他朝埋著老史密斯的那堆石塊頷首致意後，就大步走向一塊新犁的玉米田，那塊田已經立了樁，就要栽種了。一八八〇年代史密斯在這裡落戶屯墾後，就一直獨自耕種這塊土地，和傑夫一樣。人們告訴他，史密斯在發生意外後開始病重，後來死了好幾個禮拜都沒人發現。在課稅拍賣中買下這塊地的人從不曾種過東西；他們一找到史密斯藏在鑄鐵鍋裡的一小筆金幣，就立刻賣了土地。這老人似乎擁有屬於自己的祕密。

傑夫用靴尖戳踢著厚厚的黑色表土，他今天下午要在這裡栽種這一季的第一塊玉米田，種的是糖金玉米的早期品種。土是肥沃的加州火山土壤，富含礦物質。他輕蔑很久前居住在這裡的人家，他們放著土地休耕不管，拿走索維斯特·史密斯的金子，離開山凹農場去享受他們不應得的歡樂與舒適生活。像這樣的土地需要耕種，土地回報的新鮮食物價值遠超過金幣。這是人與土地之間的契約，一萬年前在美索不達米亞平原上達成的協議。傑夫深信，遺棄一塊好土地就是打破這古老而幾近神聖的誓約。

他繼續往前經過快要長出蘆筍的一小塊地；從頭次栽種後已經過了至少兩年，也該是這兩年一穫作物第一次收穫的時候了。晚春下的那場霜似乎沒影響它們生長，傑夫心想，這霜應該會讓蘆筍莖變得更脆一點。他跪在流經土地的泉水旁，掬了兩捧冰涼的山泉水飲下。飲水時，兩條德國棕鱒從面前游過。他決定，如果在入夜前種完玉米田、灌溉了蘆筍，就要帶根釣竿過來釣幾條鱒魚當晚餐。

太陽繼續爬上天空，照亮了西南方豚脊山隆起高岡上的松樹尖。傑夫沿著泉水蜿蜒的上坡路走，每二十呎左右就停下清理水道上的碎石殘材，疏通被阻塞的集水箱和輸水管，作物的灌溉全靠它們了。

他在九年前買下這塊地方，就在前往火奴魯魯時差點發生墜機意外的幾個禮拜後。自從那天在冒煙的跑道邊離開夏拉後，他就再也沒見過她了。說實話，從那年夏天起，他跟誰都不常見面。定居在這裡的最近鄰居住在龜池，沿著一條舊馬車路往東約三哩。出入傑夫這裡的唯一道路是條經常被雨水沖掉的之字形山路。每年十一月到一月，雪、雨和泥讓越過大理石溪的路寸步難行，他已經學會要好好儲備過冬物資。

其餘時間他盡量獨處。每個禮拜他會開車到蒙哥馬利溪邊的小鎮，在店裡買些東西，或是讓小貨車在只有兩個油泵的殼牌加油站維修。他大致已經戒酒，但如果收穫不錯，他會在分叉角或丘頂小屋喝杯啤酒、吃個晚餐當作慶祝。分叉角的主人是麥吉尼茲，一家人都十分友善；妻子愛琳諾在鎮上那幢大而無當的房子裡經營夏斯塔郡立圖書館分館。傑夫有時會和他們夫妻中隨便哪個隨便聊天。他們的兒子喬伊比傑夫年輕幾歲，對外面世界有股無止境的聰明好奇心。但這家人從不窺探傑夫的隱私，從不太過深入追問他為何選擇過著與世隔絕的生活。喬伊幫傑夫在山凹農場架了台短波設備，除了偶爾跟麥吉尼茲家人聊聊天外，廣播成為他跟文明的唯一聯繫。

在北加州這偏遠之地，居民大多是伐木工和印第安人，傑夫和這兩群人都沒有接觸。在他搬來後不久，也曾有少數幾個嬉皮或嚮往回歸土地的人進來過，但大多待不久。耕種這片土地比他們想像中困難得多，要讓農場運作下去可不只是種種大麻就行。

他認為在這些年與世隔絕的生活裡，禁慾是其中最難捱的，原因並非他能想像得到。和夏拉及米海兒在一起的日子，他已經他媽的接近為性而性的縱慾過度。

有一陣子，他覺得自己好像可以過無性生活也不會有問題，甚至驚訝自己可以輕鬆消滅這方面的需求。但很快地，他就不快地驚覺自己對人類觸碰的需求有多強烈。這份失落每天撕扯他，日日夜夜困擾他。有時他會夢見一個女人撫摸他的臉頰，或是夢見自己將她的頭環在胸前。出現在夢中的女人可能是茱蒂、琳達，甚至夏拉；但更常只是個沒有面目、抽象的女性形象。

每每他會帶著強烈的悲傷從夢中醒來，然後意識到一件熟悉的事：要緩和這種剝奪就得冒著被進一步背叛的風險，確定的下場是一切被徹底消滅。這兩種至深的痛，他都無法再面對。更好的辦法就是讓靈魂緩緩、一點一點、寂寞地死去。

他的背因為一再彎腰清理灌溉系統開始發疼，於是他在泉水旁坐下。在北方遠處、越過矮森林到奧勒岡州的半途，夏斯塔山懾人的白色圓錐體像沉睡的神祇聳立於地平線上，附近印第安人是這麼相信著。

他嚼了點牛肉乾，又掬了一捧冰涼泉水讓食物嚥下肚。他的新家正好位於喜怒無常的喀斯開山脈山脊上，拉森山、夏斯塔山間的正中央。北方是曾噴發形成火口湖的大型史前火山遺跡，過去是胡德山，再往上進入華盛頓州，聖海倫火山安靜地發出隆隆聲響……至少目前是安靜的。七年後，它將挾帶著盛怒爆發，就像前三次那樣；傑夫記得這事件，只有他記得。

他處在大自然巨力的股掌之中，這力量能夠摧毀一座山、復原它，然後再次摧毀，一次又一次，像個玩沙的孩子。了解這樣的事物到底有什麼用處？即使他真的能夠了解，即便只是部分而已，人類的智力也可能無法在接受此認知時還多少保有清醒。

傑夫將玻璃紙裹著的剩下牛肉乾包回去，塞進夾克口袋。太陽已經高掛在頭頂，該開始種植今年的玉米了。他沿著山泉循原路下山，再沒抬起眼皮瞧一眼遠方高山的雪峰。

「要來點泥炭苔嗎？庫存還夠吧？」

「再買個幾百磅就夠了吧。」傑夫說。「然後還需要四十加侖的西維因。」店老闆滿臉同情，並把殺蟲劑加進購買清單裡。「是啊，這個季節得小心玉米蛾蟲，可不是嘛？住在鹿眼的老查理．雷諾斯已經損失三英畝莊稼了。」

傑夫點點頭，儘量用還記得的最禮貌方式咕噥幾句表示同意。兩年一次到雷汀城來趟大型補給，是他接觸到陌生人的唯一機會。

「你覺得阿拉伯人怎樣，還有你看，這裡的汽油管線？」那人問。「想不到會有這種事。」

「我想事情會越來越好。」傑夫說。「那些大盒牛肉乾也給我一盒，辣味的。」

「想不到會有這種事。如果你問我意見，我說尼克森該向阿拉伯人丟顆原子彈，而不是跟他們談判。他還嫌在這裡惹上的麻煩不夠多嗎？」

傑夫不當一回事地瀏覽著釘在補給店收銀機後方的海報和告示，希望那人能很快會意他無意捲入政治話題。告示上說，郡長正要拍賣某人在柏尼被法拍的一塊地業；地方上反潮流的嬉皮們將在鐵峽谷舉辦一場大型舞會；許多汽車、小貨車要拍賣……然後他看見一個奇怪的東西，看起來實在和環境格格不入。那是張以夜空為主要景觀的藍黑色海報，在半圓的月亮上方，有道磷光色的光波劃開天際。海報下方以細細的金色字體寫著：星海。

「這是做什麼的？」傑夫指著那張海報問。

店鋪老闆轉身看他指的方向，接著難以置信地皺起眉頭回頭盯著傑夫。「小子，你是住在多偏遠的深山啊？你還沒看過《星海》？」

「那是什麼？」

「見鬼了，那是部電影。在這部電影以前我看過的最後一部是，我想想，《真善美》吧，但我絕對不會錯過這部。三、四個月前，孩子們拉著我老婆和我到沙加緬度去看。到現在我們已經看過兩次了，現在雷汀的戲院也上映了，也許我們會再看一次。沒看過這樣的好電影，不蓋你。」

「通俗電影嗎？」

「通俗？」那人放聲大笑。「人家說這是他媽的有史以來最偉大的電影哩。聽說票房已經飆上一百萬美元了，而且還在熱映中。想不到會有這種事哪。」

這是不可能的，在《大白鯊》之前，從來沒有一部電影可以賣到那麼高的票房，而《大白鯊》還要再一年多才會上映。傑夫從來也沒聽說過一部叫做《星海》的電影，一九七四年他尤其確定。那一年的電影鉅片是《唐人街》和《教父》續集。

「是部關於什麼的電影？」

「如果你不知道，那我可不想破壞你享受電影的樂趣。喀斯開戲院正在上映，你該去看看再回去。絕對值得耽擱一下，不蓋你。」

傑夫對這事有點好奇，他已經有好些年不曾有這種感覺了。

店老闆用拇指快速翻動著《雷汀城記事探照報》。頭版上的照片是季辛吉擁抱伊扎克・拉賓36。「找

36 伊扎克・拉賓（Yitzhak Rabin），以色列總理。一九七四年美國國務卿季辛吉訪問中東及以色列，居間穿梭於以色列和埃及爲首的阿拉伯國家之間，促成第四次中東戰爭最終停火。

到了，下場電影時間是……三點二十。」他瞄了一眼掛在店後面牆上的那口大鐘。「如果你要的話，我可以幫你把訂單上的東西保留在這裡。你看完電影還是可以在天黑前回到家。」

傑夫露出微笑。「你從戲院拿到回扣還是啥好處啦？」

「我跟你說過，我通常不太關心電影，但這部特別。去吧，我會把你的東西都裝箱，等你回來就可以直接搬上貨車了。」

星期二下午的雷汀城，排隊要看《星海》的人龍比一個街區還長。傑夫訝異地搖搖頭，他買了張票，加入等候的行列。來看電影的人什麼年齡都有，有眨著大眼睛的六歲孩子，也有七十多歲穿著破舊工作褲、沉默寡言的夫妻。從周遭壓低聲音的交談中，傑夫得知許多人已經看過這部電影不下一次了。人們的態度彷彿是一起參加宗教集會，參拜者帶著安靜且歡樂的心情，朝向心愛的聖壇緩緩前進。

電影正如店老闆宣稱那樣好看，而且遠過於此。就算在傑夫的眼中，這部電影不管在主題、視覺影像、特效上都超前了時代好幾年。它就像庫柏力克的《二〇〇一太空漫遊》的海底版，但又帶有楚浮最好的電影中的溫暖與人性。

電影一開始以哀歌式的語調闡明了人與海豚之間的古老聯繫，接著將這神話般的連結擴展至賢明達觀的外星物種，許久前，他們曾與地球海洋中具有靈性的哺乳動物建立聯繫。根據劇情設定，在人類準備好加入銀河的大家族前，外星物種指派海裡的鯨豚為人類的善意照顧者。但是在接近二十世紀末時，海豚們得知，來自天鵝座四號星雲的人類導師、數千年來一直被期盼再度降臨地球的外星物種，已在一次星際浩劫中毀滅了。於是在這時刻，海豚們懷抱著欣喜與深刻哀痛交織的心情，將他們的存在以及偉大的故事告訴了人類。這是地球上生物第一次真正地一體同心，陸地上與海洋中的心靈形成攜手相連的社群……但在冰冷荒蕪的太空中，他們卻比從前任何時刻更孤獨，因為人類從未謀面的恩人已經從世上永恆地消失了。

這部電影巧妙傳達了當最終希望揭露也是失落時刻時難以承受的諷刺，手法世故老練，其深刻見解在電影中相當少見。傑夫發現自己和其他觀眾一起在沉痛的狂喜中落下眼淚，他自我放逐、超然於世的多年歲月，在兩小時內就動搖了。

而且這部電影從頭到尾都是新的。假設它曾出現在他過去任何一生中的話，傑夫不可能對這部不管從什麼角度看都十分優秀、成功的藝術作品一無所知。

當他看見電影的貢獻者名單時，訝異感更不下於觀看這部電影。導演是史蒂芬．史匹柏……編劇及製作人潘蜜拉．菲利普斯……創意顧問及特效監督是喬治．盧卡斯。

這怎麼可能？史匹柏的第一部電影《大白鯊》那時甚至還沒開拍呢，而喬治．盧卡斯還要再兩年才會推出為電影工業帶來新氣象的《星際大戰》。但無論如何，最不解也最好奇的是——到底誰是潘蜜拉．菲利普斯？

「我不管要付出什麼代價，艾倫，除了時間以外。我要你幫我排定約會，我下禮拜就要見到她。」

「溫斯頓先生，事情沒那麼容易。那些人有自己的小小階級體系，現在那女人算是最上面的頭頭。好萊塢一半的編劇跟製作人都想擠進——」

「我不打算跟她推銷，艾倫。我是個生意人，不是搞電影的。」

電話線另一端出現長長的沉默。傑夫知道那個經紀人正在想什麼，他上次跟客戶直接說話已經是九年前的事了。這讓他看起來會是個什麼樣的生意人呢？傑夫．溫斯頓是個隱士、遁世者，他在舊金山的經紀行只出現過一次，那是一九六五年，他在這裡存進了一大筆錢。他住在森林裡，偶爾才會捎封密訊，指示他們在他名下大量買進某支狀況不明或愚蠢不智的股票。可是呢，可是……

「我的股票現值多少，艾倫？」

「先生，我現在手邊沒辦法馬上提供資訊。您的股票帳戶相當複雜，而且非常多樣化，可能需要幾天才能——」

「大概的數字就好。」

「那麼，考慮到可能的變動像是——」

「我說過我想要的是個約略估計的數目，從你腦袋裡直接跳出來的數字。現在就告訴我。」

那人嘆了口氣表示讓步。「約六千五百萬美金，加減個五百萬左右。您知道的，我沒把——」

「沒錯，我知道。我只想確定你明白我們在談的事。我們在談一個有一堆錢可以投資的人，以及另一位身在全部仰賴新資金不斷投入的產業的人。這樣說可以理解嗎？」

「當然，先生。但別忘記菲利普斯小姐的公司現在正因為那部電影的收益而湧進大量新資金，現在這可能不是她最優先考量的事了。」

「我相信她會認識到我對她的興趣的長期價值。如果行不通，試試別的辦法。你沒認識哪個跟電影業有接觸的人嗎？」

「嗯……我想我們洛杉磯辦公室的哈利．葛林斯潘有不少客戶跟電影製片廠有交情。」

「那就叫他打電話討些人情，不管他有什麼人脈都拿出來用一用。」

傑夫飯店套房的門口傳來一陣有禮貌的敲門聲。

「為您送來訊息，先生。布魯克斯兄弟西服[37]的人前來為您量身。」

「我得掛電話了，艾倫。」傑夫對著話筒說，「等你把事情搞定時，可以在費爾蒙特酒店找到我。」
「我會盡力而為，溫斯頓先生。」
「要快。我很不願意把帳戶挪到別處去，都這麼多年了。」

星海製片公司的辦公室設在皮科南邊一棟灰泥粉刷的兩層樓白色建築中，就在米高梅和二十世紀福斯影片公司之間一個單調的商業區裡。辦公室接待區以白色和藍色為主色調，接待桌後方掛著一張電影海報，廣告牌大小。其他牆面的裝飾風格則是抽象藝術和海底照片的折衷混合，一張大型、西班牙拼貼瓷磚桌面的咖啡桌上陳列著六本反應電影主題的書籍：《宇宙中的智能生命》、《海豚的心靈》、《人類生物電腦的編程及後設編程》……。傑夫邊等邊翻著一疊拓荒者號執行第一次探測任務時拍攝的木星彩色圖片。

「溫斯頓先生？」嬌小、褐髮、態度親切的接待員向他露出專業的微笑。「菲利普斯小姐現在可以見你。」他跟她沿著一條很長的走廊走，途中經過六間大門敞開的辦公室，他看見的每個人都在講電話。

潘蜜拉寬敞的辦公室和接待區一樣以藍白色為主調，但牆上沒掛著電影相關紀念品，也沒有波拉克的畫作圖片或海豚照片。辦公室只有一個視覺主題，重複出現在十數個變形圖案中：曼陀羅、轉輪、圓圈。

「早安，溫斯頓先生。來點咖啡或果汁嗎？」
「不，謝謝。」

37 美國現存歷史最悠久的男性服飾品牌，以品質及美式經典設計著稱，不少名流、政治人物世代均爲其忠實顧客。

「那就這樣，娜塔莉。謝謝。」

傑夫仔細端詳他等了一個月才見到的女人。她身材修長，約五呎十吋高；寬嘴、圓臉，臉上薄施脂粉，纖細的金髮剪成男孩般瀏海齊額的造型。傑夫很慶幸自己穿了布魯克斯兄弟的訂做西服；潘蜜拉一副生意人打扮，合身的灰色套裝、高領紫紅上衣及相配的低跟鞋。除了西裝外套的翻領上別了個同心圓造型的金色小別針外，沒戴任何珠寶首飾。

「請坐，溫斯頓先生。我想您希望討論的是您是否有機會投資星海製片公司？」

一針見血，既不拖泥帶水，也不打算寒暄示好。她的風格就像八〇年代的職業女性，但現在是一九七四年。

「是的，您說的沒錯。我想我有些多餘的資金可以——」

「讓我開門見山把話說明白，溫斯頓先——」

「請叫我傑夫。」

她忽略他打算用互稱名字來拉近距離的企圖，繼續把話說完。「我的公司是私人出資，完全是獨立經營。我同意這次見面只是出於對朋友的禮貌，如果您想投資電影業，恐怕您是走錯地方了。不過您願意的話，我的律師會擬一份其他製片公司的名單，它們或許——」

「我感興趣的是星海製片，不是這個產業。」

「如果星海製片的股票上市了，我會讓您的經紀人收到申購書。那時候……」她從書桌後起身，伸出手來，打算打發他走。

「您對我的興趣一點也不感到好奇嗎？」

「我不會特別好奇，溫斯頓先生。自從電影在十二月上映以來，就引起社會各界許多興趣和關注。

我自己的精力目前都投注在其他拍片計畫上。」她再次伸手。「所以如果您不介意的話，我的行程很趕……」

這女人的態度讓情況比預料中更難。他沒別的選擇，只好單刀直入。「《星際大戰》怎麼樣？」他問。「您的公司參與《星際大戰》的製作嗎？」

她瞇起綠色的眼睛。「城裡一天到晚流傳著關於即將上映電影的謠言，溫斯頓先生。如果我是您，我不會把我在豪宅泳池邊聽到的小道消息當真。」

傑夫想他也許得把底牌全亮出來才行。「《第三類接觸》呢？」他問。「我不確定史匹柏現在會不會想拍這部電影——您的意見呢？看起來可能會有點像《星海》的跟風作品。」

她眼中的怒火尚未平息，但現在已經摻入了其他情緒。她坐回座位上，謹慎地凝視著他。「您是從哪聽來這個片名的？」

他用同樣鎮定的眼神回看她，避開了問題。「還是，《ET外星人》，」他滔滔不絕地說下去，「這是完全不同的一部片。我看不出這兩部片會有什麼衝突。當然了，《法櫃奇兵》也一樣，完全無關的電影。雖然它的第一部續集真是爛透了。也許您可以跟史匹柏說一下？」

她的注意力現在全集中在他身上了。她的手指緊張地撫摸著喉嚨，除了震驚之外，臉上看不出其他表情。

「你是誰？」潘蜜拉．菲利普斯低聲問道。「你到底是誰？」

「有趣。」傑夫笑道。「我也一直想問妳同樣的問題。」

11

就一棟位置靠近大都市的房子來說，潘蜜拉在多潘那谷的家的與世隔絕程度已經是極致了，它座落在一塊五英畝田地中央，因乏人照顧，那塊地已變成植被覆蓋的荒地；蘭花楹、檸檬樹、葡萄藤、黑莓樹叢等，全都不受節制地恣意生長，糾結成一團。

「妳該修剪一下了。」他們正坐在她的越野車上朝她家蜿蜒前進，這時傑夫說道。她輕鬆自信地駕著四輪傳動車，完全沒意識或根本不在乎穿著精明幹練的灰裙、塗上指甲油的自己和這輛車有多不協調。雖然她把合身外套放在後座，鞋子踢到一邊以方便操作離合器，但她看起來仍像是該待在保險公司的會議室裡，而不是正在一條通往荒蕪谷地的泥土路上開車。

「那就是它們的生長方式。」她聳聳肩。「如果我想要個像樣的花園，我會住在比佛利山。」

「那妳可會浪費不少好水果了。」

「我想吃的水果都在農夫市場買。」

他沒有繼續這話題。這是她自己的土地，她想怎麼做就怎麼做，但看到這暴殄天物的情況，傑夫還是不由地有點惱怒。他對她的認識還不多。簡短地證實了他的懷疑——她也是個重生人後，她堅持要從頭到尾聽完他的故事，而且時常打斷他，以便從他口中問出更多細節。當然了，他省略許多地方，尤其是和夏拉一起經歷的某些事，但他還沒聽到她說自己的經驗。不過他倒可以明顯看出，潘蜜拉充滿了矛盾。這完全有道理；他自己也充滿了矛盾。他們之中有誰不是？

那棟房子裝潢簡樸但十分舒適，有著橡木梁的天花板及一扇大觀景窗，可將她產業上的莽林及遠方的海一覽無遺。就像她的辦公室一樣，房子的牆上也掛滿裱框的曼陀羅，有瓦伙族印第安人、馬雅及中印度等各類型曼陀羅。靠近窗戶有個疊著書堆和筆記本的大書桌，中間放著一台笨重的灰綠色機器，連著螢幕、鍵盤和印表機。他不解地對它皺起眉頭。她這麼早買台家用電腦做什麼？那時候還沒有——

「那不是電腦，」潘蜜拉說。「王安一千兩百型文字處理機，最早的一款。沒有磁碟機，只能用卡帶，不過還是比打字機快。來瓶啤酒？」

「好。」他仍有點震驚，她這麼快就知道他看著那台機器時在想什麼。面前這個人擁有和他一樣非比尋常的知識參考架構，而經過數十年之後，他得花點時間才能適應這點。

「冰箱在那裡，」她指著冰箱說道，「我去換掉這身衣服，順便幫我拿一瓶。」她手裡拿著鞋子朝房子後面走去。傑夫找到廚房，然後開了兩瓶貝克啤酒。

在等她換裝時，他對著她的書架和唱片蒐藏端詳了一陣子。她似乎不太讀小說，流行音樂也聽不多。大部分的書都屬於傳記、科學類，或是與電影業的商業面相關；唱片則大多是巴哈、韓德爾、韋瓦第。

潘蜜拉回到客廳時身上穿著褪色的牛仔褲和一件寬大的南加大運動衫，從他手裡拿過啤酒後，就一屁股倒在墊得又厚又軟的躺椅上。「你說的那件跟飛機有關的事，差點墜機那件事，實在很蠢，你知道的。」

「妳想說什麼？」

「我第二生快結束時，那時我已經知道一切又會重來一遍，我就把一九六三年以來的墜機事件列成一張表背下來了。旅館火災、火車事故、地震……也是，所有的重大災難我都背下來了。」

「我也想過要做一樣的事。」

「你該做的。不管怎樣，接下來呢？從那件事之後，你做了什麼？」

他在她對面的一張沙發椅上坐下，開始解釋最後這九年來他的自我放逐生涯；他與大地上的生命合而為一的苦行理念，他對生命在時間中永恆的對稱性產生的強烈著迷——他看見生命的凋零只為繁衍，從前一年的枯藤上生生不息地綻放出蓓蕾與青澀果實。

她若有所思地點點頭，注意力集中在一幅精緻複雜的曼陀羅畫作上。「你讀過印度教哲學嗎？」她問。「《梨俱吠陀》？《奧義書》？」

「我只看過《薄伽梵歌》。很久很久前的事了。」

「『你和我，阿朱那[38]』」，她毫不困難地背誦道，「『我們已活了許多世。你遺忘的，我全都記得。』」她的眼中閃耀著熱烈的光芒。「我有時會認為他們說的正是**我們的經驗**：我們不是在線性時間尺度上輪迴轉世，而是身為整體世界歷史的一小部分，不時地經歷著重複的人生……直到我們了解到正在發生的事，並回到正常的時間之流為止。」

「但我們已經意識到這件事了，它卻還是繼續發生。」

「也許會一直下去，直到所有人都明白為止。」她安靜地說。

「我不這麼認為；我們都很快就明白了，只是承不承認的問題而已。但其他每個人都還是照著同樣的模式生活。」

「生活被我們影響的人除外。我們可以引起改變。」

傑夫冷笑道，「所以妳跟我就是先知、救世主囉？」

她望著外面的海洋，「也許。」

他從椅子上坐直，凝視著她。「等等，這不就是妳那部電影要說的，要讓人們準備好迎接……？妳該不會計畫要——」

「我不確定計畫是什麼，目前還沒。你的出現讓一切都改變了。這是我之前一直沒料到的。」

「妳想幹嘛，成立該死的邪教嗎？妳不知道這會是什麼災難——」

「我什麼都不知道！」她勃然大怒道。「我和你一樣迷惘，我只想讓我的人生有點意義。難道你想這樣就放棄，甚至不試著把事情弄清楚嗎？好，你走吧！回你那該死的農場上去過行屍走肉的生活，但不必告訴我該如何面對這一切，好嗎？」

「我只想提供建議。就目前來說，妳還想得到其他有資格提供建議的人嗎？」

她不悅地對他皺起眉頭，一副怒火未歇的樣子。「這件事晚點再談。現在，你想聽我的故事還是不想？」

傑夫坐回到柔軟的墊子上，小心翼翼地看著她。「當然想。」他語氣平緩地說道。他不知道哪些事會讓她忽然發火。不過她必然走過的歷程，他是可以理解的，所以他可以體諒。

她頭點了一下，動作有點唐突。「我再去拿兩瓶啤酒。」

傑夫接下來知道，潘蜜拉．菲利普斯出生在一九四九年，美國康乃迪克州西港鎮，父親是位成功的房地產經紀人。她擁有正常的童年生活，沒什麼大不了的小病，以及屬於平凡人的青春期歡樂與悲傷。六〇年代末她在巴德學院唸藝術，和她那一代的年輕女性沒兩樣，她嗑藥嗑得挺凶，參加華盛頓示威遊

---

38 阿朱那（Arjuna），印度神話《薄伽梵歌》中的英雄人物，古代天神的轉世化現。

行，到處和人上床。一如預期地，她在尼克森下臺後沒多久就「從良」了，她嫁給一位律師，搬到紐雪若，生了一男一女兩個孩子。她偏愛讀羅曼史小說，閒暇時畫畫自娛，不時從事慈善活動。她煩惱著沒有自己的事業，偶爾會在孩子們上床後抽根大麻，做做有氧運動維持身材。三十九歲時死於心臟病。那是一九八八年的十月。

「十月的哪一天？」傑夫問道。

「十八號，和你心臟病發時同一天，不過時間是一點十五分。」

「九分鐘後。」他咧嘴笑道。「妳看到的未來比我還多一點。」

這句話幾乎讓她臉上露出笑容。「沉悶的九分鐘，」她說，「除了死亡，什麼事也沒發生。」

「妳在哪裡醒來？」

「在我爸媽家的娛樂室裡。電視開著，正在重播《我的小瑪姬》。我十四歲。」

「天哪，那妳怎麼——妳爸媽在家嗎？」

「我媽出門買東西，我爸還沒下班。我茫然地在家裡到處逛，花了一整個小時檢查我衣櫥裡的衣服、翻看我上大學時弄丟的日記……還有鏡子裡的自己。我哭個不停。我還以為自己已經死了，上帝要用這種奇怪的方式讓我最後一次回顧我的一生。我很怕前門，因為我真的以為只要從前門走出去，我就到了天堂、地獄或幽冥之類的地方。」

「妳是天主教徒嗎？」

「不是，只是當時都是這類模糊影像和恐懼在腦袋裡打轉。遺忘是個比較好的說法，我那時真的以為只要走到屋外，就會發現自己置身在濃霧、空無之中……除了死亡什麼都沒有。然後我媽回家了，從我怕的要命的那扇門走進來。我以為她是幽靈偽裝的要來拖我赴死，於是我開始尖叫。

「我媽花了好久時間才讓我安靜下來。她把家庭醫師叫來，他到家以後幫我打了一針——可能是配西汀之類的痲醉藥——然後我就昏過去了。我再次醒來時，我爸爸也在，他站在我床邊一臉憂慮地俯看著我，我想那是我第一次開始明白，我不是真的死了。他希望我躺在床上，但我跑下樓打開前門，穿著睡衣走到院子裡……當然，一切都很正常。附近環境就跟我記憶中一樣。隔壁鄰居的狗蹦蹦跳跳地向我跑來，開始舔我的手，不知道為什麼，這又讓我哭了起來。

「接下來的一個禮拜，我都待在家裡沒去上學。我在房間裡裝病，什麼也不做，光是想……一開始我試著想搞清楚發生了什麼事，但沒多久，我就確定這是個毫無希望的任務。接下來，日子一天天過去，什麼事也沒改變，我開始思考自己以後要做什麼才好。

「記住，我不像你有那些選擇；我只有十四歲，住在家裡，才上國中而已。沒辦法去賭馬或搬去巴黎住。我被困住了。」

「那一定糟透了。」傑夫同情地說。

「是糟透了，但我總是應付過來了。我沒有選擇。我成為……我強迫自己再次成為一個小女孩，忘記我在第一世裡經歷的一切：我的大學、婚姻生活……我的孩子。」

她停頓了一下，眼神朝下看著地板。傑夫想起了葛麗倩，他伸出手想放在潘蜜拉肩上。她躲開了他的觸碰，於是他收手。

「總而言之，」她繼續說，「幾個禮拜後——好幾個月吧——腦海中似乎漸漸淡忘了第一次存在的經驗，好像只是做了一場很長的夢。我回到學校，開始重新學習每件事，就像過去從來沒讀過一樣。我變成害羞內向的書呆子，一點也不像第一次那樣。我從不出去約會，不再跟我認識的孩子們混在一起。因為他們總是喚起我對他們長大成人後的記憶與印象，這讓我承受不了。我想把這些記憶全部刪除，假裝自己從不曾知道這些事。」

「妳曾……告訴過任何人嗎？」

她喝了一小口啤酒後，點點頭。「我清醒後的尖叫事件發生後不久，我父母送我去看精神科醫師。幾次會談後，我以為可以信任她了，所以開始向她說明我的遭遇。她總是微笑著，輕聲鼓勵我繼續說下去，表現出很能理解的樣子，但我知道，她事實上認為全是我的幻想。當然也正是我想要去相信的……於是我們都如願了。直到我在甘迺迪事件發生前一星期告訴她那件事為止。

「這讓她徹底氣餒了。她大發雷霆，拒絕繼續為我看診。我曾經鉅細靡遺地向她描述暗殺事件的細節，但是她無法面對事實，她無法面對我的『幻想』忽然間竟以想像中最可怕、最具毀滅性的方式成真了。」

潘蜜拉默然地看著傑夫一會兒。「這件事也嚇壞我了。」她繼續說。「我受驚嚇的原因不只是我早就知道他會被槍殺，也因為我確定唯一的兇手叫做李．哈維．奧斯華。我從來沒聽說過尼爾森．班奈特——當然了，我根本不知道你去了達拉斯，還有你如何介入——從那時候起，我對現實的想法全都改變了。那就像是在前一分鐘我還對未來之事無所不知，忽然間卻一無所知了。我身在一個不同的世界裡，服從不同的規則。什麼都有可能發生——我父母會死、核子戰爭會爆發……或者是，就最簡單的層次來說，我可以和上輩子的我或是我想像中以為我曾經成為的那個人截然不同。

「於是我上了哥倫比亞大學，而不是巴德學院，我主修生物學，然後就讀醫學院。醫學院的日子很艱苦。我以前從沒花那麼多心思在科學上，我第一世時受的訓練全在藝術方面。但也因為這個原因，事情變得有趣多了，因為我不只是在重複以前讀過的東西。我在學習完全不同的領域，是個全新的世界，就和我的新生命一樣。

「我沒有很多社交時間，但在我在哥倫比亞長老教會醫院當住院醫師期間，認識了一個年輕的整型科醫師，他……嗯，我不是說他真的讓我想起我第一世的丈夫，但他有著同樣的熱情、屬於內在的驅動力。只不過這一次，我們擁有共有的特質：對醫學的奉獻情操。以前，我幾乎不知道我丈夫每天在做什麼，他預設我對這些事不感興趣，從來不跟我討論他的法律工作。但是和大衛——那個整型科醫師——情況正好相反。我們可以無話不談。」

傑夫用質詢的眼神看了她一眼。「妳是說——」

「不，不是，我從來沒告訴他我身上發生過的事，他只會認為我瘋了。我那時候還是企圖把這件事從腦海裡驅逐。我想要埋葬所有的記憶，假裝一切從未發生過。

「一結束住院實習生涯，我就和大衛結婚了。他是芝加哥人，所以我們搬回那裡，他開了間私人診所，我則在兒童紀念醫院的加護病房工作。自從無法挽回地失去自己的孩子之後——嗯，你知道那是什麼心情——我一直避免有小孩，不過我有一整個醫院的孩子，他們都像是我的兒子、女兒，他們非常需要我，他們……總之，這工作帶來極大的回報，正是當我還是個深感挫敗的家庭主婦時夢想過的工作，我可以運用我的聰明才智，可以讓這世界變得更好、拯救人們的生命……」她的聲音漸漸微弱直到聽不見。她清清喉嚨，閉上了雙眼。

「然後妳就死了。」傑夫柔聲說道。

「是的，我又死了。我再次回到十四歲，全然無助，任何一件該死的事都改變不了。」

他想告訴她，他是多徹底地理解她說的一切，他明白當她知道她照顧過的病童和瀕臨死亡的孩子注定得再次經歷折磨，而她為了幫助他們做的努力終歸於徒然，那種至深的傷痛；但這時已不需要言語。她的痛楚全寫在臉上，而他是這世上唯一能夠了解這份深切失落的人。

「我們何不休息一下，」傑夫提議，「到哪裡去吃點東西？妳可以在晚餐後繼續告訴我剩下的故事。」

「好。」她說，感激傑夫打斷了她的回憶。「我可以在這裡弄點東西來吃。」

「不需要吧。我們剛才經過太平洋海岸公路時看見一些海鮮餐廳，何不試試其中一家？」

「我不介意煮飯，真的——」

傑夫搖搖頭。「我堅持。晚餐我請客。」

「好吧……我得再去換個衣服。」

「牛仔褲就很好。穿雙鞋子吧，如果妳想要正式點。」

自從他見到她以來，潘蜜拉的臉上第一次露出微笑。

他們在戶外露天平臺上的隱密位置用餐，可以俯瞰浪花拍岸。飯後兩人啜飲加了柑橘酒的咖啡時，月亮正高掛在太平洋上，映在餐館後方高大玻璃窗上的倒影，乍看下彷彿白色天體已與黝暗的海洋融為一體。

「看，」傑夫指著如夢似幻般的景象說，「這景色就像——」

「《星海》的海報，我知道。你以為我是從哪裡得到這作品的靈感？」

「了不起。」傑夫微笑著，同時舉起酒杯向她敬酒。潘蜜拉遲疑了一下，也跟著舉起酒杯輕觸了傑夫的杯子。

「你真的喜歡那部電影嗎？」她問。「還是那只是你用來查出我是誰的計謀？」

「妳這問題是多問的，」他真誠地說，「妳知道這部電影有多棒。我就像其他人一樣深深被感動了，雖然我知道，看到這部電影上映時沒人會像我一樣震驚。」

「現在你了解當我第一次知道一個我從沒聽過的人殺死甘迺迪時的心情了。你認為這件事表示了什麼？為什麼在你努力之後，暗殺還是發生了？」

傑夫聳聳肩。「兩個可能。第一，也許真的有個謀殺甘迺迪的大陰謀存在，奧斯華只是其中一個卑微、死不足惜的人物。主謀者早就把班奈特安排在一邊以免計畫出岔子，除此之外還有更多備胎也說不定。直到傑克．路比殺掉承擔暗殺任務的人為止，一切都是事先安排好的。對幕後黑手來說，把奧斯華從計畫中排除只造成了小小的不便。不管我做了什麼，甘迺迪都照樣會死，整個計畫太過天衣無縫，沒有任何人或事阻撓得了，不管他們的身分是什麼。」

「可能二是什麼？」

「這是可能一。可能二不那麼特別，但是對妳我具有更深的意涵，也是我比較偏向相信的。」

「那就是我們不可能運用預知來影響大歷史的變動，我們能做的事有極限。我不知道界限到底是什麼，還有界限是怎麼加上去的，但我認為界限存在。」

「但是你建立了一個國際企業集團。你擁有許多大公司，而且以前從來不曾連到……」

「這些事沒有一件對事情的整體進展真正起過影響，」傑夫說，「這些公司還是照樣存在，開發出同樣的產品，雇用的是同一群人。我所做的不過是稍微改變了獲利的流向，讓它流進我的口袋而已。我自己的人生的確有了極大的變化，但放在更大的框架下來看，我所做的事根本微不足道。在金融圈以外的大多數人——妳也包括在內——甚至不知道有我這號人物。」

潘蜜拉若有所思地扭絞著餐巾紙。「那《星海》呢？世界上大半的人都知道這部電影。我引介了一個新概念、人類看待自身與宇宙關係的新角度。」

「亞瑟．奈特在《綜藝》上的評論，對嗎？」

她舉起手想掩飾自己的臉紅。

「我在來見妳之前，已經看過了這部電影的所有評論。這是部精采的電影，這得歸功於妳，但基本上還是個消遣罷了。」

她投向他反射月光的一瞥，目光中傳達出怒氣與受挫的驕傲。「它可以創造出更多東西。它可以是個開始——」她停嘴，讓心情鎮定下來。「沒關係。我對我們的能力不像你悲觀，我們先討論到這裡吧。現在，你想聽我的第二次……『重生』嗎？『重生』，你是這樣稱呼這些循環，沒錯吧？」

「我是這樣認知，這是個好名字。妳想要繼續下去嗎？」

「你已經把你的遭遇全告訴我了，我也會讓你知道我到目前為止的故事。」

「接下來呢？」

「我不知道，」她說，「關於接下來該如何，我們的態度似乎很不同。」

「但我們沒別人可以一起討論了，不是嗎？」

「先讓我把講到一半的故事說完，好嗎？」她已經把餐巾紙撕成碎片，碎片現在全被她塞在煙灰缸裡。

「說吧，」傑夫對她說，「再來杯飲料？還是再來張餐巾紙？」

她眼神銳利地望了他一眼，想找出他臉上是否有挖苦的表情，但是沒找著，於是她點了一下頭。傑夫的手在空中畫了一個圓形，示意女侍再送上一輪柑橘酒。

「第二次死的時候，」潘蜜拉開始說，「我憤怒到了極點。我在父母家裡醒來，發現自己又回到十四歲時，我立刻就知道發生了什麼事，雖然還是不知道為什麼。我只想拿個東西來砸碎。我想尖叫，因為憤怒而不是恐懼。就像你說過你在第三次……重生時的感覺。醫學院、醫院、我照顧的所有孩子……，似乎全都是白費，一切的一切都毫無意義可言。」

「我變得非常叛逆，甚至用惡毒的態度對待家人。我身為大人的時間比我父母兩個人加起來還長，結過兩次婚還曾經當過醫師。但是在這裡，我在法律上只是個孩子，什麼權利或選擇也沒有。於是我從父母那裡偷了點錢，然後逃家了。但情況很淒慘——沒有人會把公寓租給我，我也找不到工作……那個年紀的女孩沒辦法靠自己辦任何事，除了流落街頭，而我還不想把自己推進那樣的地獄裡。所以我爬回西港鎮的家，感到身心俱疲、深陷於孤獨中。回到學校後，我無時不刻不鄙視那裡，我翹了大半的課，只因為無法忍受第三次背誦一樣的東西，那些該死的代數公式。

「他們把我送去之前我看過的那位精神科醫師診療，就是當她發現我預知甘迺迪暗殺事件時心情大受打擊的那位。這次我沒向她吐露真話了。那時我已經讀過大部分兒童發展及心理學的標準教科書，於是我餵給她標準答案，我知道這可以讓自己看起來像個稍微脫軌的青少年，只是『處在過渡階段』，心智狀態仍然相當正常。」

女服務生送上飲料時，她暫時住嘴，直到女孩走遠了，才再開始說故事。

「為了讓神智至少保持部分正常，我又找回我最初的嗜好，畫畫。只要我開口，不管什麼東西父母都買給我，於是我要求他們買畫具。他們很以我的藝術作品為傲，這是我做的事裡唯一他們看得出是有建設性的。他們不管我一直從他們的酒櫃裡偷拿琴酒喝，和二十幾歲的男人在外面廝混到半夜，每個學期都被放在留校察看的名單上。他們差點要放棄控制我的企圖了。他們看見在我脫序行為的背後有股太過強大、任性的力量他們駕馭不了。但我有才華，那是肯定的。我全心投入於繪畫中，就像我曾立志成為醫師時拚命。他們無法忽視的我的努力，任何人都忽視不了。

「我十七歲時從高中輟學，父母幫我找了一間在波士頓的藝術學校，他們看了我的作品集願意收我，不在意我可怕的在校成績。我在學校開始發光發熱，我終於可以再次以成人身分生活了。我和一位同校的學姊合租了一層閣樓，開始和我的構圖指導教授約會，沒日沒夜地畫畫。我的作品充滿了奇特，有時甚至是殘暴的圖像：殘廢的孩子正落進黑色漩渦中，像照片一樣逼真的螞蟻特寫，正列隊從手術傷口中爬出……強烈的意象，極盡你想像中一個天才女孩之能事。沒人知道該如何理解我。

「我二十歲時，在紐約舉辦了第一次畫展。在展場上我遇到了達斯汀，他買了兩幅我的油畫，接著，在美術館關門後，我們一起去喝了杯酒。他告訴我他曾——」

「達斯汀？」傑夫打斷她的敘述。

「達斯汀．霍夫曼。」

「那個演員？」

「對。總而言之，他喜歡我的畫，而我向來就喜歡他的電影——那一年《午夜牛郎》才剛上映，我得不斷提醒自己，不要向他提到關於《克拉瑪對克拉瑪》或是《窈窕淑男》的事。我們之間立刻產生火花。我們開始固定約會，只要他人在紐約。一年後我們結了婚。」

傑夫藏不住愉快的驚奇。「妳嫁給達斯汀．霍夫曼？」

「對，在他某個版本的人生裡，」她帶著一絲惱怒地說，「他是個好人，非常聰明。當然了，現在的他只知道我是個編劇和製作人，對我們曾經在一起七年一無所知。上個月我才在一場派對裡和他巧遇。很奇怪的感覺，看著一個妳曾經如此親密、在一起這麼長時間的人，而他對這一切竟毫不知情。

「不管怎樣，大體上來說那是段不錯的婚姻。我們互敬互重，支持各自的目標……我繼續繪畫，也得到不大不小的成就。我最知名的畫作是幅三聯畫，叫做《來自過去與未來自我的回聲》。它是——」

「天哪，對！我在惠特尼美術館看過這幅畫，就在我和第三任妻子茱蒂到紐約旅行時！她很喜歡這幅畫沒錯，不過她不明白為什麼我會被這幅畫完全吸引住。媽的，我還買了複製畫，裱了框掛在我家書桌上方！我就是在這時聽過妳的名字。」

「好吧，那是我最後一幅好畫了。不知怎麼地，在那之後我的天分就……枯竭了。我想表達太多事，但或許是我不敢，或許是我再也無法將它們淋漓盡致地展現在畫布上。不知道是藝術背棄了我，或是我辜負了藝術，不過基本上我在一九七五年左右就不再作畫。也是在那一年我和達斯汀離異。沒什麼大爭執，我們的婚姻就是走到了盡頭，我們都清楚。就像我的繪畫一樣。

「我想那跟我當時已經走到那次重生的半途有點關係，我知道我達成的一切都將在數年後灰飛煙滅。於是我成了蜻蜓點水的過客，漫遊四海，和像是羅曼．波蘭斯基、蘿倫．赫頓和山姆．謝普[39]之類的人往來。在這些人之間，有個……容許人短暫停留的社群，是個關係網路，你可以在其中找到有趣但絕不會太過親密的友誼，隨時可以停止或重新開始，一切都看你的心情，或是你當時在哪個國家而定。這樣的關係沒什麼大不了。」

「沒有什麼事是大不了的。」傑夫說。「我也曾有過這種感覺，不只一次。」

「這種生活方式令人沮喪，」潘蜜拉說。「會有種自由、開放的幻覺，但一陣子後一切都變得模糊不清。遇到的人、待過的城市、各式各樣的想法與臉孔……全都屬於善變的現實，永遠看不清真面目，也永遠找不到出路。」

「我了解妳的意思。」傑夫說，他想到自己和夏拉一起度過那些追求露水關係的歲月。

「這種做法似乎適合我們的處境，但只是理論上適合，現實上不太行得通。」

---

39 蘿倫．赫頓（Lauren Hutton），美國七〇年代最知名的模特兒和演員；山姆．謝普（Sam Shepard），美國劇作家、演員、導演。

「沒錯。無論如何，我這樣漂泊了好幾年，時間到了的時候，我在馬略卡島租了間僻靜小屋。在那裡住了一個月，就為了等死。我對自己承諾……在那個月裡，我決定下一次，也就是這輩子，一定要有所不同。我得去影響這世界，我要讓事情改變。」

傑夫懷疑地看著她。「妳是醫生的時候就做了，但是妳治療過的孩子注定要在妳下一次重生時再次承受病痛的折磨。什麼都沒變。」

她不耐煩地搖著頭。「這是個錯誤的類比。在醫院裡，我只是針對一小群人做些修補工作。只跟身體有關，而且範圍有限。出發點是善意的，卻毫無意義可言。」

「現在妳想要拯救全世界的集體靈魂？」

「我想要喚醒世人認清正在發生的事。我要教導他們意識到這些循環，就像你和我一樣。這是唯一的辦法，只有這樣我們，你和我，才能跳脫這模式，難道你不明白？」

「不，」傑夫嘆道，「我不明白。妳怎麼會認為可以教會人們帶著這意識進入下一次重生？妳我到現在已經歷經過三次循環，而我們從一開始就知道發生了什麼事，不需要任何人來告訴我們。」

「我認為我們被安排要來帶領其他人，至少我自己是這樣相信。我從來沒料到你會出現。你不了解託付在我們身上的任務多重要嗎？」

「是誰，或是什麼東西託付的？上帝嗎？這一切經驗甚至只是讓我更同意卡謬的說法：如果上帝存在，我鄙視祂。」

「你可以叫它上帝、叫它宇宙我，隨便你愛叫什麼都行。你知道《吠陀經》上有段話：

「回憶的心靈在認識到宇宙我的存在中醒來，對無知者而言那不過是黑夜：無知者在他們的感官生活中醒來，他們以為那就是白晝：對先知而言，那卻是一片黑暗。

「我們可以照亮那片黑暗，」她出奇熱情地說道，「我們可以——」

「聽著，讓我們把這些精神層面的東西先丟掉一分鐘，把妳的故事說完吧。妳在這次重生中做了什麼？妳是怎麼拍成這部電影的？」

潘蜜拉聳聳肩。「這不難，在大部分由我出資的情況下並不難。我在學校裡一邊等待機會，一邊擬定計畫。電影是把我的想法傳達給大眾的最有效方法，而透過達斯汀還有我上一世認識的所有人，我已經對這產業相當熟悉。所以當我滿十八歲時，我開始做一些你談到過的投資，IBM、共同債券、拍立得等。你也知道六〇年代的市場有多熱，即使蒙著眼睛買也很難賠錢，對一個對未來有點了解的人來說，在三、四年內把幾千塊變成幾百萬更是易如反掌。

「我對我寫的劇本感到驕傲，但我已經構思了很多很多年。在我寫完劇本並成立了自己的製作公司後，我只需要雇用對的人來幫我工作。我對那些人還有他們的長處全知道得一清而楚，一切就如我計畫一樣配合得天衣無縫。」

「而現在——」

「現在是該進行下一步的時候了。改變這世界意識的時候到了，我可以做得到。」她身子前傾，目不轉睛地看著他。「我們可以……如果你願意加入。」

12

「……顯然是行兇後自殺。初步報告指出他們看見了駭人的大規模屠殺景象，屯墾基地中屍首四處橫陳，死去母親手中還懷抱著嬰兒的屍體。幾位受害者是遭到射殺而死亡，不過大多數人都是在死亡儀式中服藥自盡，這種儀式不像任何——」

傑夫把手伸向短波收音機的頻道調節器，從英國國家廣播公司的新聞頻道轉到爵士樂節目。

咖啡壺開始發出咕嚕嚕的氣泡聲。他替自己倒了一大杯咖啡，加入少許黑蘭姆酒，好讓飲料能帶來更多暖意。昨晚剛降過一場新雪，約六吋深，廚房窗子下半截已埋在風吹來的雪堆裡。今天下午真該鏟雪了，他心想。也該去趟倉庫，劈些引火用的雪松，然後再多搬點白橡木柴火到後陽台去。但是他沒心情做，至少現在沒心情。

這禮拜發生的瓊斯鎮[40]悲劇讓全世界陷入持續的不安中，也許他還是無法不感到難過，儘管他已經聽過這憎惡的故事重述了三次。不管什麼原因，今天他只想坐在嗶啵作響的火爐邊讀點書。漢娜・鄂蘭的《心智生命》他已經看到第二卷的一半了，接下來他打算讀《一面遙遠的鏡子：多災多難的十四世紀》。這兩本書都是那一年剛出版，不過他二十年前已經先讀過塔區曼的書了，那年夏天他和茱蒂帶著兩個孩子搭乘西伯利亞快車橫越前蘇聯境內的亞洲時在火車上讀的。只要看著書封，就會讓他回想起廣闊的西伯利亞草原，火車外的新西伯利亞城外連綿不盡的白樺樹林，以及小愛波對車廂走廊上那尊古老的黃銅製俄式茶壺的迷戀。從莫斯科到滿州以北的伯力城共六百哩路的旅途中，列車女車掌用慢慢燃燒的泥炭塊讓茶壺不斷冒出蒸汽，為旅客奉上無數杯熱茶。茶杯的金屬製杯托上刻著太空人及旅伴號41，旅途接近終點時，女車掌給了愛波幾個杯托讓她帶回家留念。傑夫還記得他看著養女蜷曲在他們位在亞特蘭大派喜渡輪西路家中的壁爐前，小口小口地啜飲著用一個杯托托著的熱牛奶，那不過是他死前一個禮拜的事……

他清清喉嚨，眨了眨眼睛，想趕走突然襲來的記憶。也許今天做點家事對他最好，讓身體保持忙碌，總好過坐在小屋裡胡思亂想。不管怎樣，還有好長一陣子這種日子要過，冬天哪——

傑夫豎起耳朵，以為聽到引擎的聲音。不可能的。春天雪融前，除非傑夫用短波設備發出緊急求救，否則沒人會笨到開上這條路。但引擎聲又出現了，他發誓他聽見嘎吱嘎吱、轟隆轟隆的聲音，比剛才更大聲了，聽起來像是路上有車正朝這裡前進。

他穿上羽絨大外套及毛線帽，走到屋外。麥吉尼茲碰上麻煩了嗎？有人生病或受傷？也許是失火？

當那台車身濺滿爛泥巴的越野車穿越他打開的大門，猛然來個左轉彎時，傑夫腦海中閃過了一個印象。接著他一眼認出那位有著一頭金色直髮的駕駛。

「早安。」潘蜜拉．菲利普斯說道，只見她穿了靴子的腳在那台堅固的四輪傳動車的踏腳板上踩下。

「你這條車道還真是爛透了。」

「這條路上不常有車子往來。」

---

40 瓊斯為美國新興宗教組織「人民神殿」的創始者及領導人，一九七八年十一月，瓊斯及九百多信徒在蓋亞那（Guyana）的瓊斯鎮農場中集體死亡，死因為自殺或謀殺。

41 旅伴號（Sputniks），人類第一顆進入地球軌道的人造衛星，一九五七年由蘇聯發射。

「我不意外。」她邊說邊從駕駛座上跳下來。

「路上好像有個可憐的傢伙踩中了地雷，很久以前。」

「這裡的人說那個人叫海克特，喬治．海克特。禁酒時期42在他的福特T型車上裝了台移動的蒸餾器，把車開來開去以免被逮到，有一天那輛車爆炸了。」

「海克特人在哪？他也跟著一起被炸死了嗎？」

「他毫髮無傷，只是得架另一台蒸餾器而已，不過他放棄了可移動的點子。至少大家是這麼說。」

「非常有創意的想法，嗯？」她深深吸了口清新冷冽的山上空氣，慢慢呼出來，然後看著傑夫。「那麼，你過得如何？」

「還不錯，妳呢？」

「自從最後一次見面後一直很忙。那是多久……老天，三年半前了。」她雙手迅速地互搓幾下。「喂，這附近有沒有什麼地方可以讓一個女士取取暖？」

「抱歉，請進，我煮了一些咖啡。妳嚇了我一大跳，我剛才還沒反應過來。」

她跟著他進入小屋，脫掉外套，他倒咖啡時，她在火爐邊拉了張椅子坐下。他把黑蘭姆酒的酒瓶舉起，向她做出詢問的表情，於是她點點頭。他在她杯裡倒了一份味道醇厚的金色酒液，遞給她。她啜飲混合飲料時，不作聲地用生動表情傳達出讚許。

「妳是怎麼找到我的？」他一邊問，一邊在她對面的椅子坐下。

「這個嘛，你曾告訴我你住在雷汀附近。我的律師跟你在舊金山的經紀人談過，他很親切地幫我們把範圍縮小了一點。不過我開車到這裡時，在鎮上到處問，花了不少時間才找到願意給我方向的人。」

「這裡的人很注重隱私。」

「我想也是。」

「很多人不喜歡沒事有人開車在他們土地上亂逛，尤其是陌生人。」

「我對你來說並不是陌生人。」

「不遠了，」傑夫說，「我以為我們在洛杉磯分手時的確是形同陌路了。」

她嘆了口氣，她膝蓋上有件折好的褪色牛仔外套，她心不在焉地撫摸著外套上的綿羊皮領子。「我們有這麼多共通點，想法卻是南轅北轍。最後在厭惡彼此的情況下收場。」

「沒錯，妳可以這樣詮釋。或者也可說他媽的妳實在太固執，所以參不透自己的執迷不悟——」

「喂！」她將咖啡杯重重放在短波收音機旁，高聲打斷了傑夫的談話。

「這件事已經叫我夠難受了，別再加深我的難過，好嗎？我開了六百哩路來看你，現在聽聽我想說什麼吧。」

「好吧，說吧。」

「聽著，我知道你很驚訝今天會見到我。不過請試著想像一下，當你出現在我面前時我有多驚訝吧。那時你已經看過《星海》，也有時間思考一下我這個人而且得到了明確的結論。你知道我可能也是個重生人，我卻不知道這世上還有其他人跟我的遭遇一樣。我以為我找到了發生在我——在全世界——身上事情的唯一可能解釋。我以為自己在做的事是對的。

「好吧，我還是不知道我做的到底對不對。也許是對，也許是錯。這件事還不到下定論的時候。」

「為什麼？」

42 一九二〇年至一九三三年美國實施禁酒令，禁止生產、銷售酒類。

「我可以再加點蘭姆酒到咖啡裡嗎？也許再倒點咖啡。」

「沒問題。」他在兩個人的杯子裡重新倒進酒和咖啡後，坐回原位聽潘蜜拉說話。

「當你來到洛杉磯時，我已經開始著手寫下一部電影的劇本。十月時，定稿已經完成了。

「當然了，預算不會是問題。我指定彼得．威爾執導，當時他還沒拍過《魔浪》，所以每個人都覺得我瘋了才會用他。」她的唇一斜笑了，身子前傾，用她修長的手握住冒著蒸汽的杯子。「我組成的特效小組才有趣。我先雇了約翰．惠特尼。那時他已經打下製作電腦影像的基礎，他拍的許多短片都以曼陀羅為主題，而我希望用曼陀羅做為電影的核心意象。我讓他放手去做，給了他一台最早的克雷超級電腦樣機讓他發揮。

「然後我找來了幫《二〇〇一太空漫遊》做特效的道格拉斯．川柏。我稍微指點他該走的方向，讓他提早了幾年發明了肖斯康動態影像系統。整部電影都是利用這個技術拍攝的，雖然——」

「等一下，」傑夫插嘴，「什麼是肖斯康？」

潘蜜拉驚訝地看了他一眼，眼神中帶著少許受傷的驕傲。「你沒看過《連續體》？」

他帶著歉意地聳聳肩。「雷汀的戲院沒上映過這部電影。」

「不，這部電影只在舊金山和沙加緬度的戲院上映。我們得將所有戲院做些特別改造。」

「為什麼？」

「肖斯康動態影像技術可以在電影銀幕上產生逼真的影像，但是要達到效果，你必須要有特殊的投影設備。你知道電影的原理吧？每秒放映二十四畫格，就是二十四個靜止的影像……當一個影像開始在視網膜上消失時，下一個影像立刻出現，這樣一來會創造出流動、沒有間斷的動態影像。這就做視覺暫留現象。其實每秒鐘放映的畫格是四十八個，因為每個影像都會重複一次來欺騙人的眼睛。不過上當的當然不是眼睛，而是我們的大腦。即使我們認為在銀幕上看到的是連續動作，但是在更深的無意識裡，我們會意識到開始和停頓。這是為什麼錄影帶會比電影看起來更清楚、『更真實』的一個原因，因為錄影帶是以每秒三十畫格的方式錄製，所以其間的間隔就更短了。

「而肖斯康技術，則把這過程更推進了一步。它是以每秒鐘整整六十畫格的方式拍攝，同時沒有多餘的畫格。川柏用腦電圖監測正在看電影的人的腦波活動，然後以不同的速度來投影，然後發現這時腦波的反應達到了最高點。人的視覺中樞似乎是被設定成以那特殊速度來感知現實，每秒鐘處理六十個視覺訊息。所以肖斯康影像技術就像是直達大腦的管線，不是三度空間的立體影像，效果比那還要細膩。產生的影像像是直接觸動認知的深層和弦，和真實看見的事物起了共鳴。

「總而言之，我們利用肖斯康技術拍攝了整部電影，包括電腦繪製的曼陀羅圖畫、曼德布洛碎形，還有惠特尼和他們的團隊製作出來的特效。我們在倫敦的松林製片廠拍了大部分。我找的都是有天分但沒沒無聞的演員，主要來自皇家戲劇藝術學院。我不想讓任何明星光芒掩蓋了電影的主題還有……它想傳遞的訊息。」

她喝完咖啡，凝視著沉重的棕色杯底。「《連續體》在六月十一號上映，全世界同步。但這部電影卻徹底失敗了。」

傑夫不解地皺了皺眉頭。「怎麼說？」

「就是我剛才說的，那部電影垮了。上映第一個月時票房還不錯，接下來就漸漸沒人看了。影評人討厭這部電影，觀眾們也一樣。觀眾的口碑甚至比影評還差，影評就已經夠糟了。『六〇年代神祕主義遺絮』這句話可以總結普遍的反應。『亂七八糟』、『不知所云』、『矯揉造作』也是很多人的看法。大部分人買票進場的唯一理由是因為肖斯康技術的創新，還有電腦繪圖。這些都做得很好，不過卻是人們唯一喜歡這部電影的地方。」

接下來是一陣冗長、尷尬的靜默。「我很遺憾。」傑夫終於開口。

潘蜜拉苦笑道，「很有趣，不是嗎？你拒絕和我進一步合作的原因是擔心這部電影可能造成的危險影響，擔心它會引起世界性的變化……但這世界最後根本不把它當回事，而當成一個老掉牙的笑話。」

「出了什麼問題呢？」傑夫溫和地問道。

「部分是因為時機的問題：『唯我獨尊的一代』、迪斯可、古柯鹼都是。沒人想再聽到關於天人合一、存在的永恆連結之類的說教。在六〇年代已經聽多了，現在唯一想做的事就是派對狂歡。不過這當然是我的錯。影評們是對的，它是部爛電影。太抽象，太晦澀難解，沒有劇情也沒有真實的人物可以讓觀眾認同。只是個哲學習作，一部自我耽溺的『福音電影』，沒有一點實際內容。人們成群結隊地和這部電影保持距離，這不能怪他們。」

「妳是不是對自己有點苛刻？」

她將空咖啡杯在手裡轉了一圈，眼神還是往下看。「只是面對現實而已。我學到一個痛苦的教訓，但我已經成熟到可以接受。我們兩個都應該要去接受很多事，畢竟我們失去了這麼多。」

「我知道這部電影對妳的意義，知道妳是如何深信自己正在做的事是對的。我尊敬這一點，即使不同意妳的做法。」

她看著他，綠色的眼睛柔和許多，是他從不曾看過的。「謝謝。你的話對我來說意義很深。」

傑夫站起身，從門上掛鉤取下大外套。「穿上外套，」他對她說，「我想要給妳看一樣東西。」

他們站在山頂上才剛降過雪的雪地裡，那是他第一次看到《星海》前一個禮拜他疏通灌溉系統的小丘。皮特河現在正是冰封期，河裡沒有鮭魚，巴克山上樹頂一身厚雪，低垂著枝幹。從這距離看過去，夏斯塔山巍峨對稱的圓錐山體正聳立在晴朗的十一月天空下。

「我夢見過那座山，」傑夫告訴她，「夢裡面它好像有件意義重大的事情要告訴我，想向我解釋我遭遇過的一切。」

「它看起來……不太像真的，」她低聲說道，「甚至有種神聖感。我可以了解這樣的異象為什麼會支配你的夢境。」

「住在這裡的印第安人真的認為這是座聖山。不只因為它是火山，喀斯開山脈上其他山岳比它更活躍，對環境有更直接的影響。但沒有一座山具有夏斯塔山同樣的魅力。」

「它的魅力依舊，」潘蜜拉望著那座寂靜的山脈低語，「那座山有……一股力量。我感覺得到。」

傑夫點頭同意她的話，和她一樣凝視著遠方莊嚴宏偉的山壁。

「這裡仍流傳一個敬拜山脈的儀式，白人的，不是印第安人。有些人認為這座山和耶穌有點關係，跟耶穌復活有關。其他人則相信那裡住著外星人或是某群人類的支系，就在山底下的岩漿地道裡。詭異瘋狂的想法就是了。不知怎地，夏斯塔山就是會引發人產生這類聯想。」

陣陣強勁的山風吹來，天氣越來越冷了，潘蜜拉打起顫來。傑夫想也不想地用手臂環住她的雙肩，將她拉近自己溫暖的身體。

「有時候，」他說，「對於發生在我——我們身上的事，我會想像每一種可能解釋，不管聽起來多奇怪。時間翹曲、黑洞、上帝的狂怒……我剛提到有人認為夏斯塔山住著外星人，好吧，我也曾經相信這一切全是外星生物的實驗。妳一定也有一、兩次興起過同樣念頭吧？我從《星海》裡可以看出一些端倪。也許這就是真相，也許我們只是有感覺的白老鼠，得自己找到迷宮的出口。也許在一九八八年底會有一場核子浩劫，所以所有曾經存在過的人類集體心靈意志選擇了這種避免人類滅絕的方式。我不知道答案是什麼。

「這就是重點：我不知道，而我終於成熟到能夠接受自己沒有能力去了解真相，或是去改變它。」

「這不表示你不能繼續想要去知道答案。」她向他的臉靠近時說道。

「當然不，而且我還是想知道答案。我繼續思考。但從很久以來，追尋答案的過程就不再消耗我的生命了。我們的困境雖然非比尋常，但從根本上來說，和曾經存在世上的人面對的困境並沒有什麼不同：我們在這裡，而且不知道我們為什麼在這裡。我們可以用哲學來解釋一切，透過一千種不同路徑來尋求解開祕密的鑰匙，但絕不會讓我們更接近答案。

「但是，潘蜜拉，我們被賜予無與倫比的禮物，這份禮物就是生命，我們對生命的認識以及潛能都更勝於我們所知的過去任何人。為什麼我們不能坦然地收下這份禮物？」

「有人說過——柏拉圖吧，我想，『渾渾噩噩的生活不值得過。』」

「沒錯。但是太詳細檢視生命會讓人發瘋，如果沒有自殺的話。」

她低頭望著他們在潔白無垢雪地中留下的足跡。「或是讓人慘敗。」她靜靜地說道。

「妳並沒有失敗。妳曾經嘗試讓這世界成為一體，在這過程中，妳創造出了不起的藝術作品。這些努力、這些創作——這些行動，擁有屬於自己的存在價值。」

「或許吧，直到我又死去為止，直到下一次重生為止。然後一切煙消雲散。」

傑夫搖頭不同意她的說法，手臂緊緊圍繞她的肩膀。

「消失的將只是妳努力的成品，但妳的奮鬥掙扎、妳的努力與奉獻……這些才是真正有價值之處，這些將保留下來，在妳心裡。」

她的眼睛充滿淚水。「可是，這麼多的失落、這麼多的痛苦。孩子們……」

「生命難免失落。我花了很多很多年才終於學會如何處理這課題，而且我不期望未來我可以對這件事完全認命。但這不表示我們得從世界轉身離去，或是不再竭盡所能做到最好、不再努力成為最好。至少我們虧欠自己太多，無論這些失落換得了什麼好處，這都是我們應得的。」

他親吻她帶淚的雙頰，然後輕輕在她唇上印上一吻。在西邊的天際，一對大鷹正緩緩盤旋在惡魔峽上空。

「妳曾經飛上天際嗎？」傑夫問。

「你是說乘滑翔機或滑翔翼嗎？不，從來沒有。」

他將雙臂環住她的腰，將她擁進懷中。「我們將在空中翱翔，」他對著她柔軟的黃褐色髮絲低語道。「我們一起。」

*

過了瑞福斯多克以後，火車開始向上攀行洛磯山脈，一路沿著巨大陰沉的冰河疾行。紅柏和鐵杉形成的濃密森林覆蓋了周遭的坡地，就在某個轉彎處附近，一片夾困在兩座冰河間的石楠原野突然躍入眼簾。溫柔的春風在這片粉紅及紫色花海中掀起閃爍著微光的波浪，那轉瞬即逝的美，似乎正無言斥責著困住他們的無情冰牆。

傑夫想，這些花兒具有情色特質。那脆弱、飽經風霜的嬌軀相映在不為所動的冷酷冰河上，鮮豔的色彩猶如女人的唇瓣，或是……

傑夫向坐在身旁的潘蜜拉微微一笑，將手放在她裸露的膝蓋上，手指滑入她的裙邊。當他溫柔愛撫她的大腿內側時，她的臉刷地紅了。她悄悄掃視這節觀景車廂，想知道是否有人正在看他們，但其他乘客的眼睛都專注地盯著車窗外飛馳而過的壯麗景色。

傑夫的手往上移，觸及那片溼潤的絲綢布料。當他輕按著她的河谷地帶時，潘蜜拉不禁發出一聲嬌喘，抵住皮製座位弓起了背。他緩緩地將手收回，指尖輕輕地在她的大腿上留下拖曳過的痕跡。

「想走一走嗎？」他問，她點點頭。他牽起她的手，帶著她出了觀景車箱往火車後方走去。他們在豪華車廂和餐車間停下，兩人就站在搖搖晃晃的金屬平台上一邊小心地保持平衡一邊親吻。風從敞開的窗戶強勁吹入，和他們離開溫哥華的那天早晨相較，這裡的氣溫至少低了十五度，潘蜜拉在他的懷中顫抖著。

臥車廂空無一人，看來所有人要不是去觀景車欣賞一望無際的冰河風光，要不就是到餐車覓食了。一進入他們的雙人臥車房間，傑夫就放下一張折疊床，潘蜜拉則伸手想將遮光窗簾關上。他將她拉向懷中，阻止了她的動作。

「就讓這片風光帶給我們靈感吧。」他說。

她抗拒這提議，捉弄地說，「如果讓窗子打開，我們就成了這片風光中的一景了。」

「除了幾隻鳥和鹿，沒人會看見我們。我想看妳在陽光下的模樣。」

潘蜜拉抽身退後幾步。在她身後，積雪覆蓋的河流及陡峭冰河峭壁形成的背景千變萬化，她在這幅畫中褪去上衣，任由衣服從雙臂滑下。她扯開繫住裙子的腰帶，裙子輕輕落到地板上。

「你怎麼不看風景了？」她調皮地笑問。

「我正在看。」

她除去剩下的束縛，一絲不掛地站在窗外飛馳而過的險惡荒野中。傑夫一邊脫衣，一邊以饑渴的眼神掃視她的胴體，他向她走去，和她的身體結合在一起，他急切地按著她躺上窗邊的軟椅，窗簾是升上的，午後陽光在他們臉上跳躍，轆轆的車輪飛馳過下方鐵道，以穩定的節奏搖動著這對結合中的愛侶。

這趟到蒙特婁的火車之旅共花了四天四夜，一星期後，他們再次搭乘火車回到西部。

「中世紀呢？」潘蜜拉問。「想像一下那會是什麼樣子，不斷重複那單調嚇人的生活。」

「中世紀不像大多數人想得枯燥沉悶、無聊透頂。我還是認為一場大型戰爭，還有邁向戰爭的那些年比那糟多了。想想看，不斷回到一九三九年的德國就知道了。」傑夫說。

「至少你還可以離開，逃到美國去，你知道在那裡是安全的。」

「如果是猶太人的話就沒辦法了。如果妳已經身在奧斯威辛呢，比方說？」

這是這個月他們最愛辯論的話題：處在另一個歷史時期的人會有什麼樣的重生經驗；面對和他們不熟知的世界大事及局勢時，怎樣才是最佳因應之道。

只要他倆的話匣子一開，聊起他們的沉思、計畫、回憶……，似乎就會沒完沒了。他們回頭交代了自己在不同人生中的遭遇，把一九七四年在洛杉磯那場未撤下心防的談話中曾簡單說過的個人生命史詳述一遍。傑夫已經告訴她，他和夏拉在一起那段時間做過的所有空虛荒唐事，以及在蒙哥馬利溪邊獨居這些年內心得到的療癒。她則和他分享她對醫療事業曾賦予的強烈奉獻意義，當她知道自己再也無法淋漓盡致地發揮所學時感受到的挫折，以及接著在創造《星海》的過程中體會到的喜樂。一個高大、蓄鬍的年輕黑人滑著直排輪經過，靈巧地穿梭在東五十九街人行道上的擁擠人群間，往中央公園入口滑去。他扛在肩上的大型國際牌收音機正放著喬治·莫若德改編自布隆迪的重節奏版〈隨傳隨到〉，震耳欲聾的聲響蓋過潘蜜拉對傑夫假設性問題的回答。

在傑夫北加州的小屋以及潘蜜拉多潘那谷地的隱居處輪流居住了一年多後，現在他們已經搬到紐約六個禮拜了。既然他們已經在一起，這兩個與世隔絕的隱居地就更適合他們倆。他們有許多事要傾訴，許多極私密的情感、想法要分享。但他們還沒從這世界撤退，不是全部。傑夫開始玩票性地從事一些高風險投資，資助那些在他們過去重生時得不到足夠資金，所以也無從事先得知其成敗的小公司和產品。有個桌面玩具已經大大風行，那是個裝上小磁鐵的透明塑膠管，一個芭蕾舞者在裡頭的清澄黏性懸浮液中跳著慢舞；一九七九年聖誕節最暢銷的禮品。但另一個由潘蜜拉的兩個電影攝影技師朋友提出的雷射錄影系統就沒這麼走運，至少直到目前還沒有。這個計畫一直遇到攝影機的技術問題，也許將因此而無法成功。但這並不重要。這些計畫的不確定、不可預測，正是吸引他投入之處。

至於她，潘蜜拉已經再度投身電影製作，現在她可以從這份工作中享受到全新的樂趣和自由。不再受限於自己強加的任務，試圖將人類的意識與存在層次提升到一個新高度。她寫了一齣帶點輕鬆嘲諷的浪漫喜劇，關於錯的人相遇在錯的時間的愛情故事。她找來一位沒沒無名的年輕女孩黛瑞・漢娜演出女主角，而且堅持讓一個叫羅柏・萊納的電視喜劇演員全權執導這齣戲。一如往常，她的同事對她選擇這類實力未經驗證的人大感訝異，但基於她是製片人和這部電影的唯一出資者，最後還是由她說了算。她和傑夫搬到紐約來，就是為了方便她監督前製及為新電影拍攝地點選址的作業。再過幾天，也就是六月的第二個禮拜，電影就開拍了。

他們右轉向北往第五大道走去，繼續聊著他們的歷史幻想。

「想想看如果達文西有我們這樣的機會，他會有什麼成就？」潘蜜拉沉思道。「他在不同輩子裡所能完成的雕塑、畫作。」

「假設他像我們這樣。也許世界在屬於他每一生的不同時間線中都持續運轉下去，我們存在過的每條時間線也一樣。如果達文西有更多時間來修改和完善他的發明，在某個版本的二十世紀中，他的發明也許會比他的藝術更為人知。在另一個二十世紀中，他也許撤退到無盡的思考中，因此沒有留下什麼後世記憶。同樣的，也許在某個未來，妳會因為《星海》而為人緬懷，而在另一個未來，我的『未來企業』已經繼續扮演著大企業的角色。」

「已經繼續？」她皺眉道。「你想說的是將會繼續嗎？」

「不，」傑夫答道，「如果時間之流是持續的，世界其他部分無視於妳我的循環命運，不受影響地繼續下去，而且根據我們在每一次人生中推動的改變，從每個版本的循環中都岔出一條新的現實線，那麼我們經歷過的每一次重生都應該讓歷史前進了二十五年。」

她噘起嘴唇想了一會兒。「如果真是這樣，那麼個別時間線就會是交錯的。當我們死的時候，每條分支都從它在一九八八年的路徑上繼續發展下去，但前一條會超前我們現在二十五年。」

「沒錯。所以在我們最近一次重生的世界，也就是妳嫁給達斯汀．霍夫曼，而我生活在亞特蘭大那次，從我們死後才前進了十七年而已。它現在的時間是二〇〇五年，我們認識的大部分人都還活著。」

「但如果從我們第一次重生算起，你在芝加哥當醫師，而我建立企業集團的那一輩子已經又過了四十二年，它現在會是二〇二九年。我女兒葛麗倩超過五十歲了，也許自己的孩子都大了呢。」

傑夫沉默下來，自己唯一的親生女兒雖尚在人世，客觀年齡卻比他曾活到的歲數還要老上十歲，這想法讓他的心情凝重起來。

潘蜜拉幫他把沒說完的話繼續說完。「而在我們第一輩子的時間線上已經過去了六十七年。我們長大的世界已邁入二十一世紀的後半葉了，我的孩子們……他們已經七十多歲了，老天。」

這個思考遊戲變得比原先預期嚴肅，更教人不安起來。他們沉浸在各自的思緒中，誰也沒說話，差點就沒注意到雪莉霍蘭旅館外頭站著一位打扮俐落、年近四十的金髮女子，以及站在她身邊的十幾歲男孩，顯然他們正等著門僮幫他們攔計程車。

傑夫和潘蜜拉經過時，那位女子眯起眼睛露出些許好奇神色。傑夫不得空閒的腦袋忽然被這表情中的某樣東西吸引住。

「茱蒂？」他遲疑地喊道，在旅館雨棚下停住了腳步。

女人聽到時向後退了一步。「我恐怕記不得——不，等一下，」她說，「你在埃墨里就讀過對不對？亞特蘭大的埃墨里大學？」

「對，」傑夫柔聲道，「我們一起在那唸過書。」

「你知道，我剛才就覺得你看起來很面熟。真的……」她臉紅起來，就像她向來那樣。也許她忽然記起坐在那輛老雪佛蘭車後座或哈里斯館外椅子上等門禁的夜晚。傑夫看得出她想不起他的名字了，於是他很快地報上名字來解除她的窘境。

「我是傑夫．溫斯頓，」他說，「我們以前常去看電影，或到莫伊與喬伊酒館喝啤酒。」

「嗯，我當然記得你，傑夫。你過得如何？」

「很好。我過得不錯。潘蜜拉，這位是……我大學的朋友，茱蒂．高登。茱蒂，介紹妳認識我的朋友潘蜜拉．菲利普斯。」

茱蒂睜大眼睛，有一瞬間她看起來像回到了十八歲。「那位電影導演？」

「製作人。」潘蜜拉親切地笑著說。她很清楚茱蒂是誰，也知道在另一次重生中，這女人對傑夫有多重要。

「我的天哪，這可不是太巧了嗎？尚恩，你說說話？」茱蒂向站在身旁的高瘦男孩問道。「這是我在學校時的老朋友，傑夫．溫斯頓，這位則是他的朋友潘蜜拉．菲利普斯，那位電影製作人。兩位，這是我的兒子尚恩。」

「非常高興能見到妳，潘蜜拉小姐。」男孩用他們沒料到的熱情口吻說，「我只想說……嗯，我只想告訴妳《星海》對我的意義有多大。它改變了我的生命。」

「妳知道，這孩子可不是在說笑，」茱蒂露出笑容，「他第一次看到那部電影時才十二歲，我想他至少回頭重看過不下十次吧。從此以後，他嘴裡成天只掛著海豚還有怎麼和牠們溝通的事。那不只是一時興趣。尚恩秋天就要上大學了，他讀的是加州大學的聖地牙哥分校，主修是——親愛的，自己告訴他們。」

「海洋生物，雙副修語言學和電腦科學。我希望有一天能夠和李利博士[43]一起工作，研究跨物種的溝通。如果我真的辦到了，那都要感謝妳，菲利普斯小姐。妳不知道這部電影對我的意義有多大，不過，好吧，也許妳懂。我真的這麼希望。」

一個兩鬢開始發白的高個子男人從旅館中走出，身後跟著推著行李車的旅館服務生。茱蒂將她的丈夫介紹給傑夫和潘蜜拉，她向兩人說明，他們才剛結束紐約的渡假之旅，不知道傑夫和潘蜜拉是否打算南下亞特蘭大？如果他們到亞特蘭大，一定要到他們家坐坐。她現在姓克里斯金森了，這裡是地址和電話。新電影會叫什麼名字呢？他們一定會去看，而且推薦給所有朋友。

計程車開走了，傑夫和潘蜜拉牢牢圈住對方的手臂，彼此緊靠在一起。朝北沿著第五大道走向皮爾

---

43 李利博士（Dr. Lilly），美國醫師、精神分析學者，跨物種溝通的先驅者。一九六〇年代曾發表數篇論文指出，人類與海豚間有共通的交談模式。

酒店的一路上，兩人都微笑著，眼神卻透露出在彼此身上了解到的悲傷，那是為哀悼他們曾經認識，如今卻已不復認得的世界。

傑夫又倒了杯蒙特哥羅紅酒，望著西沉的夕陽將西邊嶙峋陡峭的海岸線染上顏色。在別墅的坡地下方，植滿扁桃樹和橄欖樹的另一個山丘再過去，可以看見漁船正朝著安得拉港紅色屋頂的村莊返航。氣候仍暖和的十月天突然颳起一陣微風，從開啟的窗戶送入地中海的氣息，和他背後廚房中沸騰的西班牙海鮮飯傳出的陣陣撲鼻香氣混合在一起。

「再來點酒？」傑夫問。

潘蜜拉斜身出現在廚房門口，手裡拿了一柄巨大的木製湯勺。她搖搖頭說，「烹飪時要保持清醒。至少在晚餐上桌前我可不能喝醉。」

「確定不需要幫忙嗎？」

「嗯……如果你想幫忙的話，可以把甜椒切絲。其他都差不多了。」

傑夫漫步到廚房，開始把紅色甜椒切成細條狀。潘蜜拉用湯匙在淺鐵鍋中舀了點剛做好的西班牙海鮮飯，讓傑夫試嚐味道。他喝了一小口濃郁的紅色湯汁，又嚼了一小塊柔軟的槍烏賊。

「番紅花放太多了嗎？」她問。

「一切很完美。」

她滿足地微笑，示意他端好盤子。雖然這狹小的廚房實在很難同時容得下兩個人，但他還是辦到了。只有租屋仲介才會把這幢位在山丘邊的小房子稱為「別墅」，這房子比別墅這浮誇稱謂所意味的要狹小且樸實多了。不過潘蜜拉租下這幢臨時住所時，腦袋裡只有一個簡單目的。傑夫試著盡可能不去想，卻很難做到。

她看見他的眼神，於是用指尖在他的臉頰上輕觸一下。「來吧，」她說，「吃飯時間到了。」

她把冒著蒸汽的西班牙海鮮飯從鍋中舀起，然後在豐富的海鮮飯上撒上幾粒青豆和他切好的甜椒絲，在這其間他負責端穩盤子。他們把晚餐端到前頭房間窗邊的桌上。潘蜜拉點蠟燭，然後在傑夫為杯中倒上葡萄酒時，放入一捲羅林多・艾梅達的〈阿蘭費茲協奏曲〉44。他們沉默地吃著晚餐，看著山腳下漁村人家的燈火一一點亮。

吃完飯後，傑夫洗盤子，潘蜜拉則端上盛著曼可哥起司和切片甜瓜的大盤子。他不帶勁地小口小口吃著甜點，從窄口酒杯中啜飲君主白蘭地，並再一次試著不去想他們現在待在馬略卡島的目的，但還是失敗了。

「我會在早上走，」他終於開口，「不必開車送我。我可以搭船回帕馬，然後搭計程車到機場。」

她伸手到對面握住他的手。「你知道我希望你留下來。」

「我知道，我只是不想……不想讓妳承受這一切。」

潘蜜拉緊握住他的手。「我應付得來。我可以在那裡陪你，和你一起……不過，如果是我先的話，我也不會希望你目睹。所以我明白你的感覺，尊重你的決定。」

他清清喉嚨，環視這間大地色調的房間。在昏暗的燭光底下，他不禁想著：這房間還真符合用途，一個等死之地。這正是潘蜜拉曾經死過一次的地方，那是二十五年前的事了，而不到兩個禮拜後、就在他再次心臟病發後不久，她就要再次死去。

---

44 西班牙作曲家羅德利戈（Joaquín Rodrigo）爲古典吉他與管弦樂團所作的著名曲目。

「你打算去哪?」她柔聲問道。

「蒙哥馬利溪吧。我想妳是對的,選個與世隔絕的地方來……等它發生。一個特別的地方。」她微笑,溫暖、真誠笑容中帶著溫柔及回憶起的歡樂時光。「還記得我第一次出現在你的小屋嗎?天哪,那時我好害怕。」

「害怕?」傑夫說,現在微笑的人是他了。「怕什麼?」

「怕你吧,我想。你會跟我說些什麼,會怎麼反應,我怕的是這些。我最後一次在洛杉磯見到你時,你那麼生我的氣,我以為你還是在生我的氣。」

他將雙手覆蓋住她的手。「我不是真的生妳的氣,我只是擔心妳當時在做的事可能產生的後果。」

「我現在知道了。但是那時候……你第一次走進我製作《星海》的辦公室好像憑空冒出一樣,我根本不知道該如何反應。我想那時候的我並不完全了解自己有多麼孤獨、絕望。我假定我不會遇到和我一樣的人,就連相信我的遭遇的人也不會有,更不用說可以有分享經驗的人了。當你退隱到山林和農場裡時……我則是在感情上築起一道圍牆,我把全副精力放在外面的世界,以公開的形式與世隔絕。嘗試拯救世界只是我逃避自己需求的方式。要承認這件事很困難——對你或對自己承認都是。」

「我很高興妳有勇氣承認。這也讓我學會不需要逃避自己的情緒或恐懼。」

潘蜜拉深深看了他好長一會兒,流露出溫柔的眼神與表情。「我們真的翱翔天際了,不是嗎?我們做到了。」

「是的。」他以同樣地眼神回望她,低語道。「而且我們很快就會再次展翅飛翔了。要保持信念,別忘了。」

他站在船尾望著村莊及村子背後的山丘逐漸遠去，直到再也認不出站在木頭碼頭上潘蜜拉身影。然後抬眼看向代表潘蜜拉小別墅的紅白色塊，直到模糊得難以辨識。

海上吹來的風刺痛他的雙眼，於是他走進渡輪室內，買了瓶啤酒，找了個單獨的位置坐下，遠離非旺季來此渡假的零星法、德遊客。

這不是真正的結束，他不斷提醒自己，就像他叫潘蜜拉別忘了一樣。結束的只是這場重生，他們很快又可以在一起了，一切都可以有個全新開始。但天哪，他多痛恨要離開這特別的世界，他們認識並且相愛的這輩子。他們走了這麼遠，完成了這麼多事。他為潘蜜拉的電影成就感到驕傲，好像那是自己的成就一樣。但他們即將進入一個《星海》以及這些年來她製作的一系列動人、充滿人性喜劇與戲劇都不曾也將不會存在的世界，想到這點就讓人難過。

他牢記住幾年前他們在紐約時曾討論過的時間線概念，不讓它逃出腦海。他確信在某個地方將存在著一個現實的分支，在那裡，她的藝術成就將繼續流傳下去，為世世代代的觀眾帶來感動與啟發。也許茱蒂的兒子尚恩真的會發現一種能讓居住在地球的海洋及陸地上的智能生物彼此溝通的方式。如果他真的辦到了，人類與鯨豚將能共享這星球的智慧，正是潘蜜拉的先見之明直接催生了這份無上的禮物。

這曾是個值得守護的希望、值得珍惜的夢想。不過，現在他們得將精力專注在新的希望、新的夢想，以及全新的一生。

傑夫將手伸進夾克口袋，拿出她在他上船時交給他的一個扁平小包裹。他小心翼翼地打開包裝紙，當他看見她送他的東西時，不禁喉頭一緊，心中充滿了感動。

那是幅微型畫，畫上細膩描摹著在他土地那座山丘上看見的景色：夏斯塔山巍峨聳立在沉靜的天空下有兩個有閃亮羽毛翅膀的人影——傑夫與潘蜜拉正翱翔天際，就像神話中的生物，一同在永恆狂喜中飛向真實或神話中從未實現過的命運。

他盯著這幅結合了愛與藝術的畫作看了好一會兒，然後重新包好放回口袋。他閉眼傾聽船隻在帕馬灣破浪而行的聲音，安靜地朝這趟返家死亡之旅邁出第一步。

13

清晨陰沉的灰色曙光從百葉窗和青色窗簾間灑入。傑夫睜開眼看見一隻毛色光滑、身上有海豹色斑的暹邏貓，正安詳地睡臥在床腳下。他在特大尺寸床上轉動身子時，貓抬起頭，打了個呵欠後「喵」了一聲，叫聲中透露出惱火，還有明顯的質問意味。

傑夫從床上坐起打開床頭燈，仔細審視房間：音響和電視機靠著較遠的牆擺放，兩側夾著好幾櫃的飛機和火箭模型，右邊的牆由書櫃占據，在他左邊的窗下則放著分門別類的衣櫃。一切乾淨、井井有條、受到悉心維護。

喔，該死，他心想。他正在奧蘭多的父母家、青少年時期的房間裡。一定有什麼事情出錯了，可怕的錯誤。為什麼不是在埃墨里的宿舍寢室裡醒來？天哪，如果他這次回到孩子的年紀該怎麼辦？他把被子掀到一邊，看著自己的下體，看見自己的毛已經長齊了，甚至還有晨間勃起的現象。他又揉揉雙頰，摸到刺人的鬍渣。至少他已經進入了青春期。

他跳下床，衝進隔壁的浴室裡。貓跟著他，只要這時有人起床，牠就能早點有早餐吃。傑夫飛快開燈，盯著鏡中的自己瞧：長相似乎符合他向來在十八歲時的模樣。但是他到底在家裡做什麼？

他穿上褪色牛仔褲和T恤，把沒穿襪的腳套進一雙舊拖鞋中，床邊的鐘顯示時間大概差十五分鐘就要七點了。母親也許起床了，她向來喜歡安靜地喝杯咖啡開始新的一天。

他揉一揉貓的脖子。他當然記得在他唸大三時從家裡走失的貓沙沙。他應該叫家人別讓牠出門才對。傑夫沿著走廊走去，經過磨石子地板、大落地窗採光的房間進入廚房，那隻高貴的動物也趾高氣昂地一路跟隨著。母親在廚房裡，正邊讀著《奧蘭多守望者》報邊啜飲著咖啡。

「老天爺開恩了，」她說話同時抬起眉毛，「夜貓子找早起的鳥兒要做啥？」

「我睡不著，媽。今天有很多事要做。」他想問現在是幾年幾月幾日了，但不敢開口。

「什麼事重要到在天剛亮時就把你挖起來？我試了好多年了，從來沒成功過。一定跟女孩子有關對吧？」

「算是。可以分我一點報紙看嗎？拜託。頭版吧，如果妳看完的話？」

「你可以全拿去，親愛的。反正我差不多要開始做早餐了。想來點法式土司嗎？或煎蛋、臘腸？」

他差點要說「都不要」，但馬上感覺到自己肚子快餓扁了。「呃，煎蛋和臘腸好，或許再來點玉米粥？」

她母親假裝受侮辱般皺起眉頭說，「你說說，我為你做早餐時哪一次沒玉米了？你的肋骨就是用玉米粥糊起來的，你知道。」

傑夫聽到母親在早餐桌上常說的老掉牙笑話時露齒一笑，她開始準備早餐時，他則看起了報紙。報紙上的頭條消息是關於沙凡納的民權衝突事件，以及美國東北部日全蝕的報導，時間是一九六三年七月中。正是暑假期間，因此他才會在奧蘭多的家中。不過天哪，距離他應該醒來的時間已晚了整整三個月！潘蜜拉一定快瘋了，她一定想不通他為什麼還沒跟她連絡。

傑夫匆匆忙忙吃完早餐，對他母親叫他吃慢點的勸告置之不理。他瞥了一眼廚房裡的鐘。才剛過七點，他父親和妹妹隨時會起床。他可不想和他們來場家庭談話，聽他們說那些他已經知道該做的事。

「媽……」

「嗯……？」她正在為較晚起床的人煎幾個蛋，回答得有點心不在焉。

「聽我說，我要出城去幾天。」

「什麼？上哪去？下去邁阿密找馬汀嗎？」

「不是，呃，我得往北去。」

她有些疑心地看著他。「往北去，這是什麼意思？你這麼早就要回亞特蘭大？」

「我要到康乃迪克州去。但我不想跟爹地說，而且路上需要一些盤纏。我很快就會全部還給妳。」

「康乃迪克州到底有什麼？還是我該問到底誰住在那裡？學校裡認識的女孩嗎？」

「對，」他撒了謊，「是個在埃墨里就讀的女生，她家人住在西港鎮。他們邀請我去他們家住幾天。」

「哪個女孩？我不記得聽你提過住在康乃迪克州的人。我以為你還在跟田納西來的可愛女孩約會呢，叫茱蒂那位。」

「沒有了，」傑夫說，「我們正好在期末考前分手。」

他母親關切地看著他。「你沒跟我說過，這就是從你回家以來胃口一直不好的原因？」

「不是，媽，我很好。沒什麼大不了的，只是分手而已。我現在真的很喜歡住西港的這個女孩，急著想見她。所以幫我隱瞞好嗎？」

「她九月開學時不會回學校嗎？你就不能等到那時候再見她嗎？」

「我真的很想現在就見到她，而且我沒去過東北部。她說我們可以開車去波士頓玩，和她還有她的朋友們。」傑夫記起那時代的風俗習慣和他母親的規矩，迅速地加上最後一句。

「唉，我不知道……」

「拜託嘛，媽，這對我意義重大。這件事真的很重要。」

她生氣地搖搖頭。「你這年紀的孩子把什麼事都看得很重要，什麼事都得馬上去做才行。你父親很期待下禮拜的釣魚行。你知道他有多麼——」

「等我回來後，我們就去釣魚。聽我說，不管怎樣我都得去找她，我只是想讓你們知道我上哪裡去，如果妳可以另外借我點錢的話就是幫我一個大忙。如果妳不想的話，那——」

「好吧，你年紀都大到上大學了，表示你已經可以去你想去的地方。我只是擔心你。這是做母親的天職……除了借錢以外。」她向傑夫眨了眨眼，打開她的錢包。

傑夫往行李箱裡丟了幾件衣服，把他母親給的兩百美元放進一雙捲起的襪子裡，在父親和妹妹起床前就出門了。

老雪佛蘭停在弧形車道上，就在父親巨大的別克依勒克拉45和母親的龐蒂克後方。傑夫發動車子時，它先發出一陣熟悉的噪音，然後就轟隆隆地活了過來。

傑夫的車子開出父母住的郊區住宅區，繞過小康威湖，來到霍夫納街和柑橘路交叉口時停下，在引擎沒熄火的車裡坐了一陣子。通往燈塔角的畢萊恩快速道路蓋好了嗎？他記不得了。如果蓋好的話，那應該是通往北一一九五號公路的捷徑。報紙上沒提到要舉行開通典禮，所以可可海灘和太特斯威爾的交通應該不會太糟才對。不過如果快速道路還沒蓋好，他就會在坑坑洞洞的兩線道舊馬路上耽擱不少時間。他決定安全起見，還是進城然後走一一四公路到戴特納。

傑夫駛過睡夢中的小城，這時候尚未被迪士尼帶來的人潮席捲，也才剛開始感受到四十哩外太空總署的過度開發。他比原先預期得快就開上一一九五公路，他將收音機調到傑克森維爾的WAPE電台，先聽到小史提夫．汪達的〈指尖（II）〉，然後是馬文．蓋高唱〈傲慢與歡樂〉。

三個月。這次他到底是怎麼失去三個月時間的？這代表什麼？好吧，現在憂慮這些也沒用，這不是他能控制的。潘蜜拉一定很不高興，她有理由不高興，不過至少他很快就要見到她了。他一邊飛快地穿越兩旁綿延的松林和灌木叢往北駛，一邊告訴自己專心想這件事就好。

他開到沙凡納時是中午。州際公路在那裡有一小段道路間斷，拖慢了行程；而且這優雅的老城到處都站著表情凝肅、帶著頭盔的警察，顯得有些突兀。傑夫小心翼翼地穿過路障時，想起了這禮拜這裡發生的示威遊行以及接連的種族主義暴力活動。看著這一切再次重演是件悲傷的事，但除了避免流血衝突外，他無能為力。

三點多一些時，他停在南卡羅萊納佛羅倫斯外的霍華．詹森餐館迅速用三明治解決了午餐。大部分由平原組成的佛羅里達以及海岸風景的喬治亞洲已被他拋在後方，他繼續駛過丘陵地鄉村地帶，讓馬力強大的老車時速表指針始終保持在比規定的七十哩速限高一格之地。

當他經過通往他在維吉尼亞州就讀過的寄宿中學的岔路時，天色已晚。他曾在多年前臨時起意來此做了趟朝聖之旅，只為了看看那座已成為他心中失落與徒勞象徵的小橋。他可以從公路上看到朗黛家的燈火；他漂亮的高中老師、過去的諂媚對象應該正在為丈夫和孩子準備晚餐；正是那孩子的出生，點燃了傑夫青春期的忌妒怒火。好好愛妳的家人，傑夫飛快通過位在風景美好丘地上的寧靜房子時無聲地祝福她。這世界上已經有夠多傷痛了。

他很晚才在里奇蒙北邊的一家卡車休息站吃了炸雞和甜馬鈴薯當晚餐，在那裡買了個保溫杯，請女服務生把杯子倒滿黑咖啡。他沿著環城高速公路繞過華盛頓，開到巴爾的摩時已經午夜了。在德拉瓦

45別克依勒克拉（Buick Electra），別克爲美國通用汽車下的一個品牌，依勒克拉爲一九五九年至一九九〇年間別克的旗艦車款，車身相當龐大。

的懷明頓，他從一—九五公路轉入紐澤西收費高速公路，避免通過費城和特頓時會遇到黎明前的塞車路況。隨著夜色漸漸褪去，就像每次重生之初一樣，他再度驚嘆自己的年輕活力。當他三十幾、四十幾歲時，這段路程至少得分成兩天才能走完，甚至會讓他精疲力竭。

早上四點鐘的華盛頓橋就像座廢橋，傑夫把廣播聲音開到最大，布魯西表哥[46]隨著艾塞克斯樂團的〈說的比做的容易〉一會兒低迴一會兒高呼。行經紐若雪的新英格蘭快速道路時，他腦海中塞滿了從未見過的潘蜜拉的身影。她第一世曾經在這地方生活、組織家庭……然後在這裡去世，那時她還以為那就是生命的終點，渾然不知她才剛踏上許多世的旅程。

這次在馬略卡島的死亡經驗對她來說又如何呢？傑夫沉思著。她會因為知道這一次他們可以找回彼此，於是更平靜、更坦然地接受，就像在蒙哥馬利溪邊小屋中死去的他一樣嗎？他希望。不過他不願耽想她短暫卻苦痛的一生。過去已成為過去，現在，他們可以期待有彼此相伴的無限未來。

傑夫到達西港鎮時，東方天際已露出清晨第一道曙光。他在一家殼牌加油站的電話簿裡找到潘蜜拉家的地址。早上這時間出現在她家門口還嫌太早了。他找了一家二十四小時營業的咖啡館，為了殺時間，只得強迫自己把《紐約時報》從頭翻到尾。他從報紙上讀到沙凡納的情勢還是相當緊張：羅夫．金斯柏格對發行《情愛》雜誌而獲判的妨礙風化罪行提起上訴，最高法院近來對學校強制禱告時間做出的不利裁決，引發越來越多爭議。

傑夫看看錶，發現已經七點二十五分。八點會太早嗎？潘蜜拉的家人那時應該已經起床了，也許正在吃早餐。他應該在用餐時打擾他們嗎？那又怎樣？他想。潘蜜拉會用朋友的名義引介他給她的家人，他們一定會邀請他一起進餐。他緊張兮兮地喝著咖啡消磨時間到七點四十，然後向咖啡館收銀員問清楚他抄下的地址該怎麼走。

菲利普斯家的房子是幢兩層樓的新殖民風建築，位在一條陰涼的街道上，屬於中上層階層社區。外觀和美國一般鎮上的房子沒多大不同，只有傑夫才知道這裡曾發生過不可思議的事。

他按了門鈴，將襯衫下襬塞進牛仔褲裡。就在他忽然有點後悔自己沒先換套衣服，或是至少找個洗手間把鬍子剃一剃時——

「哪位？」

應門的女人和潘蜜拉簡直像極了，除了髮型比較蓬鬆，和傑夫後來愛上的直髮瀏海齊額的男孩造型有些不同。她的年紀大約和傑夫最後見到的潘蜜拉相仿，讓傑夫覺得心慌意亂。

「您好，請問潘蜜拉．菲利普斯在家嗎？」

女人皺起眉頭，略帶驚詫地噘起雙唇，做出傑夫常在潘蜜拉臉上看見的表情。「她還沒起床。你是她學校裡的朋友嗎？」

「不，我們不是在學校認識的，不過我真的——」

「誰在門外，貝絲？」從房裡面傳出男人的聲音。「來修空調的人嗎？」

「不是，親愛的。是小潘的朋友。」

傑夫兩腳不自在地挪動著位置。「不好意思一大早就來打擾，但我真的有重要的事要跟潘蜜拉說。」

「我連她是不是醒了都不知道呢。」

「如果你們同意，讓我進去等她就好——我真的不是有意造成你們的困擾，可是……」

「那麼……你何不進來稍坐一會兒？」傑夫踏進小小的門廳，跟在她身後進入布置舒適的客廳，一

---

46 布魯西表哥（Cousin Brucie），美國廣播界名人，多半在紐約地區的廣播電台主持節目。

位穿著灰色細直條紋西裝的男子正站在鏡子前調整著領帶。

「如果那傢伙今天早上來了，」男人說，「告訴他自動調溫裝置——」他從鏡子裡看見傑夫時住了口。「你是潘蜜拉的朋友？」他轉頭面向傑夫時問道。

「是的。」

「我……我想是吧。」

「她知道你要來嗎？」

「『我想是吧』這話是什麼意思？你不覺得這時不請自來，出現在別人家嫌太早了點？」

「大衛……」他的妻子提醒他的語氣。

「她知道我會來找她。」

「這事我第一次聽到。貝絲，小潘昨晚向妳提過今天早上有人會來嗎？」

「我不記得有這回事。不過我確定——」

「年輕人，你叫什麼名字？」

「我叫傑夫．溫斯頓。」

「我不記得小潘提過這名字。妳有印象嗎，貝絲？」

「大衛，別對人家沒禮貌。傑夫，你想來片肉桂土司嗎？我才做好，咖啡也是剛煮好。」

「不用了，伯母，非常謝謝妳，但我已經吃過了。」

「你從哪裡認識我們女兒的？」潘蜜拉的父親問道。

洛杉磯，傑夫心想，一夜沒睡、喝了太多杯咖啡又開了上千哩路的他感到頭暈目眩。他想回答：我在蒙哥馬利溪邊、在紐約、在馬略卡島認識她的。

「我說，你在哪裡遇到潘蜜拉的？你的年紀當她的同學好像有點太大。」

「我們……我們是透過共同的朋友認識的，在網球俱樂部的朋友。」這個說法聽起來挺有說服力。她曾告訴他，她十二歲起開始打網球。

「那個人是誰？我想我們認識小潘大多數的朋友，而且——」

「爹地！我是不是把酬賓贈品券留在你車上了？那本簿子已經快集滿了，但現在我卻找不到——」

她站在樓梯最上層，有著青春期女孩的纖細手腳，身上穿著白色百慕達短褲和一件黃色馬球衫，在兩個耳朵上面將細細的金髮紮成兩個短馬尾。

「妳可以過來一下嗎，小潘？」她父親說。「這裡有個人要見妳。」

潘蜜拉一邊看著傑夫，一邊慢慢地走下樓梯。他真想跑上前將她摟進懷裡，用一個吻來平息她這陣子以來經歷的折磨。但這麼做的時間還多的是，他按捺住心情。傑夫向她露出微笑，潘蜜拉也回他一個笑容。

「小潘，妳認識這位年輕人嗎？」

當他們四目相對時，她的眼中充滿年輕的神采與承諾的堅定。

「不，」她說，「我想我不認識他。」

「他說他跟妳是在網球俱樂部認識的。」

她搖搖頭。「如果我遇過他，我想我會記得。你認識丹尼斯·惠邁爾嗎？」她天真地問傑夫。

「馬略卡島，」傑夫的聲音因心情緊繃而沙啞，「妳送我的畫、那座山……」

「抱歉，你說什麼？」

「不管你是誰，我想你最好立刻離開。」他父親打斷他們的談話。

「潘蜜拉，喔老天，潘蜜拉……」

男人緊拽住傑夫的臂膀，領著他走向大門。

「聽著，你這傢伙，」他輕聲但帶著命令的口吻說，「我不知道你在耍什麼詭計，但我不希望再見到你在這附近出現。也不希望你再來騷擾我女兒，不管是在我家、學校或網球俱樂部。哪裡都不准。你聽懂了嗎？」

「先生，這一切全是誤會，我很抱歉造成了困擾。但潘蜜拉真的認識我，她——」

「認識我女兒的人都叫她『小潘』，而不叫她『潘蜜拉』。讓我提醒你，她才十四歲，我說得夠清楚了嗎？你抓到重點了嗎？我不想聽你宣稱有什麼『誤會』，事實是你正在騷擾未成年少女。」

「我無意造成困擾。我只是——」

「那就在我叫警察前，滾出我的房子。」

「先生，潘蜜拉很快就會記起我是誰了。如果您允許的話，我只想留下電話號碼，這樣她就能和我連絡——」

「給我立刻滾出這裡，什麼也別留下。」

「菲利普斯先生，實在很遺憾以這樣的方式和您見面。我真心希望在未來我們能夠好好相處，也希望——」

潘蜜拉的父親粗暴地將他推到外面的階梯上，然後甩上了大門。傑夫聽到從客廳窗戶傳來高分貝的聲響。潘蜜拉因困惑而哭了起來，她母親正在求她冷靜一點，他父親尖銳的聲音中流露出時而保護時而斥責的語氣。

傑夫回到車上，他坐在駕駛座上，又累又煩躁地將頭抵著方向盤。一會兒後他發動車子引擎，駛向回家的方向。

親愛的潘蜜拉，

很抱歉我昨天的行為讓妳困惑，也惹惱了妳的家人。將來有一天妳會了解的，我希望那天很快到來。那時妳可以連絡我住在佛羅里達奧蘭多的家人。電話號碼是五五五九五六一。妳可以透過他們找到我。

請別弄丟這封信，把它藏在一個安全的地方。當妳需要時就會知道它的用處了。

致上最深切的問候。

傑夫．溫斯頓

七月和八月是讓人懶洋洋提不起勁的炎夏，只有每個下午會出現的暴風雨才能稍稍紓解高溫濕熱的佛羅里達三伏天。傑夫和父親去釣魚、教妹妹開車，但大多時間他都待在房間裡收看重播的《正義保衛者》和《戴克秀》，等待電話聲響起。

傑夫的母親十分擔憂他，他變得無精打采、突然對朋友和女孩子失去興趣，也不在半夜在可開車進去的娛樂場所鬼混。他想離開這裡，逃離父母親的關愛帶來的壓力、逃離無聊到使人腦筋變笨的奧蘭多，但他沒地方可去。他已經習慣無拘無束的生活，如今這自由卻因為缺錢而大幅受限。肯德基德貝和貝爾蒙特的馬賽已經結束，而他又沒有其他立即收入來源。

夏天過去了，潘蜜拉還是沒捎來隻字片語。傑夫回到了亞特蘭大，表面上是為了他在埃墨里大學二年級的開學。他選了滿堂的課，只為了可以分配到宿舍。他不理會來自院長辦公室帶威脅口吻的信件，就等待十月的機會。

法蘭克．梅道克去年六月就畢業了，現在正在哥倫比亞法學院就讀，在這之前，他甚至不曾和他的老搭檔見上一面。傑夫在大四班上找到一個放蕩的賭徒願意幫他在世界大賽的賭盤下注。雖然他只要求均一的報酬；不管多慷慨，也沒人會想在這明顯愚蠢的賭注上抽成。傑夫投下將近兩千塊的賭金，贏了十八萬五千美元。至少他暫時不需要再煩惱錢的問題了。

他搬到波士頓，在碧空丘上租了間公寓。歷史邁著熟悉的步伐前進：西貢的吳廷琰被推翻；約翰．甘迺迪再次被暗殺；梵蒂岡教廷解開了天主教彌撒須使用拉丁文的千年束縛；披頭四的到來，振奮了美國人的心。

三月間，傑克．路比因射殺李．哈維．奧斯華而獲判並執行死刑的那禮拜，他打電話到菲利普斯家；沒人聽過尼爾森．班奈特這名字。潘蜜拉母親接起電話。

「哈囉，請找……小潘聽電話，好嗎？」

「請問您是哪位？」

「我叫艾倫．科倫，她在學校的朋友。」

「請稍等，我看看她是否方便聽電話。」

等待潘蜜拉接起電話的空檔，傑夫緊張兮兮地把電話線收收捲捲。他好不容易回想起這個假名，潘蜜拉提過她和這人在中學時曾約會過一陣子，但他不確定他們這時已經認識了嗎？他完全無從得知。

「艾倫嗎？嗨，什麼事呀？」

「小潘，請別掛斷電話，我不是艾倫，但我必須和妳談一下。」

「那你是誰？」她那小貓似的纖細嗓音中流露出更多好奇而非惱怒。

「我是傑夫．溫斯頓。我去年夏天有個早上去過妳家，可是——」

「對，我記得。我老爸說我不該跟你說話。」

「我可以了解他的反應。妳不必告訴他我打來過。我只是……想知道妳是不是開始記得什麼事了？」

「什麼意思？像記得什麼？」

「喔，也許是洛杉磯的事。」

「對啊，我當然記得。」

「真的？」

「當然，我十二歲時和朋友們一起去迪士尼樂園玩。我怎麼可能不記得？」

「我想的是別的事。也許妳記得一部叫《星海》的電影？這名字聽起來是不是有點熟？」

「我想我沒看過那部電影。喂，你很奇怪耶，你知道嗎？不管怎樣，你怎麼會想和我說話呢？」

「只因為我喜歡妳，潘蜜拉，唯一的原因。妳介意我這樣叫妳嗎？」

「其他人都叫我小潘，而且我不該和你說話的。我最好現在掛斷了。」

「潘蜜拉——」

「幹嘛？」

「我寄給妳的信還留著嗎？」

「我丟了。如果被我老爸發現，他一定會大發雷霆。」

「沒關係。我也離開佛羅里達了，我現在住在波士頓。我知道妳不想把我的電話抄下來，但是妳可以查得到我的連絡資料。如果有一天妳想和我連絡——」

「你怎麼會認為我會想這樣做呢？傢伙，你真的有夠怪。」

「我想也是。不過別忘了，妳隨時可以打給我，不管是白天或晚上。」

「我要掛電話了。我想你不應該再打給我了。」

「我不會再打了，但我希望很快可以聽到妳的消息。」

「拜拜。」她聽起來有點依依不捨，她年輕的好奇心已被這位用怪問題不屈不撓地煩她的年輕人挑起。但好奇心不代表什麼。向她告別時，他悲傷地想著，對她而言，他始終是個陌生人。

哈佛書局的店員將錢放進收銀機後，遞給傑夫找零的錢，以及他剛買下的一本《糖果》[47]。書店外頭廣場上擠滿準備開始新學年的學生，傑夫注意到那些人全故意打扮成邋遢的模樣。他也瞥到正在上映《一夜狂歡》[48]的大學戲院附近，有個蓄了鬍子的年輕人正小心地兜售著五塊錢一盒的大麻。自從李瑞和艾普[49]被哈佛大學開除，並在查理斯河對岸的愛默生廣場成立短命的「國際內在自由基金會」後，時間已經過了一年半。在劍橋，人們記憶中六〇年代來臨的時間比在埃墨里校園還要早些。即便如此，時代的轉變仍未竟全功。哈佛廣場上只有一個孤單的抗議者，安靜地散發著譴責美國干預越戰的傳單。在書報攤旁的一張桌子前，兩個學生正在販賣寫著「阻止高華德」和「LBJ 64」[50]字樣的徽章。他們理想破滅的時刻不遠了。

傑夫走下地鐵站的樓梯，進入一節舊式輕軌電車模樣的老舊地鐵車廂。過了坎摩爾廣場後，火車就駛入地面，由朗費羅橋越過查理斯河。傑夫的左手邊可以看見工人在鷹架上為新建成的保德信中心做最後修整；有著醜陋凸窗外牆的約翰．韓寇克大樓在很久以後的未來才會出現。

他想著自己現在該做什麼，他要再次孤獨地面對未來、面對漫長空虛的歲月嗎？自從他第四次重生以來，已經過了一年多了，他曾經滿懷盼望，以為能夠和他全心愛著、際遇和體會相當的人共度此次生命循環，如今希望已然落空。潘蜜拉還是個陌生的孩子，對她曾經是個什麼樣的人、她或他們曾有過什麼經歷一無所知。

也許她對東方宗教的想法是對的，儘管他們倆都難以理解其原因。也許她在最後一世已徹底開悟，她的靈魂或精神本質或不管是什麼，都進入了某種形式的極樂世界。如果是這樣，生活在西港鎮的天真小女孩還擁有什麼呢？她只是個沒有魂魄的軀殼嗎？真實潘蜜拉的冒牌貨將別無目的地走過這一生嗎？也許她此生的目的好比戲裡或電影裡栩栩如生的道具，是個沒有靈魂的機器人；或者他應該將她改稱為「它」。也許啟動重生的不可思議外在力量只是用假的潘蜜拉來維持一個幻象，讓人以為世界仍繼續在正常、原本的軌道上運行，以為在這齣幾十億人共同演出的戲中，一切仍完好如初。

但這是為了誰的好處？誰是應該被愚弄的觀眾？傑夫嗎？直到遇見潘蜜拉前，他曾以為自己是第一也是唯一有這際遇的人；但也許他是最後一個知道這是場無窮無盡重演的人，就算不是最後一個，至少也屬於最後一群人。潘蜜拉曾推論這些歲月將不斷自我重複，直到世上每個人都認識到這件事為止。她的理論有沒有可能在逐個基礎上是正確的，它被設定成一次一個人的啟蒙，而不是整個世界的頓悟？是否當一個人知覺到這事實後，他或她就得以超越，並逃離這一度以為是真實的無盡循環？

這表示人類的全部歷史、過去與未來不過是場騙局；不過是為了創造出這世界而被植入的虛假記憶

47 一九六四年紐約時報暢銷書榜冠軍。

48 披頭四的第一部傳記電影，以仿紀錄片手法拍攝，是部口碑與票房俱佳的搖滾電影經典。

49 心理學家，迷幻藥LSD用途的研究者及提倡者。一九六四年被哈佛心理學系解職，官方說法是他們分別因未出席授課及提供大學部學生迷幻藥而被開除。

50 高華德是美國共和黨政治家。一九六四年出馬與民主黨的詹森競選總統，被詹森陣營描繪成極端好戰的反動分子；LBJ是詹森全名的縮寫，六四是指一九六四年的總統大選。

與記錄、讓人迷惑的希望。人類及其文化、科技、編年史，都是被看不見的力量預先選擇、設定好的，一切就發生在一九六三年……而就主觀時間而言，人真正存在地球上的時間也許在一九八八年，或不久之後就結束了。這個有韻律的循環也許就包含了人類經驗的一切，認識到這事實就代表一個人已攀登到意識的最高層次。

這又意味著，傑夫從時間之始和其他每一個人就一直不知不覺地重生了無數個世代；這或許是他的最後一世，就像前一世是潘蜜拉的最後一世一樣。這麼說，其他人要不是仍處在前意識狀態，要不只是照本宣科的機器人，真實的思想與靈魂早已超昇於肉體了，正如潘蜜拉。沒有任何方法可以辨別他遇到的人究竟仍處於「沉睡中」，還是早已跨越到存在的另一個層次，拋棄了活躍於叫做「世界」的大型舞台上活生生、會呼吸的肉體。

要立刻把這一切消化完畢實在太困難了。假設這理論是真的，他這輩子至少還有二十五年得跟這想法搏鬥。在失去他認識的唯一理想伴侶後，現在的他只需要決定，該用什麼態度來面對歲月。

傑夫在下一站下車。他沿著查理街走著，途經花店、咖啡館。從土耳其頭酒館敞開的大門內傳來一位當地歌手帶著濃厚鼻音的呢噥，閣樓酒吧外的標示寫著每週末都有陶壺樂隊演出。栗樹街沿街許多端重的老房子都已改建成公寓，外觀呈現出高雅沉靜的風華。

他該如何是好？回到蒙哥馬利溪邊，在沉思宇宙種種不可思議中渡過餘生——或許也是他的最後一生——嗎？也許他該最後一次努力，儘管影響微不足道，他該嘗試改善人類的命運。將未來企業重建為慈善基金會，將公司賺得的數億元全數投入援助衣索比亞或印度。

他踩著通往二樓公寓的階梯往上爬時，心中正盤旋著無數彼此互不相讓的想法和不可能的選項。如果他就這樣放棄，結束自己的生命，又會如何？他會——

一個黃色信封袋塞在他的門下，從走廊上可以看見它露出一角。他拾起這封電報，拆開後看到：

我打了一整天電話。你在哪？我回來了！我回來了！我回來了！馬上來找我。我愛你。潘蜜拉。

等他趕到西港鎮潘蜜拉家時，已經是當天晚上十一點以後了。他本來想從羅根搭飛機到橋港，但機場沒有馬上起飛的班機。他決定還是開車比較快，於是以破紀錄的時間完成了這趟短途旅行。

潘蜜拉父親應的門，傑夫見到他的表情，馬上就知道接下來不會太好過。

「我希望你知道，我會答應這次會面全因為我太太堅持。」他連客套話都省了。「就算是我太太，也是因為小潘威脅不讓她跟你談談就要離家出走才被說服。」

「菲利普斯先生，很抱歉讓你們為難，」傑夫努力表現出最真誠的模樣，「就像我去年說過的，我從來無意造成你們家的困擾。一切都是遺憾的誤會。」

「不管誤不誤會，這種事不會再發生了。我已經跟律師談過，他說我們最遲這禮拜結束前就可以拿到法院簽發的禁制令。這表示，如果你在我女兒滿十八歲前又出現在她附近的話，你就會被抓起來。所以不管你有什麼話跟她說，最好今天晚上說完。明白了嗎？」

傑夫嘆了口氣，想要擠進半開的大門。「我現在可以看看潘蜜拉嗎？我不會惹出麻煩。但我想跟她說話已經等很久了。」

「進來吧，她在客廳。你有一個小時的時間。」

潘蜜拉的母親顯然才剛哭過，她的眼圈泛紅，眼裡閃爍著挫敗的神采。她十五歲的女兒和她坐在同一張沙發上，則是一臉鎮定的模樣，雖然她臉上掩不住的笑容告訴傑夫，她正努力克制心中的喜悅。她的馬尾已經剪了，頭髮梳成和她成人時差不多的造型。她穿著一件喀什米爾毛衣、米白色的毛料裙、襪子和高跟鞋，臉上施了淡妝，手法是專業級的。然而和他上一次看見她時相比，她內在的改變比外表深刻多了。傑夫從她那雙警覺、聰明的眼睛立刻認出，這就是他深愛過並共同生活了十年的女人。

「嗨，」他說話時也回報她一個大大的笑容，「想要在天空翱翔嗎？」

她大聲笑了，圓潤、低沉的笑聲中充滿了成熟人的嘲弄與世故。「爸、媽，」她說，「這是我親愛的朋友傑夫．溫斯頓。我想你們已經見過了。」

「到底怎麼回事，妳怎麼會突然以為妳認識這個……人了？」傑夫看得出來，她父親也意識到潘蜜拉聲音和舉止間的戲劇性變化，而且對她莫名其妙地在一夕之間長大了感到十分不滿。

「我想去年我的記憶一定是跳針了。你答應過我，可以讓我們有一個小時單獨說說話。不介意的話，請讓我們現在就開始好嗎？」

「不要離開這房子，」她父親怏怏不樂地向兩人耳提面命，「連客廳都不許踏出一步。」

菲利普斯太太不情願地從女兒身邊起身。「如果妳需要我們，我和妳父親就在書房裡。」

「謝謝媽。我保證一切都不會有問題的。」

她父母一離開房間，傑夫立刻把她緊緊擁入懷中，只差沒把她壓得喘不過氣來。「我的天哪，」他在她耳邊粗聲說道，「妳到底跑哪去了？發生了什麼事？」

「我不知道，」她邊說邊向後站直身子好看著他，「我死在馬略卡那間房子裡，就在預期的十八號。但一直到今天早上我才開始這一次重生，知道這是哪一年時，我整個人都傻了。」

「我也遲到了，」傑夫說，「但只晚了差不多三個月。我已經等了妳一年多了。」她摸摸他的臉，用溫柔的同情眼神望著他。

「我知道，」她說，「我爸媽已經告訴我去年夏天的事了。」

「那麼妳不記得了？不對，妳當然不記得。」

她悲傷地搖著頭。「我對那段時間的唯一記憶是來自我的第一世。對我來說，我上次看見你是在安得拉港的碼頭，十二天前的事。」

「那幅素描，」他邊說邊露出溫暖的微笑，「真是太完美了。真希望我能保存下來。」

「你已經把它保存下來了，」她輕聲說，「在最有意義的地方。」

傑夫點點頭，再次擁抱她。「話說，妳是怎麼在波士頓找到我的？」

「我打電話給你爸媽。他們好像知道我是誰，至少有點模糊的印象。」

「我第一次來找妳時告訴過他們，我在學校認識一個來自康乃迪克州的女孩。」

「天哪，傑夫，我認不出你的時候，你的感覺一定糟透了。」

「過去的事了。既然現在妳回來了，我反而有點感激看過妳十四歲時的真實模樣。」

她露齒微笑。「我敢打賭，不管你是誰，我肯定覺得你很帥。其實我還有點驚訝自己怎麼沒說謊，跟爸媽承認說認識你呢。」

「去年三月時我打過電話給妳。妳說妳覺得我怪里怪氣的……不過妳聽起來真有點感興趣的樣子。」

「我肯定是。」

「小潘？」她父親的聲音從走廊傳來。「都還好嗎？」

「一點問題也沒有。」她回答。

「妳還剩四十五分鐘。」他提醒她後，朝房子後方的房間走去。

「這會是個麻煩。」傑夫憂慮地皺起眉頭說道。

「妳在法律上還未成年，妳父親跟我說要申請禁制令來阻止我見妳。」

「我知道，」她不悅地說，「有部分是我的錯。今天下午我告訴他我正在等你打電話或前來拜訪後，家裡簡直天下大亂了。我不知道他們以前就聽過你，當我提到你的名字時，他幾乎氣炸了，我想我的反應也沒好到哪裡去。他們從來沒從這年紀的我的嘴裡聽過那些話，除了第二次重生外，我那時候變得很叛逆。當然他們根本不記得有這回事。」

「你想他是認真想拆散我們嗎？如果他真決定這麼做，事情就會更棘手了。」

「不幸的是，我爸向來說到做到。我們暫時會有段艱難的路要走。」

「我們可以……一起私奔。」

潘蜜拉乾笑。「不，我試過這條路了，還記得嗎？那次行不通，這次也一樣行不通的。」

「不一樣的是我現在有錢，我可以接觸到所有我們需要的資源。我們不會流落街頭。」

「但是別忘了，我還未成年。如果我們被抓到，你會惹上很多麻煩。」

傑夫勉強露出微笑。「誘姦未成年少女。這主意我挺喜歡。」

「我敢打賭你覺得這主意不賴，」她打趣道，「不過這可不是開玩笑，尤其在這個年代。夏季之愛[51]還是三年後的事；一九六四年時，人們看待這種事是相當認真的。」

「妳是對的，」他沮喪地同意，「所以我們到底該怎麼辦呢？」

「我們只能等一陣子了。再過幾個月我就十六歲了，也許那時候他們會答應讓我們約會，如果我從現在起好好巴結他們，把乖女兒的角色扮演好的話。」

「天哪……我等了一年半才終於等到了妳。」

「我不知道我們還能怎麼辦。」她語氣中帶著無限同情。「我不會比你更高興看到這樣的未來，但我想我們目前沒有其他選擇了。」

「對，」他承認道，「我們的確沒有選擇。」

「這段時間你打算做什麼？」

「我想我會回波士頓。那是個迷人的城市，離這裡也不遠，而且我也安頓得差不多了。也許我會專心築好我們的愛巢，當我們能夠在一起時，就不必花心思在賺錢上了。我至少可以打電話給妳？還是寫信給妳？」

「別寄到這裡，現在還不是時候。我會去租個郵政信箱，這樣你就能寫信給我了，我會盡可能時常打電話給你。放學後，從家裡以外的地方。」

「媽呀，妳真的要回學校去？」

「我不得不，」她聳聳肩，「學校生活我應付得來。我已經唸過這麼多次中學了，我想我記得考試卷上的每個答案。」

「我會想妳的……妳知道。」

她給了他深長而熱情的一吻。「我也一樣，親愛的，我也一樣。但等待是值得的。」

---

51 夏季之愛（Summer of Love）活動起於一九六七年，該年夏天有十萬名年輕人聚集在加州舊金山，將嬉皮運動推入了高峰。

14

潘蜜拉調整一下學位帽上的流蘇，從禮堂擁擠的人群中認出坐在她父母身旁的傑夫。她母親的臉龐散發出快樂的驕傲神采。潘蜜拉的眼神和傑夫的相遇時，她眨了眨眼睛，他則報以嘴角彎彎的一笑。他們倆都意識到這場典禮的喜劇諷刺意味：一個曾經是執業醫師、成功的藝術家、知名電影製作人的女人，終於要拿到她的高中文憑。而這已經是第三次了。

這需要相當的韌性才辦得到，她很高興傑夫能夠體會過去三年來她過的生活多乏味。他在第二次重生期間也曾重新進入學術世界，不過那是大學。重讀高中這麼多遍，可真是獨一無二的折磨。

然而她的堅持不懈有回報，正如她早料到的。自從她十六歲後，她父母眼看著她成為品學兼優的好學生，卻對和她同年齡層的男孩們出去玩興趣缺缺，對她的管教就稍微鬆懈了，她獲准每個禮拜有兩個晚上可以和傑夫見面。傑夫在橋港租了間公寓供週末之用，每個禮拜五和禮拜六晚上，他一絲不苟地準時在午夜前送她回家。從她父母的角度來看，這對年輕情侶非常愛看電影；即使他們對這點有疑問，傑夫和潘蜜拉也可以輕易背出像《喬琪姑娘》或《良相佐國》的劇情，這類電影在過去那些年，他們至少看過兩遍了。

奇怪是奇怪，但是當來自父母的壓力逐漸紓解後，這樣的安排也帶來不少樂趣。為他們相處時間的限制以及必然得偷偷摸摸的激情提高了情慾的張力，帶來甜美的享受。他們在彼此青春肉體上熱烈地釋放愛意，就像他們從來沒有親熱過、從不曾從彼此甚至任何人身上得到或給予過這樣的感官狂喜。

如果她父母曾經懷疑過她和傑夫曾發生過性關係（而且這些年來他們肯定懷疑過），他們也明智地對此默不作聲。他們對傑夫的態度就從一開始小心翼翼地容忍，轉變成接受、贊成，最後毫無保留地喜歡上他。當他十八歲而她十四歲時，四年年齡鴻溝在父母眼中巨大得令人不安，然而如今在二十二歲的他和十八歲的她之間，這差距卻變得再正常不過。不只如此，在流行迷幻藥和以雜交來反抗社會價值成規的年代，和傑夫這樣乾乾淨淨、舉止有禮並富有的青年才俊穩定交往，也讓她父母鬆了一口氣。

最後一本畢業證書已頒出，在她四周那些終於能夠自由伸展雙翼的畢業生們歡欣鼓舞地跑下舞台，潘蜜拉平靜地朝傑夫和父母等待的地方走去。

「喔，小潘，」她母親說，「妳在臺上的樣子真漂亮！其他人都被妳比下去了。」

「恭喜了，親愛的。」她父親擁抱著她說道。

「我得去脫掉學士帽和長袍，」潘蜜拉告訴傑夫，「然後我們就可以出發了。」

「妳真的得這麼早離開嗎？」她母親懊惱地問。

「妳可以留下來吃晚餐，明天一早再離開。」

「媽，我們跟傑夫家人說了禮拜二晚上到，我們今天晚上得開到華盛頓才行。吶，拿著這個，」她邊說邊交給他一卷畢業證書，「我馬上回來。」

在女更衣室裡，她脫下黑色棉袍，換上藍色裙子及白上衣。幾位女孩子客氣地向她道賀，她也恭喜回去。當她們興奮地談著男朋友、暑假計畫及秋天時要上大學時，她就隱約被排除在友誼圈外了。這些女孩是她在原本那一世裡的朋友，她曾經參與她們所有的惡作劇，彼此打趣說笑，一起試探性地踏出成為女人的第一步。不過這一次，就像她第一次重複高中時代一樣，這些女孩明白她們和潘蜜拉之間有條跨不過去的鴻溝，卻無法了解那到底是什麼。她和她們保持距離，遠離了青少年的社交生活，盡一切所能地達成對父母的承諾：在離家和傑夫在一起前先完成學校課業。現在那一天終於到了，她希望能夠盡量減少離去所帶來的尷尬。

她換裝完畢回到人潮逐漸散去的學校禮堂，和父母以及即將共度餘生的男人會合。

「那麼，」她父親對傑夫說，「你建議我續抱那些二十五分硬幣是嗎？」

「是的，」傑夫回答，「作為長期投資的話，我敢肯定這樣做是對的。我想十到十二年之內，你就會得到相當不錯的報酬。」

潘蜜拉知道他父親的問題只是為了舒緩緊張氣氛而問，她感到十分感激。這段交談再次肯定她父親已經將傑夫視為精明、富創意的投資人，並且認為把女兒交給他一定會受到很好的照顧。傑夫在這些硬幣在市面上絕跡前，就買了幾千美元已停止流通的九十純度銀幣，有一角和二十五分面額，也推薦他父親蒐購。這是項保守穩健的合理理財投資，不會因可疑的迅速暴漲而嚇壞他父親，也沒有使人不安的過度潛藏風險。但時間會帶來豐厚的報酬，毫無疑問；尤其是一九八〇年一月，當時亨特兄弟非法祕密操縱銀市場，使得這種貴金屬的價格上漲到每盎斯五十美元。傑夫跟潘蜜拉說過，他會在那年一月時和他父親連絡，說服他在接下來的銀價驟跌前將硬幣脫手。

「親愛的，妳會在奧蘭多待很久嗎？」她母親問道。

「幾天而已，」潘蜜拉說，「然後我們會開車到佛羅里達礁島群去，也許租條船度幾個禮拜的假。」

「妳已經決定夏天結束時……要上哪所大學了嗎？」

這向來是造成她們之間不愉快的話題：即使她父母知道她和傑夫在物質上不虞匱乏，他們對她拒絕繼續讀大學仍感到相當扼腕。

「還沒，媽。我們可能會在紐約找個住處，不過現在還沒決定。」

「現在註冊紐約市立大學還不遲。妳知道，妳不需申請就可以憑全國績優分數入學。」
「我會再考慮考慮。傑夫，東西都在車上了嗎？」
「行李都裝上車了，油箱是滿的，準備出發了。」
潘蜜拉和父母擁別時，眼裡忍不住湧上淚水。他們只希望讓她得到最好的照顧，卻不知道多年來他們愛的保護與教養一直是多餘的；她不怪他們。但現在，她和傑夫終於真正自由了。長久以來他們欺人的年輕外表下，始終埋藏著成熟的靈魂，如今他們不僅可以自由地做自己，更可以獨立的成人身分再次闖蕩這熟悉的世界。在經歷過這一切之後，那天對他們而言是個再好不過的好日子。

她以一個優雅的姿勢從海裡起身，爬上掛在船尾的短梯，踏上船時接過傑夫拋來的毛巾。
「來瓶啤酒？」他伸手打開冷藏箱時問道。
「好。」潘蜜拉說，一邊用藍色大毛巾裹住光裸的身子，一邊大力地甩著髮絲。
傑夫打開兩瓶雙叉啤酒，一瓶遞給她，然後伸長四肢攤坐在帆布躺椅上。「游得很過癮。」他笑道。
「嗯……」她將冰涼的酒瓶貼住臉，心滿意足地同意。
「在海裡感覺就像在做按摩浴一樣。」
「墨西哥灣流，溫暖的洋流從大西洋一路來到這裡。這加熱口讓歐洲不會陷入另一個冰河期，而我們就在它上頭。」
潘蜜拉仰臉朝向太陽，閉上雙眼深呼吸一口新鮮海風。一陣突來的聲響打擾了她的冥思，她抬頭看見船上空有隻巨大的蒼鷺正優雅地向下俯衝，以符合空氣動力學原理的均衡姿態伸直長腿和尖細的鳥喙，朝他們早上停泊的無名礁島岸邊飛撲而下。

「老天。」她嘆道。「我真不願意離開這裡。」

傑夫微微一笑，深有同感地舉起酒瓶，無聲地向她敬酒。

潘蜜拉走到船邊，倚著欄杆凝視著她方才徜徉的碧藍海水在陽光下閃耀。西邊的遠處有群途經的海豚正嬉鬧地做出各種滑稽動作，使得平靜的海水浪花四濺。她看著牠們玩了一陣子後，轉身面對傑夫。

「我們一直在逃避一件事，」她說，「我們需要討論討論。」

「什麼事？」

「為什麼我花了這麼久才開始這次重生？為什麼我失去了一年半的時間？我們已經忽視這問題太久了。」

她說的沒錯。他們熟悉的循環模式出現了惱人的時間誤差，他們卻從未討論過這問題。傑夫表現得像是只要她回來就無限感激了，潘蜜拉則是專心應付費神的學校課業，還需兼任棘手的外交任務，說服父母她必須和傑夫在一起，只好把自己的憂慮拋在腦後。

「為什麼現在提出來？」傑夫蹙著被陽光曬紅的前額問道。

她聳聳肩。「遲早都得面對。」

他用詢問的眼神看著她的眼睛。「但至少未來二十年之內，我們還不需要煩惱這問題呀。不能在那之前先好好享受生活嗎？及時行樂。」

「我們無法忽視它，」她輕聲說，「不可能連想都不去想。你知道的。」

「既然我們對經歷過的重生也沒能找出解釋，妳憑什麼認為我們對這問題就能得到更多解答？」

「我想知道的不見得是這事情為什麼或如何發生。我一直在思考這件事，我認為這可能是整個模式的一環，不是只發生一次的偏差。」

「怎麼說？我知道我這次比通常的時間晚了三個月，但是過去從來沒發生過，不管是妳還是我。」

「我不是那麼確定。當然程度從來沒有這麼明顯過，但我們的重生時間確實逐漸出現了……偏離，從一開始就這樣了。現在只是程度加劇而已。」

「偏離？」

她點點頭。「想想看。你第二次重生時，一開始並不是在宿舍裡醒來，而是在電影院裡，和茱蒂一起。」

「不過還是同一天。」

「沒錯，但是……差了八、九個小時不是嗎？我第一次重生是剛過正午不久。但第二次時已經是半夜了。我想大概晚了十二小時。」

傑夫開始沉思起來。「第三次，也就是這次之前那次，我一開始重生時是和茱蒂坐在馬汀車上……」

「但是？」她追問。

「我以為那是同一天，也就是我們看完《鳥》之後一起回家那天。失去葛麗倩太讓我傷心了，我沒那麼多精神去注意周遭的事。我過了一陣子天天買醉的日子。不過那一次肯德基德貝的馬賽好像開始得比平常早多了，一直到前一天我才讓法蘭克幫我搞定下注。就算心神不寧，我都記得我那時因為至少沒讓機會溜走而鬆了口氣。我以為我喝酒喝到不知今夕何夕，不過很可能我是晚了幾天才開始重生，或許是兩到三天。我可能是在和上次不同天的晚上和茱蒂一起回家。」

潘蜜拉點頭。「我那次重生時也沒特別花心思在日期上。」她告訴他。「不過我記得那天早上父母都在家，所以一定是週末。然後我第一次重生的那天是星期二，四月的最後一天。那表示可能偏離了四天，也許是五天的時間。」

「從只差幾天跳到差了幾個月，以妳的情況甚至是超過一年，這到底是怎麼回事？」

「也許是等比級數增長。如果我們知道每一次重生之間的確切時間差，我想我們就知道是怎麼回事了，甚至還能推算出……下次會偏離多少時間。」

死亡以及下一次可能分離更久的想法，突然在他們之間投下沉默的陰影。遠處海浪捲不到的海灘上，蒼鷺們正踩著修長的腿來來回回踱步，景象孤獨而冷清。西邊嬉鬧的海豚群已離開，只留下波瀾不興的海面。

「現在才想這些也太遲了，不是嗎？」傑夫說。這句話比較像是個聲明而不是疑問。「我們當時沒去注意，現在不可能精確重建時間差了。」

「那時沒理由這麼做。一切都太難適應，而偏離又過於微不足道。除了這件事，腦子裡還有太多事情得想。」

「再說去想也沒有意義。如果時間差是以等比級數方式增加，從幾小時、幾天到幾個月，就算我們得到一個粗估，誤差也可能是以年來計算。」

潘蜜拉定定地凝視他一會兒後，終於開口，「也許有別人更仔細地記錄下每一次的偏離。」

「別人，這話是什麼意思？」

「我們是在意外中才發現彼此，因為你湊巧注意到《星海》是全新的，而且有辦法安排和我見上一面。但也許還有其他的重生者，很多人也說不定，而我們從沒認真設法把他們找出來過。」

「妳憑什麼認為這些人存在？」

「我不知道他們存不存在，但是當時我也從來沒料到會遇見你。如果這世上有我們兩個重生人，要創造更多的人也不會是難事。」

「如果有的話，妳不覺得我們應該聽說過他們才對嗎？」

「不見得。我的電影的確宣傳得很成功，而你第一次重生時介入甘迺迪暗殺事件也一定引起不小的漣漪。但除此之外，我們對這社會產生過值得注意的影響嗎？即使是你的未來企業，在金融圈外也許也不是那麼為人所知。我就沒注意到，當時的我正忙於醫學院課業以及接著在芝加哥兒童醫院的工作。也許還有其他重生人也製造出各式各樣小規模的、地方性的變化，只是我們沒注意到。」

傑夫沉思了一會兒。「當然，我也常想到這點。但我一直太沉浸在自己的經驗裡，所以沒能做什麼，直到看了《星海》後找到妳為止。」

「也許是該做點事的時候了。比你第一次遇見我時我想完成的計畫更簡單、更直接的事。如果還有其他人存在這世上，從他們身上我們可以學到許多事，我們有許多經驗可以分享。」

「的確，」傑夫微笑地說道，「但現在我只想跟妳一個人分享。我們等了很久才能夠再次獨處。」

「是夠久了。」她一邊向他露出微笑，一邊解開藍色大毛巾，任它落到灑滿陽光的木製甲板上。

他們在世界各大報刊上刊出小小的宣傳廣告：美國《紐約時報》、《紐約郵報》、《紐約每日新聞報》；《洛杉磯時報》和《洛杉磯前鋒論壇報》；法國的《世界報》、《快訊週刊》、《巴黎競賽畫報》；日本《朝日新聞》、《讀賣新聞》；英國《倫敦時報》、《標準晚報》、《太陽報》；巴西《聖保羅州報》、《巴西日報》。考慮到不同次重生中的各自專精領域，他們也定期在《美國醫學會刊》、英國《刺胳針》期刊、法國《醫藥合作週刊》、美國《華爾街日報》、英國《金融時報》、法國《新經濟學家》、美國《綜藝日報》、法國《電影筆記》、美國《花花公子》和《閣樓雜誌》、英國《淑女》和法國《男性》雜誌刊出廣告。

世界各地總共有超過兩百家的報章雜誌刊出了這看似無害的告示，除了其鎖定的未知甚至可能不存在的少數對象外，任何人都看不出其中意義。

你記得：水門案、黛安娜王妃、挑戰者號爆炸災難、伊朗首相何梅尼、《洛基》和《閃舞》嗎？如果是的話，你有伴了。請寫信到紐約郵政一九八八號信箱。

「又有一封放了一美元支票的。」傑夫邊說邊把信扔到一旁。「為什麼會有這麼多人以為我們是賣東西的呢？」

潘蜜拉聳聳肩。「顯然大部分人都這麼認為。」

「更糟的是那些以為我們在舉辦比賽的。你知道，這會惹出麻煩。」

「怎麼說？」

「除非我們夠小心，否則郵局的人會很有意見。我們得寫封格式信說明這廣告跟比賽無關，然後寄給這些人。尤其是寄錢給我們的人，一定要確定錢都退回去了才行。我們可不想受人抱怨。」

「但我們從來沒給人東西呀。」潘蜜拉抗議道。

「就算是這樣，」傑夫說，「難道妳想跟一九六七年的郵務稽查員解釋什麼是水門案嗎？」

「我想你是對的。」她打開另一封信，匆匆閱過一遍後大笑了起來。「你聽聽看，」她說，「請寄給我更多關於你們的記憶訓練課程的資料。你們在廣告上提到的事，我一件都記不得。」

傑夫和她一起咯咯笑了起來，很高興看到她對這些事還能保有一絲幽默感。他知道這個尋人任務對她有多重要：她的重生開始日偏離的時間顯然比傑夫的還要長，如果時間偏離可以從一開始延遲四、五天一下子跳到十八個月，如果沿著這條弧線繼續發展，她的下一次重生時間很可能會大幅縮短。雖然他們從來沒討論過，但兩人都明白，她甚至可能再也回不來了。

過去四個月以來他們收到了數百封來信，其中大多數都以為這是個比賽或是在推銷東西，從推銷雜誌到薔薇十字會的會員資格都有人相信。有些來信的確引人猜想，但經過進一步查證後證明他們是錯的。最有可能但也令人生氣的一封是蓋有澳洲雪梨郵戳的一行信，沒有署名或回函地址，上面只寫道：「時候未到。耐心等候。」

傑夫開始對這一切努力絕望。這是個合理嘗試，他認為他們已經盡可能以最好的方式去做了，結果卻未如己願。也許這世上真的沒有其他的重生者，也許他們的確存在，只是選擇了不回應而已。但傑夫現在比過去還相信自己和潘蜜拉是孤獨的，而且將永遠孤獨下去。

他從今天寄到的那疊信中打開了另一封，準備把它跟其他搞不清楚狀況的沒用來信一起丟掉，但第一行字就阻止了他接下來的動作，他在目瞪口呆中驚訝地讀完了這封短短的來信。

親愛的，

你忘了提到恰帕奎迪克事件52，這件事不久後就要重演了。還有泰諾止痛藥殺人恐慌事件53，或蘇聯射下韓國的七四七民航飛機54，你說怎麼樣？誰都不會忘掉這些事。

想聊聊的話，隨時歡迎。我們可以好好聊聊即將來臨的過去美好時光。

52 一九六九年，甘迺迪家族成員愛德華·甘迺迪與女伴駕車前往恰帕奎迪克島時因意外事故墜橋落水，甘迺迪自行游泳脫困，女伴溺斃。甘迺迪並未報警，直到隔天屍體浮出水面事情才曝光，此事當時轟動美國，大大影響許多美國人對愛德華·甘迺迪的觀感。

53 一九八二年美國芝加哥地區傳出連續七樁服食泰諾止痛藥後中毒死亡事件，因泰諾止痛藥爲美國家庭普遍使用的止痛藥，因而造成人心惶惶。

史都華．麥高文
威斯康辛州克洛斯菲，斯特拉斯摩路三百八十二號

傑夫凝視著那封信的署名，然後檢查了郵戳底下的地址。郵戳跟地址是相符的。「潘蜜拉……」他輕聲喚道。

「嗯……？」她從即將打開的信上抬頭瞥了他一眼。「又有一封好玩的？」

傑夫看著那張美麗、微笑的臉龐，他以順序錯亂的奇怪方式認識並愛上這張臉，先是她成人的模樣，然後是年輕的她。他有種模糊的不祥預感，彷彿他們之間的親密世界將被入侵、他們在彼此心中獨一無二的地位將被陌生人摧毀。他們找到了正在尋找的東西，但現在他一點也不確定他們是否該開始追尋。

「妳讀讀看這封信。」他邊說邊將信遞給她。

他們開到麥迪遜以南三十五哩處的克洛斯菲時，陰霾的天空開始降下薄雪。坐在大型普利矛斯跑車前座的潘蜜拉心情緊張，她將面紙撕碎成條狀，一條條蒐集成團，然後全塞進儀表板上的煙灰盒裡。自從他們第一次見面時在馬里布餐廳的那晚後，傑夫就沒見過她緊張時的老習慣了，那是十九年前、五年以後的事。

「你還是認為他只有一個人？」她望著小鎮街道兩旁的樺樹冬季葉子落盡的枯槁身影問道。

「也許。」傑夫一邊說，一邊試著在落雪的視線中看清黑灰相間的路標。「我不覺得提到『每個人』都記得泰諾止痛藥殺人和韓國飛機事件有什麼特殊意義。我想他指的是事件發生後的一般人，不是他已

經集結的一群重生者。」

潘蜜拉撕完手上的那張面紙，伸手抽了另一張。「我不確定自己是希望有一群人還是另一種結果。」她以平板的語氣說道。「一方面，如果能夠找到一群了解我們遭遇的人，肯定會是很大的安慰。可是我不確定自己是不是已經準備好面對……那麼多類似的傷痛，或是準備好要聽他們知道的一切。」

「我想這是最重要的一點。」

「這有點嚇人，就這樣，但我們已經很接近要尋找的東西了。真希望電話簿上找得到史都華・麥高文的連絡方式，如果可以先打個電話給他，了解一下他大概是個什麼樣的人，會比只有一張紙條教我安心得多。我討厭沒有準備就上門。」

「我確定他有心理準備我們會來。我們花了這麼大工夫才找到他，顯然不會打算回絕他的邀請。」

「斯特拉斯摩路在那裡。」潘蜜拉指著一條沿著左邊山丘蜿蜒而上的道路說。傑夫已開過了十字路口，於是他做了個迴轉，將車開上空蕩蕩的寬闊街道。

斯特拉斯摩路三百八十二號在山丘另一邊，是幢三層樓的維多利亞式建築。那其實是座莊園，由不規則石板砌成的圍牆後便是維護良好的寬廣宅院。車子開入宏偉的大門時，潘蜜拉開始撕起另一張金百利面紙，但傑夫制止她不安分的手，給了她一個溫暖的微笑為鼓勵。

他們匆匆跑進寬廣的柱廊，感激能夠找到遮蔽躲開逐漸變大的雪勢。房子前門上鑲了一個精雕細琢的黃銅門環，但傑夫找到一個門鈴按了下去。一位穿了有白色兜領的樸素咖啡色連身裙、模樣看起來像女總管的婦人前來應門。「需要我幫忙嗎？」她問道。

54 一九八三年蘇聯戰鬥機在庫頁島附近射下一架韓國民航機，機上乘客包含機組人員全數罹難，美蘇雙方對此事件的起因各執一詞，讓當時美蘇冷戰的緊張氣氛升至頂點。

「請問麥高文先生在嗎？」

戴了夾鼻雙光眼鏡的婦人不解地皺起眉頭。「麥……」

「麥高文。史都華・麥高文。他不住在這裡嗎？」

「哎呀呀，史都華。當然。你們和他有約嗎？」

「沒有，我想他知道我們要來。您只要告訴他是從紐約來的朋友，我相信——」

「朋友？」她眉頭皺得更緊了些。「你們是史都華的朋友？」

「是的，我們從紐約來。」

那位女士顯得有些不安。「恐怕我……你們不如先進來坐會兒避避寒？我馬上回來。」

女士消失在走廊另一端後，傑夫和潘蜜拉在霉味的門廳裡找到一張厚軟的高背長椅並肩坐下。

「這裡住著不只一個人，」潘蜜拉低聲道，「這房子顯然不是他的，而且那位女僕只知道他的名字。這裡有點像社區，像種——」

一位穿著花呢套裝、灰髮、個子瘦高的男人從走廊上冒出來，身後跟著戴雙光眼鏡的豐滿女人。

「你們說你們是史都華・麥高文的朋友？」他問。

「我們，呃……我們和他有通信往來。」傑夫起身說道。

「請問是由誰開始聯繫的？」

「先生，我們是應麥高文先生的特別邀請，從紐約一路開車來這裡見他的，所以只要您可以知會他——」

「你們和史都華的通信關係是屬於什麼性質呢？」

「我看不出這件事和您有關。您為什麼不去問他呢？」

「史都華的一切大小事都和我有關。他由我負責照顧。」

傑夫和潘蜜拉迅速交換了眼神。「由您負責照顧，您的意思是？您是位醫生？他病了嗎？」

「相當嚴重。你們為什麼會對他的案子感興趣？你們是記者嗎？我不會允許任何人侵犯到我病人的隱私，如果你們是哪家報紙或雜誌派來的，我建議你們立刻離開。」

「不，我們兩個都不是。」傑夫遞給他一張名片，上面印著他是位創投顧問，然後介紹潘蜜拉是他的同事。

男人臉上緬緊的警戒表情立刻和緩許多，他向他們露出歉意的微笑。「真抱歉，溫斯頓先生，早知道是跟生意有關我就……我是喬約．菲佛醫師。我只是想要保護史都華的隱私，請您體諒。這地方的規矩嚴格而且十分謹慎，任何的——」

「這麼說，這不是史都華的家了？這是某一類醫院嗎？」

「是的，一家療養中心。」

「是不是他的心臟？您是心臟科醫師？」

醫師皺起眉頭。「你們不清楚他的背景？」

「不清楚。我們和他的聯繫只限於……生意方面，跟投資有關的事。」

菲佛點頭表示理解。「撇開他其他問題不談，史都華對整個市場還是相當有頭腦。我鼓勵他繼續從事金融投資。當然，現在他所有的獲利都交由信託人管理，如果他的情況持續有進展，也許有一天……」

「菲佛醫師，您是說——這裡是個精神病院？」

「不是醫院，但是個私人的精神療養單位沒錯。」

老天，傑夫心想。原來如此：麥高文可能跟一些不該交心的人透露太多事，於是被送進了精神病院。傑夫向潘蜜拉瞥了一眼，看到她和他一樣也立刻了然於心。他們一直明白，過於公開承認自己的遭遇可能會讓外人以為他們瘋了，現在這裡就有個活生生的證明。

菲佛醫師誤解了他們交換的眼色。「希望你們不會因為他的精神問題而對他的能力打折扣，」他關切地說道，「我向你們保證，即使經歷過這些事，他在財經方面的判斷仍然無可挑剔。」

「這不是問題，」傑夫說，「我們了解這對他而言一定……很難熬，不過我們都很清楚他在管理投資時的明智表現。」這謊言似乎化解了菲佛的憂慮。傑夫猜想，這地方的運作經費應該有一大半來自麥高文的信託基金，甚至一開始就是由他捐贈成立的也說不定。

「我們現在可以和他見面了嗎？」潘蜜拉問道。「如果我們事先知道這些情況，自然會透過您來安排見面，但念在我們已經大老遠地……」

「當然沒問題，」菲佛醫師向她保證，「這裡沒有規定探訪時間，所以你們馬上可以見到他。瑪麗，」他轉身向身後那位灰髮女士說，「請妳將史都華帶到樓下的休閒室來好嗎？」

菲佛醫師帶他們進入一個房間，一位穿著黃色蕾絲邊連身裙、模樣看來相當年輕的女人正坐在窗邊看雪。當他們進來時，她期待地轉身。

「嗨，」女孩說，「你們是來看我的嗎？」

「梅琳達，他們來拜訪史都華。」醫師柔聲告訴她。

「沒關係，」她興高采烈地笑著說，「禮拜三會有人來看我，對嗎？」

「是的，妳姊姊禮拜三會來。」

「但我想給史都華的客人端杯茶和蛋糕，可以嗎？」

「當然，如果他們願意的話。」

梅琳達從那片白茫茫的雪景中離開。「你們不介意來點茶和蛋糕？」她十分有禮貌地問道。

「好，謝謝妳，」潘蜜拉說，「那真貼心。」

「我就去準備。茶在廚房，蛋糕放在我房間裡，是我母親做的。你們願意等嗎？」

「當然，我們就在這裡。」

她走進房間旁的一個門，然後他們聽見她衝上樓梯的腳步聲。傑夫和潘蜜拉觀察起周遭的環境：房間裡磚造壁爐裡的兩根木柴正熱烈燃燒著，壁爐前擺設了半圈舒適的皮椅，牆上糊著綴有細緻鳶尾花圖樣的淡藍色壁紙，房間對角的一張桃花心木桌上擺著完成一半的帝王蝶拼圖，桌子上方掛了盞第凡內吊燈，長絨毛的深藍簾幔拉到一旁，露出遠方被積雪覆蓋的山峰。

「這地方真不錯，」傑夫說，「看起來一點也不像——」

「像個療養院？」醫師微笑道。「是不像，我們盡可能維持一個正常愉悅的環境。你可以看到，窗上沒有裝木條，也沒有穿制服的工作人員。我相信這樣的氣氛可以加快復原的腳步，等病人準備好回家時，這也會幫助他們更容易回到日常生活。」

「史都華的情況如何？你認為他很快就可以離開這裡了嗎？」

菲佛噘起雙唇，凝視著窗外的紛紛落雪。「自從被轉到這裡以來他已經有了很大的進步。我對史都華有很高的期望。當然，中間有許多的困難，一堆法律障礙要——」

一位約三十出頭、體格瘦小、面色灰黃的男人走進房間，身後跟著一個穿著牛仔褲和灰色毛衣的健壯年輕人。臉色較蒼白的那位穿著藍色便褲、擦得晶亮的義大利船形鞋，和一件領子敞開的白襯衫。他的髮線已經開始後退，頭頂開始出現毛髮稀疏的跡象。

「史都華，」醫師熱絡地說，「你有意外的訪客。我想是生意上的夥伴，來自紐約。這是傑夫．溫斯頓和潘蜜拉．菲利普斯。這是史都華．麥高文。」

那位早禿的男人露出愉快的笑容伸出手來。「終於見面了。」他先握住傑夫的手，然後換潘蜜拉。

「我等這一刻等很久了。」

「我明白你的感受。」傑夫輕聲答道。

「那麼，」菲佛醫師說，「我會走開讓你們自己聊聊。不過麥可，站在這裡的這位恐怕得留下來。我沒有選擇，這是規定。不過他不會妨礙你們，你們還是可以保有談話的隱私。」

大塊頭陪從點點頭，醫師離開房間後，他就在第凡內吊燈下的桌子找了個位置坐下，開始拼起前人留下的拼圖。

「請坐。」史都華指著壁爐前的椅子說道。

「老天，」傑夫大表同情，「這一切一定糟透了。」

史都華皺皺眉頭。「這裡也不是那麼糟，比起其他一些地方已經好很多很多了。」

「我說的不是這地方，而是發生在你身上的事。我們會盡一切努力把你盡快弄出去。我在紐約有個很不錯的律師，我會叫他搭明早的飛機趕過來。他有辦法搞定，我有信心。」

「我很感激你的關心。不過那得花點時間。」

「你是怎麼——」

「茶和蛋糕來了。」梅琳達端著一個銀托盤進門，用輕快的聲音宣布道。

「謝謝妳，梅琳達，」史都華說，「妳真是個乖女孩。我想讓妳見見我的朋友，他們是傑夫和潘蜜拉。他們來自我的時代，一九八〇年代。」

「喔，」女孩高興地說，「史都華把所有未來的事都告訴我了。關於佩蒂．赫斯特和共生解放軍55，還有在柬埔寨發生的事，還有——」

「現在先不談這些，」傑夫轉頭瞥向那名正忘神沉浸在拼圖遊戲中的陪從，並打斷她的談話。「謝謝妳的茶點。把盤子留在這裡吧。」

「如果你們還要，我就在前面的房間。很高興見到你們，待會兒可以聊聊未來世界的事嗎？」

「也許吧。」傑夫簡短地回答。女孩微笑，離開了房間。「天哪，史都華，」當她走掉以後傑夫說，「你不該這麼做。你根本不該信任她，何況是把我們的事告訴她。如果她跟任何人說起，別人會怎麼想？」

「沒有人會在乎我們在這裡說什麼。喂，麥可。」他叫道，那名陪從往這裡看過來。「你知道哪一個隊伍會連續三年獲得世界大賽冠軍嗎，從一九七二年開始？是奧克蘭隊。」

陪從茫然地點點頭，又回到拼圖世界裡去了。

「你懂我的意思了嗎？」史都華露出微笑。「他們甚至連耳朵都沒張開。等到奧克蘭開始奪冠時，他甚至不記得我告訴過他這件事了。」

「我還是不認為這是個好主意。這可能讓我們更難把你弄出這裡。」

這名蒼白的男人聳聳肩。「不重要。」他轉向潘蜜拉。「《星海》是妳製作的電影，對嗎？」

「是的，」她微笑道，「很高興知道還有人記得。」

55 佩蒂．赫斯特（Patty Hearst）是美國報業大亨的孫女，十八歲時遭共生解放軍（SLA）綁架，後來自己加入了綁架她的綁匪組織。

「很好，很好。看完電影後我差點要提筆寫信給妳了。我馬上知道妳一定是個重生者，這部電影證實了很多我自己學到的事，讓我重新找到了生活的目標。」

「謝謝你的稱讚。你提到你自己學會了一些事。我在想——你是否也發現了……偏離的現象？重生或者你所謂的再生的起始日延後了？」

「是的，」史都華說，「最後一次延遲了幾乎快一年。」

「我是一年半，傑夫只有半年。我們正在研究這件事，如果我們可以根據這些不同的起始日畫出一條確切的弧線，也許就能預測……下一次循環我們會少掉多少時間，但一定要非常精確才行。你記錄下你的——」

「不，我沒辦法。」

「如果把我們三個人的記錄比較一下，也許會幫助你記起來，至少可以把範圍縮小一點。」

他搖搖頭。「行不通的。我前三次再生的一開始都處於無意識狀態。我當時昏迷不醒。」

「什麼？」

「一九六三年時我出了場車禍——你們也是回到一九六三年重新開始對吧？」他問，眼神先看向潘蜜拉、傑夫，接著再回到潘蜜拉。

「沒錯，」傑夫向他保證，「五月初。」

「正是。那麼，我是四月的時候出了意外，車子全毀。我昏迷了八個禮拜，每次醒來時我都是在重生中。我一直以為昏迷和這件事有關，直到這次為止。所以我不知道我的——你們怎麼稱呼？起始日期的差異？」

「偏離。」

「我不知道我的前三次偏離是以小時還是日、星期來計算，也無法確定到底有沒有偏離。」潘蜜拉臉上的失望之情溢於言表，連麥高文都看出來了。

「我很遺憾，」他說，「我希望我可以幫上更多忙。」

「這不是你的錯，」她說，「我想這一切對你來說一定可怕極了，被這樣送進醫院，而現在——」

「這全是表演的一部分，我可以接受。」

「表演？我不懂。」

史都華疑惑地對著她皺起眉頭。「你們已經跟太空船連絡上了，不是嗎？」

「我不明白你的意思。什麼太空船？」

「安特里安星太空船。少來了，妳製作出《星海》耶。我也是重生者，在我面前妳不需要裝作不知道。」

「我們真的不知道你在說什麼。」傑夫告訴他。「你是說你曾經跟……一些人，或者說一些生物連絡過，而這一切都是他們造成的？他們是外星人？」

「當然，我的天。我以為……這麼說你們不是在安撫他們？」他原本十分蒼白的臉現在更加毫無血色了。

傑夫和潘蜜拉面面相覷，接著困惑地望著他。外星智能生物與這些事有關的可能性他們也都想過，但從來沒有跡象顯示這假設是真的。

「恐怕你得向我們解釋這整件事的來龍去脈才行了。」傑夫說。

麥高文向那位始終不帶感情的年輕人瞄了一眼，他仍坐在房子較遠的角落裡，埋頭在拼圖上。他向傑夫和潘蜜拉的方向挪近椅子，用壓低的聲音說起話來。

「那些再生或重生，他們根本就不關心。」他邊說邊甩頭，示意他指的是那位陪從。

「讓他們不高興的是我們做的安撫。」他嘆口氣，搜尋著傑夫的眼神。「你們真的想聽聽整個故事？從頭開始？」

15

「我成長於辛辛那提，」史都華．麥高文告訴他們，「父親是建築工人，但也是個酒鬼，所以老是找不到工作。我十五歲時，他上工時喝醉了，不小心讓鋼索鬆脫，因此失去了一條腿。在那之後，我們家唯一的收入來源就是我媽還有我了，我媽幫一家生產警察制服的公司做計件工作，我則在克氏連鎖超市幫人打包收點小費。

「我父親一直很不滿意我瘦弱的身材。他自己是個孔武有力的大塊頭，前臂大概是那邊的麥可一倍半粗。自從他缺了一條腿後，我們的關係就越來越糟了。他沒辦法接受的事實是，即使弱小如我畢竟還四肢健全。他沒法一手拿拐杖另一手抱著一堆東西時，有時得要我幫忙，他恨透了。一陣子後他真的開始看不起我，酒也喝得更凶了……

「我十八歲時就離家，那年是一九五四年。我往西部去，在西雅圖住下來。我雖然不是很強壯，不過眼睛和手都很穩。於是我設法在波音公司找到一份工作，學會用工具機加工較輕的飛機零件、調整片之類的東西。在那裡我認識了一個女孩子、結了婚、生了一堆孩子。日子過得不算太壞。

「然後我在一九六三年春天出了意外，就是我告訴你的那場車禍。我那天喝多了；我不像父親那樣習慣酗酒，只會在下班回家途中喝幾罐啤酒，回家後再喝個一、兩杯，你知道的……撞上那棵樹我喝醉了。我昏迷了八個禮拜才醒過來，在那之後，所有事情都改變了。腦震盪影響了我的手眼協調能力，我再也沒辦法靠這本事吃飯了。一切就像我父親的故事在我身上重演。我開始越喝越凶，對妻子跟孩子大吼大叫……最後她收拾行李搬了出去，也一起帶走了孩子。

「不久後銀行取消了贖回權，我失去了我的房子。我只能過起流落街頭的酗酒生活，就這樣過了差不多二十五年。就像八〇年代的人說的，我成了『無家可歸的人』。但我知道自己只是個流浪漢，醉臥街頭的酒鬼。我死在底特律一條巷子裡，死時連那年幾歲了都不知道。不過後來我想起來了，那時我五十二歲。

「然後我醒來，又回到同一張醫院病床上，剛從昏迷中清醒過來。好像過去那些年全是場夢，而我這樣相信了一陣子，反正我記得的事情也不多。不過說不多也夠了，很快地，我就發現有件怪事。」

說到這裡，麥高文看著傑夫，因述說自己第一生故事而疲累的雙眼突然綻放出光芒。「你是棒球迷嗎？」他問。「你有賭那年的世界大賽？」

傑夫向他露出笑容。「當然。」

「賭多少？」

「很多。我先在肯德基德貝賭夏多克，然後又下注了貝爾蒙特馬賽，贏了不少彩金。」

「總共賭多少？」史都華堅持想知道答案。

「那時我有個搭檔。不是重生人，只是我在學校裡認識的，我們兩個總共下注了十二塊半。」

「你是說萬？」

傑夫點點頭，麥高文嘆了口長長的氣。「你提前遇到大好時機了，」史都華說，「我呢，我只能攢個幾百塊，然後我老婆發現後差點氣得提前離家出走。不過等我贏回了兩千塊以後，她就乖乖待下來了。

「於是我繼續在重量級的冠軍盃賭錢，但只敢趁大好機會、趁那些錯不了的時機去賭。像超級盃，總統大選，那些你就算一輩子泡在酒精裡也忘不掉結果的大事。我戒酒了，一輩子再也滴酒不沾。從此後連一口啤酒也沒喝過，之後的每一生，我都維持這個習慣。

「我們搬到西雅圖北邊，斯諾荷米須郡北奧德武莊的一棟大房子裡。我買了艘船，泊在緒秀灣小艇碼頭，每年夏天都在普捷峽灣四處航行，有時也到加拿大的維多利亞。你知道，無憂無慮的奢侈生活。然後——然後我開始聽到他們跟我說話。」

「聽到……？」傑夫讓問題懸著沒說完。

麥高文從椅子上傾身，壓低聲音。「安特里安星人，這一切就是他們造成的。」

「他們是怎麼……和你連絡上的？」潘蜜拉試探道。

「首先是透過電視機，通常是在播報新聞的時候。我就是這樣才發現，一切只是一場表演。」

傑夫越來越坐立不安。「什麼是表演？」

「每一件事，新聞裡報的所有事情。安特里安星人愛極了這些演出，所以他們一再重播。」

「他們喜歡的到底是什麼？」潘蜜拉皺著眉頭問道。

「他們喜歡血腥味，槍擊、殺人，所有這類的事。越戰、在芝加哥屠殺護士的理查．史派克；曼森家族做的案子、瓊斯鎮慘案……還有恐怖分子也是。老天，沒錯，恐怖分子真是讓他們興奮極了：羅德機場大屠殺、愛爾蘭共和軍製造的所有爆炸事件、貝魯特海軍總部的卡車炸彈攻擊，永遠沒完。他們就是看不膩。」

傑夫和潘蜜拉快速交換了一個眼神，互相點了個頭。「為什麼？」傑夫問麥高文。「為什麼外星人這麼喜歡地球上的暴力行為？」

「因為他們已經變弱了，他們先承認了這事實。他們能夠控制空間和時間，以他們擁有的能力，他們實在太軟弱了！」他瘦小的拳頭砰地一聲敲在桌面上，震得杯盤哐啷作響。肌肉發達的陪從麥可抬起眉毛轉頭端詳了一會兒，但傑夫向他做了個沒事的手勢，於是他又回到拼圖遊戲去了。

「他們全都是不死之身，」史都華慷慨激昂地繼續說著，「他們的殺人基因已經消失了，所以他們的世界再也沒有戰爭或謀殺。但他們腦子裡存在的獸性還是有需求，至少他們需要透過別人來滿足獸性。

「我們全都是他們的調劑品，就像電視或電影一樣。二十世紀提供了最佳的娛樂效果，因為這段時間充斥最多偶發血腥事件，所以他們才會讓它不斷不斷重播。只有表演者，也就是站在舞台上的人、再生者，才知道一切真相。我知道曼森是我們的人，我從他的眼睛就看得出來，安特里安星人也告訴過我。李．哈維．奧斯華還有那次先去殺了甘迺迪的尼爾森．班奈特也是。喔，現在我們的人數可不少了。」

傑夫再次開口說話時，盡可能讓聲音聽起來冷靜而親切。「但你和我還有潘蜜拉又是怎麼回事？」他試著喚醒這男人腦中殘存的理智。「我們並沒有做過可怕的事，為什麼要讓我們一直重生，或者你說的再生呢？」

「我已經盡我分內的責任去安撫他們了，」麥高文驕傲地表示，「沒有人可以說我偷懶。」

傑夫突然覺得很不自在，不想繼續問那勢必要提出的問題。「……『安撫』，你之前就提過這詞。你用來代表什麼？」

「它呀，它是我們的職責。我們這些再生人的責任就是要讓安特里安星人不會無聊。否則他們就會把它關掉，然後這世界就結束了。我們得安撫、取悅他們，他們才會繼續看下去。」

「那──你是怎麼做呢？你怎麼安撫他們？」

「我一向先從塔克瑪那個小女孩下手，用一把刀子做了她。這案子簡單，我從沒被抓到過。然後我換個地方，在波特蘭，也許是溫哥華再幹掉幾個妓女，我從來不在離家近的地方做太多案子，不過我常常旅行。有時候也在國外，不過大多還是在美國：德州搭便車的人、洛杉磯街上混的孩子，還有舊金山……別以為我會在威斯康辛做案，這次我很早就在那裡被抓了。不過我四、五年後就會出去了。他們老說我瘋了，而且我遲早會在哪裡被逮到。不過，唬弄醫師和陪審團已經是我的專長。最後我總是被放出來，然後就可以回去做我的安撫工作。」

他們開車穿越紛紛飛雪，潘蜜拉倚在車門上，正啜泣著。

「都是我的錯！」她哭著說，眼淚如斷線珍珠般從臉龐滑落。「他說是《星海》讓他重新找到生活的目標。我對這部電影寄予這麼多期望，但一切努力最後的結果只是鼓勵了一個殺人魔！」

傑夫的手緊緊握住租來的普利矛斯車方向盤，努力在結冰的道路上保持穩定行駛。「不只是因為那部電影。在那之前他就已經開始殺人了，從第一次重生起。一開始他就瘋了。我不知道到底是那場意外還是重生本身的震撼造成的，還是兩者加在一起讓他瘋了。也許有很多不同因素，我們沒辦法分辨到底是哪一個。但看在老天爺分上，別把他做的事怪到自己身上。」

「他殺了一個小女孩！他重複地殺她，用刀捅死她，而且是每一次！」

「我知道。但這不是妳的錯，妳了解嗎？」

「我不在乎到底是誰的錯。我們得阻止他。」

「怎麼阻止？」傑夫一邊問，一邊斜著眼試圖在來自四面八方的雪花中看清楚道路。

「想辦法讓他這回出不去。下次在他殺人之前，我們先逮住他。」

「如果他們認為他已經被『治好了』，不管我們說什麼，他們還是會放他出去。醫師或法庭有什麼理由聽我們的話？我們要說，因為我們跟麥高文一樣都是重生人，不一樣的只是我們沒瘋？妳知道我們會得到什麼結果。」

「那下一次……」

「下一次我們到西雅圖或塔克瑪的警察局去，跟他們說這位可靠公民、住在昂貴郊區房子裡而且有艘遊艇的男人將在美國各地漫遊，走到哪殺到哪。行不通的，潘蜜拉，妳也知道。」

「但我們還是會做點什麼吧！」潘蜜拉抗辯道。

「我們應該做什麼？殺了他？我辦不到，妳也是。」

她輕聲哭泣，雙眼緊閉地面對冬季暴風雪那致命的雪白。

「我們不能夠坐視這些事情發生。」她終於低語道。

傑夫小心翼翼地左轉，上了回程往麥迪遜的公路。「恐怕我們別無選擇，」他說，「我們只能接受。」

「你怎麼能夠接受這樣的事情！」她怒聲道。「我們事先就知道他要去殺人，你怎麼能看著無辜的人死去，被一個瘋子謀殺！」

「從一開始我們就一直在接受這樣的事：曼森、柏考維茨、蓋西、柏諾和畢安其……這類無目的的殘暴行為已經成為這時代的一部分了，我們都已經見怪不怪。接下來二十年內將四處肆虐的連環殺手名字，我連一半都記不得，難道妳記得？」

潘蜜拉沉默不語，她咬緊牙關，雙眼因哭泣而泛紅。

「我們從來不曾介入這些謀殺案，不是嗎？」傑夫問。「除了我第一次重生時曾經想阻止甘迺迪被暗殺之外，我們連想都沒想過要這麼做，而那件事跟這些謀殺案是不一樣的兩件事。我們——不只是妳和我，而是這社會上每一個人，我們都和暴行、和偶然的死亡共存。除非它直接威脅我們，否則我們幾乎無視它的存在。更糟的是，有些人甚至從暴行中獲得樂趣，從想像的戰慄感中尋找刺激。新聞業有百分之八十——這是至少——就是靠播放這些東西生存，他們每天像供應毒品般將悲劇、其他人的鮮血與悲痛，注射進美國的血管。

「我們就是麥高文精神錯亂幻想中的安特里安星人。他和所有其他不配當人的屠夫們確實是舞台上的表演者，不過嗜血的觀眾就在這地球上，不是在外太空。妳我無能為力改變什麼，哪怕只是少流一滴血也做不到。我們做的只是我們向來而且將來也將一直做的事，那就是接受，盡可能不去想，並且繼續活下去。習慣它，就像我們面對所有絕望、逃避不了的痛楚。」

他們的廣告持續收到回應，儘管沒有一封信帶來想要的結果。一九七〇年時，他們減少了刊登廣告的刊物數量；一九七〇年代中，廣告僅出現在十幾個流通量最大的報章雜誌上，每個月一次。

成排的文件櫃占據了西村河濱街上的公寓。傑夫和潘蜜拉就連希望最渺茫的回信都存檔起來，和他們每天鑽研大批期刊雜誌蒐集的剪報收在一起，他們從刊物中搜尋可能是時代錯誤的事件，透過這些事件尋找存在世上某個角落的重生者足跡。無論如何，他們通常很難確定某個小小事件或產品、藝術作品在他們的過去之中是否存在，他們以前從不曾花那麼多心思去注意這類細節。他們曾多次接觸發明家或企業家，這些人的產品沒得到好宣傳因此他們並不熟悉。但原以為是明顯的線索，最後都證實是錯誤的，沒有一個例外。

一九七九年三月，傑夫和潘蜜拉在《芝加哥論壇報》上發現了這則新聞：

威斯康辛殺人魔獲釋。醫師說：「他神智正常。」

威斯康辛州克洛斯菲訊（美聯社）。一九六六年，公認犯下多起殺人兇案的史都華．麥高文在麥迪遜一個姊妹會所中屠殺了四名年輕女大學生，他宣稱自己無罪，理由是他當時處於精神不正常。史都華．麥高文今天已自過去十二年拘禁他的私人療養院中獲釋。克洛斯菲之家主任喬約．菲佛醫師表示，麥高文「已擺脫他的妄想症模式而完全復原，現在的他對社會再也不具有威脅性。」

一位目擊者指出，在一九六六年二月六日屍體被發現的那天清早，曾看見麥高文的車從卡帕．伽瑪姊妹會所停車場中開出，麥高文因而被控殺害四名同校女性並毀屍。當天稍晚，威斯康辛州警局即在鎮外的齊佩瓦瀑布市逮捕了麥高文。在他的後車廂發現一把染血的冰鑽、鋼鋸及其他凌虐工具。

麥高文坦承不諱自己謀殺了那些年輕女性，並宣稱是受到外星人的指使。他更進一步聲稱自己已轉世數次，在他每個「過去世」中都曾犯下殺人罪行。

在一九六四和六五年明尼蘇達和愛達荷州發生的多起類似屠殺慘案中，他都曾被列為嫌犯，但始終無法證實他和這些罪行的關係。一九六六年五月十一日，麥高文被判定不堪受審，並因精神不正常的犯罪傾向而被送入威斯康辛州立醫院。一九六七年七月，他自費轉入私人療養院所克洛斯菲之家。

潘蜜拉拉緊繞住傑夫手臂的橡皮管，向他指出應注射到哪一條靜脈，以及如何把皮下注射器斜斜插入，並讓針管保持與靜脈側面平行。

「但這會不會造成心因性成癮？」他問。「我知道我們的身體在醒來後就不受這藥物影響了，但心理上會不會還是渴望這樣的感官享受？」

她一邊看著他練習注射一邊搖頭，無害的生理食鹽水正緩緩流入他胳膊內側凸起的藍色靜脈中。「只是用個幾次的話不會，」她說，「等到十八號早上再注射，盡量保持鎮靜。接著把劑量調到我給你看過的兩倍，然後在一點差幾分時注射到靜脈裡。那時候……心臟病發時，你應該會處於無意識。」

傑夫將注射器推到底，稍等一會兒後抽出針頭。他把皮下注射器扔到垃圾桶內，接著用浸泡過酒精的棉片擦拭一下注射部位。咖啡桌上放著兩套相配的皮製工具組，每套都配備著未使用過的殺菌針頭和注射筒、一節捲起的橡皮管、一小瓶酒精、一盒棉片，和四個裝著醫藥級純度海洛因的小玻璃瓶。要取得藥品和注射藥品的工具並不困難。傑夫的股票經紀人推薦他一個可信賴的古柯鹼藥頭，針對成長中的中上層階級海洛因交易，那個藥頭有充足的庫存供應。

傑夫盯著那兩套昂貴的死亡工具瞧了一會兒，接著抬頭望著潘蜜拉的臉龐，看見她的前額布滿了細紋。他認識的上一世的她，在這年紀時細紋是分布在嘴角和眼尾，前額就像她少女時一樣光滑。幸福快樂的一輩子和幾乎不曾從焦慮中解脫的一世，皮膚的狀態深深刻劃出兩者間的差異。

「我們這輩子不算挺成功，不是嗎？」他鬱鬱寡歡地說。

她勉強想笑，嘴角顫動著，最後還是放棄了。「我想不算。」

「下一次……」他起了個頭，卻沒把話說完。潘蜜拉向他伸出手，他們互揉了一下對方的手。

「下一次，」她說，「我們會更認真地為自己的需求而活，每天都要。」

他點點頭。「這輩子我們有點不知道控制自己，就這樣讓時間溜走了。」

「我被找到其他重生者的想法沖昏了頭。雖然是你縱容我的，不過——」

「我也和妳一樣希望能夠找到其他人，」他打斷她，捉住她的手到唇邊親吻，「這是我們必須做的事。最後變成這樣並不是誰的錯。」

「我不認為……不過回首過去，這些年我們過的是多麼停滯、消極的生活。因為擔心錯過一直期待的聯繫，我們甚至很少離開紐約。」

傑夫將她擁進懷中，手臂將她環繞住。「下次我們要重新做自己的主人，」他向她承諾，「由我們主動出擊，為了我們自己。」

他們一起輕柔地滾上沙發，沒人說出埋藏在心裡最深的恐懼：他們沒辦法預知這次死後，潘蜜拉將要花多久時間才能重回到他身邊……甚至就連下一次重生他們能不能再在一起都不知道。

傑夫從海洛因造成的沉睡中突然驚醒，發現自己被無數道瀑狀灑落的白熾光芒包圍，他正在瀑布般乳白火焰形成的圓柱空間中央莫名地載浮載沉。他的耳朵正被刺耳的喇叭聲和墨西哥街頭樂隊製造出的誇張和聲襲擊，後者正以折磨人的音量演奏著西班牙歌曲〈聖誕快樂〉。

傑夫對於這次死亡完全沒有印象，也不記得經歷過心臟停止跳動時的劇痛。海洛因完成了止痛任務，但是從遲緩的沉睡狀態跨越到這嚇人的陌生環境，過程並沒有因此更輕鬆。麻醉藥的作用並未影響他再次棲息的年輕身軀，他被迫完全清醒，無法倚賴藥效昏沉緩解。

他四周的光瀑及樂聲不斷圍攻他早已不堪一擊的感官意識，使他處在不知所以的迷惘狀態中。除了周遭燃燒的光瀑外，這空間裡沒有其他光源，但透過明亮的銀白光線，他現在認出了站者、坐著、舞動著的人們的輪廓。他正坐在一張小桌子前，顫抖的手中拿著一杯冰涼的飲料。他小啜一口，嚐到馬格莉特調酒的刺激鹹味。

「該死！」有人在他耳邊喊道，聲音壓過了音樂的喧鬧聲。「多讚的景象！想想看從外頭看起來會是怎樣。」

傑夫將飲料放回桌上，轉頭去看說話的人是誰。在急速下墜的白色火光中，他認出在埃墨里的室友馬汀・貝利輪廓尖銳的臉龐。他的眼睛已經逐漸適應來自這大房間四面八方的怪異輝耀光束，於是他再次看看四周。這是個酒吧或夜總會；另外十幾張小桌子前正坐著一對對高聲談笑的情侶，舞池旁的墨西哥街頭樂隊穿著猖狂的華麗服飾，天花板上掛著驢子和公牛造型的五彩繽紛紙偶。

一九六四年聖誕節期間的墨西哥市，那年他和馬汀臨時起意開車去玩。還記得骯髒的牲口漫步在只有二線道的沙漠公路上，彎曲的山隘讓人看不見前方路況，每當墨西哥國營石油的卡車超車經過他們的雪佛蘭時，總留下一屁股棉花般的煙霧。還記得桑那羅沙區的妓女戶，通往太陽金字塔的長長石階。

他明白了，窗外墜落的光芒來自煙火秀，夜總會位於旅館的頂樓，燦爛煙花正從施放煙火的旅館屋頂上流瀉而下。馬汀說對了，從下面的街上往上看，景色一定很壯觀。旅館看起來像根燃燒的指針，煙火讓三、四十層樓的建築物在整座城市的夜空中閃閃發亮。

現在是什麼時候，聖誕夜還是跨年夜？這是墨西哥城會有煙火秀的日子。不管是哪一天，總之都是六四年底、六五年初了。這次重生他失去了十四個月，和潘蜜拉上一次一樣。天知道她——還有他們——這次會失去多少時間？

馬汀笑開了，生氣勃勃而友善地拍拍傑夫的肩膀。對了，傑夫記起來，他們這次旅行玩得很開心。那時他們無憂無慮，好像兩人的生命將不會再有煩惱，好像今天的好日子可以永遠持續下去——他們就是這樣以為。傑夫至少盡力了，不管自己的處境如何，每一次重生時，他都設法阻止老朋友自殺。儘管他無法避免馬汀踏入糟糕的婚姻生活，也沒有一家跨國公司可以提供他一輩子的飯碗，但他總是很早就讓馬汀買下一些投資報酬率極佳的股票，幫助他擺脫最後的破產。

這讓傑夫想起自己的事。過去他向來是靠賭博立刻取得現金，不過現在，他最可靠的彩金來源——六三年世界大賽已成為歷史紀錄的一頁了，沒有其他賭注可以在短期內獲利如此龐大的金額。職業足球賽季已經結束，超級盃再兩年才會開打。如果現在是跨年夜，他不知道還來不來得及從墨西哥市安排下注，賭明天的玫瑰盃橄欖球賽伊利諾將打敗華盛頓大學。這次他可能只能靠現在進行中的籃球賽事賺點零錢花了，他絕對沒辦法在職籃冠軍季靠波士頓凱爾特人隊的八連勝拿到像樣的賠率。

窗外的煙花瀑布在零星的劈啪聲中告一段落，樂團突然奏起墨西哥民謠〈美麗的天空〉，夜總會又恢復了原本昏暗的燈光。馬汀正在幾張桌子外搭訕一位苗條的金髮女郎，他抬眉問傑夫是否對她的紅髮朋友感興趣。她們是從荷蘭來的遊客，傑夫回想起。他和馬汀沒有達陣，不過他們將和（曾經和）這些荷蘭女孩喝酒、跳舞、度過愉快的夜晚。當然，他向馬汀聳聳肩。有何不可？

一旦解決錢的事，嗯，其實錢對傑夫來說沒那麼重要，現在還不重要。他只需要可以讓他過到……過到潘蜜拉回來就行。從現在起，遊戲規則就只有等。

小潘整個人感覺飄飄然，她已經陷入迷幻中只覺得全身無力。彼得和艾倫這次拿到的草真是嗨翻了，自從上個月在一家名叫電動馬戲團的夜總會裡有個傢伙給她嚐過後，這是她抽過最讚的；也許閃光燈、音樂和舞池裡的猛男、一切一切，都強化了它的效果。當克萊普頓的吉他以迷人的重複樂句彈奏出那首〈愛的光芒〉時，小潘由衷感覺現在的音樂也棒透了，只希望小小的手提音響可以把音樂放更大聲點，這就是她唯一的念頭。

她把光溜溜的腳縮進大腿下，背靠在貼住她床後整面牆的彼得．麥克斯56的大型海報上，回去繼續端詳《迪士雷利的齒輪》專輯的封背57。

封背上那隻眼睛真像是會說話，花朵直接從眼睫毛下長出來，白色部分和鳶尾花圖案讓歌名幾乎看不清楚……還有，老天，那裡還有一隻眼睛。看越久就越覺得除了眼睛之外什麼都看不到，注意力完全被吸住。就連那些花看起來也好似長了眼睛，正在跟你眨眼呢，像是貓眼，又像是東方人的媚眼……

「喂，快來看這個！」彼得叫道。她抬眼瞄了一下，他和艾倫正小小聲地在看《勞倫斯．偉克秀》。

小潘看著黑白電視畫面上上了年紀的搭檔翩翩起舞，跳的是波卡舞之類的，像是正隨著唱片音樂起舞。接著畫面轉到偉克上下揮舞著他小小的指揮棒，於是她開始大笑。偉克緊緊抓住拍子，彷彿這老頭正指揮著藍調搖滾樂團「奶油」演奏他們的〈起舞到天明〉。

「來吧，你們這些傢伙，我們上路去嘛。」艾倫看膩了電視，堅持出去透透氣。「今晚每個人都會在那裡。」從一小時前，她就不斷要求他們離開房間，移師到亞道夫酒館去。艾倫的主意是對的，可以慶祝的事情很多，今晚大學酒吧的氣氛一定很不錯。這禮拜稍早，尤金·麥卡錫差點就在新罕布夏初選中擊敗詹森，不過就在今天，鮑比·甘迺迪宣布他改變了主意，決定要在民主黨的總統提名選戰中參選到底。

小潘套上靴子，隨手從釘在門上的鉤子上抓了條厚羊毛圍巾和一件海軍雙排扣舊大衣。艾倫趁這時間慢慢走下通往大廳的迴旋樓梯，她常常在這棟像是《亂世佳人》中塔拉莊園那種舊宅邸改建成的宿舍裡絆倒。他們走到外頭時，彼得也加入了遊戲。他晃到井然有致的花園裡，開始模仿南方人的沉重口音，半真半假地唸起電影對白來。但三月的夜晚實在太寒冷，幾個哈草哈得茫茫然的人玩了一會兒假扮遊戲，不久三個人嘎吱地踩過雪地，朝著學校邊安楠多郵局對面那棟溫馨的木房子走去。

亞道夫酒館已經像平常那樣擠滿了週末夜的人潮。每個沒去紐約渡週末的人遲早都會上這裡報到，這是學校周邊唯一在步行距離內的酒吧，也是哈德遜河這岸唯一一家能讓頭髮篷亂、奇裝異服的巴德大

56 彼得·麥克斯（Peter Max），德國出生的美國藝術家，作品以色彩鮮豔肖像風格風靡於一九六〇年代。當時他的畫作經常出現在海報上，是當時美國大學生寢室牆上流行的裝飾品。

57 此張由「奶油」樂團發行的專輯，封面設計運用團員人頭拼貼而成，色彩鮮豔，有濃厚的彼得·麥克斯藝術風格，成爲唱片封面設計的經典。

學學生感覺放鬆和自在的酒吧。在普奇喜北邊民風保守的城區，大學與社區間的關係相當緊張。長居此地的居民無論老幼，都鄙視巴德學生們浮誇、不符成規的外表和言行舉止，背地裡流傳著許多校園裡嗑藥和性濫交氾濫的閒言閒語（小潘帶著些許興味認為，其中許多傳說的真實性其實更超過他們的想像）。

年紀輕的居民有時候也會上亞道夫酒館，喝點小酒、把把「嬉皮小妞」。小潘鬆口氣地注意到，除了整年都在學校四處閒晃的怪咖之外，今晚的酒館裡沒有城裡人在場；他人似乎還可以。那個人老是獨來獨往，而且十分沉默，從來不給人帶來麻煩。有時她覺得他好像正在觀察她，但不緊迫盯人，一個禮拜總有幾次會故意出現在她可能會去的地方：圖書館、藝術系的藝廊，還有這裡……不過他從來沒煩過她，甚至沒和她說過話。有時候他會對她微笑、點個頭，她也會稍微回他個笑容，只是確認他們知道彼此，不會讓人有多餘聯想。對，他人還可以，如果把頭髮留長，甚至會挺有魅力。

點唱機開始放出史萊與史東家族的〈跟著音樂搖擺〉，前面房間的舞池裡開始擠滿了人。小潘、艾倫和彼得在人群中鑽來鑽去，想找個地方坐。

小潘仍處在迷茫狀態。他們從學校走過來的路上又抽了根大麻，酒吧裡鬧哄哄的景象在她眼裡忽然變成一幅或一系列的畫。在畫面這裡她要強調一個捲邊花瓶，那裡要畫綹長長的黑髮，人們的臉、身體、音樂和喧鬧……沒錯，聲音，她想在畫布上捕捉這老地方令人愉快的聲音，將它視覺化，用感官經驗的聯覺轉化來呈現，這種聯覺轉化老在她迷茫時浮現在腦海中。她環顧整間酒吧，在腦中篩選出畫面中的人物與細節，然後眼睛盯住那位老是不期而遇的怪咖。

「喂，」她用手肘推推艾倫，「你知道我想畫誰嗎？」

「誰？」

「那裡的傢伙。」

艾倫望向小潘不著痕跡指著的方向。「哪個？妳不會是要畫那個正經八百的傢伙吧？那個城裡人？」

「對，就是他。他的眼睛很特別，好像……我也不知道，給人很蒼老的感覺，好像比他實際年齡還要老許多，好像已經看過太多……」

「的確，」艾倫意有所指地挖苦道，「也許他以前是海軍陸戰隊員之類，已經看過太多他在越南射殺的女人和小孩的屍體。」

「妳又在講春節進攻[58]的事？」彼得問。

「不是，小潘煞到某個城裡人了。」

「瞎。」彼得大笑。

小潘氣紅了臉。「我才沒那樣說。我只是說他的眼睛很有意思，想畫下來而已。」

點唱機播出〈灣區的碼頭〉，跳舞的人大多回到了座位上。奧蒂斯・雷丁這首悲傷沉思的曲子，像極了這位在唱片發行前就撒手人寰的歌手為自己唱的諷刺墓誌銘。小潘心想誰會播這種歌曲，也許是那位有著奇特眼睛的傢伙也說不定，他看起來就像是會喜歡這種音樂的人。

「虛度著時——光……」彼得跟著音樂唱著，露出頑皮的笑容。他脫下手錶，用演戲般的誇張動作把錶丟進還剩半壺的啤酒裡，「時間被我們淹死了！」他大聲宣布，接著舉起酒杯和其他人乾杯。

「我聽說鮑比是個毒蟲。」他們正在乾杯時，艾倫沒頭沒腦地做出評論。「他跟滾石在紐約時供應毒品的藥頭拿草。」

---

58 一九六八年越戰期間，北越趁美軍及南越在新年停戰協定下鬆於戒備，對南越各城鎮發動一系列突襲。美軍後來大幅反攻重新控制局勢，導致越共慘敗。但殘忍的屠殺報復行動使得美國國內輿論由主戰而逐漸倒向了反戰。

他們正聊著小潘最愛的話題。「聽說雷諾菸草公司已經祕密地……要怎麼說，取得專利權？所有那些好牌子的名字。」

「註冊商標。」

「對，對，他們已經商標註冊了。阿科普寇金黃、紅巴拉馬……菸草公司的人為了以防萬一，拿走了所有好名字。」

小潘專心聽著她熟悉的閒聊，一邊感興趣地點頭。「不知道包裝看起來會怎樣，還有廣告也是。」

「渦紋圖案的紙盒吧。」艾倫笑著說。

「找罕醉克斯59來拍電視廣告。」彼得插嘴。

他們哄堂大笑，一起在酒精與藥物的催化中進入止不住的恍惚狂笑狀態，這是小潘向來最愛的。她用力笑著，笑到眼裡都跑出了淚水，笑到頭昏眼花、喘不過來，她——

這次她到底在哪裡，潘蜜拉心想，為什麼她的腦袋這麼昏昏沉沉？她眨眨眼驅退眼裡那層不知打哪來的淚水，定下心來觀察這個新環境。天哪，她是在亞道夫酒館。

「小潘？」艾倫突然注意到她的朋友停止大笑，於是問道。「妳還好嗎？」

「我很好。」潘蜜拉緩緩地做了個深呼吸後說道。

「妳不會是興奮過度或怎樣了吧？」

「沒事。」她閉上雙眼，試著集中精神，腦袋卻停不下來持續漂流著。音樂聲吵得要命，而且這地方、甚至身上穿的衣服都散發出她哈草哈茫了的臭味——她明白過來。她去亞道夫酒館時通常都這樣，他們把上亞道夫酒館叫做「上路去」，既然是上路去，當然就要「輕鬆上路」才行……

「再來瓶啤酒，」彼得用關切的聲音說道，「妳看起來怪怪的。確定沒事？」

「我很好。」她在大一那年冬天的專業領域課上和彼得與艾倫結為好友。潘蜜拉大三時彼得畢業了，艾倫輟學和彼得一塊兒搬去倫敦。這表示現在一定是一九六八或六九年。

點唱機開始播放下一張唱片，琳達・朗絲黛唱著〈不一樣的鼓聲〉，不，唱歌的不止是琳達・朗絲黛，還有石頭小馬樂團。把事情搞清楚，她向自己喊話，慢慢重新適應環境，別讓腦袋裡的大麻讓事情變得更麻煩。別想做任何決定，甚至現在什麼都先別說。等到妳冷靜下來、等到——

天，他在那裡，正坐在二十呎外盯著她。潘蜜拉目瞪口呆地看著那不協調且棒透了的畫面，她簡直不敢置信，傑夫・溫斯頓正安靜地坐在一群吵鬧的年輕人中間，就在她大學時代的巢穴裡。她看見他注意到她眼神的變化，他給了她一個溫暖、悠長的微笑當作歡迎，並讓她安心。

「喂，小潘，」艾倫說，「妳怎麼哭了？聽著，也許我們回宿舍去比較好。」

潘蜜拉搖搖頭，把手放在她朋友的手臂上向她保證她沒事。然後她從桌子前起身，穿越房間、穿越這些年的等待，走向傑夫等待的懷抱裡。

「刺青小姐，」傑夫親著她大腿內側的粉紅玫瑰一邊咯咯笑道，「我不記得以前那裡有這東西。」

「那不是刺青，只是轉印圖案。可以洗掉的。」

「可以舔掉嗎？」他用邪惡的眼神抬頭看著她問。

她笑了。「歡迎試看看。」

「也許等一下，」他邊說邊滑上來，然後躺在她身邊的枕頭堆上。「妳當花孩60我挺喜歡的。」

---

59 指偉大的吉他樂手吉米・罕醉克斯（Jimi Hendrix）。渦紋圖案與罕醉克斯均可說是美國六〇年代迷幻世代的代表符號。

60 可說是嬉皮的代名詞，尤指一九六七年舊金山「夏季之愛」運動中的年輕人。他們在髮際佩戴花朵以象徵愛與和平。

「你會喜歡的，」她說著並戳戳他的肋骨，「再倒點香檳。」

他伸手去拿床頭桌上的瑪姆香檳，把酒杯倒滿。

「你怎麼知道我什麼時候會開始重生？」潘蜜拉問道。

「我不知道。我已經觀察妳好幾個月了。我這學年開始在萊茵貝克租下了這間房子，從那時候我就開始等。等待令人挫折，我都開始不耐煩了。不過在這裡的這段日子也幫助我放下了一些過去的回憶。我以前就住在這條河上游的某棟舊莊園裡，那時我和黛安在一起……還有我女兒葛麗倩。我總認為我絕不會再回到這裡，不過妳給我一個回來的理由，我很高興我回來了。除了這點外，我也喜歡看見妳在這時期的真正模樣，原本的妳。」

她扮了個鬼臉。「我是個嬉皮大學生，皮製流蘇、紮染衣服。希望你沒聽到我跟朋友們聊些什麼，我可能說了很多沒規沒矩的話。」

傑夫親親她的鼻尖。「妳以前很可愛。我該說是現在，」他更正說法，用手將她長長的直髮從臉上梳到一邊。「不過我忍不住要想像這些孩子們十五年後穿著三件式西裝、開著寶馬跑車上班的樣子。」

「不是全部人都這樣，」她說，「巴德大學的畢業生有不少成了作家、演員、音樂家……而且，」她苦笑著補充，「我丈夫和我也沒有寶馬跑車，我們開的是奧迪和馬自達。」

「說得好。」他笑著啜了口香檳。

他們心滿意足地並肩而臥，但傑夫看得出她愉快表情下藏著沉重的心情。

「十七個月。」他說。

「什麼？」

「我這次少了十七個月的時間。妳正在想這件事，對吧？」

「我正想要問，」她承認，「我就是沒辦法不去想。我的偏離已經到……你說現在是三月？一九六八年三月？」

傑夫點點頭。「三年半。」

「從上一次算起的話，和一開始那幾次重生一共差了五年。老天，下次我可能——」

他把一根手指放在她唇上，阻止她繼續說下去。「我們說過要專心在這一次的，還記得嗎？」

「我當然記得。」她說，在被單下與他依偎得更緊了些。

「而且我一直在想這件事，」他告訴她，「我有很長的時間可以好好思考，我想我已經想出一個勉強算得上的計畫。」

她把頭向後靠，皺著眉頭瞧他，一副感興趣的模樣。「你的意思是？」

「嗯，首先我想跟所有相關科學社群接觸，國家科學基金會和一些私人研究機構等，任何可能最恰當的團體，說不定是普林斯頓或麻省理工的物理系或研究時間性質的學者。」

「他們不會相信我們的。」

「的確，這一直是最大的絆腳石。而且我們每一次都保守祕密，卻也擋住了我們的去路。」

「但我們得小心謹慎才行，否則別人會以為我們瘋了。想想看史都華．麥高文，他——」

「麥高文是瘋了，他是個殺人狂。但預測未來不犯法，沒有人會因此而把我們抓起來關。一旦我們預測的事情真的發生了，就會證明我們對未來的知識是正確的。他們就得聽我們的。人們會知道有件真實的事——無法解釋但千真萬確的事正在發生。」

「但一開始要怎樣引起人注意呢？」潘蜜拉提出反對意見。「沒有一個麻省理工教授之類的人物會願意看一眼我們給他們的預測清單。只要我們一開口說出想法，他們立刻就會把我們歸類成幽浮狂熱者和神棍。」

「這就是重點了。我們不去找他們，讓他們來找我們。」

「憑什麼他們該，你說的沒道理。」潘蜜拉困惑地搖頭。

「我們向大眾公開。」傑夫向她解釋。

16

這一次，他們不需要像之前那樣讓廣告在全球媒體上曝光，小廣告想吸引到的只有其他重生者的注意而已。為了達成現在的目的，他們不再需要措辭含糊而且匿名發表。

《紐約時報》拒絕刊出這個只出現一次的全版廣告，但還是在《紐約每日新聞》、《芝加哥論壇報》和《洛杉磯時報》刊出了。

未來一年內：

- 美國核子潛艇「天蠍星」號將在五月底沉沒大西洋。
- 六月時將發生導致美國總統大選中斷的重大悲劇。
- 暗殺馬丁．路德．金恩的兇手將在美國境外被捕。
- 首席大法官厄爾．沃倫將在六月二十六日辭職，並由阿貝．佛塔斯繼任。
- 蘇聯將在八月三十一日撕毀華沙公約，入侵捷克。
- 九月一日發生在伊朗的大地震將造成一萬五千人罹難。
- 蘇聯發射的無人太空梭將繞行月球，並於九月二十二日墜落印度洋。
- 祕魯與巴拿馬都將於十月發生軍事政變。
- 尼克森將以些微差距擊敗韓福瑞贏得總統大選。

- 三位美國太空人將在聖誕節那一週繞行月球軌道並平安回到地球。
- 一九六九年一月，蘇聯領導人布里茲涅夫將僥倖逃過暗殺。
- 二月，一場大規模原油外洩事件將污染南加州海濱。
- 四月底，法國總統戴高樂將辭職下台。

在一九六九年五月一日前，我們不會對這些預測評論，我們預計當天與新聞媒體會面，地點則將於一年後的今天對外宣布。

傑夫．溫斯頓、潘蜜拉．菲利普斯
一九六八年四月十九日，紐約市

他們在紐約西爾頓飯店租下的大型會議室座無虛席，找不到位置的人不耐煩地在走道及一旁繞來繞去，一邊還要小心別被彎彎曲曲的麥克風和電視纜線纏住腳。

三點整，傑夫和潘蜜拉準時走進會議室，並肩站在演講台上。為了電視攝影機而打的強光讓人差點睜不開眼睛，潘蜜拉在燈光下緊張地微笑著，傑夫揉揉她的手，給她一個鼓勵。打從他們進門起，狂吼的問題就塞滿了整個房間，所有記者都搶著要吸引他們的注意力。傑夫好幾次要求大家安靜，最後才讓音量降到朦朧的低吼。

「我們將回答各位所有的問題，」傑夫告訴在場的記者，「不過我們得建立個秩序。從後排先好了，每個人一個問題，由左至右順序發問。輪完換下一排，一樣是從左到右。」

「找不到座位的人呢？」站在一邊的一個男人喊道。

「後到者後發問，從左邊這一邊先開始，後面到前面。現在，」傑夫指著一個人說，「我們首先回答這位穿藍色衣服女士的問題。不需要自報來歷，只要提出問題就好。」

那位女士站起來，手上拿著筆和活頁本。「最當然問題是：你們怎麼能夠對範圍如此廣泛的事件做出準確預測？你們將宣稱擁有通靈能力嗎？」

傑夫做了個深呼吸，盡可能讓音調保持冷靜。「一次一個問題，謝謝，不過我可以一次回答這兩個問題。不，我們不會假裝自己是一般意義下的靈媒。菲利普斯小姐和我，我們都是某個反覆現象的受益者——或者說是被害人，一開始發現時，我們也難以置信，就像你們接下來無疑會有的反應。簡單說，我們一直在重活我們的人生，精確地說，是某一段的人生。我們都死於，或者說將死於一九八八年十月，但又復活過來，然後再次死去，這樣的過程一直重複。」

進場時迎接他們的聲音和這個聲明之後出現的大混亂簡直無法相比，這陣雜音的嘲弄意味更讓人無法忽視。一家電視台工作人員直接關燈，開始收拾設備，幾個記者在覺得受辱的盛怒之下昂首闊步離開會場，不過等著接收空位的人還是很多。傑夫再次示意大家安靜，指著下一位記者準備聽他提出問題。

「這也是個想當然耳的問題，」一個沉著臉的肥胖男子說，「你們怎會期望這裡的人相信這種胡說八道？」

傑夫保持鎮靜，他對潘蜜拉鼓勵地微微笑，開始冷靜地向嗤之以鼻的群眾說話。「我之前就告訴過各位，我們所說的話聽起來難以置信。我只能指出一個事實，那就是我們在一年前公布的『預測』——那些事對我們來說已經是回憶了——命中率百分之百，並請各位在聽完我們想說的話之前先不做判斷。」

「你今天會做出更多預測嗎？」下一位記者問道。

「是的。」傑夫說，會場的騷動似乎有捲土重來的趨勢。「但只有在我們回答完所有問題，並覺得已經暢所欲言之後才會公布。」

他們花了將近一小時對他們的過去做了基本概略的描繪，包括他們原本的身分，每一世有什麼值得注意的作為、他們如何認識，以及起始日逐漸偏離的惱人事實。就像他們之前同意的，回答略過了大部分的個人生活，以及他們認為可能帶來危險或透露出不智的事情。但接下來的問題是他們早就料到，卻遲遲決定不了答案的：「你們認識其他……其他你們所謂的重生者嗎？」第三排一個挖苦的聲音問道。

潘蜜拉瞄了傑夫一眼，在他來得及回答前斷然開口。「是的，」她說，「一位叫做史都華．麥高文的人，住在華盛頓州西雅圖。」

上百枝筆在筆記本上振筆疾書下名字，問答停頓了一會兒。傑夫對潘蜜拉皺皺眉頭警告，但她裝作沒瞧見。

「他是我們唯一知道的其他位重生者，」她繼續說道，「我們曾花了某次重生的大半輩子來搜尋其他人，麥高文是唯一經過我們證實的一位。但我得告訴各位，我們強烈不贊同他對整件事的觀點，因此他今天並沒有和我們一起站在這裡。不過我認為你們應該會認為訪問他很有意思，甚至近距離追蹤他的一舉一動，看看他如何面對我們三人同處的情境。用最保守的說法，他不是個普通人。」

她回頭看著傑夫，後者給她一個滿意的笑容以示讚許。她並沒有毀謗或暗示麥高文有罪，但她說的話肯定會讓他的背景被翻得一清二楚，而且從今天起每個公開行動都會受到監視。他再也無法殺人了，至少這次不能。

「你們想從這一切裡面得到什麼？」另一個記者問道。「這是你們策劃的賺錢詭計或儀式嗎？」

「絕對不是。」傑夫堅定地說。「我們可以透過正當的投資管道來賺得我們需要或想要的錢，我希望各位的報導都能把我們的明確要求寫進去，那就是無論多寡，請不要為了任何目的而寄錢給我們，我們會退回所有收到的禮物。我們唯一想得到的是資訊，對於我們所經歷的一切，以及該如何結束這狀況的可能解釋。我們希望科學機構，尤其是物理學家、宇宙論者能夠注意到發生在我們身上的事實，並和我們連絡，說明他們對這件事的看法，這就是我們將這異常處境公諸於世的唯一目的。在這之前，我們從來沒有暴露過身分，如果不是為了剛才說明過的關切問題，我們也不會做。」

房間內充滿了懷疑的竊竊私語。每個人都在賣東西賺錢，就像潘蜜拉曾經指出過；對這群已經麻木不仁的記者來說，傑夫和潘蜜拉不是在騙錢的事實實在太難以接受，儘管這對情侶的態度十分真誠，而他們那不可思議的正確預知能力又叫人不得不信。

「如果你們不是想利用這些聲稱來賺錢，你們到底想做什麼？」另一個人問道。

「要看我們用這種方式公開後得到了什麼結果再說。」傑夫回答。「我們暫時會先靜待觀察，看看各位把這件事報導出去後會發生什麼事。現在，還有其他進一步的問題嗎？如果沒有的話，我這裡有一些影印的資料，是我們最新的一組……預測——如果根據你們的看法。」

人們爭先恐後地湧到前方，在許多隻手爭著抓住一份影印資料時，又迸出新一波更尖銳的問題。

「核子戰爭會爆發嗎？」

「美國在登月競賽中能夠打敗蘇聯嗎？」

「我們能夠找到癌症的解藥嗎？」

「抱歉，」傑夫吼道，「我們不回答關於未來的問題。該說的都寫在這份文件裡了。」

「最後一個問題。」一位戴眼鏡、頭戴一頂像剛被人用屁股坐過的軟呢帽的男人喊道。「哪匹馬會贏得這禮拜六的肯德基德貝馬賽？」

傑夫的臉上露出笑容，自從這場緊繃的記者會開始以來，心情第一次輕鬆了下來。「我就破例回答一次這位紳士的問題，」他說，「王子殿下會贏得德貝和普利克尼斯馬賽，不過藝術與文學將打敗牠贏得三冠王。我想，剛才告訴你們這件事已經讓我自己下的注嚴重貶值了。」

王子殿下以一賠十的賠率衝出馬閘，贏家只能得到每注二點一塊的彩金，是按注分彩型賭博規定所允許的最低返還金額。傑夫和潘蜜拉的故事攻占了各大新聞網和通訊社報導後，幾乎沒人押注在德貝馬賽的其他馬匹上。肯德基州賽馬委員會下令對這件事展開全面調查，馬里蘭和紐約都有謠言傳出將取消即將進行的普利克尼斯和貝爾蒙特馬賽。

比賽後的星期一，在他們在汎美大樓的新辦公室裡，電話鈴聲從早上六點開始就響個不停。到了中午，他們已經從凱莉女孩人力公司雇了兩位工讀生，專門應付電話和電報，以及沒事先預約即自行上門的好奇人士。

「先生，我列出了過去一小時內打來的電話和電報清單。」說話的是位穿著打褶及膝裙、臉上帶著敬畏表情的年輕女性，她緊張地撫弄著胸前的長串珠鍊。

「可以請妳幫我做個摘要嗎？」傑夫將那一天的紐約時報社論版放在一旁，疲倦地要求；那篇社論呼籲「面對可能是諾斯特拉達姆斯的現代傳人及其操弄巧合事件時應抱持理性的懷疑論態度」。

「好的。有四十二個人要求私人諮詢，包括重病患者、失蹤孩童的父母等等。九家股票經紀公司來電，願意降低佣金爭取您成為客戶。十二通來電和八封電報是來自樂意將錢投入各類型賭博的人。十一個訊息來自其他靈媒，他們想要分享——」

「我們不是靈媒……坎道爾小姐，是這名字嗎？」

「是的，先生。您願意的話可以稱呼我愛蓮娜。」

「很好。愛蓮娜，我希望妳清楚了解，潘蜜拉和我沒有說過我們擁有通靈的力量，除了這點外，妳應該向這樣假設的人主動說明。這會造成很大的差別，如果妳要在這裡工作，妳就必須知道我們選擇面對公眾的方式。」

「我明白，先生。只是——」

「當然，這對妳來說有點難以接受。我不是說妳得相信我們；我只是想確定當妳對外說話時，我們說過的要點不會被曲解而已。現在，請妳繼續報告下去吧。」

女孩理平她的上衣，看著她的速記簿開始唸。「有十一通……我想您可以叫他們仇恨電話，其中有些非常下流。」

「妳們不需要忍受這種事。告訴其他女孩，有人開始辱罵時可以儘管掛電話。如果有人持續騷擾，打電話通知警察。」

「謝謝您。也有幾通電話來自加州某個未來研究者團體。他們希望您能去那裡和他們會談。」

傑夫抬起眉毛表示感興趣。「蘭德公司？」

她回瞄一眼筆記本。「不是，是個叫做『展望會』的團體。」

「把這訊息傳給律師。要他做個審查，看看那是不是個合法組織。」

愛蓮娜在速記簿上記下指示，然後回到清單上。

「先生，每當我和魏德先生說話時，我都得向他報告那些威脅要告我們的航空公司，墨西哥航空、亞勒根尼航空、菲律賓航空、法國航空、奧林匹克航空等等，還有密西西比和厄亥厄州的旅遊局，他們的律師也曾經打來過。他們全都非常憤怒。我只是認為應該提醒您這件事。」

傑夫心煩意亂地點點頭。「就這樣嗎？」他問。

「是的，除了少數幾家雜誌社外，所有雜誌社都想安排和您或菲利普斯小姐，或是兩人一起做獨家採訪。」

「其中有任何學術性期刊嗎？」

她搖搖頭。「《國家詢問報》、《論命》……我想您可能會說裡面最正經的是《君子》雜誌。」

「大學方面還是沒有消息？除了加州那群人以外，沒有任何研究基金會來接觸嗎？」

「沒有。這就是全部了。」

「好吧，」他嘆了口氣，「謝謝妳，愛蓮娜。隨時讓我知道情況。」

「我會的，先生。」她闔上簿子，準備要走卻又停住了。

「溫斯頓先生……我正在想一件事……」

「什麼事？」

「您認為我應該結婚嗎？我的意思是，這件事我已經考慮一陣子了，我男朋友問過我兩次，但我很想知道……嗯，我想知道這段婚姻會不會成功。」

傑夫寬容地笑了，他看見這年輕女人極度渴望預知未來的眼神。「但願我知道，」他告訴她，「不過這件事妳得靠自己去得到答案。」

墨西哥航空公司在六月十五號撤銷了告訴，就在其所屬一架噴射機在蒙特婁附近撞上山壁隔天——正如傑夫和潘蜜拉的預料。墨西哥政治領導人卡洛斯．馬德拉佐和網球明星拉法歐．歐斯納沒登上那架他們曾經死過五次的飛機。只有十一個人搭上這次死亡班機，而不是七十九人。

這件事之後，所有預告將發生災難事故的航空公司裡面只有阿爾及利亞航空和尼泊爾皇家航空決定不顧警告，堅不停飛被提到的班次。在一九六九年剩下的時間裡，它們成了全世界商業航空界唯一遭受致命意外打擊的航空公司。

美國海軍拒絕屈服於國防部長賴爾德所謂的「迷信」，因此伊凡斯號驅逐艦仍繼續在南中國海上航行；不過澳洲政府卻靜悄悄地下令航空母艦墨爾本號在六月第一個禮拜停航，把伊凡斯號撞成兩截的碰撞意外於是沒有再發生。

由於居民注意到這些高度報導的預警，並在洪水來襲前先撤退到高地避難，七月四日北厄亥厄州伊利湖洪水氾濫造成的死亡人數從四十一人降到了五人。同樣的情況也出現在密西西比；八月中在灣港和拜洛西城灣岸渡假區訂房的旅客少得可憐，當地居民更是以前所未見的速度逃向了內陸。卡蜜兒颶風來襲時，整條海岸線幾乎處於無人狀態，從前的一百四十九位遇難者中有一百三十八人逃過一劫。人們的命運改變了，他們的生命在過去無法繼續的地方延續下去。全世界都注意到了。

「米歇爾，我現在就要拿到禁制命令！可以的話就這禮拜，最遲下禮拜中。」

律師正專注地擦拭著眼鏡，以對待昂貴望遠鏡的精確度擦亮厚厚的鏡片。「我不知道，傑夫，」他說，「我不確定這可不可能。」

「那麼我們要多久才能拿到？」潘蜜拉問。

「也許沒辦法。」魏德向他們承認。

「你是說我們一點辦法也沒有？這些人可以自由自在到處散播他們編織出來的荒謬幻想，而我們對此完全無能為力？」

律師又在一塊鏡片上找到一個看不見的斑點，正用一小塊羊皮布小心翼翼地揩拭著。「他們正在行使憲法第一修正案保障他們的權利。」

「這群寄生蟲正在壓榨我們！」傑夫整個人爆炸了，他揮舞著促使他召開會議的小冊子。他的照片被大剌剌地刊載在封面上，旁邊是一張潘蜜拉的較小照片。「他們靠我們的名字和預測來賺錢，卻沒有經過授權，這麼做已經讓我們所有的努力形同白費。」

「他們是非營利組織。」魏德提醒他。

「而且他們已經用宗教機構的名義提出免稅資格申請。這種事情我們很難有辦法反對，不僅要花上好幾年，而且擊敗的機會微乎其微。」

「如果引用毀謗罪的法律呢？」潘蜜拉不放棄。

「你們已經是公眾人物了，這代表你們沒有太多的保護。而且不管怎樣，我不確定他們的批評能不能構成毀謗罪。有的法官也許甚至認為完全相反。這些人把你們奉為神明，相信你們是神仙再世。我想你們最好是不理會，法律行動只會替他們做更多宣傳。」

傑夫沒說話，只發出一陣作嘔的聲音，一隻手揉皺小冊子後將它丟到辦公室的遙遠角落。「我們正想要避免這種事，」他氣沖沖地說道，「就算我們忽視或否認，但是和它沾上關係後，我們的名聲就臭了。以後再也不會有有聲望的科學組織想和我們合作。」

律師重新戴上眼鏡，用細細的食指調整眼鏡在鼻梁上的位置。「我明白你們面臨的困境，」他告訴他們，「但我無法——」

傑夫桌上的室內對講機響起兩短一長的蜂鳴，這是傑夫指示有緊急訊息需要通知時的信號。

「喂，愛蓮娜？」

「有位男士想要見您，他說他代表聯邦政府。」

「哪個單位？民防局？國科會？」

「是國務院，先生。他說他必須親自見到你們，您和菲利普斯小姐。」

「傑夫？」魏德皺眉。「需要我代為處理嗎？」

「也許，」傑夫告訴他，「先看看他想要什麼。」傑夫再次拿起對講機。「帶他進來，愛蓮娜。」

愛蓮娜帶進辦公室的男性年約四十多歲，禿頭，有著一對警覺的藍眼睛和被尼古丁染黃的手指。他用銳利的眼神快速打量了傑夫一眼，然後是潘蜜拉，最後看向米歐爾・魏德。

「我希望能私下談話。」男人說。

魏德起身，開始自我介紹。「我是溫斯頓先生的律師，」他說，「也代表菲利普斯小姐。」

男人從外套口袋掏出一個薄薄的皮夾，將名片遞給魏德和傑夫。「我是盧索・黑吉斯，來自美國國務院。我恐怕這次討論的性質涉及機密，無法讓您參與。魏德先生，您是否介意離席？」

「是的，我介意。我的客戶們有權——」

「這個狀況下不需要法律意見的諮詢。」黑吉斯說。「事涉國家安全。」

律師開口想再次提出抗議，但傑夫阻止了他。「沒關係，米歐爾。我想聽看看他要說什麼。請你想想我們剛才討論過的事，如果想出任何可行的替代方案要讓我知道，我明天會打電話給你。」

「有需要隨時打電話給我。」魏德邊說邊對政府代表露出不悅的神色。

「我等下會回到辦公室，六點或六點半之前都會待在那裡。」

「謝謝。有需要我們會和你連絡。」

「介意我抽根菸嗎？」律師離開之後黑吉斯問，邊掏出一盒駱駝牌香菸。

「請便。」傑夫示意他在書桌對面找張椅子坐下，將菸灰缸滑到他拿得到的範圍。黑吉斯拿出火柴盒，點燃了香菸。他讓火柴緩緩燒成一根焦黑的殘梗，然後將悶燒中的火柴扔進玻璃大煙灰缸中。

「當然，我們一直注意著你們。」黑吉斯終於開口。「過去這四個月以來你們在媒體鎂光燈下的所作所為的確很難忽略。雖然我必須承認，我大多數的同事一直傾向不把你們的宣告當成正經事……直到這個禮拜。」

「利比亞？」傑夫問，心中已經知道了答案。

黑吉斯點點頭，深深地吸了口菸。

「每個負責中東事務的人都還在震驚中無法恢復；我們最可信的情報評估顯示，伊德里斯國王的政權極其穩固。而你不僅說出了政變的日期，甚至能夠指明政變的軍事執政團是來自利比亞軍隊的中階軍官。我希望你們能夠告訴我是如何得知這一切的。」

「我已經盡我可能說明過這件事。」

「關於你不斷重活自己的人生——」他冷酷的眼神轉向了潘蜜拉，「我該說是你們的人生。你們不會想要我相信吧？」

「你沒有別的選擇。」傑夫用就事論事的語氣說道。「我們也沒有。事情就是發生了，我們知道的只有這樣。我們這次大動作地展示自己，唯一理由是想要發掘出更多真相。這些我在之前就已經非常坦白地說明過了。」

「我早料到你會這樣說。」

潘蜜拉熱切地讓身子向前傾。「一定有政府研究人員可以調查這現象，幫助我們找出我們一直找尋的答案。」

「那不是我的部門負責的。」

「但你可以替我們介紹，讓他們知道你是認真看待我們說的話。物理學家或許可以——」

「交換條件是什麼？」黑吉斯問，從菸上彈掉長長的菸灰。

「我不懂，可以說明一下嗎？」

「你們剛剛要求我承諾提供你們資金、人力、實驗設備……這樣做對我們有什麼好處？」

潘蜜拉噘起雙唇，看向傑夫。「資訊，」過了一會兒後，她說，「我們可以先一步告訴你們即將打擊世界經濟或造成數千無辜民眾死亡的事件。」

黑吉斯把菸捻熄，用銳利的藍眼睛牢牢盯住她的雙眼。「像是？」

她又瞥了一眼傑夫；他面無表情，看不出是讚許還是驚訝。「利比亞發生政變，」她告訴黑吉斯，「後果會是個大災難且影響深遠。軍事政變團的頭子科隆那・格達費明年初會自任總理；那人是個瘋子，接下來二十年的邪惡代表。他會讓利比亞血流遍地，成為恐怖分子的避風港。許多恐怖、難以想像的惡行都將因他而起。」

黑吉斯聳聳肩。「這太模糊了，」他說，「妳聲稱的事情可能需要好幾年才能證明是真或假。而且，我們更感興趣的是東南亞，不是阿拉伯小國家的政權興衰。」

潘蜜拉果決地搖頭。「你們就錯在這裡。越南敗局已定，中東才是接下來二十年的樞軸地帶。」

黑吉斯若有所思地看著她，從揉皺的菸盒裡掏出另一根菸。「國務院裡面有一小群人是抱持這樣的看法，」他說，「不過，你們說我們在越南沒望了……前年胡志明的死怎麼說？這難道不會削弱越共的決心嗎？我們的分析員說——」

傑夫洪聲說，「就算有效果，也只是強化他們的決心。胡志明只會被奉為聖人、烈士。他們會用他的名字為西貢重新命名，就在——就在他們攻下那座城市後。」

「你剛才差點就說出日期了。」黑吉斯說，透過朦朧的煙霧斜眼看著他。

「我想我們對透露給你的事情應該有選擇。」傑夫謹慎地說，同時遞給潘蜜拉一個警告的眼神。「我們不希望增添這世界的困擾，只想幫助它避開一些明確的不幸災難。」

「我不知道……國務院現在還是有一堆不見證據不死心的人，如果你們只能給些含糊其詞的籠統訊息——」

「柯錫金和周恩來，」傑夫用強有力的語氣表示，「將在下週於北京會晤。而下個月初蘇聯和中國就會同意就領土爭議正式會談。」

黑吉斯皺起眉頭，一副不相信的模樣。「柯錫金不會訪問中國的。」

「他會，」傑夫斷言，臉上一抹不自然的微笑，「而且不久後，尼克森也會訪問中國。」

*

三月的風自乞沙比克灣吹來，將小雨化做輕薄的寒霧，終止了紛飛的雨勢，風從四方拍打著雨珠，使得雨霧在朦朧中彷彿波濤洶湧港灣中的滾滾白浪。傑夫的連帽雨衣在籠罩的溼氣下反射出暗暗的光澤，冰冷、清澈的雨滴拍打著，沿著他的臉頰淌下，讓他打起了精神。

「阿葉德呢？」黑吉斯一邊問一邊徒勞無功地想點燃一根被雨打溼的駱駝牌香菸。「他有機會成功嗎？」

「你是說不管你們的人怎樣把智利的政治搞得烏煙瘴氣嗎？」黑吉斯和國務院的關係恐怕是微乎其微，傑夫和潘蜜拉早就看出這點了。他們不清楚他是中情局、國安局，或八竿子打不著的其他單位。不過這不重要，結局都是一樣。

黑吉斯露出他習慣要笑不笑的表情，想把菸點燃。「你不必告訴我他會不會選上，跟我說他到底有沒有機會就好。」

「如果我說有，接著又會是什麼問題？他會不會走上格達費的路？」

「這國家和格達費暗殺沒有關係，我已經告訴過你好幾次了。完全是利比亞內部的問題。你知道這些第三世界強權是怎麼搞鬥爭的。」

再和這人爭辯這件事實在沒意義，傑夫他媽的清楚格達費甚至在掌權前就被殺了，這是他和潘蜜拉告訴黑吉斯這位獨裁者未來會推出什麼政策和行動後的直接結果。傑夫對這嗜血狂人之死並不覺得悲痛，他難過的是，輿論一般認為這件事與中情局有關，而這些言之鑿鑿的謠言已創造出過去不曾存在、名叫「十一月小隊」的恐怖組織，頭子正是格達費的弟弟。這團體誓言窮盡畢生精力為被殺的領導人復仇。在的黎波里以南的沙漠中，十一月小隊於三個月前放火燒了一座美孚石油的鑽油設備，殺了十一個美國人和二十三個利比亞籍員工，大規模的油田火災已嚴重蔓延失控。

智利的阿葉德並非格達費之流，他正直、心地善良，是歷史上第一位奉行馬克斯主義，卻透過自由選舉當選的總統。他很快就會死了，來自美國的鼓動教唆或許扮演了推波助瀾的角色。傑夫不願加快這可恥一天的到來。

「不管怎樣，我對阿葉德沒什麼可說的，他對美國沒有威脅性。讓智利保持現狀吧，不要介入。」

黑吉斯抽一小口受潮的菸，但火又熄了，溼掉的菸紙開始裂開。他氣餒地把菸丟進碼頭，讓它沉入永不止息的海水中。「你告訴我們今年夏天希斯將當選英國首相時，就沒有這麼深的內疚。」

傑夫冷冷地瞥了他一眼。「也許我是想確定，你們不會決定做掉哈洛德．威爾森。」

「該死，」黑吉斯迸出一句髒話，「誰要你當起美國外交政策的道德裁判了？你的工作就是提供我們搶先一步的資訊，就這樣。什麼重要、什麼不重要，以及怎麼處理，讓負責的人來決定就好。」

「我已經知道某些決定造成的結果了，」傑夫說，「我寧可對我透露的事保有選擇性。再說，」他加了句，「這應該是場公平交易。你的談判結果怎麼樣了，有任何進展嗎？」

黑吉斯咳起嗽來，轉身背向來自海口的風。「我們何不進屋去，喝點熱東西？」

「我喜歡這裡，」傑夫用挑戰的口吻說道，「讓我精神抖擻。」

「好吧，如果我們繼續待在這裡，我可能會死於肺炎。走吧，讓我們進屋裡去，我會告訴你們科學家至今為止說了什麼。」

傑夫的態度緩和下來，於是他們開始往政府持有的老房子走去，這房子位於安那波里斯以南、馬里蘭州西岸。他們在這裡已經待了六個禮拜，商討羅德西雅宣布獨立以及柬埔寨王子西哈努克即將被推翻這兩件事的意涵。傑夫和潘蜜拉一開始以為留在這裡會像是玩耍或渡假一樣輕鬆有趣，不過傑夫越來越擔心黑吉斯鉅細靡遺的盤問，他顯然是被指派到他們身邊的永久連絡人。他們小心翼翼地不說出任何可能會被尼克森政府用於有害用途的訊息，但說與不說的界限正變得越來越模糊。即使傑夫對明年秋天智利大選的結果採取「不予置評」的模稜兩可態度，也可能被黑吉斯和他的上級正確解讀，當作是阿葉德會贏得總統大選的暗示。這樣的預設會促使美國在暗地裡採取什麼行動？他們正走在危險的鋼索上，傑夫開始後悔，他們根本不該同意參加這些會議。

「所以呢？」傑夫問道，他們正走近門戶緊閉的房子，紅磚砌成的煙囪正冒出誘人的白煙。「最後的說法是什麼？」

「畢士大61那裡還沒做出定論，」黑吉斯從雨衣豎起的衣領下含糊地說道，「他們還想要多點測試。」

「我們已經接受過所有想像得到的醫學測試了，」傑夫不耐地說，「甚至在你們的人開始加入前就做過了。這不是問題的癥結，這是某種超出我們之外、某種宇宙或次原子層次的力量。物理學家有得出什麼結論嗎？」

黑吉斯踏上木製門廊，像頭發育過度的狗一樣抖掉帽子和大衣上的水珠。「他們正在研究，」他告訴傑夫一個含糊的答案，「加州理工學院的柏吉特和肯帕拿認為可能跟中子星有關，某種大型的微中子形態之類……不過他們需要更多資料。」

潘蜜拉正在橡木梁木客廳等著，整個人縮在燃燒正旺的火爐前的沙發上。「來點熱蘋果酒？」她舉起杯子，歪著頭做出疑問的表情。

「我要一杯。」傑夫說，黑吉斯也點頭同意。

「我來服務，菲利普斯小姐。」那些一身黑衣，始終站著監視這棟隱密建築的年輕男子中有人開口。

潘蜜拉聳聳肩，將毛衣過大的袖口捲到手腕上方，從冒煙的杯子中小啜了一口。

「盧索說物理學家們也許有些進展。」傑夫告訴她。她的心情振奮起來，被火烤紅的臉頰在起褶的藍色毛衣和亞麻色光澤髮絲的映襯下，顯得容光煥發。

「關於偏離呢？」她問。「有任何推斷嗎？」

黑吉斯的嘴上新叼了根乾燥的香菸，他垂下眼皮，譏誚地斜瞥了一眼。傑夫讀懂了這表情，他明白這男人到現在仍不大相信他們曾活過並將不斷重生。不重要。黑吉斯和其他人高興怎樣想就怎樣想，只要頭腦敏銳、努力不懈的科學家繼續專注在傑夫知道絕對真實的現象就行。

61 位於馬里蘭州，該區以國立衛生研究院爲首聚集許多美國重要的研究機構。

「他們說資料點太不明確，」黑吉斯說，「他們最多只能得出一個可能範圍。」

「那範圍是？」潘蜜拉輕聲問道，緊扣著杯子的手指顯得蒼白。

「傑夫是兩到五年，妳的情況是五到十年。他們告訴我說不可能小於這範圍，不過如果曲線繼續陡直發展，最高點可能會更大。」

「更大是多大？」傑夫追根究柢。

「無法預測。」

潘蜜拉嘆了口氣，呼吸隨著窗外的風起起伏伏。「這不過是個猜測，」她說，「我們自己也有辦法做到。」

「再做些測試也許可以——」

「該死的測試！」傑夫怒吼。「測試結果只會是『無法確定』，就跟其他的一樣，不是嗎？」

沉默寡言的黑衣年輕男子端著兩只厚厚的杯子回到客廳。傑夫拿了一杯，用根飄出香氣的肉桂棒氣沖沖地攪拌著。

「畢士大需要更多組織樣本，」黑吉斯小心地啜了口熱蘋果酒後說，「那裡的一個團隊認為，你們的細胞結構也許——」

「我們不會再去畢士大了。」傑夫毅然決然說。「他們已經有夠多東西可以研究。」

「你們不需要回醫院去，」黑吉斯解釋，「他們只需要一點從皮膚上刮下來的皮屑而已。他們寄來一套工具，我們在這裡就能做了。」

「我們要回紐約去。我累積了一個月的訊息連看都沒看，那裡面也許有些有用的資訊。你可以幫我們安排今晚從安德魯斯機場起飛的飛機嗎？」

「很抱歉我……」

「好吧，如果搭不到政府的運輸工具，我們搭商業航班好了。潘蜜拉，打電話給東方航空。問問他們什麼時候——」

端來蘋果酒的男人上前一步，一隻手懸在打開的大衣前。像是收到了暗號般，第二名警衛從前門進來，第三個人也出現在樓梯上。

「這不是我的意思。」黑吉斯謹慎地說。「我想說的是恐怕我們……沒法讓你們離開。」

17

「……企圖襲擊美國在德黑蘭的大使館，但被自去年起包圍在美國外交前哨的美軍第八十二空降師擊退。據信至少有一百三十二名伊朗革命分子死於此次攻擊，而美國方面的傷亡目前停留在十七人死亡、二十六人受傷。雷根總統下令對大不里士東部山區的反叛軍基地進行新一波空襲行動，據信何梅尼即藏臥於——」

「把這該死的東西關掉。」傑夫告訴盧索．黑吉斯。

「……革命最高指揮部。美國，從上禮拜在麥迪遜廣場花園的恐怖分子炸彈攻擊死亡以來，死亡人數如今已達到六百八十二人。所謂十一月小隊發出的公報威脅將繼續攻擊美國本土，直到所有美國武裝部隊撤出中東為止。蘇聯外交部長葛羅米柯宣布蘇聯對伊斯蘭教聖戰的自由鬥士寄予同情。葛羅米柯還說美國第六艦隊出現在阿拉伯海『形同是——』」

傑夫向前傾身，啪一聲關掉了電視。黑吉斯聳聳肩，丟了顆薄荷救生圈糖進嘴巴裡，拿起鉛筆的手勢就好似拿著他形影不離的香菸甩了起來。

「蘇聯在阿富汗的部隊呢？」黑吉斯問。「他們準備和我們在伊朗的武力來場硬戰嗎？」

「我不知道。」傑夫沉著臉說道。

「何梅尼的追隨者有多強大？我們有辦法讓伊朗國王繼續掌權，至少到明年的選舉為止嗎？」

「他媽的我不知道！」傑夫爆發了。「我怎麼會知道？雷根以前甚至不是總統，不是在一九七九年，這該是卡特得收拾的爛攤子才對。而且我們也沒派過軍隊到伊朗。一切都變了，現在我不知道到底會發生什麼事。」

「但你一定有點概念吧，關於——」

「我不知道，我一點概念也沒有。」他看向潘蜜拉，後者正坐著，瞪著黑吉斯。她的臉拉長而蒼白，不過幾年內，她的臉就已失去了女性的圓潤輪廓，變成和傑夫一樣消瘦的尖臉。他握住她的手，拉著她起身。「我們要去散個步。」他告訴黑吉斯。

「我還有一些問題。」

「那是你的問題。我已經沒辦法提供答案了。」

黑吉斯吸著救生圈糖，用那對冷酷的藍眼睛看著傑夫。「好吧，」他說，「我們吃晚飯時再談談。」

傑夫又一次告訴他這樣做已沒有好處，這世界已經走上一條陌生且不確定的軌道，對此，無論是他或潘蜜拉都已經無法提供建議，但他也知道，這樣聲明一點意義也沒有。黑吉斯始終認為他們擁有通靈能力，能夠在現存狀況下預測未來。當他們的預知能力因為世界大事巨幅改變而消失時，他雖默不作聲，卻責怪他們有所保留。這些日子以來他們身上被注射噴妥撒鈉62並使用測謊裝置，所提供的有用資料卻也不多，但他們不再抗拒接受藥物訊問。他們認為，或許隨著答案的價值逐漸降低，沒人會再來煩擾，也許有一天會從這段漫長的「保護性拘留」中釋放。他們都知道這希望渺茫，儘管他們仍緊緊抓住希望不放，但總比接受這明顯事實——他們將待在此地直到再次死去為止——還好些。

今天的海水平靜而湛藍，他們沿著沙丘漫步時還可以看見西海岸外的白楊島。浮球圍起的區域中，

62 一種全身麻醉劑，可削弱部分大腦的抑制作用，經常作爲「吐實劑」用於情報訊問中。

一小群漁船轉動著釣繩，正在乞沙比克灣豐富的牡蠣床上忙碌地工作。傑夫和潘蜜拉貪婪地享受這熟悉景色表面上的寧靜，盡可能忽視始終維持在前後二十碼外、兩兩成群的黑衣男子。

「我們為什麼不跟他們說謊？」潘蜜拉問。「跟他們說，如果我們的軍隊繼續駐紮在伊朗就會爆發戰爭。老天，我們都很清楚這樣下去也許真的會發生戰爭。」

傑夫停下腳步，拾起一根細長的漂流木。「他們會看穿，尤其是他們對我們用噴妥撒鈉時。」

「我們還是可以試試看。」

「但是誰知道像那樣的謊言會造成什麼後果？雷根也許會發動先發制人的攻擊。最後我們可能引爆了一場也許仍可避免的戰爭。」

潘蜜拉不寒而慄。「史都華．麥高文一定高興極了，」她的語氣十分苦澀，「不管他人在哪裡。」

「我們做了自認為對的事，沒人預料得到會有這樣的結果。結果並非完全一無可取，我們也救了不少人的命。」

「你沒辦法把人命像這樣放在天平上！」

「是不能，但——」

「他們甚至再也不對暴風雨或墜機事件採取行動。」她厭惡不已地說，一腳往沙堆踢去。「他們希望所有人，尤其是蘇聯人，以為我們消失了，所以他們坐視那些人死去……平白犧牲！」

「就像他們向來那樣死去。」

她旋身面向他，臉上充滿他不曾見過的憤怒。「這不能抵消我們做的，傑夫！我們這輩子應該要讓世界變得更好、更安全，但我們真正關心的只有自己，只想知道我們微不足道的寶貴生命可以延續多久。但我們甚至連這點都辦不到。」

「那些科學家還是可能想出一個——」

「我一點也不在乎！當我看著新聞時，想到因為我們告訴黑吉斯的事造成了多少死亡：恐怖攻擊、軍事行動，也許一場大戰馬上就要開打了……當我看著這些時，我希望——希望我從來沒拍過那部該死的電影，希望你從來沒到洛杉磯找我！」

傑夫把那截漂流木丟到一旁，用難以置信的痛苦眼神看著她。

「妳不是說真的。」他說。

「是的，我說真的！我後悔遇見你！」

「潘蜜拉，拜託——」

她揮著手，因憤怒而漲紅了臉。「我不會再和黑吉斯說話了，和你也一樣。我要搬到三樓的房間去。你想告訴他們什麼他媽的事隨你，你儘管去吧，把我們全捲入戰爭，把這該死的星球炸光吧！」

她轉身狂奔，笨拙地跌倒在沙上又再次爬起，衝向那座囚禁他們的房子。一隊守衛跟著她後面跑，其他人則從兩邊包夾住傑夫。他看著她離開，看著那群人護衛她回到房子。黑吉斯就站在門口，傑夫聽見她向他大吼，但突然來自海灣的一陣風將字句吞噬，淹沒了她狂吼中的意義。

傑夫在一陣冰冷、帶有人工氣味的氣流中醒來。刺眼稀薄的光束從半闔的活動百葉窗片間灑入，照亮了沒多少家具的臥室。床前地板上安靜地坐著一台手提音響，衣櫥上的一疊衣服上則放了台舊的卡式錄音機和上面有著 WIOD 標誌的麥克風。

一陣遙遠的鐘聲蓋過了冷氣機聲，傑夫認出那是門鈴；只要不去管，按鈴的人遲早會走開。他瞥了一眼手裡拿的書本，《阿爾及爾旅館慘案》，約翰・賀塞著。傑夫把書丟到一旁，旋腿下了床，然後走向窗邊。他掀起一片白色百葉窗片往外窺，看見一排高大的大王椰子，再過去除了一片一路綿延至地平線的平坦沼澤地外什麼也沒有。

門鈴再次響起，他聽見噴射機颼颼飛近的聲音，然後看見它在幾百碼外的椰子樹後方滑過。傑夫明白了，飛機著陸在羅德岱堡好萊塢國際機場。他正在丹尼亞的公寓，離海邊只有一哩遠，離機場卻太近，不過這是第一個真正屬於他的住處，他成年後第一個完全私人的生活空間。那時他正在做他第一份全職的新聞工作，在邁阿密，他職業生涯的第一站。

他深深吸了一口寒冷污濁的空氣，坐回凌亂的床鋪上。他按照預定時間，於一九八八年十月十八日一點六分準點死亡。世界還沒有發生大規模戰爭，還沒發生，儘管這世界已經——

門鈴聲又響了，這次響得更久，事實上它響個不停。該死，為什麼他們不乾脆走了算了？門鈴停了，又馬上響起第四次。傑夫從衣櫥上的衣服堆裡找出一件T恤和剪短的牛仔褲套上，氣沖沖地從房間大步走出，決定不管門口那個人是誰，一定要徹底擺脫。他一走進客廳就馬上撞進一陣悶熱潮濕的空氣中，客廳裡的冷氣一定是壞了，這就是為何他大白天還待在臥室的原因。連客廳角落的寬葉蕨都委靡不振的模樣，徹底不敵這駭人的室內高溫。傑夫在門鈴再次開始急速響起時，正好拉開大門。

站在門口的是琳達，波浪般黃褐色髮絲間的金色髮綹在來自背後的陽光下閃耀。琳達，他的妻子，一度是，但當時尚未是。她笑容滿面，向他伸出的手上握著一束雛菊，對他滿懷的初生愛意一覽無遺。記憶中就像是全世界的雛菊全被摘了下來，握在她手上，那張甜蜜回憶裡無法忘卻的臉龐，閃耀著青春洋溢的幸福與無限美好。

傑夫感覺雙眼泛出淚水，但他的眼睛無法從她身上移開。這寶貴景象珍藏在他回憶裡數不清的年月中，現在又在眼前重現，時光無損於它令人深愛的光輝，他不忍眨眼，深怕遺失掉任何一瞬間。太久了，太久太久了……

「你不打算請我進去嗎？」她女孩子氣的聲音害羞又誘人。

「啊，當然。真抱歉，請進請進。這真是……太棒了。這束花很美，謝謝妳。真是大驚喜。」

「你有可以插花的容器嗎？老天，這裡比外面還熱。」

「冷氣機壞掉了，我——等一下，我找找看有沒有能插花的容器。」他心神不寧地在房間裡左顧右盼，試著回想他到底有沒有花瓶。

「可能在廚房？」琳達出了個有用的主意。

「對，好主意，我去找找。妳想來瓶啤酒，或可樂？」

「冰水就好。」她跟著他進入窄小的廚房，他從冰箱裡找到的一個水壺裡幫她倒了一大杯冰水，她則翻箱倒櫃挖出一個花瓶。「謝謝，」她說，他接過花束，她則張開手幫自己搧風。「可以把窗戶打開嗎？」

「我房間的冷氣是正常的，要不要去我房間？」

「好，最好也把花瓶擺在那裡。在這種溫度下，花很快就謝了。」

他將花放在床邊桌上，看著她在冷氣機出風口前轉圈，她穿著露背裙，裸露的皮膚上隱約可見晶瑩的汗珠。

「嗯，真舒服！」她邊說邊將苗條的手臂舉到頭頂上，這姿勢使得她小而緊實的乳房在白色薄衫下隆起。

這些事以前發生過，傑夫記得。找花瓶、進房間享受冷氣，她轉圈然後做出那姿勢……多久前的事了？數世輪迴，世事更迭。

她水汪汪的棕色大眼睛凝視著他，眼神充滿了熱情。天，已經好多年沒有人這樣看他了。潘蜜拉說到做到，把自己隔絕在馬里蘭州房子的頂樓，偶爾和人一起吃晚飯時，也總是迴避看他。過去九年來，傑夫記得最清楚的眼睛是盧索・黑吉斯的冷酷藍眼，隨著世界變成恐怖攻擊肆虐、美蘇邊境衝突的人間煉獄——一個傑夫陌生且不可能預料的地方——黑吉斯看他的眼神敵意也與日俱增。

傑夫想著，那個大大改變的世界會變成什麼模樣，是否隨著傑夫與潘蜜拉當初一片好意而不慎設下的軌道，繼續在分岔出的時間線上運轉著？十一月小隊摧毀金門大橋並在聯合國總部大屠殺後，美國進入戒嚴已經三年了。由於對大型公眾集會的新限制，一九八八年總統選舉無限延期，三大情報組織頭目用「緊急狀態」為由，成為這國家的實質掌權者。

法西斯主義的美國正在興起，這當然正中在各國地下活動的恐怖分子下懷，滿足了他們最初的目的。他們最盼望美國出現一個真正壓迫性、連老百姓都想推翻的政權。當然了，除非他們真正的目的是讓現下控制過渡政府、立場強硬反共的中情局、國安局和聯邦調查局三巨頭決定掀起全世界的核武衝突。自從七〇年代末起，核子戰爭爆發一直是個威脅。

琳達站在那裡，光滑的裸背正對著陣陣冷氣，她雙眼閉上，握著頭髮的一隻手高舉過頭，好讓她纖細的脖子可以吹到清涼的風。從百葉窗葉片間透過的陽光，讓她舞者的修長雙腿在易顯透明的白洋裝下若隱若現。

潘蜜拉離棄他是對的，傑夫痛苦地想著；儘管是不經意、出於利他目的，但他們還是該為掀起的災禍受譴責。當他們在世界面前曝光，並和政府交換條件以獲取少得可憐的資訊時，惡果已經下了種，而另一個世界現在一定正深受其害。就看她——就這件事情來說是他們兩人——能否原諒他們打著善意與同情的旗號為整個世界招來的野蠻暴力……他甚至還得等待好幾年，也許是十年，才有機會再次和她說話，敉平他們間的失和，並接受自己無能改善人類命運的悲劇結局。那世界已經確定失落了，就像他將在未知歲月，也許是永恆中失去潘蜜拉一樣。

「呵我癢。」琳達用她甜蜜清亮的嗓音說道，傑夫有一會兒弄不懂她的意思。接著他記起她曾經喜愛細膩撫觸，他會用指尖以輕到稱不上是撫摸的方式，緩慢、輕柔地撫過她的肌膚。他從她送給他的那束雛菊中抽出一支來，用羽毛般的花瓣沿著她的耳、脖、肩膀畫了條想像中的直線，沿著右臂滑下然後爬上她的左臂。

「嗯，好舒服，」她低語，「這裡，這裡也要。」她鬆開洋裝的細肩帶，讓它從她少女的乳房上滑開。傑夫用花朵愛撫著她，當他感覺自己硬起來時，彎下腰親吻了她兩邊的蓓蕾。「喔，我喜歡你這樣親我，」琳達嘆道，「我愛你！」

在這活過兩次的完美一天裡，他盡情從她長久以來拒絕給予的奔放激情與愛裡汲取慰藉。在她對他的愛中，他重拾了對她的愛情，他重生了。

＊

摩洛哥的豔陽將琳達髮間的檸檬色髮綹曬成更淡的黃色，長長吧臺後方掛了張彷彿從雲隙間透出陽光的亮金色掛毯，她的頭髮像似正反射著來自掛毯的光芒。

北大西洋輕輕搖晃著船，她抓著吧臺前的欄杆，開懷地笑著。她的琴湯尼在傾斜的橡木臺面上滑動，她靈巧地抓住它，杯裡的冰塊伴隨她的笑聲叮叮作響。

「夫人，要再來一杯嗎？63」酒保問道。

琳達轉向傑夫。「你想再喝一杯嗎？」

他搖搖頭，一口喝乾他的傑克丹尼爾加蘇打。「我們何不到甲板上走走？今晚很溫暖，我想看看海。」他用房號簽了酒帳，交給酒保。「謝謝，黑蒙，明天見。」他說。

「明天見，先生。謝謝。」

他彎住琳達的手，穿過輕微搖晃的油輪酒吧走到甲板上。法國遊輪巨大的紅黑色煙囪突出在夜空中，光滑的平行鰭板看起來就像兩隻巨鯨跳躍時被凍結在空中的尾鰭。這艘巨輪迎向一波高起的浪頭，然後平緩地沉入無邊而平穩的海浪間。雲不多，可清楚看見頭上的星星，但遙遠的南方有道雷暴雲頂，持續劈下的閃電點亮了地平線。暴風雨正朝這裡前進，不過在狂風豪雨抵達這片海洋前，他們大概在三十海哩外就可擺脫了。

海爾達就沒這麼好運可逃脫突來的天怒；駕駛著紙莎草紮成的小船、遠離陸地的他會用不同的心情來看待這場即將來臨的暴風雨，他的眼神必然疲憊而憂慮。去年一場暴風雨中斷了他的航程，迫使他必須在波濤洶湧的海上放棄嚴重損毀的船隻，當時距離目的地才差六百哩。

「你認為這次他辦得到嗎？」琳達看著遠方被閃電照亮的鋸齒狀雲層問道。她也想著同樣的事，想知道這位留著慈祥鬍子的挪威人這次的命運會如何，過去三個禮拜，他們在薩菲的古老要塞港一起勞動、分享辛勤工作後的成果——他刻意遵循原始式樣，打造了屬於他的古早風味小船，一個禮拜前才下水。

「他會成功的。」傑夫很有把握。

接近中的暴風雨帶來的強風拍打著琳達身上的薄衫，她的手緊抓著船上的欄杆。「為什麼你這麼為他著迷？」她好奇道。

「就像我欣賞邁可・柯林斯和理查・高頓的理由一樣。」他告訴她。還有盧薩、沃頓和馬汀利，以及在三年後的一九七三年即將陸續回國的戰俘們，傑夫想追加。「那種與世隔絕、徹底孤立的處境……」

「但海爾達帶了七個船員，」她提醒，「柯林斯和高頓在太空艙中倒是真的孑然一身，至少是一陣子。」

「有時孤立可以分享。」傑夫看著巨浪翻騰的海洋說道。即將來臨的熱帶颶風帶來的溫暖氣息讓他想起了地中海，想起同樣的味道飄入馬略卡某間別墅敞開窗戶的那天。西班牙海鮮飯的辛香味，羅林多・艾梅達吉他聲中撕裂人心的渴望，潘蜜拉的眼睛——她垂死眼中的悲欣交集。

琳達看見爬上傑夫臉上的陰影，於是將手放在傑夫手上，就像之前握著船欄杆一樣緊緊握著。「有時候我會擔心你，」她說，「每當你談到寂寞和孤獨時……我不知道這個計畫是不是對的，它好像讓你變得太沮喪。」

他將琳達拉向自己，在她的頭頂親了一下。「不，」他用充滿感情的聲音向她保證，「它沒有讓我沮喪，只是多愁善感而已。」

但傑夫知道這不是真話，正是他的多愁善感使他以全副心思投入這項任務，而不是相反。自從一九六八年八月那天，重生的他發現琳達捧著一大束新鮮雛菊等在門口後，琳達的出現，她那不同以往毫不保留的愛，漸漸撫平了他千瘡百孔的心靈。但就連重新體驗他們許久前曾共享過的美好歲月，也無法讓他完全忘懷盧索・黑吉斯在前一生中間接加諸於世界的苦難，以及橫亙在他和潘蜜拉之間的疏離與陌生。罪惡感與悔恨如影隨形，形成一道不間斷的伏流，持續侵蝕他對這一度娶過的女人重燃的愛意。他

---

63 楷體字代表原文為法文。

對琳達縮減的愛又導致新的悔恨；他越是相信自己能改變他的感覺，讓過去成為過去，就像她現在對他一樣將自己完全獻給琳達，這樣的信念造成的罪惡感，越是讓一切變得更糟。

他立刻辭去了在邁阿密 WIOD 電台的記者工作，自從他把在馬里蘭政府房裡那段行屍走肉歲月中發生的事全怪罪給自己後，他就再也消化不了每天搜尋、觀察、報導人類悲劇的任務了。那年十月，傑夫一直等到底特律戰績落到三敗一勝，才把全部積蓄壓在老虎身上，賭他們將在最後三場的世界大賽中一路連勝。米奇．羅里奇會為他揮出那支全壘打，傑夫早就知道。

他用贏得的賭金在龐帕諾海灘買了間海濱公寓，靠近琳達的父母家和上學的地方。琳達每天下課後都去找他，他們一起在溫柔的海水中游泳，她在唸書時，他就和她一起坐在他居住地的游泳池畔。那年春天，她搬來和他同住，告訴她父母「找到了自己的住所」。他們接受了這故事，從不曾拜訪傑夫和琳達同住的面海公寓十樓，還歡迎他每個禮拜天晚上都上他們家吃飯。

一九六九年夏天，他們醞釀了這個如今消耗他大量精力的計畫。某個禮拜天晚上在晚餐桌前的咖啡時刻，琳達的父親在他腦海中種下了念頭。直到那時，傑夫一直習慣不看新聞，談到國家或世界大事時總是禮貌地轉開話題。但那個禮拜，他的前任岳父一直抓著話題不放，就是索爾．海爾達才剛宣告失敗的航行，以及這位挪威人唐吉訶德式的嘗試：企圖證明早期探險家駕著由紙莎草和蘆葦紮成的小船，在哥倫布抵達美洲的三千多年前就已經將埃及文化傳播給美洲人。

琳達的父親嘲弄海爾達的構想，認為他那次幾近成功的航行是徹底失敗，傑夫知道，這位人類學家出身的冒險家即將在一年後的第二次遠征中成功抵達目的地，但他不作聲。不過這場談話還是讓他動起腦筋，那天晚上他聽著從公寓窗戶傳來的奔騰潮浪聲，幻想自己駕著親手打造的單薄船隻漂流在漆黑的海面上，輾轉直到天明。那是艘脆弱的小船，或許不敵於今年的暴風雨，但這挫敗無法阻止它在來年捲土重返，征服那片曾吞噬它的海洋。

他和琳達在當月開車去甘迺迪角，就像他們以前做過的，去看龐大的土星五號火箭如何用它的爆發力將阿波羅十三號發射到月球。太空船升空後，他們和擠滿看熱鬧觀眾的數以萬計車輛一起龜步行駛在過度開發的黃金海岸，傑夫滿腦子全想著孤離的生活、逃離人類日常瑣事。他不是要他曾在蒙哥馬利溪邊追求的隱居修行日子，而是完全孤絕的旅程，朝向一個尚未證明目標的孤獨史詩式航行。

傑夫確定海爾達了解這樣的感覺，就像他們才剛目送啟程的太空船員一樣，而在這群人當中，沒人比邁可．柯林斯更能體會他的感受。儘管阿姆斯壯以及歐德林（在較小程度上）榮耀加身，在月球上跨出歷史性的第一步，說出經過媒體篡改剪接的第一句話，在月球地表上插上國旗……但是當他的機員都在月表上的戲劇性時刻裡，他卻比過去任何人要孤獨，他遠離地球二十五萬哩，在一個陌生世界的軌道上，最近的人類在他下面那充滿敵意的星球上。當指揮艙載著他繞過月球較遠的一端時，柯林斯甚至沒法和同伴用收音機連絡、看不見他出生於斯的遙遠藍色星球。他在極度孤獨、靜謐的狀態下面對著無邊無際的荒涼宇宙，世上只有其他五個人體驗過類似情境。

就當他塞在靠近馬里布的美國國道一號上長達三十哩的車陣中動彈不得時，傑夫明白了一件事：他必須見見這些人、去了解他們。或許吧，這樣一來，他對自己、對他和潘蜜拉被迫加入的孤獨時間之旅將會有更深入的了解。

接下來的一個禮拜，他到休士頓做了趟旅行，這將只是許多次中的第一次。他利用去年邀請到厄爾．沃倫專訪時立下的口碑，說服國家廣播公司以自由記者的身分幫他取得太空總署的記者證。他採訪史都華．盧薩，並漸漸和他成了朋友，然後透過盧薩認識了理查．高頓、艾佛列德．沃頓及其他人，邁可．柯林斯甚至是容易接觸到的機員，整個世界的注意力和甜言蜜語都集中在真正踏上月球的人身上，而不是當時留在月球軌道上的柯林斯，以及即將留在月球軌道上的人。

一開始是為了解自我而希望做一趟追尋之旅，但他很快就超出了這範圍。許多年來，傑夫第一次運用身為記者的天分，技巧地深入探索受訪者的想法與記憶，他們不再把談話視為是採訪，在真誠流露的他面前卸下了心防，開始在深度人性的層次上和他對話。悲愴、幽默、憤怒、恐懼：傑夫從這些太空人身上引出過去不曾透露過的各種情感。而傑夫知道，他們對宇宙的特殊觀點是他無法藏私的珍貴寶藏，必須要與全世界分享。

那年秋天，他寫信給海爾達，與這位探險家安排第一次會談，那次在挪威，然後在摩洛哥。隨著引導傑夫找到這些特殊人物的原始衝動逐漸膨脹，而他從他們身上蒐集到的印象與感受開始發出自己的聲音，他終於明白，他在無意識但毅然決然的情況下形成的是什麼樣的作品；那是本關於自己的書，這些各自孤寂的航行者構成的隱喻，成為他面對自身獨一無二體驗的方式，用來詮釋由日積月累的得失與悔恨交織而成的內在情感。

又一連串閃電照亮了遠方的雷雨雲塊，黯淡的白色反光在琳達天使般的容顏上四處跳躍嬉戲。歡樂也是，傑夫想著；看著琳達對他微笑的臉龐，他的指尖在她的臉頰上輕輕劃過。他也必須分享這份歡樂。

和這棟位在博卡拉頓以南、希爾斯伯勒海濱房子裡的大多數房間一樣，從傑夫的書房就可以看到大海。他變得越來越依賴這永恆不變的景色及無盡的潮浪聲，就像他一度著迷於從蒙哥馬利溪住處看見的積雪夏斯塔山。這片景象撫慰他，成為安定他的來源，但每當月亮從海中升起的夜晚，這景象總讓他想起在這世上仍有部尚待完成的電影，在他心中仍有段最好忘卻的過往。

他踩下新力聽寫機的腳踏板，即使是透過小型錄放設備的迷你擴音器，錄音帶中濃厚俄文腔的低沉共鳴還是聽得清清楚楚。傑夫已經完成了這次訪問的一半聽打工作，每當他聽到這個聲音時，他彷彿能看見這男人在蘇黎世極度簡樸的家，和放在他們兩人中間那張小桌上的小薄餅及魚子醬點心、冰涼得恰到好處的薄荷伏特加。難以忘懷的還有他的話語，在他對世界苦難生動而滔滔不絕的描述中意外閃現的機智光芒，甚至是這位蓄著絕對錯認不了的紅邊大鬍子壯漢發出的笑聲。在瑞士這凝聚高度智慧的一星期中，傑夫好幾次都忍不住要告訴這男人，他是多能體會他的悲痛、了解當他面對無可挽回悲劇時無能為力的狂怒。傑夫當然沒有告訴他，他不能。他管住舌頭，稱職地扮演初出茅廬但深具洞察力的採訪者角色，忠實記錄下這位偉人的思想；讓他獨嚐自己的悲痛，就像傑夫獨嚐自己的悲痛一樣。

一陣猶豫的敲門聲傳來，琳達向他喊道，「親愛的，想喘口氣嗎？」

「好的，」他邊關掉聽寫機和錄放音機邊說，「進來吧。」

她打開門，兩手保持平衡地端著一個托盤，上面盛了兩片青檸派和兩杯牙買加藍山咖啡。

「營養必需品。」她笑道。

「嗯……」傑夫貪婪地嗅著濃厚的咖啡香，以及新鮮檸檬派的清涼香氣。

「不只是營養品，比那好太多了。」

「索忍尼辛的採訪稿弄得如何？」琳達盤腿坐在他書桌旁那張特大號絨布長椅上，腿上放著托盤。

「好極了。要整理的東西很多，這些材料太棒了，我都不知道該從哪裡下手裁剪或改寫才好。」

「比從阮文紹那裡採到的還好嗎？」

「好很多。」傑夫一口一口咬著極可口的派，一邊抽空說道。

「阮文紹的資料裡有不少不錯的引述，夠資格納入這本書了，不過索忍尼辛的採訪才是骨幹。這計畫讓我很興奮。」

他有很好的理由興奮，傑夫知道；從他開始寫第一本關於海爾達和登月太空人的書時，新的寫作計畫就已經在他腦海中成形了。兩年前，一九七三年，出版時在書評和銷量上都得到不錯的迴響。但他很確定，他現在這本甚至會勝過前一本書最好的章節。

這次他要寫的是被迫流亡、驅逐出家鄉、故國、同胞身邊的故事。在這主題中，他認為自己可以發現並傳達出普世的情感共鳴，而這份理解油然生於所有人都遭遇過的隱喻上的流放經驗——傑夫比前人都更能掌握這主題：人皆無可避免地被逐出曾經活過並拋在腦後的歲月，被迫告別曾經相識卻永恆失落的往昔之我。

正如他告訴琳達的，傑夫在索忍尼辛身上引出的漫長冥想，關於流放而不是古拉格歲月的冥想，無疑是他至今採訪到最深刻的觀察。書中也涵蓋了從他和被罷黜的柬埔寨國王西哈努克的通信中取得的資料，他和璜．裴隆在馬德里和布宜諾斯艾利斯兩地的訪談、阮文紹在西貢陷落後的反省。傑夫甚至和何梅尼在他巴黎外的寓所對談。為確保這本書屬於一般大眾，他也蒐集了數十位一般政治流亡者的意見，他們皆被迫逃離意識形態立場或左或右的獨裁政權。

他累積的筆記和錄音帶中滿溢著強烈且讓人深深動容的故事與情感。傑夫現在的任務是從數百萬由衷真誠的字句中提煉出精髓，去蕪存菁，並列放入最適當的脈絡，以便將其原始感染力發揮到極致。他計畫中的書名是《柳樹上的豎琴》，引自舊約〈詩篇〉第一百三十七篇：

我們曾在巴比倫的河邊坐下，一追想錫安就哭了。
我們把琴掛在那裡的柳樹上……

我們怎能在外邦唱耶和華的歌呢？

傑夫吃完青檸派，把盤子放在一邊，小口小口品嚐剛煮好的牙買加咖啡濃厚醉人的滋味。

「你想你要多久——」琳達才剛開口，問題就被書桌上電話的尖銳鈴聲打斷了。

「喂？」他接起電話。

「哈囉，傑夫。」一個他認識了三輩子的熟悉聲音傳來。

他不知道該說什麼。過去八年來，他想像過這時刻無數次，恐懼著、渴望著，直到幾乎相信不會有來臨的一天。而現在，就在這時刻，他卻發現自己一句話也說不出來，他曾精心排練過的所有開場白就像風中的縷縷青煙，從腦海中消失不見。

「你方便說話嗎？」潘蜜拉問道。

「不大方便。」傑夫說，不自在地看著琳達。他看出她已發覺了他的表情變化，正用好奇且無猜疑的眼神注視他。

「我了解，」潘蜜拉告訴他，「我該晚點再打來，還是我們可以在哪裡見個面？」

「那樣比較好。」

「那樣好？晚點打？」

「不，不是。我想我們該見個面，盡快找個時間。」

「你可以來紐約嗎？」她問。

「隨時都可以。時間和地點？」

「這禮拜四可以嗎？」

「沒問題。」他說。

「禮拜四下午，那麼，在……皮爾酒店？酒吧那裡？」

「聽起來不錯。兩點？」

「三點對我比較方便，」潘蜜拉說，「我一點在西城區和人有約。」

「好。我——禮拜四見。」

傑夫掛上電話，意識到自己看起來一定一臉蒼白受驚的樣子。

「是個……大學時的老朋友，馬汀．貝利。」他撒了謊，而他厭惡自己撒謊。

「喔，對，你室友。出了什麼事嗎？」琳達的聲音和表情的關切之情都是真誠的。

「他和他太太之間有些嚴重問題，看來可能要離婚了。他現在心情糟透了，需要找個人聊聊。我要到亞特蘭大幾天，看看能不能幫上忙。」

琳達向他露出同情與純潔的笑容，但傑夫並沒有因為她這麼快就相信他臨時編出的謊言而覺得好過些。尖銳的罪惡感像把利刃刺痛了他。他因為三天內就可再見到潘蜜拉而頓時充滿了無可否認的歡喜心情，更強化了這份罪惡感。

18

傑夫在兩點二十分時從他在皮爾飯店房間出來乘電梯下樓，左轉後經過用銅字標示皮爾咖啡入口的灰色義大利大理石。他找了張面向長而狹窄酒吧後方的安靜桌子坐下，點了酒後，便緊張地盯著門口等待。他曾在這旅館裡留下太多回憶；他和夏拉曾在這裡的房間看完好幾場重要的一九六三年世界大賽，那是他第一次重生剛開始不久；他在過去數十年裡經常在此逗留，通常都是和潘蜜拉一起。

她在差五分三點時走進來。她的金色直髮仍然是他記憶中的模樣，眼睛也沒變。她的厚唇維持著他熟悉的嚴肅表情，但已看不見他在馬里蘭最後那些年中常見的苦澀、下垂的緊繃線條。她戴著精緻的祖母綠耳環搭配眼睛的顏色，身上披了件白狐裘……和一件淺灰、剪裁入時的孕婦裝。潘蜜拉已經懷孕五、六個月了。

她走到桌邊，雙手握住傑夫的手，靜靜不說話地握了好長一陣子。他低下頭，看見他手上那圈素面的黃金婚戒。

「歡迎回來。」她在他對面的椅子上坐下時，他說道。

「妳……看起來很美。」

「謝謝。」她小心翼翼地說，眼睛始終看著桌面。

一位侍者站在桌邊，她點了一杯白酒，直到酒送到她面前時才結束了沉默。她啜飲一小口，然後開始用手指將一張餐巾紙揉來揉去。

傑夫笑了起來，記起她的老毛病。「妳打算撕碎嗎？」他輕聲問。

潘蜜拉抬頭看著他，也笑了。「說不定。」她說。

「什麼時候——」他開口問，卻又停下。

「什麼什麼時候？什麼時候我開始這次重生，還是我什麼時候臨盆？」

「兩個我都想問。看妳喜歡先回答哪一個。」

「我已經重生兩個月了，傑夫。」

「我了解。」這次是他把視線移向別處，凝視著射向緞料簾幔的壁燈。

潘蜜拉的手橫過桌面，碰觸到他的手臂。「我無法鼓起勇氣打給你，你明白嗎？不只因為我們上一世的分歧衝突，而是……因為這個。這對我而言，在情感上是很大的震撼。」

他的態度軟化，也抬頭凝視她眼睛。「抱歉，」他說，「我知道這是一定的。」

「我當時正在紐雪若的一家童裝店裡買嬰兒衣服。我兒子克里斯多福和我在一起，他三歲。然後我意識到我的腰圍，我知道我懷孕了，然後……我就撐不住了。我開始啜泣，當然嚇壞了克里斯多福。他哭起來，不斷喊著『媽咪、媽咪』……」

潘蜜拉的聲音變了，她輕輕用手中的紙巾擦拭眼睛。傑夫捉住她的手輕輕撫摸著，直到她重拾鎮定為止。

「我現在懷的是金柏莉。」她終於輕聲說道。

「我的女兒。她即將在三月出生，一九七六年三月十八號，是個風和日麗的日子，就像四月底、五月初的宜人氣候，真的。她的名字的意思是『來自皇家牧草地』，我以前總說是她帶來了春天。」

「潘蜜拉……」

「我從沒想過我會再見到他們。你無法想像，即使是你也無法想像過去、現在和接下來的十一年將近十二年裡，對我會是什麼感受。我愛他們勝過世上的一切，這次卻清楚知道我將會失去他們。」

她又開始拭淚，傑夫明白沒有話語可以撫慰她的感受。他想像如果自己能夠再一次將女兒葛麗倩摟在臂彎裡，或者看著她在達奇斯郡宅子裡的花園中嬉戲，卻又知道她將在哪一天哪個小時再次在他的生命中消失，那會是什麼樣的感受。無比幸福及無以言喻的心痛，而這世上沒有任何東西可以分開這兩者。潘蜜拉是對的；這兩種情感交相煎熬，帶來的是不堪承受的長期折磨，就連他那敏銳的同理心也無法體會。

潘蜜拉哭了一會兒後便從桌邊告退，到洗手間去收拾臉上的淚痕。當她回來時，臉上的淚跡已乾，重新上了完美無瑕的淡妝。傑夫幫她再點了杯酒，也幫自己再叫了一杯。

「你呢？」她不帶感情地問道。「你這次是什麼時候回來的？」

他猶豫了一下，清清喉嚨。「我那時在邁阿密，」他說，「那是一九六八年。」

潘蜜拉想了一下，遞給他一個了然的眼神。

「和琳達在一起。」她說。

「是的。」

「現在呢？」

「我們還在一起。沒結婚，還沒，不過……我們同居。」

她臉上出現一抹心照不宣的愁悶笑容，手指沿著杯緣畫著圈。

「你快樂嗎？」

「是的，」他承認，「我們兩個人都很快樂。」

「我為你感到高興，」潘蜜拉說，「我是真心的。」

「這次不一樣了，」他開始向她細訴，「我做了輸精管切除術，所以她不需要經歷之前她在懷孕期間遇到的麻煩。我們可能會領養孩子，領養的孩子跟……不一樣，妳知道我的意思。」傑夫停了一秒鐘，後悔重提起孩子的話題，他快快繼續說下去。

「經濟無虞的生活對我們的關係很有幫助，」他說，「我沒把全部心思放在投資上，不過我們過得相當舒服。住在海邊一棟很好的房子裡，到處旅行。我現在從事寫作，這工作帶來很多回報。對我而言這是種療癒過程，甚至比我在蒙哥馬利溪邊獨居時更能撫慰心靈。」

「我知道，」她說，「我讀了你的書，這書令人動容。幫助我放下很多我們上輩子種下的心結，那些苦痛的往事。」

「妳——沒錯，我都忘了妳已經重生兩個月了。謝謝妳的讚美，很高興妳喜歡。我現在正在寫的主題是流亡，我已經訪問了索忍尼辛、裴隆……寫完後我會寄影印稿給妳，讓妳先睹為快。」

她垂下雙睫，一隻手放在下巴上。「我不確定這是不是個好主意。」

傑夫花了點時間才弄懂她的意思。「妳是說妳丈夫？」

潘蜜拉點點頭。「倒不是因為他善妒，不過……喔，天哪，該怎麼說呢？如果你和我保持連絡，寫信、通電話或見面，我得花上不少唇舌去解釋。你知道這事情會有多棘手吧？」

「你愛他嗎？」傑夫吞下胸中的苦澀問道。

「不像你愛琳達那樣。」她用平穩但冷淡的聲音說道。「史提夫是個正人君子，用他的方式在乎我。不過我主要的心思還是放在孩子們身上。克里斯多福才三歲，金柏莉還沒出生。我不可能在他們還沒機會認識自己父親前把他們從他身邊帶走。」她的眼中浮現怒火，接著又被她澆熄了。「即使你曾希望我這麼做。」她補上一句。

「潘蜜拉……」

「我恕不了你對琳達的感情，」她說，「我們分開太久，久到我已經沒辦法擁有占有欲。而且我明白，在你們的關係在第一世出現了問題後，現在成功經營這段關係對你有多重要。」

「這一點也沒改變我對妳的情感。」

「我知道，」她柔聲道，「這件事和我們無關，卻真實發生了，而現在對你而言是最重要的。就像我這一生必須把時間花在孩子、家庭上一樣，我太渴望這一切了。」

「妳已經不生氣了，關於——」

「關於上輩子發生的所有事和盧索．黑吉斯？不，我不生你的氣了。我們都必須對事情的開端負責，我們做了以為最對的事。有好多次，尤其是在最後幾個月，我都想要和你和解，對我把一切怪罪於你的事向你道歉……但我的脾氣實在太拗了。我面對不了自己的罪惡感，我得讓別人來承擔這罪惡感才不至於瘋掉，但那個人也應該是黑吉斯才對，不該是你。對不起。」

「我懂，」他對她說，「我也犯了錯，雖然處境艱難。」

她的眼神交織著渴望與深深的悔恨，映照出自身的情感。

「現在的情況更困難了。」她說道，光滑的手掌覆蓋住他的雙手。「我們必須體諒對方的處境。」

那間藝廊位在紐約曼哈頓翠貝卡區，也就是運河街以南的三角地，此區已取代蘇活區成為曼哈頓首屈一指藝術家的棲息地。雖然從八〇年代中開始，翠貝卡區便重蹈蘇活區的覆轍，藝術家們又紛紛出走。在哈德遜、維瑞克街兩旁，時髦的酒吧餐廳如雨後春筍林立，商店和藝廊的商品售價開始反映起來自上城的主顧消費力，挑高空間尤其炙手可熱。於是，曾經啟動這一度荒涼城市隅角邁向繁榮的年輕藝術家、雕刻家、表演藝術家們很快被趕到新的波西米亞區，重新在擁擠的島上找到某個不受歡迎但價格負擔得起的地帶。

傑夫找到指示著霍桑藝廊所在的低調銅匾，便領著琳達進入這棟改建過的建築，這裡以前曾是工業倉庫旁的廉價公寓。他們走進接待區，裝潢不多卻十分雅緻，白色的牆面與天花板，低矮的黑沙發面對一張弧形黑色書桌。唯一的裝飾品是一個垂掛的鐵製藝術品，做工極其精美，由長長纖細鐵絲繞成的漩渦彷彿早期紐奧良大門和陽台常見的細膩鐵線工藝的精鍊與延伸。

「需要幫忙嗎？」書桌後方精瘦的年輕女人問道。

「我們來參加開幕酒會。」傑夫將浮雕印刷的邀請卡遞給她。

「是的。」她在一份影印的名單上找到他們名字然後劃掉。

「請進。」

傑夫和琳達經過桌子，進入藝廊的主空間。牆面仍是一色慘白，但正適合用來展示布置不做特別調整就會看起來像亂七八糟圖像的細膩設計。這個大房間隔出幾個怡人小室，可讓人安靜欣賞陳列其中的引人沉思之作，盡頭的區域則展示著大件作品，空間的開放設計更增添作品的壯觀氣勢。

一幅二十呎高的巨型帆布畫作支配了整個藝廊的視覺空間，那是幅只存在畫家想像中的海底景觀。畫面上，一座祥和寧靜的山高高聳立在波濤下深處，畫家畫出那絕對錯認不了的獨特對稱美，以及彷彿不受周圍海水激擾的山巔積雪。一群海豚在低海拔山坡的裂隙間泅泳；更近一點欣賞，傑夫看見其中兩隻海豚有著屬於人類的永恆之眼。

「真是……太驚人了。」琳達說。「你看，看一下那邊那幅。」

傑夫轉身看向她指的方向。那是幅較小的畫作，但和那幅沉沒的山相比一點也不遜色。上面畫的是從滑翔機上看見的景觀，畫面向兩旁延伸，彷彿從廣角鏡頭中看出去，將一百八十度的視野盡收眼底。前景中可看見滑翔機的方向桿與支杆，透過窗戶可看見附近的另一架滑翔機……兩架飛機正在翱翔，但背景不是藍色的天空，它們翱翔在無盡的太空中、在暗橘色環帶圍繞的行星軌道上。

「很高興你能來。」傑夫聽見他身後傳來的一個聲音。這一次，歲月對潘蜜拉十分仁慈。馬里蘭以及他們初見史都華．麥高文後的紐約歲月裡，扭曲、憔悴的空虛感曾在她臉上盤桓不去，如今那些痕跡都已消失無蹤。雖然清楚是個過了三十五歲的女人，她的臉龐仍閃耀著心滿意足的清澈光芒。

「琳達，向妳介紹這位是潘蜜拉．菲利普斯。潘蜜拉，這是我的妻子，琳達。」

「非常高興能夠見到你們，」潘蜜拉拉著琳達的手說道，「妳甚至比傑夫跟我說的還要美。」

「謝謝妳的稱讚。我實在沒辦法跟妳形容，我對妳的作品的印象有多深刻。真是太了不起了。」

潘蜜拉親切地笑了。「聽到這種稱讚總是叫人開心。妳也該看看較小的作品，不是全部作品都那麼壯觀或嚴肅。其中也有些我自認相當幽默的作品。」

「我很期待看完整個展覽，」琳達熱切地說，「妳能邀請我們來真是太好了。」

「我很高興你們從佛羅里達遠道而來。甚至在我們上個月遇到前，這些年來我一直是妳先生的書迷。所以我想你們也許能夠欣賞我創作的東西。」

潘蜜拉轉向站在附近的一小群人，他們正啜飲著酒，小口小口地品嚐盛在小碟子裡的松子與羅勒醬口味的義麵沙拉。

「史提夫，」她喊道，「過來，我想讓你見見一些人。」

一位戴眼鏡、穿著灰色斜紋布夾克，模樣友善的男人從人群中走出，過來加入他們。「這是我丈夫，史提夫．羅比森，」潘蜜拉說，「我在工作上用娘家的姓菲利普斯，真實生活時用羅比森。史提夫，這是傑夫．溫斯頓和他的妻子琳達。」

「很高興認識你們。」男人開心地握住傑夫的手。「真心的。我認為《柳樹上的豎琴》是我讀過最好的作品。它得了普立茲獎，對嗎？」

「是的，」傑夫說，「我很欣慰它打動了許多人的心弦。」

「了不起的好書，」羅比森說，「還有你最新的作品，關於重返成長之地人們的故事，和第一名的票數也相當接近。長久以來，潘蜜拉和我一直是你的超級書迷。我想你的一些想法甚至影響了她的創作。當她跟我說她在幾個禮拜前從波士頓起飛的飛機上遇見你時，我簡直不敢相信。真是太棒的巧遇了。」

「你一定相當以她為傲。」傑夫說道，跳過他和潘蜜拉編出來解釋他們認識的經過。她在今年夏初就寫信給她，希望能夠邀請他參加秋末的開幕酒會，並且在此之前先短暫會過一面。傑夫甚至連波士頓都沒去。潘蜜拉一人飛過去又飛回來，以便讓他們預先編好的故事更加可信，而傑夫則在亞特蘭大待了一個禮拜，在埃墨里校園中散步，沉思著自從他在宿舍寢室醒來那天早上後經歷過的一切。

「我非常為她感到驕傲。」史提夫．羅比森一隻手摟著妻子說道。「她向來不喜歡我誇她，她說這樣說好像當她不在場似地。不過一想到她在這麼短時間內還帶了兩個孩子，竟然有這樣的成就，我就忍不住覺得自豪。」

「說到孩子們，」潘蜜拉露出微笑，「他們就在鳳凰雕像旁。希望他們看起來很有規矩。」

傑夫往對面看，看見了那兩個孩子。克里斯多福是個討人喜歡的十四歲男孩，正笨拙地處在邁向成人期邊緣；金柏莉十一歲，已經像潘蜜拉年輕時的翻版。十一歲，比葛麗倩小兩歲，葛麗倩十三歲時，他——

「傑夫，」潘蜜拉說，「有個作品我特別想讓你看看。史提夫，你可以幫溫斯頓太太拿些點心和酒嗎？」

琳達跟著羅比森往供應點心和酒的地點移動，潘蜜拉則帶著傑夫走向一個圍成圓柱狀的小小空間，是個房中房設計，就位在藝廊中央。幾個人站在外頭等著排隊進入，掛在隔間外的一張小卡片要求房間內不得同時有超過四位以上的參觀者。潘蜜拉將卡片翻到背面，露出「整修中暫時關閉」的字樣。她向排隊的人致歉，告訴他們她必須調整一下裡面的設備。他們極能理解地點點頭，便往其他的展覽區漫步離去。不一會兒，等上一批四位參觀者從小房間裡冒出後，潘蜜拉便帶著傑夫進去，同時關上了身後的門。

房間裡正在展示錄影畫面，十二個大大小小的電視螢幕嵌在漆黑的圓柱狀空間內牆上，中間擺著圓形的皮椅。螢幕從四面八方閃爍，距離觀影者轉身的地方僅一臂之遙。傑夫先是隨意地看著一個個螢幕，然後逐漸讓雙眼聚焦、適應。接著他開始明白自己正在看著什麼。

是過去。他們的過去，他和潘蜜拉的過去。他第一個注意到的是新聞的剪接畫面：越戰、甘迺迪暗殺事件、阿波羅十一；接著發現其中也有些來自電影、電視節目、舊音樂錄影帶的剪輯片段。忽然間，他在其中一個螢幕上看到自己在蒙哥馬利溪邊的小屋，在另一個螢幕上看到茱蒂・高登大學年級年鑑上相片的短暫定格，接下來是一段她成年時期的影像，她和兒子尚恩正對著攝影機揮手，那男孩曾在另一世裡因為《星海》的緣故而研究起海豚。

傑夫的眼睛迅速在螢幕間轉圜，他渴望看見全部的畫面，什麼也不願錯過。他看見夏多克贏得一九六三年的肯德基德貝馬賽、雙親在奧蘭多的房子、席尼・貝雪用豎笛樂聲穿透他靈魂的那家巴黎俱樂部、他看著潘蜜拉開始重生的那家大學酒吧、附近那間莊園的庭院……某個螢幕上正播放著從遠處拍攝馬略卡山丘上的村莊。他看見鏡頭慢慢拉近，落在潘蜜拉死去的那幢別墅上，接著忽然切換成從家庭錄影帶剪接下來的模糊畫面，那是她十四歲時和她及父母在西港鎮家中拍攝的。

「我的天。」傑夫說，從與他們重生相關的畫面剪輯成不斷變動的蒙太奇讓他驚訝得說不出話來。「你從哪裡找到這些東西的？」

「有些很容易取得，」她說，「像是新聞檔案的剪接就很容易。剩下的大部分都是我自己拍的，在巴黎、加州、亞特蘭大……」她微笑，閃爍的螢幕照亮了她的臉龐。「為了這件作品，我做了很多趟旅行。有些地方我熟悉，有些地方我只有聽你說過。」

一個螢幕正在播放一家醫院走廊和病房的畫面，所有病床上都躺了孩子。傑夫心想，這一定是她第一次重生時擔任醫師的那家芝加哥門診醫院。另一個螢幕上放的是他們在西嶼租的船，停泊在同一個荒島，他們就是在那裡決定開始尋找其他的重生者。周圍的影像不斷播放著，無止盡的動態畫面拼貼著他們的許多前世，在一起，或分開。

「真叫人難以置信，」他低聲道，「我無法形容內心的感激，感謝妳讓我有機會看見這些畫面。」

「這是為你而做的，為了我們。除了你，沒有人能理解。你一定會覺得某些評論家的詮釋很好笑。」

他好不容易才把眼睛從螢幕上轉開，並看著她。「這一切……這整個展覽……」

潘蜜拉點點頭，也回望著他。「你以為我忘掉過去了嗎？還是以為我已經不在乎了？」

「這麼久了。」

「太久了。而一個月後，一切又要重新來過。」

「下一次，下一次屬於我們，只要妳願意。」

她轉頭看著一個螢幕，螢幕上正播放他們第一次長談時那家馬里布餐廳看見的海景，她當時希望拍出一部讓世人相信真實世界的輪迴本質的電影，因此第一次和他意見不和。

「也許那是我的最後一次，」她安靜地說，「我這次的重生時間偏離了將近八年，下次我要到八〇年代才回得來了。你會等我嗎？你會——」

他將她拉進懷中，用他的唇封住她恐懼的話語，他的手撫摸著她，彷彿在向她做保證。他們在這寂靜的隔間中擁抱，來自他們前世畫面的反光將周遭照亮，共渡僅剩的短暫人生的有限承諾，溫暖了他們的內心。

「這怎麼回事，你聽不見我說話嗎？關上那該死的電視。而且你什麼時候關心起滑冰比賽了？」是琳達的聲音，但不是他漸漸熟識的聲音。不，這聲音因壓力和諷刺而緊繃，是來自許久之前的聲音。

她大步走進房間，把電視關成靜音。傑夫看見寂靜的畫面上，桃樂絲·哈米爾正在冰上優雅地跳躍、旋轉，每當她結束一個表演動作，她的短髮總是一絲不苟地落在同樣位置上。

「我剛說，晚餐準備好了，如果你要吃就過來。我也許是這家裡的廚子，但我不是個老媽子。」

「我還好。」傑夫邊說邊努力適應這個新環境，想認出究竟是什麼狀況。「我不是很餓。」

琳達露出一臉嘲弄的不悅神色。「你想說的是你不想吃我煮的東西吧？也許你比較想吃龍蝦？還是來點新鮮蘆筍？再來杯香檳？」

桃樂絲·哈米爾正做出最後一個加速轉圈的動作，在快速轉動下，她的紅色短裙變成她大腿上的一圈朦朧陰影。當她完成這如家常便飯的演出時，向鏡頭露出笑容並眨了眨眼，電視將這表情以慢動作重播，傑夫從她臉上讀到甜美的歡欣，她漸漸展開的笑容有如朝陽升起，緩慢的眨眼既莊重又輕佻。在這刻意延長的一刻，這女孩成為青春洋溢的象徵。

「告訴我，」琳達氣沖沖地打斷他的思緒，「你不想吃碎肉捲，那就告訴我你明天到底想吃什麼好料，然後告訴我我們怎麼吃得起。你要告訴我嗎？」

桃樂絲．哈米爾笑容的定格畫面漸漸消失在黑暗中，接著播放的是美國廣播公司拍攝的奧地利因斯布魯克小團體旅行中的某一集。一九七六年的冬季奧運，他和琳達那時在費城。其實紐澤西州的康登市才是他們住的地方，他當時在對岸的 WCAU 廣播公司工作。

「怎麼樣了？」她問。「你有什麼聰明的建議嗎？下禮拜不吃碎牛肉或雞肉的話，要用什麼來買別的東西？」

「琳達，拜託……不要這樣。」

「不要怎樣，傑佛瑞？」

她知道他有多討厭這個長名字。每次她用這名字叫他時，擺明要激怒他開戰。

「我們不要吵架，」傑夫親切地說道，「沒什麼好吵的了，一切都……都變了。」

「喔，真的嗎？就像這樣？」她把雙手放在臀部慢慢轉了一圈，誇張地環視他們居住的狹小公寓和租來的家具。「我一點看不出什麼變了。除非你打算告訴我你找到一份收入好一點的工作，在你嚷了這麼多年以後。」

「別理工作了，那不重要。我們再也不需要煩惱錢的問題了。」

「你這話的意思是？你中樂透了嗎？」

傑夫嘆口氣，用遙控器關掉讓人分心的電視。「這不重要，」他告訴她，「我們再也不會有財務問題了，就這樣。現在妳要相信我這句話。」

「說的好聽。說漂亮話是你的專長，不是嗎？從很久以前我就聽到現在了，你成天講你的什麼『廣播新聞工作』，你要怎樣變成紅透半邊天的新聞記者，就像晚期的艾德華．R．蒙洛。天，你把我唬得一愣一愣！結果呢？從一家小電台換到另一家小電台，跑遍了全美國只為了住在這種蹩腳地方。傑佛瑞．L．溫斯頓，我想你害怕成功。你害怕進電視業或是進去這行的大公司，因為你害怕你沒能力應付。而我也開始認為你真的不行。」

「停下來，琳達，現在就停。這對我們兩個都沒好處，而且一點意義也沒有。」

「當然，我會停的，我會永遠閉嘴。」

她衝進廚房。他聽到她憤怒地在幫自己準備晚餐的聲音，她先故意把餐具弄得乒乓響，然後用力甩上烤爐的門。她又使出慣用的「冷戰」手段了。這習慣大約從這時候開始養成，然後隨著一年年過去，冷戰的時間越來越長，也越來越頻繁。他們之間的爭論總是為了錢，不過錢只是讓他們失和的最明顯原因。真正的問題根源在更深的地方；無法溝通真正讓他們困擾的事，像是琳達的子宮外孕才是根本原因，而這又更加深了他們的困擾。

傑夫瞥了廚房一眼，看見琳達弓著背獨自吃晚餐的苦澀背影，她連抬頭看他都省了。他閉上眼回想起她捧著一大束雛菊站在他家門口的可愛模樣，腦海中浮現法國號遊輪甲板上迎著溫暖微風的她。但他知道，那是不一樣的人了，即便沒有透露他許多次前世的細節，但從一開始，他就和那個琳達分享著所有內心最深處的情感。而現在，沉默以對已成了他們唯一的相處模式，只要他們對重要的事依然閉口不談，就算是世上所有的金錢也無法挽回惡化的關係。

他從小小的玄關衣櫥裡找到一件大衣穿上，離開了公寓。他走時，彼此連一句招呼也沒打。

公寓外面是骯髒零落的雪堆，這雪和電視機中因斯布魯克純淨潔白的雪片，就像廚房裡那個女人和他過去十九年來一直愛著的琳達一樣，沒有絲毫相似之處。

他決定這次他要很快賺到錢，然後確保琳達有足夠的錢可以過舒服的下半輩子，但現在，他不可能勉強自己留下來了。唯一的問題是，無論會是何時，但是在潘蜜拉回來前，他一個人該做什麼才好？

19

正在後院榆樹上築巢的藍色松鴉向廚房窗外振翅飛去，這是潘蜜拉第一眼看見的景象。她看著羽色斑斕的鳥兒在空中飛舞，緩緩地深吸了幾口大氣讓自己鎮定下來，才開始觀察周遭環境，走動走動。

她當時在煮咖啡，才正要把濾紙放進咖啡機裡。這裡是個舒服的廚房，是她熟悉的。跟她上輩子的廚房不一樣，不過對它還是記憶深刻，這是她在重生之前的第一世擁有的廚房。她在上次重生時花在這裡的時間不長，多半都是在工作室裡忙著繪畫、雕塑；雇請來的女傭對廚房風格的影響還遠勝於她。現在，這地方處處看得見她的個性留下的印記，至少是屬於她第一世的風格。

餐桌上攤著一本芭芭拉．卡特蘭的小說，旁邊擺了份《居家設計與園藝》雜誌。冰箱門上用玉米或芹菜形狀的小磁鐵黏著各式各樣的簡報和備忘小紙條。某個櫃子上貼了張她為孩子們畫的素描；畫是畫得很不錯，但在明暗表現和構圖上缺少了經歷其他世的多年練習得到的細膩技巧。餐桌上方掛了一個大型月曆，翻到一九八四年三月份，快到月底前的日期都被整整齊齊劃掉了。潘蜜拉已經三十四歲。她的女兒金柏莉剛滿八歲，克里斯多福十一歲。

她把咖啡濾紙放在一旁，剛要離開廚房，但想起什麼事情讓她停下腳步，臉上露出微笑。她打開櫃台式長桌下較低的抽屜，在裝麵粉和米的盒子後面翻來找去……真的，在那裡，就在向來藏的地方：那是個塑膠密封袋，裡面裝著一盎斯左右的大麻和一包好捲牌捲菸紙。她那時候的個人惡習，只有抽大麻時才能真正逃離單調沉悶的家務工作和那時所謂「教養子女」的責任。

潘蜜拉把那包大麻放回原位，走進客廳。客廳裡掛著一張全家福照片，和兩張她大學時代的畫作。這些作品中展露的才華在此生中從未得到發展機會。她為何讓自己的天資荒廢這麼久？

她聽見樓上傳來隱約的音樂聲，辛蒂·露波正用她卡通人物般的快活嗓音唱著〈女孩們只想玩樂〉。金柏莉一定放學了，克里斯多福也許正在房間裡玩他的蘋果二代電腦，那是他們那年送他的聖誕禮物。

她坐在門廳的椅子上，從電話桌上拿了隻鉛筆和一本便條紙，開始打電話查詢紐約市的登記電話。曼哈頓和皇后區都查不到姓名登記為傑夫或傑佛瑞·溫斯頓的人的資料，也查不到琳達或L·溫斯頓。反正機率本來就不大，實在沒理由認為他會回紐約去。潘蜜拉又試了次查號台，這次她查的是奧蘭多市。他父母的電話登記在資料上，她打過去，是傑夫的母親接的。

「喂，我叫潘蜜拉·菲利普斯，我——」

「喔，天哪！傑夫告訴我們妳會跟他連絡，可是，老天，那是好幾年前的事了。三年前我想，四年都有可能。」女人顯然把臉從話筒邊轉開，她的聲音漸漸變小，潘蜜拉聽見她朝旁邊的人喊道：「親愛的！是傑夫說會打來的那個姓菲利普斯的女孩，你記得嗎？你可以幫我找一下他寄來的信封嗎？」說完她又回到話筒上。

「潘蜜拉嗎？親愛的，稍等一下，傑夫留了張紙條給妳。我丈夫正在找出來。」

「謝謝。可以告訴我傑夫人在哪裡嗎？他現在住哪？」

「他住在加州，一個叫蒙哥馬利溪的小鎮上——嗯，是小鎮外，他說的——靠近奧勒岡州。」

「嗯，」潘蜜拉說，「我知道那地方。」

「他說妳知道。但是妳知道嗎，他那裡甚至連電話也沒有，妳能想像嗎？我簡直擔心死了，想想看發生緊急事故時該怎麼辦？可是他說他有台短波收音機，有緊急的事可以用那連絡。我真搞不懂他到底在想什麼，一個大男人了，不但辭掉工作，離開老婆，而且還——喔，真抱歉。我希望我沒說了不該說的——」

「溫斯頓太太，沒關係。真的。」

「總之，這件事實在太離譜了，不管怎麼說。發生在大學小伙子身上還可以想像，但是像他這年紀的男人——他就快四十了，妳知道——喔，謝了，親愛的。潘蜜拉？我找到他寄來的信封了。他要我們直接打開唸給妳聽，妳要去拿筆和紙嗎？」

「都拿好了。」

「好，讓我來看看……唔。妳可能會覺得等了這麼久時間，又這樣神神祕祕，他應該有更多的話要跟妳說吧。」

「信上寫了什麼？」

「只寫了一行字。他說，『妳來時記得把孩子們帶來。我愛妳，傑夫。』就寫了這樣。妳聽清楚了嗎？要我再唸一次給妳聽嗎？」

「不用了。」在她忽然泛紅的雙頰上逐漸漾開一抹大大的笑容。「真謝謝妳，不過我完全明白信上的意思。」

她放下電話，抬頭往樓梯上看。金柏莉和克里斯多福的年紀已經夠大了，他們一開始不會喜歡離開家的主意，但她知道，他們一定很快就會愛上蒙哥馬利溪和傑夫。

而且，潘蜜拉咬著嘴唇想，不會太久的。在他們上高中前，他們就會回到紐雪若，回到他們父親身邊了。

三年半。她的最後一次重生，她那被神祕延長的生命僅剩的最後歲月。

她決定盡情享受這一生。

雨下個沒完沒了，毫無停止的跡象，沉悶且持續力驚人。他們被雨悶在家裡已經兩天了。東西開始發霉，克里斯多福把皮背心掛在陽台欄杆上過夜，隔天早上才拿進來放在火爐邊烤乾，現在那件皮背心長了霉，空氣中全是那味道。

「金柏莉！」潘蜜拉的聲音中帶著被激怒的苦惱。「可以請妳不要把盤子當鼓來敲嗎！」

「她聽不到妳說話。」克里斯多福說，他傾過桌面把妹妹左耳的小型泡棉耳機拉開，「媽叫妳別這樣。」他朝她耳邊喊叫，好蓋過耳機內傳出的細微歌聲，是瑪丹娜的〈宛如處女〉。

「事實上，我希望妳關掉音樂，」潘蜜拉說，「大家都在吃午餐時，妳自顧自地聽音樂實在很沒有禮貌。」

女孩用力做了個忿忿不平的鬼臉，噘起嘴巴，不過還是聽話地拿下耳機，把隨身聽放到一旁。「我想再喝杯牛奶。」女孩用任性的語氣說。

「我們已經沒有牛奶了，」傑夫提醒她，「我明早要到鎮上去，到時我會買些牛奶回來。如果妳想要也可以跟我去，到時候雨可能已經停了，我們可以去瀑布邊走走。」

「我已經看過瀑布了，」金柏莉嘀咕說，「我想看 MTV 台。」

傑夫有雅量地笑著。「算妳運氣不好，小妞，」他說，「不過我們可以聽收音機，看看現在中國或非洲發生了什麼事。」

「我才懶得理中國或非洲的事情！我好無聊！」

「那我們來聊聊天，」潘蜜拉提議，「妳知道，人們以前都是這樣打發時間。」

「對啊，沒錯，」克里斯多福咕噥道，「他們怎麼會有那麼多東西可以聊？」

「有時候他們會說故事。」傑夫插嘴。

「這是個好主意。」潘蜜拉的臉色突然亮起來。「你們想聽我說個故事嗎？」

「天哪，媽，拜託！」克里斯多福抗議。「妳把我們當什麼呀，幼稚園小孩嗎？」

「不知道耶，」金柏莉說，有點被這主意打動，「也許聽個故事也滿好玩的。我們已經很久沒聽故事了。」

「你願意至少聽聽看嗎？」潘蜜拉問她兒子。他聳聳肩，不置可否。

「好吧，」她開始了，「千萬年以前，有一隻名字叫做賽塔西亞的海豚。有一天她腦子裡突然有了個奇怪的體悟，就像是從她頭上的天空和更遙遠的地方傳達給她的。在那時候，海豚和人類有時候會彼此說話，但是……」

於是，在綿綿夏雨陪伴中，她告訴孩子們《星海》的故事，關於連結著地球、海洋和星球上智慧生物的愛的希望的故事……關於那悲慘的失落，當人類第一次和海洋家族取得聯繫時，這失落為這狂喜時刻帶來了悲傷以及人性的深度。

孩子們一開始不耐煩地動來動去，但隨著故事繼續說下去，他們開始越聽越著迷。他們的母親用話語重新創造了曾為她贏得全世界讚譽，並促成她與傑夫結合的電影。當她說完時，金柏莉啜泣起來，但在她年輕的眼中有著超越世俗的狂喜；克里斯多福別過頭去看著窗外，久久不語。

黃昏前不久，一道陽光突然劃破烏雲密布的天際，傑夫和潘蜜拉站在屋外的陽台上，看著陽光緩緩消逝。孩子們選擇留在屋內。金柏莉向潘蜜拉借了些水彩，正畫著星辰與海豚，克里斯多福則沉浸在約翰・李利的書中。

千變萬化的光線在雨水浸潤的草地間活潑地嬉戲跳躍著，成千上萬鑲在剛修剪過草地上的晶瑩雨珠，恰似出塵的寶石在綠火間閃耀。傑夫站在潘蜜拉身後，雙臂環著她的腰，雙頰抵著她的髮絲。陽光消失前那一刻，他在她耳邊低聲呢喃，那是來自布列克的一句詩：「一沙一世界，」他低語，「一花一天堂。」

她的雙手緊貼著傑夫的手，輕聲唸出剩下的詩句：「手心掌握無限，」她說，「剎那即是永恆。」

拖航飛機滑行至定位點，機身漸漸停下，引擎還在運轉時，管繩子的小弟跑上前來將滑翔機上的兩百呎長尼龍繩扣在停在前頭的塞斯納輕航機機尾的鉤子上。

「克里斯多福，你想幫我檢查一下飛機的操縱裝置嗎？」傑夫向坐在他前方學員座位上的男孩說道。

「當然想。」潘蜜拉的兒子用認真的語氣回答，能夠參與準備工作而不只是等著搭乘，讓他感到很驕傲，他的語氣中有股認真。男孩左右移動滑翔機控制桿，兩邊翼梢的副翼聽話地擺動起來。接著他前後推動桿子，傑夫則轉頭去看機尾的升降舵是否依照指示上下拍動。當克里斯多福的腳在踏板上移動時，方向舵搖動起來。所有操縱裝置的運作都相當不錯，傑夫微笑表示許可。

前方的拖航飛機開始一點一點前進，將原本鬆連在兩架飛行器間的繩索緩緩拉直，駕駛擺動方向舵，示意詢問「準備好了嗎？」傑夫也左右擺動自己的方向舵回答。塞斯納拉著後方的滑翔機開始在跑道上移動。管機翼的小弟小跑步跟在兩旁，好維持滑翔機的平穩讓它迎風前進。傑夫緊盯著拖航飛機，根據前方的水平線判斷機翼是否平行。他們逐漸加速，很快將地面人員拋在後頭，傑夫將操縱桿輕輕向後拉，他們升空了。

傑夫從眼角注意到前面那座山靠近基部的低空有些柔軟蓬鬆的白色捲雲。這是個好現象，表示不穩定的潮溼空氣和上升暖氣流正在成形中。但現在沒時間看雲了，他專注地看著拖航飛機和繩索，讓尼龍繩保持緊繃的筆直狀態，平穩地跟著塞斯納輕航機轉了個彎。

現在他們來到預定的高度，位於那座山低坡上的三千呎高空。傑夫按了解索鈕，看著鬆開的牽引繩像條橡皮圈咻一聲向前飛去，等拖航飛機左轉向下飛去時，他則右轉拉升高度。塞斯納朝往他們起飛的小機場，引擎聲逐漸遠去，周遭除了從玻璃塑脂座艙罩旁穩穩呼嘯而過的風聲外，很快就聽不見其他聲音了。他們正處於平穩的無動力飛行狀態。

「天哪，傑夫！真是太棒了！」

傑夫的臉上露出微笑，向從座位上轉身看著他的克里斯多福點點頭，男孩的眼睛睜得又圓又亮。他讓滑翔機緩緩轉了個大彎，利用拖航飛機速度留下的動力盡可能提升滑翔機的高度。夏斯塔山彷彿不屬於這世間的白色雪峰在他們左邊漸漸低下去，又重新出現在他們面前，像放射出陽光的燈塔般，激勵著他們越飛越高。傑夫回頭往西南方向看，以夏斯塔山命名的小鎮正躺在遼闊的北美黃松森林的懷抱中。

第二架單引擎的塞斯納輕航機正牽引著另一架藍白相間的滑翔機朝他們接近。傑夫慢吞吞地繞著圈，等待另一架滑翔機加入，速度開始下降到時速介於四十至四十五哩的正常巡航速度。

等第二架滑翔機來到距離他們一哩左右的地方時，它掙脫了臍帶，然後用恰似傑夫剛才的動作繞個圈，遠離了提供動力的拖航飛機。克里斯多福的臉靠著透明的玻璃塑脂座艙罩，看著新來的滑翔機朝他們俯衝，接著平穩地和他們並排滑翔。

潘蜜拉從那架滑翔機後方的駕駛座上向他們微笑並豎起大拇指，前座金柏莉的臉上興奮莫名，正向傑夫和哥哥揮手。

傑夫用操控桿指揮兩翼向左傾斜，同時輕輕踩著左邊的方向舵踏板，結束了繞圈滑翔後，朝著夏斯塔山均衡對稱的巨大山體飛去。潘蜜拉跟著他動作，始終保持在他右後方。

隨著他們越飛越近，山上被雪覆蓋的松樹變得像是觸手可及，林子底下的山坡看起來也更陡峭了。一隻落單的鹿正巧往天上看，牠先是驚嚇之餘打了個寒顫，接著就呆呆站在那裡看著在頭上不遠處盤旋的無聲巨鳥。再過去一點，他們和山之間距離的四分之一哩處，克里斯多福興奮地指著一頭行動遲緩的黑熊，牠好像一點也沒注意到低空掠過天空的奇怪金屬生物。

在夏斯塔山背部地形崎嶇的地方有個突出的懸崖，懸崖前面和峰頂上有股山脊上升氣流，也就是由反彈的風所形成的旋轉上升空氣。傑夫與潘蜜拉沿著山脊來回滑翔了幾分鐘，欣賞著寧靜、原始的雪景，雪近到似乎只要一伸手，即可鏟起一捧。然後傑夫注意到稍靠近山東方的藍色天空中有縷細細的雲帶在成形。他打破了並排飛行的陣式，朝新生成的冷凝空氣飛去。

快飛到時，他將左翼稍微微上提後，立刻順著風朝那方向飛去。整架滑翔機開始向上抬起，他放慢速度，做了個控制下的急彎，滑翔機便迅速上升了，而且越飛越高。

下方的潘蜜拉看見傑夫找到了氣流。她急轉彎飛離了懸崖邊的溫和上升氣流，朝他飛過去。隨著傑夫和克里斯多乘著大片上升氣流持續扶搖直上，她的滑翔機越變越小，她被困在一個急轉彎裡離不開暖氣流的狹窄範圍內。

潘蜜拉在他下風處持續打轉，搜尋著氣流。終於，她發現那道模糊的上升暖氣流了，隨著她的滑翔機迅速無聲地朝著他飛去，他們的距離漸漸接近，她上升、上升……直到他們肩並肩翺翔在夏斯塔山不受時間打擾的謎樣山峰上、朗朗青空中。

金柏莉已經不哭了，她正在外面採秋天的野花，打算帶著那束花陪她回到東邊的家。克里斯多福正學著用男人的態度來面對離別。畢竟他十五歲了，而且從很久前他就開始模仿傑夫坦然面對逆境、當歡笑時盡情歡笑的態度；而過去短短幾年裡，他們常常在歡笑中渡過。

「媽，我的登山鞋放不進旅行箱裡。」

「親愛的，這你在紐雪若用不著。」潘蜜拉說。

「我想用不著。不過爸也許會帶我們去波克夏露營，他說他會，到時候我就可以穿了。」

「那我寄給你好嗎？」

「嗯……不用啦，沒關係。反正我們在聖誕節前就會回來了，我還得把它們寄回來。」

潘蜜拉點點頭，別過頭去不讓兒子看到她的眼睛。

「我知道你想帶著，」傑夫插嘴道，「何不還是把鞋子寄過去，我們會……再幫你買一雙放在這裡。如果你要的話，我們可以幫你把所有東西都寄過去，再買一套放在這裡。」

「嘿，這主意棒極了！」克里斯多福興奮地喊道，臉上露出笑容。

「這樣做很有道理。」傑夫說。

「沒錯，如果我半年跟爸住，半年跟你和媽住的話……確定可以嗎？媽，妳覺得這樣好嗎？」

「聽起來是個很棒的主意。」潘蜜拉勉強露出微笑。

「何不列個清單，列出所有你想要我們寄過去的東西呢？」

「好。」克里斯多福往傑夫為兩個孩子在小屋旁擴建的兩個房間的廂房走去，接著停下腳步回過頭。

「我可以告訴金柏莉嗎？我打賭她一定也有一堆東西想寄回東邊。」

「當然，」潘蜜拉跟他說，「但你們別花太久時間。我們一小時內得上路到雷汀，否則你們會錯過班機。」

「我們會趕快，媽。」他邊說邊跑向外頭去找妹妹了。

潘蜜拉轉向傑夫，流下了強忍的眼淚。「我不想讓他們離開。只剩一個月，我們就要……就要……」

他抱住她，輕撫她的髮絲。「我們之前就討論過了，」他向她柔聲說，「最好讓他們有幾個禮拜時間適應重新和父親同住的生活、交交新朋友……或許可以減少他們承受的打擊。」

「傑夫，」她啜泣道，「我好害怕！我不想死！我不想……永遠死掉，我──」

他緊擁她，用臂彎輕輕搖晃她，感覺到眼淚滴下了面頰。「想想我們是如何活過的，想想我們做過的事，讓我們去感激這一切吧。」

「但我們原本可以做更多更多的事。我們可以──」

「噓，」他低聲道，「我們已經盡了一切努力。我們完成了遠超出初始時夢想過的成就。」

她向後仰，急迫地搜尋著他的眼睛，像是她第一次或最後一次看見它們。「我知道，」她嘆道，「只是……我已經太適應這無窮的可能性、無窮的時間……不必被我們的錯誤束縛住，總是知道一切可以重新來過，我們可以做出改變，讓事情變得更好。但我們沒有讓事情變得更好，不是嗎？我們只是讓它們變得不一樣而已。」

傑夫意識深處有個聲音喃喃不停地唸著。那是誰的聲音？它到底說了什麼？不重要。潘蜜拉死了，再也不會回來。這念頭拍擊著他，就像海水沖刷著沒有包紮的傷口，讓他心中充滿了失去葛麗倩後就不曾感受過的巨大悲傷。他握緊拳頭，在這難以否認、不堪承受的悲痛中垂下頭……但這唸經般的聲音仍喋喋不休地放送著：

「……看看查理能不能拿到梅爾．寇區關於雷根比特堡之行的評論。看樣子這件事真的會激起不小的風暴。我們已經蒐集到退伍軍人協會的指責，國會也開始有人說話了。這樣——傑夫？你還好嗎？」

「嗯。」他很快地向上瞥了一眼。「我很好。繼續吧。」

他在紐約 WFYI 的會議室裡，他第一次死亡時正擔任新聞總監的全新聞廣播頻道。他坐在長橢圓形桌一端，坐在他兩側的是晨間和午間新聞的編輯，播報員則占據了其他的椅子。他已經有幾十年沒見過這些人了，但他還是馬上就認出這地方、這場合。曾經有許多年，他在每個工作日早上都需要參加同樣的會議，討論每天的任務分派，在工作開始前一起將今天的新聞播報規劃到最好。簡恩．柯林斯，正在說話的午間新聞編輯向他皺起眉頭，一臉關切。

「你確定你沒事嗎？我們可以縮短會議時間，沒什麼要討論的了。」

「繼續說下去，簡恩。我馬上就沒事了。」

「嗯……好吧。總之以上是關於地鐵報導和地方消息。在全國性新聞方面，我們有今天早上升空的太空梭，而——」

「哪一艘？」傑夫粗聲問道。

「什麼？」簡恩一臉不解地問。

「哪一艘太空梭？」

「發現者號。你知道，載了參議員那艘。」

至少這點要感謝老天，在潘蜜拉永遠逝去後的下一刻，傑夫不確定他是不是能應付得了挑戰者號災難這一天亂成一團的新聞室和裡面的低氣壓。不管怎樣，如果他頭腦清楚點，他該知道的，雷根拜訪比特堡是一九八五年春天的事。

所以現在應該是一九八五年四月的某一天，距離太空梭爆炸意外還有九或十個月。桌子前面的每個人都用奇怪的眼神打量他，納悶他為何看來如此心煩意亂，如此迷惑。管他去死。他們愛怎麼想就怎麼想吧。

「我們專心把會開完吧，簡恩？」

新聞編輯點點頭，開始收拾他帶來開會的散落紙張。「伊利諾州有條好新聞，關於強姦案撤銷告訴。道森今天要回監獄了，雖然他的律師正準備上訴。就這樣了。有人有問題嗎？」

「看樣子今天教育局的會議可能會開很久，」一位播報員說到，「我不確定我兩點時有沒有辦法去跑消防局頒獎的新聞。你希望我早點放棄教育局會議這條，還是派其他人去採訪頒獎？」

「傑夫你可以嗎？」柯林斯問道，想把這件事交給他。

「我沒意見。你決定。」

柯林斯再次皺起眉頭，想說什麼但沒說出口。他轉向播報員，後者已一群人竊竊私語起來。

「比爾，你盯住教育局那條新聞，不必趕；查理，訪問完市長後就去跑消防局典禮。一點的時候給我們關於寇區對比特堡之行的最新說法。然後你可以拖到典禮完再發稿。喔，還有吉米，四號機送修了，你帶七號機去。」

會議在安靜氣氛下結束了，平常的俏皮話和吵鬧笑聲今天都沒出現。播報員和正往外走的晨間新聞編輯魚貫走出了會議室，每個人都迅速偷瞥了傑夫一眼。簡恩．柯林斯還留著，不斷整理著他的紙張。

「你想談談嗎？」他終於說道。

傑夫搖搖頭。「沒什麼好談的。我說了，我馬上就會恢復了。」

「聽我說，如果是跟琳達的問題……我想說，我可以了解。你知道卡洛和我幾年前也有一段很不好過的日子。大部分時候都是你陪我撐過，天知道你聽我吐了多少苦水。所以，只要你想坐下來喝杯啤酒、說說話，儘管來找我吧。」

「謝謝你，簡恩。謝謝你的關心，真的。不過這件事我只能一個人面對。」

柯林斯聳聳肩，從桌前站起來。「由你決定。」他說。

「不過，如果你想要找人傾吐一下，往我這邊倒吧。我欠你的。」

傑夫簡短地點了一下頭，接著柯林斯離開，現在他又是一個人了。

20

傑夫辭了工作，他從賭博和短線投資賺了足夠的錢，確保琳達在未來三年內衣食無缺。沒時間慢慢準備豐厚的遺產給她了，於是他把壽險保額提高十倍。

他搬到上西區的一間小公寓裡，每天從早到晚在曼哈頓閒晃，盡情感受屬於人類的景象、味道與聲音，他長久來將自己隔離在外的東西。其中老人尤其強烈吸引著他，他們的眼中充滿遙遠的記憶與失落的希望，他們的身體在走向生命終點的預期下垂垂老矣。

儘管潘蜜拉已經走了，她表達過的恐懼和遺憾卻回過頭來深深糾纏他，就像曾經困擾過走向死亡的她一樣。他曾盡一切力量要她放心，試著減輕她在最後日子裡的悲傷與恐懼，但她是對的，他們曾經奮鬥過並達成的一切終歸是一場空。就連他們曾一起努力追尋的幸福時光也短暫得沮喪，他們的生命一點一滴地被偷走，寂寞而無謂的分離像片海洋，愛與滿足的片刻像浪花般轉瞬即逝。

他們曾以為可以天長地久，以為擁有無窮的選擇和重新選擇的機會。他們過於揮霍被賦予的無價時間，浪費生命在悲苦怨懟與罪惡感上，徒勞地追尋不存在的答案，而忽略了自己、對彼此的愛，就是他們需要的唯一答案。而如今，就連向她傾訴這領悟，就連擁著她在懷中，告訴她他是多崇拜她、珍惜她，這些機會都永遠不可能再有了。潘蜜拉死了，而三年後，傑夫也將在毫不明白自己活著的意義下死去。

他漫步在城市街道上，看著、聽著：龐克族桀驁不馴的眼神對世界怒目而視……穿著上班服裝的男男女女匆忙奔赴為自己設定的目標……成群結夥的孩子們咯咯笑著，朝氣蓬勃地迎接生命中所有的新奇。傑夫忌妒他們，他們的天真、無知、對生命的期待讓他眼紅。

他辭掉在WFYI工作幾個禮拜後，一位新聞撰稿員打了通電話給他，是個女的——該說是個女孩，名叫莉蒂亞·藍道。她說電台裡的人都很關心他，聽到他辭職的消息時大家都很震驚，聽說他的婚姻破裂時就更擔心了。傑夫只跟她重複了他對簡恩·柯林斯說過的話，他很好。但她窮追不捨，堅持和他見面喝個東西，面對面聊一聊。

他們相約隔天下午在第三大道第六十五街上的餐館「和平之鴿」見面，兩人選了一張靠窗的桌子，從窗邊可以看見紐約初夏的燦爛陽光。莉蒂亞穿了件露肩的白色棉質洋裝，搭配一頂寬邊帽，粉紅色緞帶從帽緣垂下。她是個相當標緻的年輕女人，有著濃密的波浪狀金髮以及大大、水汪汪的綠色眼睛。

傑夫唸了一遍他編來解釋自己突然離職的故事，一個患上了職業倦怠記者的標準謊言，揉合了他最近在投資方面「交了好運」的半真半假事實。莉蒂亞不時心領神會地點點頭，像是對他捏造的故事信以為真。談到婚姻時，傑夫告訴她，其實他的婚姻很久之前就玩完了，他和妻子之間沒什麼好多費唇舌解釋的特殊問題，只是漸行漸遠而已。

莉蒂亞熱心地聽著，又叫了一杯酒，然後談起自己的生活。她二十三歲，從伊利諾大學畢業後就來到紐約，現在正跟大學認識交往的男友同居。他的名字叫馬修，急著想結婚，但她還不確定。她覺得自己「被困住了」，覺得「需要空間」，她想交新朋友，想過充滿冒險的生活，那是在中西部小鎮上成長的她從小就錯過的。她和馬修都變了，不再是以前的他們了，莉蒂亞說，她覺得自己已經超越他了。

傑夫讓她一吐為快，那些屬於年輕人的尋常傷感與渴望，對她來說卻是難以招架的頭一遭，在她生命中具有前所未有的意義。她還看不出自己的故事是多麼平凡無奇，雖然她或許隱約能認知到這點，至少她說，她急著想打破自己生活落入的陳腐模式。

他懷著同情的心情和她聊了一個多小時，關於生活、愛情與獨立……他告訴她，她必須自己做決定，必須學會承擔風險，他說了一切該說的；當人生命中第一次遇見全人類共通的危機時，人們總會對他說的那些話。

窗外突然吹來一陣風撩起她的髮絲，帽子上垂下的粉紅緞帶被風拂上她的面頰。莉蒂亞將緞帶撥到一邊，她充滿女孩子氣的手勢讓傑夫產生說不出原因的悸動。在她生氣蓬勃的漂亮臉龐上，他突然看見了茱蒂．高登的影子，還有那天送他雛菊的琳達；從她們臉上，他曾經看見對未來的美好許諾，將誕生而未成形的夢想。

喝完飲料，他看著她上計程車。上車時，她抬頭看著他並說道，「我想一切都會沒事。我的意思是，我們已經花了很多時間在這上面了，我們還有很多時間。」

傑夫明白這個錯覺，他知道得太清楚。他敷衍地對她笑了笑，握握手，看著她朝向生命奔去，長長的粉紅緞帶在空中自由飄颺。

＊

北郊鐵路的通勤火車準時到站，傑夫從他所在的有利位置看見一百呎底下的月台。通勤火車在一天這個時候成了錯誤的稱呼，傑夫想；這班十一點進城的火車上根本沒幾個上班族。

傑夫迅速走向通往終點站的斜坡道，好像他才從別條線下車。經過往紐雪若的火車時他稍微放慢了腳步，他剛才的想法是對的，這群下車的乘客中有許多外出購物打扮的女人、零星的大學生，裡面幾乎看不到穿西裝、打領帶、帶著公事包的人。

她是最後幾個下車的人。他幾乎錯過她，並且開始擔心自己得到訊息不正確。她打扮得很不錯，從她身上看不見前往百貨公司購物女人對細節的狂熱。她穿著為走路而設計的低跟鞋，淺藍色的亞麻洋裝和薄毛衣流露出講求實用性的魅力。

傑夫在他們相距約二、三十步時開始起步跟上她，她走上斜坡道，然後走進紐約中央車站寬闊的中央大廳。他擔心會在人潮中跟丟，但她的身高和醒目的金色直髮讓他始終能在穿越擁擠人群時一眼望見。她大步橫越公園大道，經過羅斯福飯店，穿過麥迪遜花園廣場到了第五街，然後轉向北。薩克斯百貨和卡地亞的櫥窗展示沒太吸引她的注意，她短暫停留時，傑夫便假裝對大韓航空的套裝旅遊行程或馬克·克勞斯的行李箱組合感興趣而放慢腳步。

她在第五十三街上向西轉，進入現代藝術博物館。傑夫六個禮拜前雇的私家偵探的消息是對的，至少從今天的結果看來。他們跟他說，潘蜜拉·菲利普斯·羅比森隔週的禮拜四會搭火車到曼哈頓，花一個下午參觀美術館或博物館。

他付了入場券的錢，他穿過十字轉門時，發現自己的手心都被汗浸溼了。他暫時跟丟了她。傑夫還是搞不清楚自己花這麼大的工夫見她的心態，如果只為了遠遠看著她；他完全明白這女人不是他認識且深愛著的潘蜜拉，而且她永遠不會是。她的重生已經結束了。他不可能期待她突然清醒，臉上流露出和他相識的親密表情，就像他在大學酒吧的夜晚，當她忽然知道自己是誰、他是誰，以及他們在數十年歲月中一起經歷過的一切時，他從她臉上看見的表情。

不，這個潘蜜拉永遠不可能知道一切，他卻仍渴望再次看著她的眼睛，甚至聽聽她的聲音。事實證明，這個誘惑無法抵擋，傑夫一點也不覺得懷抱這樣的欲望有何羞恥，對跟蹤她也不感到罪惡。

傑夫先在大廳另一側的紀念品展售中心搜尋她的身影，懷抱著一絲希望她可能會在那裡買本書或買張明信片，但潘蜜拉不在那裡。他又回到大廳，走進玻璃牆的庭園大廳，在回頭搭電梯到更高樓層前先在一樓的藝廊轉一圈。除了常設展示區的常態展示之外，那裡正有兩場主要展覽，一個是密斯·凡·德羅百年冥誕的紀念展，另一個是雕塑家理查·薩拉的回顧展。傑夫對展覽只匆匆瞥了一眼，他還是沒看到潘蜜拉的蹤影。

他在四樓看到令他會心一笑的東西，儘管他已經開始不耐煩了；那是密斯·凡·德羅展的一部分，為了這個展覽，博物館特別在館中設置了建築師設計的各式家具，其中包括法蘭克·梅道克幫傑夫在未來企業辦公室選的那張巴塞隆納椅，那已是多年前的事了。

潘蜜拉還是不見人影。他可能得再等兩個禮拜她才會再來紐約了，然後他得跟蹤她到另一間博物館，或設計一樁看似隨時可能發生在火車站的邂逅……一切就只為了好好看看她的臉，聽她說聲「抱歉」或「還差二十分就十二點了」。

回到庭園大廳的三樓，傑夫停下來休息。他靠在一根欄杆上，看著巨大的玻璃牆面。然後，就在下方的雕塑花園裡，他看到了一頭柔軟金髮以及天空藍亞麻洋裝的她。

他下來到花園時她還在外面。她正雙臂交叉，站著凝視一尊薩拉的雕塑作品。傑夫停留在她十呎遠的地方，腦海中一時百感交集。接著潘蜜拉不預期地轉身向著他，開口說道，「你覺得這個作品怎麼樣？」

對於她主動攀談，他毫無心理準備，甚至沒想過哪怕是多短暫的瞬間，當他的眼神再次和他熟悉的銳利綠色眼眸相遇後，他到底該怎麼辦。不，他得強迫自己記住，他已不再認識那對眼睛，它們隱藏著一個過去或未來都將他永遠拒絕在外的靈魂。他在花園中這女人僅知的一生中並不扮演任何角色，而這一生也將很快到達終點，不會再有重複的機會。

「我剛才說，你覺得薩拉這個作品如何？」

和她向來一樣直接了當，傑夫明白過來；這已經成了她個性的基調，而不是重生經驗逐漸灌輸給她的特質。

「稍嫌尖銳了，對我來說。」傑夫終於答道。他的心中千頭萬緒，但沒有一樣跟薩拉的作品有關。

她若有所思地點點頭。「他的大部分作品都帶有隱約的威脅性，」她說，「像這個，叫《描形器之二》嗎？這個地板鋪著大型不鏽鋼板、另一塊插在天花板上的作品，一直讓我想到如果上面這塊脫落掉下來會怎樣。站在底下的人會被活活壓死。」

他無法站在那裡和她閒聊館內的展覽作品。他們共同生活的情景如跑馬燈般在他腦中閃過：她從他旁邊的滑翔機座艙罩中對他微笑，她在馬略卡的廚房中忙碌，她在多年來共枕過的許多座床上的模樣……彷彿只需透過記憶，他就能夠在心中複製出她蒐集製作的前世影像展。

「還有那個，」她繼續說，「叫做《迴路之二》的作品……我知道它原本是想將這房間空間做個有趣的分割，但是這些從角落裡凸出的尖銳長方形鋼板讓我覺得像被斷頭台的刀片團團圍住。」她輕鬆地自嘲道。「說不定只是我的想像特別陰森恐怖而已，不知道。」

「不，」傑夫重新鎮定下來，「我知道妳的意思，我也有一樣的感覺。他的創作風格很有壓迫感。」

「太有壓迫感了我想。這妨礙我從客觀角度來評價他的藝術形式。」

「這個作品感覺像是隨時有可能倒塌。」傑夫說道。

「沒錯，而且一樣是往這個方向。」

傑夫不由地大笑起來，心底湧上一股和她一樣輕鬆的自信，他曾經有過同樣的感覺，當時——他再次硬生生斬斷了思緒。懷想過去不會有好處，她和他曾在一起多年的那個人只有外貌相像而已。但是，他忍不住想，她還是和她一樣有著冷面的機智風趣，冷靜分析事情的外表下藏著同樣的溫暖氣質……和她說話是個享受，雖然她對曾經共同經歷的一切不會有絲毫記憶。

「我有個主意，」他說，「想不想在這東西壓扁我們之前先從底下逃出去？午餐時間到了。」

他們在俯視雕塑花園的咖啡廳吃了午餐，一起對薩拉作品裡明顯的威脅意味開了些玩笑，一起對博物館越來越不願為新生代藝術家安排展出感到惋惜。當博物館上方的公寓大廈陰影投射在花園裡時，傑夫幫她穿上她的毛衣，當他的手掠過她的髮絲時，他好不容易才忍住了輕撫那張臉的衝動，那張他萬分熟悉卻失去已久的臉龐。

她談到她荒廢的藝術事業，談到養兒育女的酸甜苦辣。他可以看出她眼底未熄滅的渴望，看出她因未能完整活過這一生而受苦；她那很快就即將結束的一生，傑夫知道。他真想告訴她，她曾經達到的所有成就。

午餐終究有結束的時候，他們的對話逐漸陷入有一搭沒一搭的窘境。

「嗯，」他說，抱著想延長這次邂逅的想法卻不知道該如何做，「真是次愉快的經驗。」

「是呀，沒錯。」她不自在地玩著她的咖啡匙。

「妳經常到紐約嗎？」

「一個月來幾次。」

「也許我們可以……」他沒把話說完，也不確定自己要提議什麼，甚至不確定他們兩人之間是否該繼續互動下去。

「可以怎樣？」她開口打破沉默。

「我不知道。也許去逛逛另一座博物館，再吃頓午飯。」

她玩弄著那根湯匙。「我結婚了，你知道。」

「我知道。」

「我不會——我的意思是，我不是——」

他微笑遞給她一張餐巾紙。

「給我這做什麼？」她訝異地問道。

「給妳撕碎用的。」

潘蜜拉突然大笑起來，接著用疑問的眼神回望著他。「你怎麼知道我……」她緩緩地搖著頭。「有時候我覺得你好像能看穿我的心思，像是你問我有沒有畫過海豚時。我從沒告訴過你我有多愛鯨豚吧。」

「我只是覺得妳會喜歡而已。」

她用誇張的手法將那張餐巾紙直接從中間撕成兩半，然後用好奇的笑鬧眼神看著他，神情中有股瞬間下定決心的堅決。

「古根漢美術館有個傑克．楊格曼的展覽，」她說，「下禮拜我會去。」

一股做愛後的溫暖麝香味纏住他不放，各種歡愛的記憶瞬間散開，瀰漫在臥房裡。帶著甜味的鬱烈氣息帶著他回到往日，厚毛毯底下的夜晚、遊艇甲板上的熾熱白晝、賴在旅館被窩裡的週日早晨、蒙哥馬利溪小屋、佛羅里達礁島、皮爾飯店中的一切，彷彿仍歷歷在目……他將回憶起的還有這些午後，在這偷來的一年中，在這間公寓裡。

傑夫垂眼看著倚在他胸口的臉，她雙眼緊閉，像個熟睡孩子似地嘴唇微張。他不期然地記起了《薄伽梵歌》中的詩句，在許久前某個晚上，她曾以熱情洋溢的口吻在她多潘那谷的隱居處朗誦過：

你和我，阿朱那，我們已活了許多世。
你遺忘的，我全都記得。

潘蜜拉在他懷中動了動，邊伸懶腰邊發出無意義的滿足呢喃，像隻熱情的貓在他身上摩挲。

「幾點了？」她打呵欠。

「六點二十。」

「該死，」她在床上坐起來，「我得走了。」

「妳禮拜四會來嗎？」

「我的課取消了，不過……我沒跟家裡提過這件事。我們可以一整天在一起。」

傑夫微笑，試著表現出開心的樣子。下禮拜四，一整天在一起。傑夫腦中浮現苦樂參半的模糊回憶，不過她當然不可能會知道。

「也許那時我已經把畫完成了。」她溜下床，開始收拾散落的衣物。

「我什麼時候可以看畫？」

「完成後才能看，你答應過的。」

他點頭，昨天偷看了一眼那幅蓋住的畫讓他有點罪惡感。自從她重拾畫筆，並在紐約市立大學選修進階構圖的研究所課程後，她的技巧在過去一年裡進步了不少。儘管她曾在她不為人記憶的其他前世中展露出大膽奔馳的瑰麗想像，她的能力卻不再達到同樣境界了。

接近完成的畫作是他們兩人的裸體習作，在畫中他們手牽手，笑著奔跑穿越一座白色的葡萄藤架，陽光在綠色隧道中投下了斑斑點點的光影。畫中的單純及天真無邪的奔放歡樂讓傑夫深受感動；創作這幅畫的藝術家剛開始愛人，卻還沒有機會測試這份愛情的極限，或說生命的極限。

自從他們在博物館首次巧遇後，他們相處的時間無可避免受到限制；每一、兩個禮拜才能在他公寓中共度一個下午；當她跟丈夫說要留在紐約聽音樂會或看表演時，才能偶爾留下來過夜……有次他們一起到鱈角去渡了個長週末，但就一次而已；她跟家人說她去了波士頓，拜訪她從大學時就認識的女性朋友。

她曾提到一次離婚的可能性，沒談到太多，但傑夫知道，她還沒準備好面對如此極端的決裂。他們不能一起分享的東西比她知道的多得多，他們對彼此的認識之間隔著一道尖銳的裂痕。有時候，當潘蜜拉在突然中斷的談話間看見傑夫臉上的恍惚神情時，她似乎模模糊糊地意識到這道阻隔。

他愛她，他真心愛著今天的她，不只是把她當成所有潘蜜拉的影子而已……但她不知情的眼睛卻不時提醒傑夫曾拋在腦後的一切，不間斷地讓他們所做的一切都蒙上一層陰影。

她已經穿好衣服，正梳著被床笫溫存弄亂的細直髮絲。他曾從多少面不同的鏡子裡看過她做過多少次這個動作？答案遠超出她的想像，再去回想也讓他承受不住。

「下禮拜見。」潘蜜拉說，從床頭桌上拾起包包時彎腰親吻了他一下。「我會盡量搭早班火車進城。」

他回吻她，雙掌捧住她發亮的臉龐依依不捨了一會兒，那一刻他的思緒回到了過去，飛掠過數十年的歲月，以及他們在不同人世中實現過、挫敗過的希望與計畫。

但下禮拜他們有一整天可以待在一起，在春暖花開的時候。那畢竟還是值得期待。

冬天從湖邊捎來了第一道訊息，櫻丘上的樹顫抖著黃葉，接下這道指令。冰涼的水柱從中央車站大廳中的噴泉泊泊湧出，傑夫和潘蜜拉經過噴泉，朝中央公園弓橋優雅的鑄鐵橋身走去。

過橋到了另一頭後，他們便沿著漫步區的林道往北繞著左邊的人工湖漫遊。四周成百上千的候鳥正啁啾雀躍著，已為南方之旅做好了準備。

「如果我們也能加入的話一定很棒，不是嗎？」潘蜜拉朝傑夫更偎近了些。「飛到某個小島，或者飛到南美洲去……」

他沒答話，只是用手臂牢牢護住她的腰，將她抱得更緊些。他心痛地明白自己無法保護她，免於即將降臨在他們身上的命運。

他們在湖北端的露台橋停下，站著俯視著底下的樹林，曼哈頓的高樓大廈正倒映在湖水中。

「你猜怎麼？」潘蜜拉朝他的臉龐低語。

「怎麼？」他說。

「我跟史提夫說我下週末要再去趟波士頓拜訪我大學時的室友。禮拜五到禮拜一。如果你想，我們可以一起飛到某個地方渡假。」

「真是……太棒了。」他只能這樣回答。說出他所知道的事實真相實在太殘酷，今天就是他們能見的最後一面了。五天後的下禮拜四，他們兩人的世界將永遠停止轉動。

「你聽起來沒有很興奮。」她皺眉道。

傑夫掛上笑臉，試圖掩飾內心的悲傷與恐懼。就讓她天真地相信自己還會繼續活下去吧。在接近生命終點的此刻，傑夫能給她的最大禮物就是謊言了。

「真的很棒，」他裝出興致勃勃的樣子，「我只是有點驚訝。妳想去任何地方都行，任何地方。巴貝多、阿卡波可、巴哈馬……妳說個地方。」

「哪裡都好，」她緊偎著他說道，「只要是個溫暖、安靜的地方，而且跟你在一起就好。」

傑夫無法說話，他知道他一開口，聲音就會走調。於是他親親她，用意志力將心中所有傷痛融入這最後、確定無疑的一吻裡，這吻包含了他對她的愛、他們曾經歷過的——

她突然發出一聲呻吟，軟倒在他身上。他抓住她的肩膀，免得她整個人癱在地上。

「潘蜜拉？老天，不，這是怎麼——」

她重新站直，頭往後仰，一臉震驚地看著他。

「傑夫？喔，老天，傑夫？」

傑夫從她睜大的眼睛裡讀到一切。他看見她明白過來，看見她認出他，看見她重拾起回憶。八次不同人世累積的記憶與傷痛瞬間全寫在她臉上，她的唇因一時困惑而扭曲著。

她看看四周，看見中央公園和紐約的天際線。她與傑夫對望的眼裡充滿了淚水。

「一切——一切不是該結束了！」

「潘蜜拉——」

「這是哪一年？我們還有多久時間？」

他無法隱瞞，她該知道的。「一九八八年。」她再次看著樹林，看見秋天的黃葉在四周飄落、旋轉。

他輕撫著她被風吹亂的髮絲，多希望能將揭露事實的時間延長，哪怕是一刻，但事實不容否認。

「已經是秋天了！」

「十月，」他輕聲告訴她，「十三號。」

「那——那只剩五天了！」

「是的。」

「太不公平了！」她啜泣著，「上次我已經準備好了，我幾乎要接受——」她突然住口，重新用困惑的表情看著他。「我們在這裡做什麼？」她問。「為什麼我不在家？」

「我必須見妳一面。」

「你正在親我，」她控訴道，「不，你正在親的是她，是以前的我！」

「潘蜜拉，我只是想──」

「我才不管你怎麼想。」她打斷他的話，快速從他身邊抽離。「你明明知道那不是真正的我，你怎麼能做出這麼……這麼變態的事？」

「但那個人是妳，」他堅稱，「雖然她沒有全部的記憶，但那還是妳，我們還是──」

「我簡直不敢相信這是你說的話！這件事多久了，你們什麼時候開始的？」

「快兩年了。」

「兩年！這兩年你一直都在……利用我，好像我是個沒生命的東西，像個──」

「事情一點也不是妳想的那樣！我們彼此相愛，妳又重拾畫筆，回學校上課──」

「我不在乎我做了什麼！你誘惑我離開家庭，你設計我……而且你很清楚自己在做什麼，你知道怎麼做才能影響我……控制我！」

「潘蜜拉，拜託別這樣。」他伸手想抓住她的手臂，想試著安撫她、向她解釋。「妳扭曲了每件事情，妳──」

「別碰我！」她大吼，接著轉身離開兩人不久前才相擁著的小橋。

「離我遠一點，讓我死吧！讓我們兩個都死一死，結束這一切吧！」

傑夫想阻止她跑走，但她已經離開了。他最後一生的最後一絲希望也熄滅了，在這條通往七十七街、通往這吞沒人的大城市……通往死亡、終極不變的死亡的小徑上，世界變成漆黑一片。

21

傑夫．溫斯頓孤零零地死去，但他還是沒死成。他在WFYI的辦公室裡醒來，那裡正是他第一世猝然中止之地。電台記者的行事曆掛在牆上，琳達的裱框相片放在桌上，他看見曾在多年前砸壞的玻璃紙鎮，當時他緊抓住胸口，結果讓話筒不慎滑落。他看一眼書架上的電子鐘：

12:57 PM OCT 18 88

還有九分鐘可活。除了即將迎接的疼痛和一無所有之外，他沒時間去想任何事。

他的雙手開始顫抖，淚水湧上雙眼。

「嗨，傑夫，關於新一波的宣傳活動——」宣傳部主任朗．史維尼站在他打開的辦公室門前，眼睛正盯著他。「老天，你臉色白得像張紙！怎麼了？」

傑夫回頭望向時鐘：**1:02 PM OCT 18 88**

「走開，朗。」

「需要我幫你拿個胃片或什麼嗎？還是你希望我叫醫生？」

「給我滾開！」

「唉，很抱歉，我只是……」史維尼聳聳肩，關上身後的門。

傑夫手上的顫抖開始傳染到肩膀，然後是背。他閉上雙眼，緊咬上唇，嚐到鮮血的味道。

電話響了。他用顫抖的手拿起話筒。從許多世前開始，繞了這麼一大圈，他終於來到了終點。

「傑夫，」琳達說，「我們需要——」

這時無形的槌子敲擊著他的胸膛，再度殺死了他。

他再次醒來，驚慌失措地看著對面書架上閃爍著的紅色數字：

1:05 PM OCT 18 88

他將玻璃紙鎮砸向時鐘，敲碎那長方形的塑膠鐘面。電話響個不停。傑夫發出一聲淒厲的尖叫將鈴聲壓下，一聲無言的野獸般狂吼，接著他死了，醒來時電話已經在手中，他聽到琳達的聲音然後再次死去，重複、重複、重複；醒來、死去；恢復意識，然後不省人事，兩者輪流發生，快到他察覺不到；時間始終停留在他胸膛遭受到第一次重擊的那一刻。

傑夫被蹂躪的內心尖叫著要求從痛苦中釋放，卻是徒勞；他的心只想要逃離這一切，無論是透過瘋狂還是永遠遺忘，都無所謂了……但他還是不斷地看到、聽到、感覺到，還是持續承受著所有的痛苦折磨，無休止地徘徊在這不死不活的恐怖黑暗中，逗留在這永恆、使人麻木的死亡時刻。

「我們需要……」他聽到琳達說，「……談談。」

他感覺到哪裡傳來一陣痛楚。他花了一會兒才發現來源：是他的手，他的手像鷹爪似地牢牢鉗住電話筒。傑夫稍微鬆手，被汗浸溼的手上傳來的痛楚緩和下來。

「傑夫？你聽見我剛才說的話嗎？」

他想說話卻說不出完整字句，只能發出半是呻吟、半是咕噥的喉音。

「我剛說我們需要談談，」琳達重複，「我們需要一起坐下來，坦白地談一談我們的婚姻。我不知道到這地步是否還有挽救機會了，不過我想值得試試看。」

傑夫睜開眼睛，看著書架上的時鐘：

1:07 PM OCT 18 88

「你不打算開口嗎？你明白這件事對我們有多重要？」

時鐘上的數字無聲地改變，向前推進到一點八分。「妳說的沒錯，」他用力吐出句子，「我明白，我們找個時間談談吧。」

她緩緩地鬆了口氣。「現在談是遲了，但也許還為時不晚。」

「別急著下定論。」

「你今天可以早點下班嗎？」

「我盡量。」傑夫說，他的喉嚨乾澀、緊繃。

「那麼家裡見，」琳達說，「我們有很多事要聊。」

傑夫掛上話筒時仍盯著時鐘發愣。現在時間是一點九分。

他摸摸胸口，感覺底下的心臟穩定跳動著。他活著，他仍然活著，時間已找回它自然的流動。

也許一切並未結束？也許他曾輕微地心臟病發作，情況雖不嚴重，但足以讓他陷入幻覺？這也不是聞所未聞；他自己就曾把這情形比喻為溺死者看著自己的一生在眼前重播，他第一次心臟病發作時也曾經期待過這樣的畫面。人腦可創造出驚人的幻想，將時間壓縮或膨脹，尤其是在生死交關的一瞬間。

當然是這樣，他想著，接著鬆口氣地擦擦汗濕的額頭。這完全說得通，比去相信他真的活過許多世、經歷過所有事都要合理多了——

傑夫再次看著電話。要確定只有一個辦法。傑夫覺得自己有點愚蠢，不過他還是拿起電話撥到威雀斯特郡的查號台。

「請問要接通哪個城市？」接線生問。

「紐若雪。登記的名字是……羅比森，史提夫或史提芬．羅比森。」

電話那頭的人停頓了一下，他聽見卡嗒一聲，接著一個電腦合成的聲音用單調的語氣讀出了那組電話號碼。

也許他在某個地方聽過這男人名字，傑夫心想，可能曾出現在哪篇不重要的新聞報導裡，而他的大腦記住了這名字，然後在幾個禮拜或幾個月後編織進他的幻想中。

他撥了電腦告訴他的號碼。一個小女孩接的電話，鼻塞讓她的聲音聽起來濁濁的。

「請問，呃，媽媽在家嗎？」傑夫問那孩子。

「等一下，媽咪！電話！」

一個女人的聲音從話筒傳來，聲音悶悶的有點失真，聽起來氣喘吁吁。「喂？」她說。

很難判斷她是誰，她呼吸得如此急促，上氣不接下氣。

「請問妳是……潘蜜拉．羅比森？或潘蜜拉．菲利普斯？」

沒有聲音傳來，就連呼吸聲也消失了。

「金柏莉，」那女人說，「妳可以掛斷電話了。還有妳現在該再去吞一顆康得六百和咳嗽藥。」

「潘蜜拉？」女孩掛上分機後，傑夫開口。

「我是——」

「我知道。嗨，傑夫。」

他閉上眼睛，深深吸了口氣，然後緩緩吐出。

「這麼說……那些事確實發生過？全部？《星海》、蒙哥馬利溪、盧索．黑吉斯？妳知道我在說什麼嗎？」

「我知道。我本來也不確定這是真的，直到現在聽到你的聲音。天哪，傑夫，我死了好多遍，它發生得好快，它──」

「我知道，我也一樣。不過我想先確定，妳記得我們一起經歷的一切，記得我們的每一世？」

「我記得每一世。我曾經是個醫師、藝術家……你寫過書，我們一起──」

「我們一起在空中飛翔。」

「我也記得。」他聽見她的嘆息，悠長空虛的嘆息聲充滿了遺憾、疲憊，以及更多複雜的情緒。「關於最後一天，在中央公園那件事──」

「我以為那是我最後一生，我以為妳──已經死了。永遠不會回來了。我想和妳一起渡過最後的時間，就算那只是……部分的妳，就算她不認識真正的我。」

她什麼話也沒說，懸宕在兩人之間的沉默不久便成了難以跨越的障礙，如同那些失落的歲月。

「我們該怎麼辦？」潘蜜拉終於開口。

「我不知道，」傑夫說，「我還沒辦法好好思考，妳呢？」

「我也一樣，」她承認，「我不知道怎麼做，對現在的我們來說才是最好。」她停了一下，猶豫著。「妳知道……金柏莉今天生病沒上學，所以她才會接電話，不過她不只是感冒才沒去上學，今天也是她月經來潮的第一天。我在她才剛開始成為女人時就死了。但現在……」

「我明白。」他跟她說。

「我從沒看著她長大成人，她父親也是。還有克里斯多福，他才剛上高中……這幾年對他們來說是一段很重要的時間。」

「現在就要立刻做出明確計畫，對我們兩個人來說都太快了，」傑夫說，「有太多東西要好好想、太多事情要協調。」

「我真的很高興知道……這一切不是我想像出來的。」

「潘蜜拉……」他努力搜尋著能夠表達所有感受的字句，「我只希望妳明白，我是多麼——」

「我明白，你什麼都不需要再說了。」

他輕輕放下話筒，然後盯著它好一陣子。他們可能在一起經歷過太多事，在這世上看過、知道、分享過的事，遠超出他們原本有資格體驗的。他們得到過，也失去過；執著過，也放手過。

潘蜜拉曾說，他們「只是讓事情不一樣而已，並沒有讓事情變得更好」。這話並不完全有道理。他們的行動有時對自己、對整個世界都產生了好結果，有時結果是負面，但最常出現的結果是不好不壞。每一次的人生都不同，正如每個選擇都是不同而且後果難料。但人終究還是必須做選擇，傑夫心想。他可能會失去一些，但他已經學會在接受的同時懷抱希望，期待結果得大於失。因為他知道，人生唯一可以肯定的失敗和最大的悲哀，莫過於從不敢冒險。

傑夫抬頭看，看見蒙塵的書架玻璃門上印著自己的倒影，看見斑白的髮色、眼睛下方的眼袋，以及開始爬上額頭的細紋。這些歲月印記從不曾重新撫平，只會加深、激增，時間用難以抹滅的象形文字在他臉龐及身體逐年刻下新的記號。

但這些歲月都將是全新的歲月，他繼續沉思，前所未聞的事件、從不曾體驗過的感受，直到目前為止他始終被拒於門外的多變的未來。新的電影、新的戲、新的技術發展、新的音樂——老天，他多渴望聽到一首新歌，隨便哪一首，只要是他沒聽過的都好！

事實證明，他和潘蜜拉被迫經歷的無窮輪迴是對生命的限制，而不是解放。他們讓自己落入陷阱中，以為專注於未來的選擇是種樂趣，但這不過是個假象，就像對青春抱持盲目希望的莉蒂亞·藍道一樣，以為生命中永遠有選擇。「我們還有很多時間。」傑夫聽到她這麼說，他的腦海中再次回想起他曾對潘蜜拉重複說過的話：「下一次……下一次。」

現在一切都不同了。這不是什麼「下一次」，也不會有下一次了。他們只有這一次，而傑夫完全不知道這唯一僅有的一生將往哪裡走、結果如何。他再也不會浪費生命，或浪費生命裡的任何一刻。

傑夫站起來走出辦公室，進入忙碌的新聞室裡。房間中央有個馬蹄形的大型書桌，午間新聞的編輯簡恩·柯林斯正坐在桌前，在他四周，電腦終端機隨時跳動著美聯社、合眾國際社、路透社傳來的即時新聞，電視螢幕鎖定在CNN和三大電視網，一架通訊控制台正和新聞現場的電台記者以及他們廣播網在洛杉磯、貝魯特、東京等地的特派員連線。

傑夫感覺到，再次變得無法預料的世界帶來的新鮮感就像電流在他全身流竄。一位新聞撰稿員匆匆經過，將一張綠色的新聞快報單迅速送入廣播室。大事發生了，可能是場災難，也可能是將為人類帶來好處的奇蹟發現。不管是什麼，傑夫知道，這對他和其他人來說都會是個新聞。

他今晚會和琳達談談。雖然他還不確定要說什麼，但他們是該好好談談，這是他虧欠琳達、虧欠自己的。他再也不確定任何事了，而且就如預期之中讓他興奮不已。他或許會和琳達再試試看，或許有天會和潘蜜拉重聚，或許會換工作。但唯一重要的是，在他剩下約二十五年生命中裡，他是唯一的主宰，他要好好過自己選擇的生活、好好為自己打算。沒有什麼比這更重要了；工作、友誼、和女人的關係，這些全都是他生命中的一部分，而且是可貴的部分，但他的生命不再是由它們來定義或掌控。他才是決定生命價值的人，只有他才能這麼做。

傑夫明白，他擁有無窮的可能性。

尾聲

彼特．史約忍醒來，對剛才經歷的撞擊和劇痛仍記憶猶新。他正在班圖共和國出差，在曼得拉城和一位貿易副部長共進午餐，當他——當他死的時候。他記得他直接趴在桌上，把嘴裡的飲料噴在那位政府官員的褲子上，雖然他的胸口好像快被壓碎了，但還是讓他覺得尷尬得要死……然後他只見眼前一片黑暗框在紅邊裡，接著就不省人事了。

直到現在，他發現自己在卡爾．約漢斯大道上的店裡，回到奧斯陸，在這裡他第一次學會做生意、第一次發現他天生就該在商場上大展身手。

這家店早在二十年前就為了蓋住宅區而夷平了。

彼特打開書桌橫板看見了日期，於是他看看自己的手，發現那是雙年輕、光滑的手，上面沒戴婚戒。

一切都還沒發生。瑞士的雪崩還沒奪走兒子艾瓦得，妻子希尼也還沒被無盡的憂鬱夜晚逼得意志消沉，陷入酒精中毒的惡性循環。他還沒娶妻生子，他擁有全新的光明未來，他清楚知道前方路上埋藏的陷阱與機會，隨時可用最好的方式來因應。

從一九八八年到二〇一七年，那些熟悉且早已消逝的歲月，如果他可以重新活一次，他已經知道自己犯下的所有錯誤了，這一次，彼特．史約忍發誓，他一定會做得更好。

（全書完）

國家圖書館出版品預行編目資料

REPLAY重播／肯恩・格林伍德（Ken Grimwood）著；陳雅馨譯. ——初版. ——臺北市：商周出版：家庭傳媒城邦分公司發行, 2009.09
面；　公分. ——（獨・小說；16）
參考書目：面
譯自：Replay
ISBN 978-986-6369-37-7（平裝）

874.57　　　98014536

獨・小說16

REPLAY重播

作　　者／肯恩・格林伍德（Ken Grimwood）
譯　　者／陳雅馨
企劃選書／余筱嵐
責任編輯／余筱嵐

版　　權／吳亭儀、江欣瑜
行銷業務／周佑潔、林詩富、賴玉嵐、賴正祐
總 編 輯／黃靖卉
總 經 理／彭之琬
事業群總經理／黃淑貞
發 行 人／何飛鵬
法律顧問／元禾國際商務法律事務所 王子文律師
出　　版／商周出版
115台北市南港區昆陽街16號4樓
電話：(02) 25007008　傳眞：(02)25007579
E-mail：bwp.service@cite.com.tw
發　　行／英屬蓋曼群島商家庭傳媒股份有限公司 城邦分公司
115台北市南港區昆陽街16號8樓
書虫客服服務專線：02-25007718；25007719
服務時間：週一至週五上午09:30-12:00；下午13:30-17:00
24小時傳眞專線：02-25001990；25001991
劃撥帳號：19863813；戶名：書虫股份有限公司
讀者服務信箱：service@readingclub.com.tw
城邦讀書花園：www.cite.com.tw
香港發行所／城邦（香港）出版集團有限公司
香港九龍土瓜灣土瓜灣道86號順聯工業大廈6樓A室；E-mail：hkcite@biznetvigator.com
電話：(852) 25086231　傳眞：(852) 25789337
馬新發行所／城邦（馬新）出版集團 Cite (M) Sdn. Bhd.
41, Jalan Radin Anum, Bandar Baru Sri Petaling, 57000 Kuala Lumpur, Malaysia.
Tel: (603) 905763833 Fax: (603) 90576622 Email: services@cite.my

封面設計／陳文德
排　　版／極翔企業有限公司
印　　刷／韋懋實業有限公司
經 銷 商／聯合發行股份有限公司
新北市231新店區寶橋路235巷6弄6號2樓
電話：(02)29178022　傳眞：(02)29110053

■2009年9月29日初版
■2024年4月30日三版
定價380元

Printed in Taiwan

城邦讀書花園
www.cite.com.tw

 ISBN 978-986-6369-37-7